적토의 달
Red earth's moon
전은정 장편소설

적도의 달

초판 2쇄 펴낸 날 | 2016년 3월 17일

지은이 | 전은정
펴낸이 | 서경석

편집책임 | 조윤희 편집 | 이은주, 주은영
마케팅 | 서기원, 권병길 경영지원 | 서지혜, 이문영

임프린트 | MUSE
주소 | 경기도 부천시 원미구 부일로 483번길 40 서경B/D 3F (우) 14640
전화 | 032-656-4452 팩스 | 032-656-4453
이메일 | roramce@naver.com 블로그 | bolg.naver.com/roramce
홈페이지 | http://www.chungeoram.com

발 행 처 | 도서출판 청어람
출판등록 | 1999년 5월 31일 제387-1999-000006호
어람번호 | 제11-0030호

ISBN 979-11-04-90637-4 03810

뮤즈는 도서출판 청어람 단행본사업본부의 임프린트입니다.

적토의 달
Red earth's moon
전은정 장편소설
RED EARTH'S MOON
MUSE

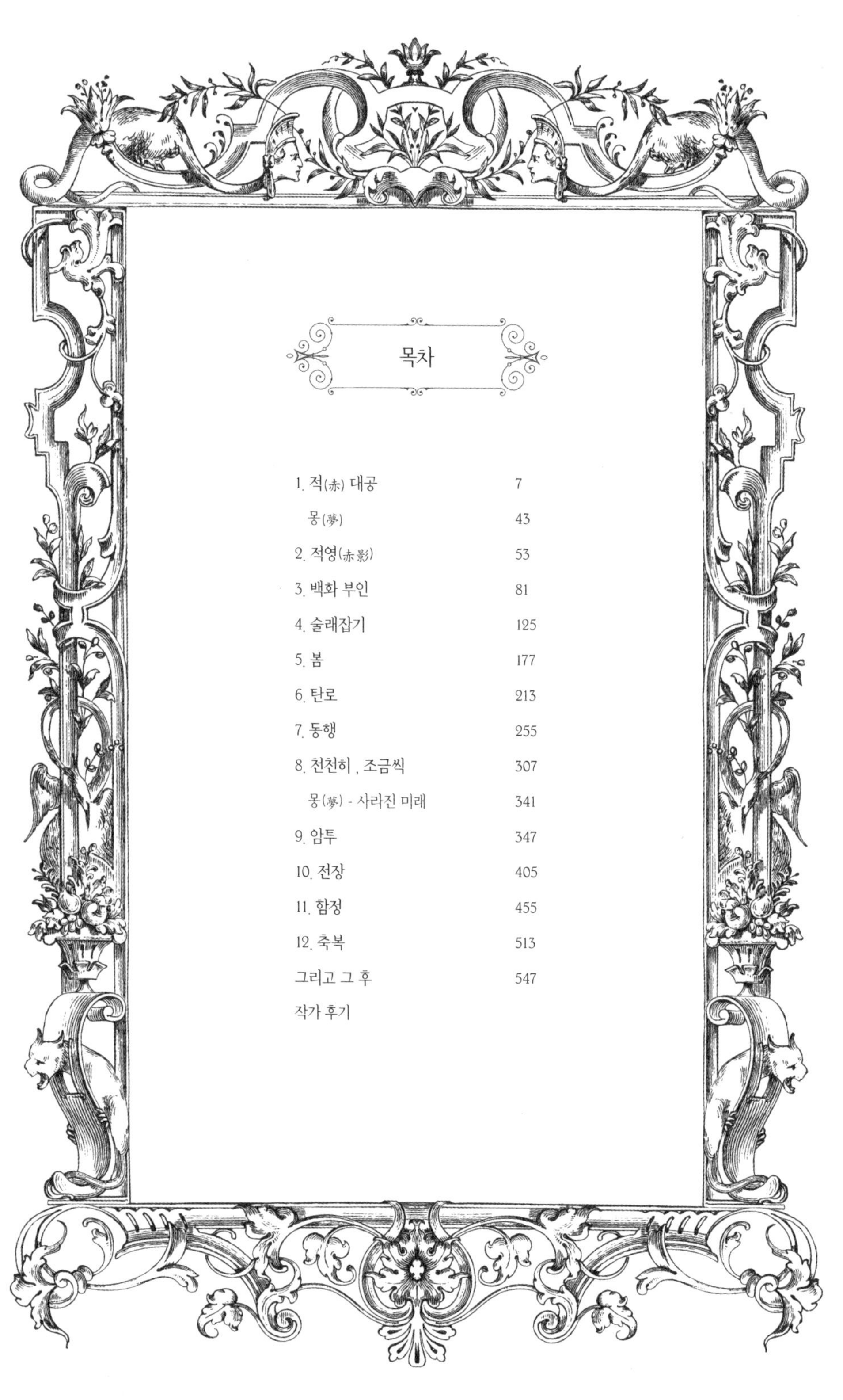

목차

1. 적(赤) 대공

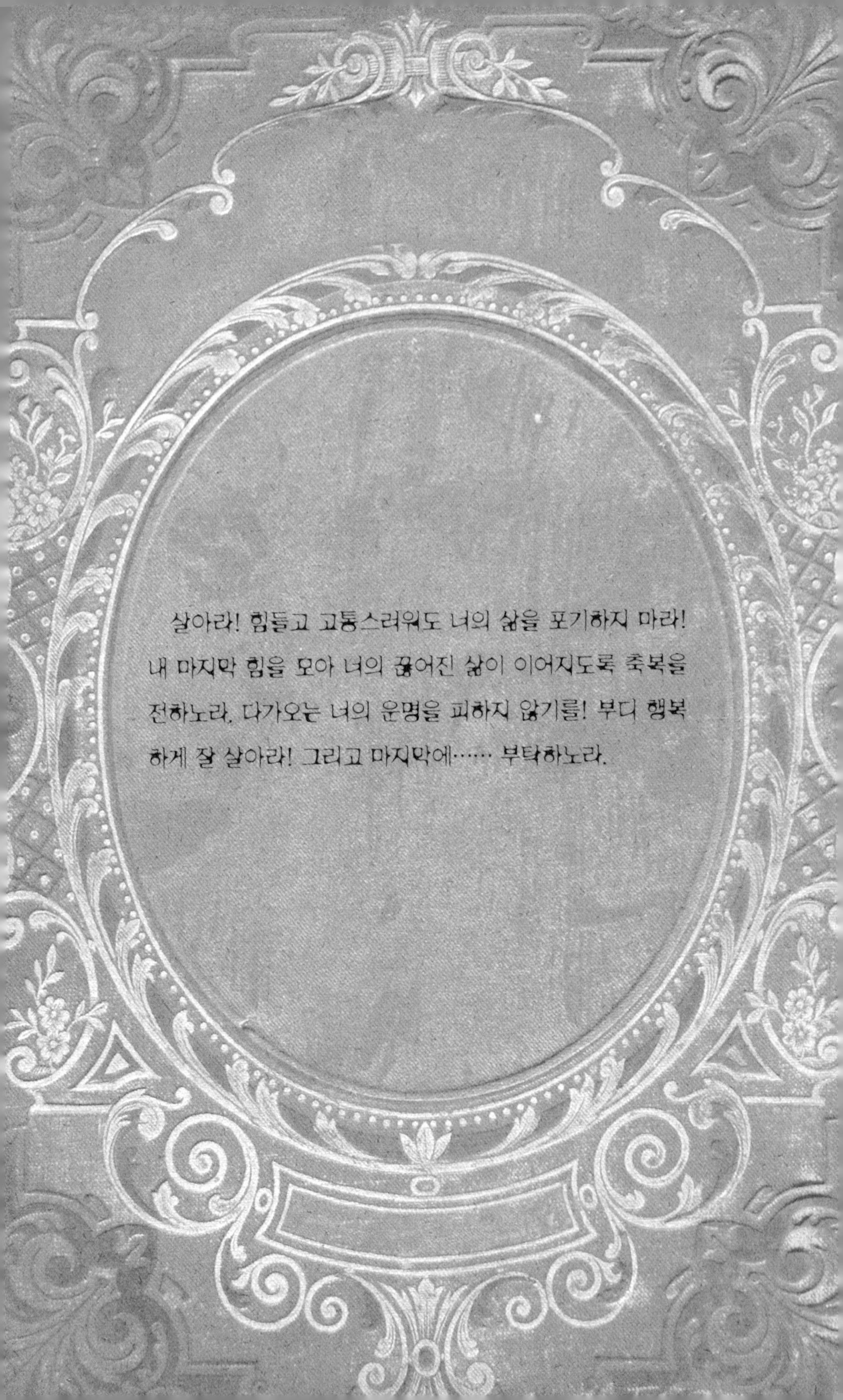
살아라! 힘들고 고통스러워도 너의 삶을 포기하지 마라! 내 마지막 힘을 모아 너의 끊어진 삶이 이어지도록 축복을 전하노라. 다가오는 너의 운명을 피하지 않기를! 부디 행복하게 잘 살아라! 그리고 마지막에…… 부탁하노라.

좁고 어두운 통로.

뛰다시피 걷는 여인의 뒤로 연기가 스멀스멀 새어나오고 있었다. 입을 감싼 젖은 수건 하나에 의지한 그녀는 질식할 것 같은 매캐한 연기에서 도망치는 중이었다.

그녀가 의지하는 건 작은 호롱 하나. 먼지와 거미줄, 그리고 간혹 옆에서 달아나는 작은 짐승의 기척에 비명을 참으며 그녀는 걷고 또 걸었다.

"앗!"

얼마나 걸었을까, 발치에 걸린 무언가에 그녀는 휘청거리고 말았다. 설상가상, 타닥거리던 작은 불빛마저 흔들림에 곧 꺼지고 말았다.

비록 어둠에 휩싸이긴 했지만 가는 길을 포기할 수 없었다. 불을 다시 켜기 위해 부싯돌을 찾을 시간도 없었다. 그래도 길은 하나라는 것이 다행이었다. 그녀는 불 꺼진 호롱을 꽉 움켜쥔 채 벽을 더듬어 다시 나아가기 시작했다.

"으윽!"

가는 길에 몇 번이나 더 발이 채이고 넘어지던 그녀의 입에서 욕이 튀어나왔다.

"나쁜 놈!"

놈이란 이제 그녀의 전남편이 된 하 가를 이름이었다.

며칠 전, 그녀는 이 집에서 깨어났다. 잠에서 깬 것처럼 일어난 그 순간 그녀가 처음 깨달은 것은 이전의 삶과 단절되었다는 느낌이었다. 한데 그녀는 깨어나기 무섭게 남편이라는 작자에게서 이혼장을 받았다. 현승(縣丞; 지방 관직, 군수)의 누이라는 과부와 혼인하기 위해서였다. 얼결에 고개를 끄덕이고 쓰러졌던 그녀는 꼬박 한나절이나 정신을 잃고 말았다. 그런데 그것은 '이 몸'이 살아왔던 삶의 기억을 받아들이는 시간이었다.

다시 깨어난 그녀는 기억과 인격이 혼재된 불균형 상태가 되고 말았다. 기억은 이 몸의 것, 인격의 주체는 전생, 혹은 후생이라 여기는 자신이었기 때문이다.

하지만 전생이라고 생각하는 자신의 삶에 대한 기억은 떠올릴 수 없었다. 가끔 이곳에서 쓰지 않는 생소한 말이나 단어 같은 것이 떠오르곤 했지만 입 밖에 내기 전에 꽉 막히고는 금세 지워지고 말았다.

그런데 이 몸의 기억 또한 완전히 자신의 것은 아니었다. 이 몸의 삶은 꽤 생생하게 기억했지만 그것을 받아들이는 느낌은 전생의 자신을 보는 듯 아련하기만 했다. 해서 전생인지 후생인지 모를 자신이 한 몸에 섞인 것 같아서 불균형 상태라는 것이다.

이 집은 본래 이 몸의 부모님이 남겨주신 집이었다. 해서 이혼하자마자 하 가가 집을 나가야 했다. 그러나 고이 나간 건 아니었다. 집안에 있던 세간을 모두 빼고 하인과 하녀들까지 모두 쫓아낸 것이다.

그럼에도 집과 땅이 남아 있다는 것에 그녀는 미래를 꿈꿨다. 그러나 새로운 삶에 희망을 다짐하던 그 순간, 화마가 그녀를 덮치고 말았다.

— 살아라!

어쩐지 이상한 염원이라 했다. 이렇게 앞날이 힘들 것을 알고 미리 경고하는 말이었던 것이다. 그렇지만 그 염원을 생각하면 이상하게도 힘이 났다.

탁, 손에 닿는 느낌이 달라졌다. 드디어 출구에 다다른 것이다.

"어서, 어서!"

스스로 재촉인지 응원인지 모를 소리를 낸 그녀는 문을 여는 고리를 찾기 위해 벽을 더듬기 시작했다.

달칵! 그르륵.

벽의 이음새에 교묘히 숨겨졌던 손잡이를 밀자 거센 저항과 함께 문이 열렸다. 맑은 공기가 타버릴 듯 막혔던 폐부를 깨끗하게 훑어주었다.

살았다! 목숨을 위협하던 거센 화마에서 기어이 도망쳐 나왔다.

그러나 그녀가 미처 안도의 숨을 크게 들이쉬기도 전에 들려서는 안 되는 자의 음성이 들려왔다.

"쥐새끼처럼 여기로 기어나올 줄 알았지!"

"허억!"

천천히 돌아선 그녀는 놈을 볼 수 있었다. 방금까지 욕하던 그녀의 전남편, 하 가(家), 하태교였다.

"내가 이 쥐구멍을 모를 줄 알았나 보지? 나도 이 집에서 산 것이 2년이야. 네년이 아는 걸 내가 모를 줄 알았나?"

하 가의 눈동자가 살기로 이글거리고 있었다.

그렇다. 화마(火魔)의 장본인이 바로 하 가였다. 언뜻 문 앞에서 지키고 있는 걸 보고 도망친 길이었는데 어느새 앞질러 먼저 와 있었던 것이다.

"당, 당신! 기어이……!"

"그러게 고이 죽었으면 이런 일은 없었을 것 아닌가!"

하태교가 정말 바라는 건 이혼이 아니라 그녀가 자결하는 것이었다. 그러나 그녀가 이혼을 받아들였기에 문제가 생기고 말았다. 살던 집과 부모가 남겨준 땅을 그녀에게 돌려줘야 했기 때문이다.

저택의 불길이 그의 살기 어린 웃음을 훤히 드러내고 있었다.

— 살아라!

순간, 머릿속을 지배하던 음성이 떠오른 동시에 그녀는 마지막까지 들고 있던 호롱을 던졌다.

"으악, 이년이!"

뒤를 돌아볼 새도 없었다. 잡히는 순간 죽음이다. 그러나 무작정 어둠을 향해 뛰어들던 그녀는 몇 걸음 딛기도 전에 발길을 멈춰야 했다.

"히히히히."

"후후후후후."

"꺄악!"

짐승의 털가죽을 두르고 머리통만 한 도끼와 그녀의 몸통보다 넓은 칼을 든 사내들이 앞을 막으며 낄낄거리고 있었다.

"이년! 감히 네년이 날 쳐?"

그새 발광하던 하 가까지 달려와 그녀의 뒷덜미를 낚아채 넘어뜨렸다.

"어이, 하 부조! 죽이기 전에 우리가 먼저 맛이나 보자고!"

"귀족 여인네 아닌가? 야들야들한 속살 맛본 지 꽤 되었단 말이야."

"내가 먼저야!"

"내가 먼저라고!"

하 부조(簿曹), 놈들이 부르는 것처럼 하태교는 연해국, 적토의 관리였다. 하지만 하태교와 야만족 무리는 절대 적대하는 관계가 아니었다.

어제저녁, 마지막 하녀가 떠나면서 이른 말이 있었다. 야만족 무리와 결탁해 군사들의 이동을 미리 알려주고 백성을 약탈하는 것을 돕고 제 배를 불리는 관리가 있다는 것이다. 그런데 그 주인공이 바로 하 가일 줄이야!

그러나 이제 와서 그런 사실을 알아차린들 무슨 소용이랴.

뒤로는 광란에 젖은 하 가, 앞으론 도끼와 칼을 든 사내들 말고도 둘러싼 야만족이 열이 넘었다. 달아날 길은 없었다. 염원이고 뭐고 끝이었다. 이토록 허망한 끝이 올 줄이야!

"어?"

그때 갑자기 하태교가 코를 문지르자 야만족들이 낄낄거렸다. 그녀가 아까 엉겁결에 던진 호롱에 정통으로 맞은 그가 이제야 코피를 터뜨리고 있었다.

"큭큭큭, 제대로 맞았네!"

"그러게, 계집이 마지막에 남편에게 거나한 선물 하나 했네."

"우리에겐 더 좋은 선물을 하라고!"

"이잇! 내, 이년을 당장 죽여 버릴 테다!"

조롱을 참지 못한 하태교가 그대로 달려들며 그녀에게 비수를 들어 올렸다.

'아……!'

마지막을 예감한 그녀는 눈을 감았다.

퍽!

생의 마지막을 기다리는 잔인한 순간이 참으로 길기도 했다. 그런데…… 퍽?

'끄윽' 하는 치명적인 신음을 들은 것도 같다.

동시에 야만족들이 갑자기 고함을 지르더니 부산스레 움직이기 시작했다.

그녀는 살며시 눈을 떴다. 하 가가 끄륵끄륵 괴상한 소리를 내고 있었다. 가슴에 화살을 꽂은 채로. 삐죽 튀어나온 화살촉을 덮은 빨간 피가 하 가의 입가에도 맺혀 있었다.

놀라움도 잠시, 거대한 짐승이 야만족들 사이로 난입했다. 야만족 하나를 깔아뭉개 목을 부러뜨린 짐승의 위에는 사신, 붉은 사신이 타고 있었다.

팔다리가 날아가고 비명이 울렸다. 자신들의 거대한 도끼와 칼을 한 번 휘둘러 보지도 못한 채 야만족들은 붉은 사신에게 명줄을 내주었다.

누군가는 달아나려 했지만 사신을 태운 짐승은 아무도 놓치지 않았다. 덩실 떠올랐던 목이 그녀의 발치에 떨어졌다.

끄악, 끄아악!

생명이 스러지는 소리. 마지막 야만족의 비명이 울리는 순간 그가 고개를 돌렸다.

붉은 사신(死神)과 눈이 마주친 여인은 정신을 잃고 말았다.

"이랴, 이랴!"

두두두두두두!

달만이 희미하게 비추는 붉은 땅에서 대지를 흔드는 말발굽 소리가 밤의 정적을 갈랐다. 적토의 변방 마을을 향해 붉은 갈기를 가진 말이 쏜살같이 달리고 있었다.

"이랴! 이랴!"

그 뒤에서 열이 넘어 보이는 사내가 사력을 다해 뒤쫓으며 소리쳤다.

"전하!"

"전하, 전하!"

마을을 향해 앞서 달리는 이가 바로 그들의 주군, 적(赤) 대공이었다.

"서둘러!"

"이랴!"

황제가 다스리는 나라 연해국은 황도를 중심으로 동·서·남·북 제(諸)와 녹·적·청·황 대공이 8방을 다스리고 있었다. 그중 적토는 본래 두 마리 이무기가 살았다고 해서 불리던 이현(二玄)이라는 지명 대신 척박함을 뜻하는 적토가 지명이 되고 말았다. 하지만 그 척박함도 모자라 야만족의 침입이 백성을 더욱 고단하게 했다.

그들이 달리는 방향엔 달빛을 살라 버릴 기세로 거센 불길이 솟아오르고 있었다. 불을 보고 같이 달렸으나 대공이 탄 말을 따라잡을 수 없어서 뒤처진 상태였다. 백, 혹은 천이 넘는 적이 있지 않을 바에야 대공의 안위를 걱정할 건 아니지만 그래도 홀로 적이 있는 곳으로 달려간 주군을 쫓는 무사들의 호령과 숨소리가 거셀 수밖에 없었다.

"전하!"

맨 먼저 도착한 희관이 말에서 뛰어내리며 대공, 의신을 찾았다.

"아……!"

짐작은 했지만 상황은 이미 끝나 있었다. 희관의 뒤로 하나둘 도착한 무사들은 모두 표정을 잃은 채로 칼을 늘어뜨린 대공을 볼 수 있었다.

화르르, 무너져 내리는 저택의 불꽃에 흩어진 시체들과 피가 일렁일렁 비쳤다. 거의 스물의 시체를 만들어놓은 대공은 숨조차 몰아쉬지 않고 있었다.

"전하!"

"왔느냐."

희관의 부름에 조용히 돌아선 대공의 모습에 다들 숨을 죽였다. 머리띠 사이로 흘러내린 머리카락과 적의 피가 튀어 붉게 흐르는 땀방울이 불빛에 반사되어 귀기가 흐르는 듯했다.

무언가를 억누른 듯한 그 모습에 희관이 입을 열기 전 차복이 나서며 말했다.

"전하, 이리 홀로 다 휩쓸어 버리시면 저희가 욕먹습니다요!"

체구는 9척에 이르는 차복이 저보다 한 치는 작은 주군에게 아양을 떨듯 살랑거렸다. 무심하며 차갑지만 그런 차복을 꽤 총애하던 대공이 오늘은 이상하게도 살기를 머금은 것을 풀지 않고 대답했다.

"덕분에 늦지 않았다. 생존자가 있느니."

"네?"

어리바리한 차복과는 다르게 희관은 그 짧은 순간 시신들 사이에서 대공의 시선이 다다랐던 여인을 발견할 수 있었다.

차림새로 보아 귀족이다. 습격에서 뒤늦게 저택에서 도망치다가 발흉족들과 맞닥뜨린 것이리라.

"어서 여인을 거두어라!"

"저요! 제가 갑니다!"

희관의 명에 냉큼 나선 이는 성덕이었다.

적영에서 최고 미남이라는 소문만큼 여자를 밝히는 성덕이 나서자 다들 어깨만 으쓱하고 시신들을 확인했다. 간혹 죽은 척 엎드려 있는 놈들도 있을 수 있었지만 대공의 솜씨는 한 치의 틀림이 없었다.

그런데 그 시신 중 한 남자는 차림이 달랐다. 발흉족이 아닌 적토의 사람, 그것도 관리 복장을 하고 있었다. 한데 그의 등 뒤로 삐죽 나온 화살 깃이 익숙했다. 다른 누구도 아닌 대공의 것이었다.

"전하, 이자는 어찌 된 것입니까?"

대답 대신 대공은 희관에게 명을 내렸다.

"피난민들을 찾아 저자에 대해 알아보라!"

"복명!"

가타부타 설명은 없었지만 희관은 죽은 남자가 발흉족보다 먼저 죽었음을 알았다. 발흉족들은 모두 칼에 상했지만 남자만 화살에 죽었기 때문이다. 하면 멀리 떨어진 채로 남자를 먼저 죽였어야 할 급박한 상황이 있었을 것이다.

'무슨 일이 있었던 걸까?'

하지만 어느새 저만치 마을 밖으로 걸음을 옮기는 대공의 모습이 위태로워 보여 희관은 눈을 흐렸다.

그러나 그보다 명이 우선이었다.

"성덕!"

"네, 장군!"

부지런히 시체를 끌어 모으던 성덕이 냉큼 달려왔다.

"여인은 깨어났느냐?"

"아닙니다. 깨어날 기미가 보이지 않아 모포를 깔고 뉘어놓았습니다."

"보자!"

여인에게 다정한 성덕답게 그새 여인을 시체들과는 제법 떨어진 곳에 옮겨놓았다.

희관이 도착하자 마침 깨어나려는 듯 신음을 흘리던 여인이 몇 번 눈을 깜빡이더니 눈을 떴다.

"음……."

작은 봇짐을 등에 메고 있는 여인은 넘어져서 묻은 흙먼지 말고는 상한 게 없어 보였다. 야만족들에게 젊은 여인이 흔히 당하는 험한 일을 당하진 않은 것 같았다.

대공의 말대로 '늦지 않은' 덕분이다.

"헉!"

정신이 든 여인은 벌떡 일어나더니 도망치려는 것처럼 엉덩이를 뒤로 마구 밀었다. 그러나 주변을 둘러싼 천무단 단원들을 보고는 굳어버리고 말았다.

"걱정하지 마시오. 우리는 천무단이오."

그러나 여인은 알아듣지 못한 표정으로 멍한 얼굴을 했다. 희관은 두려움에 얼이 빠진 여인에게 짜증을 내는 대신 찬찬히 설명했다.

"대공 전하께서 발흉족들을 모두 무찌르셨소. 그대는 안전하오."

"아……!"

몇 번 눈을 깜빡이던 여인이 그제야 긴 한숨을 토해냈다. 희관은 곧 바르작거리며 일어나려 애쓰는 여인을 잡아주고는 말했다.

"힘들겠지만 한 사람을 확인해 주겠소?"

"네? 네……."

여인은 후들거리며 떨면서도 부축을 더 받지 않고 제 발로 걸었다. 한곳에 모인 시신들 쪽으론 애써 고개를 돌리는 여인의 모습이 안쓰러웠지만 희관은 그런 그녀를 더 배려할 여유가 없었다. 대공의 화살에 죽었다는 것부터 짐작하는 바는 있었지만 그래도 확인해야 했다. 희관은 죽은 남자를 가리키며 물었다.

"이 남자를 아시오? 그대의 증언이 필요하오. 어떤 일이 있었던 거요?"

"흐윽!"

남자를 본 여인은 바람 빠지는 것 같은 괴상한 신음을 지르며 그대로 쓰러지고 말았다. 여인이 혼자 일어서서 걷기에 제법 강단이 있나 보다 했던 희관은 아차 했다. 어쩌면 죽은 남자는 여인의 남편일 수도 있다.

'만일 이 남자가 여인의 남편이라면…….'

저만치 서 있는 대공과 여인을 번갈아 보는 희관의 얼굴에 차가움이 서렸다.

그때 백성들을 찾으러 나갔던 무사들이 돌아오는 소리가 들리며 부장 장인결의 뒤로 초로의 남자와 남녀 서너 명이 따라오고 있었다.

"살았습니다! 감사합니다, 나, 나리!"

가장 나이가 들어 보였던 초로의 남자가 희관의 앞에 넙죽 엎드리며 절을 했다. 뒤이어 다가온 사람들도 함께 남자를 따라 엎드리며 인사했다.

"감사합니다, 감사합니다, 나리!"

"이 마을의 촌장이나 그에 가까운 이가 여기 있는가?"

"접니다!"

초로의 남자가 고개를 더 숙이며 대답했다.

"이곳은 언제 습격을 받았는지, 그리고 이웃 마을의 상황은 어떤지 아는가?"

"네, 이곳은 소람 마을이라고 하는데 저녁 즈음에 놈들이 쳐들어왔습니다. 피해가 가장 큰 곳은 천석이라고 불리는 아랫마을인데 그곳엔 새벽에 쳐들어왔다고 합니다. 또 인근의 마현, 도타에 이르기까지 모두 휩쓸다가 이곳에 마지막에 온 것입니다."

야만족들은 보통 하루에 한 마을을 치고 빠지는 식으로 약탈을 일삼았다. 촌장은 여러 지명을 대긴 했지만 결국 한 촌락이 여러 군데로 나뉜 것뿐이다. 이곳이 마지막이었으니 이들이 습격한 놈들의 대부분일 것이다. 물론 다른 마을에 군사들을 보내 잔당을 소탕해야 할 것이다.

"알았다. 하면 묻겠다, 저자를 아는가?"

희관이 마지막으로 죽은 사내를 가리키며 묻자 시체를 알아본 촌장은 소스라치게 놀라며 대답했다.

"하, 하 부조이십니다!"

부조라 함은 곡식의 출납을 관장하기에 지방 백성들에게 꽤 영향력이 높은 벼슬아치다. 그런 그가 홀로 칼 하나를 들고 야만족을 상대했다? 그랬다면 대공의 손에 죽었을 리가 없다.

"알았다. 하면 이 여인은 아는가?"

희관이 다시 묻자 촌장이 이번에도 흠칫하더니 머뭇머뭇 대답했다.

"하 부조의…… 이혼녀입니다!"

"이혼녀?"

특이한 내력이다. 이혼은 평민도 드물다. 하물며 귀족 여인네들은 차라리 첩실에게 안방을 내주더라도 이혼만은 거부한다. 최악으로는 자결을 택하기도 할 정도다. 그런 극단적인 선택을 할 만큼 이혼녀란 수치나 불명예로 여기기 때문이다.

"한데 어찌 두 사람이 함께 있었느냐?"

"그것은 잘 모르오나…… 소인이 듣기로는 저 저택이 본래 부인의 것이었다고 합니다."

이 정도라면 생각보다 자세히 아는 것이었다. 한데 그건 죽은 남자가 이 자리에 머문 설명은 되지 못했다.

"알았다. 이제 너희는 이만 집으로 물러가도 좋다."

"감사합니다, 감사합니다!"

촌장과 마을 백성들은 몇 번이고 다시 절을 하며 물러났다. 한시라도 빨리 돌아가 발흉족들에게 파괴된 집을 추스르고 무사들이 찾아준 약탈당했던 곡식과 짐승을 돌려놔야 했다. 그나마 이 마을엔 죽은 자가 없어서 돌아서는 이들의 얼굴이 밝았다.

그러나 저 멀리, 혈 향이 피는 이곳을 벗어나 서 있는 대공의 모습은 위태로워 보였다. 그를 비추는 달빛마저도 붉게 보였다.

희관은 여자를 내려다보았다.

불타 버린 저택의 주인, 죽은 관리의 이혼녀. 철저히 혼자.

붉은 저주를 품을 제물이었다.

"이랴, 이랴, 이랴!"

십여 필의 말들이 어스름한 새벽의 빛을 벗 삼아 내달렸다. 짧은 수면과 이른 출발에도 무사들의 표정에서 지친 기색은 찾아볼 수 없었다. 한 달여의 외유 끝에 드디어 귀환하는 것이기 때문이다.

외유의 목적은 대공의 비밀 순행이었다. 그러나 대공의 순행은 말 그대로 순행으로 끝난 일은 없었다. 가는 곳마다 야만족과 조우하곤 했었는데 어제의 습격도 그중 하나였다. 이렇듯 너무나 흔한 습격에 백성들의 생명과 재산이 항상 위협받았다.

그런데 지난밤, 그 위협이 내부에서 불러들인 것이란 결정적 증거를 잡게 된 것이다. 바로 대공의 눈으로 직접. 다른 누구도 아닌 백성을 보호해야 할 관리가 직접 야만족과 결탁하여 습격이 이루어진다는 걸 알게 된 이상 대대적인 숙청의 바람이 몰아칠 것이다. 그 일을 위해서라도 대공은 귀환 길을 더욱 서두르고 있었다.

그러나 갈 길을 서두르는 이유는 그것 때문만은 아니었다. 고삐를 당기는 호령과 말발굽 소리만 이지러지게 들리는 가운데 희관은 맨 앞에 있는 의신을 계속 살피고 있었다. 염려하던 때가 된 것 같았다. 어젯밤이 무사히 지나가서 혹시 했더니 오늘, 지금 당장 터져도 이상하지 않을 것 같았다.

최고의 지략, 무력, 강건한 육체를 지닌 붉은 대공 의신. 그러나 그는 혈족이 품은 저주에 몸살을 앓고 있었다. 강한 만큼 더 큰 저주를 품었기 때문이다. 물론 그 사실을 아는 이는 일가를 제외하고는 극소수였지만 극소수의 인물 중 하나가 희관이었다. 일촉즉발, 대공이 광기를 머금은 핏빛 검기를 뿜어대기 전에 미리 막아야 한다.

이곳이 본성이었다면 대공의 광기를 감당할 밀실이 있었다. 발작과도 같은 광기를 발산하는 동안 아무도 보거나 들을 수 없는 공간이 바로 밀실이었다. 만일 광기의 순간을 제어하지 못한다면 수십, 혹은 수백이 넘을지도 모를 혈겁을 일으킬 수도 있기에 그런 공간이 있는 것이다. 그러나 당장 밀실에 들지 못할 때에도 광기를 임시로나마 억누를 방책은 있었다.

바로 여자를 품는 것이었다.

희관은 항상 의신이 밀실에 들어가는 것보다 여자를 품었으면 했다. 밀실에 들어간 의신은 수십의 적과 홀로 전투를 치른 것보다 더한 몰골이 되어 나오기 때문이다. 전대 대공도 광기의 때에 이르면 밀실 대신 여자를 택했다고 한다. 여자 한둘로 되는 것도 아니고 몇몇 여자는 죽어서 나오기도 했지만.

대신 밀실을 선택하면 여자를 택한 것보다 더 강해지기는 한다. 그래도 대공의 안위를 보존할 수 있다면 선택의 추는 당연히 기울어지고 말았다. 그러나 의신이 여자를 취하는 건 당장 밀실에 들 수 없게 된 때 말고는 거의 없는 일이었다. 이번이 바로 그런 때였다.

여자는 하룻밤이나마 대공의 시침을 들 존재로 완벽했다. 아무데나 몸을 팔던 매춘부도 아니요, 처녀도 아니다. 전자보다 후자가 중요했다. 대공이 처녀를 취하는 때는 정혼자와의 첫날밤뿐.

하루를 달려 해가 질 때쯤 희관은 문득 의신과 눈이 마주쳤다. 그는 즉시 무사들에게 손을 들어 호령했다.

"멈춰라! 예서 머물고 갈 것이다!"

뒤를 돌아보자 때를 맞춰 차복의 등 뒤에 꽁꽁 묶여 있던 여자가 정신을 차렸다.

역시나 여자는 완벽한 제물이었다.

삭풍이 아직 물러가지 않은 초원, 어스름해질 즈음 목동이 쉬어가는 초막 주위로 세 개의 천막이 세워졌다.

금세 해가 지며 한 치 앞도 분간하기 어려워졌을 때 희관은 하가의 이혼녀를 대공이 머무는 초막에 들여보냈다.

여인이 시침을 드느니 차라리 자결하겠다고 고집을 부렸다면 곤란했으리라. 하지만 이혼한 남편을 피해 보따리를 싼 만큼 삶에 애착이 있는 이였다. 그래서인지 대담하게도 제 삶을 보장받는 영악한 면을 보이기도 했다.

여자를 들여보내는 것까지는 큰 문제가 없었다. 그러나 문제는 대공이었다. 대공이 여자를 내치고 지금이라도 발길을 되돌려 야만족 무리를 찾아 뛰어들 수도 있었다. 그는 여자가 들어가는 순간부터 초조하게 문을 지켰다.

의신은 광기의 순간이 다가오는 것이나 그 순간 여자를 필요로 한다는 것을 극히 혐오했다. 정확히는 스스로를 혐오스러워했다.

하지만 여인이 들어가고 잠시 후, 오해할 수 없는 여자의 가느다란 신음이 울렸다. 예민한 밤공기를 울리는 신음은 밤새 이어졌다.

동트는 새벽, 희관은 초막에서 살금살금 빠져나오는 여자의 앞을 가로막았다. 움찔하던 여자가 그를 원망스레 올려다보더니 한숨을 푹 쉬며 말했다.

"약속은…… 꼭 지켜주시리라 믿습니다."

대공의 눈이 붉은 기운을 비추고 꼬박 하루를 더 버텼기에 여자가 죽어 나올지도 모른다고 생각했었다. 그런데 여자는 초췌했지만 무사해 보였다.

"약속대로."

원하는 대답을 들은 여자는 힘겹게 걸음을 옮겼다. 초막에서 최대한 멀리 떨어지고 싶다는 듯이. 희관의 눈짓에 여자를 따라간 차복이 그녀가 쉴 수 있게 안내해 주었다.

초막이 열렸다. 숨을 멈추며 명을 기다리는 희관에게 의신이 입을 열었다.

"약속이라니?"

"별것 아닙니다. 살길을 마련해 주기로 한 것뿐입니다."

"……지키도록."

너무도 의외의 말이라 희관은 놀랄 수밖에 없었다. 의신이 광기를 한순간 식혀준 여자에 대해 언급하는 건 처음 있는 일이었다. 그러다 상황이 상황이니만큼 곧 수긍하고 말았다. 그녀가 매춘부가 아닌 여염집 부인이라는 걸 알아서였는지도 모른다.

"내일 한 번 더 들일까요?"

"아니다. 필요 없다. 해가 짧으니 출발을 서둘러라! 육포로 계속 식사를 대신하고 최소한의 휴식으로 귀환한다!"

희관은 몰래 의신을 살폈다. 물론 몰래 본다고 모를 의신이 아니지만.

광기가…… 잠들었다. 그 아슬아슬하게 일렁이던 붉은빛이 갈무리된 듯 평소의 눈빛으로 돌아왔다.

"네!"

의신이 몸을 돌리며 걸어가자 희관은 몰래 안도의 한숨을 삼켰다. 그런데 너무 안도한 나머지 의신의 광기가 그 어느 때보다 쉽게 가라앉았음은 놓치고 말았다.

잠시 후. 다시 귀환을 서두르는 말발굽 소리가 초원을 울렸다. 여느 때와 조금 다른 모습이라면 맨 뒤 장한의 등 뒤에 여인이 매달려 있다는 것이었다.

그로부터 사흘 뒤 그들은 적영의 성문을 지날 수 있었다. 함께했던 천무단 누구도 상하지 않은 무사 귀환이었다. 도착 직전, 따로 빠졌던 차복이 여자를 모처에 데려다주고 합류하는 것으로 희관의 머릿속에 그녀는 사라졌다.

그 사흘 전.

'빌어먹을, 빌어먹을, 빌어먹을!'

홀로 초막에 들어온 그녀는 욕을 되뇌었다. 이보다 더 심한 욕설이 생각나지 않아 계속 같은 욕만 반복하는 중이었다.

— 살아라!

대공의 초막에 들어야 했던 그 비참한 순간 그 말은 그녀를 또 붙잡아주었다.

장군이라 불리던 이가 등 뒤로 문을 닫는 순간 도망치고 싶었지만 우뚝 서 있는 그림자를 본 순간 사로잡힌 듯 꼼짝할 수 없었다.

그였다. 붉은 사신.

희관은 그녀가 두 번이나 기절한 것이 하 가가 죽은 걸 보고 놀라서라고 생각했지만 그녀가 정말 놀란 건 붉은 사신 때문이었다.

정신을 놓은 건 본능적으로 전해지는 두려움과 거부감이 정신을 뒤흔들었기 때문이다. 그렇지만 이상하게도 그녀를 이끌었던 목소리가 자꾸만 떠오르는 걸 보면 어쩌면 그가 살길인 것 같았다. 그러나 살길이 이런 식인 줄은 정말 몰랐다.

그런데 붉은 사신, 아니 붉은 대공은 그녀가 들어온 걸 알 텐데도 가타부타 아무런 말도 하지 않았다.

'이대로 나가라고 했으면.'

그러나 희망도 잠시, 다음 순간 그녀는 마른 먼지 냄새를 풍기는 지푸라기 위로 쓰러진 상태였다. 굳어버린 몸과 머리는 옷이 벗겨지는 것조차 인지하지 못했다.

"미안……."

까무룩한 정신 사이로 그런 소리를 들은 것도 같았다. 그 후론 기억하기도 싫었다.

아팠다. 끔찍하게도 아팠다. 살아남기 위한 선택이라지만 이런 끔찍스러운 고통이라니! 거의 소박데기긴 해도 이 몸이 처녀는 아니었다. 그런데도 그토록 고통스럽기만 하다는 건 필시 사내의 문제였다. 아무리 욕망에만 충실한 것이 사내라지만 끔찍하게도 이기적이었다.

'빌어먹을, 대공! 빌어먹을 장군! 이곳만 벗어나면 다시는 그림자도 보지 않으리!'

정신을 차리고 보니 원망은 어느새 장군을 향하고 있었다. 지 장군이라 불리던 그는 대공과는 다른 의미로 무서운 사람이었다. 조근조근한 어조로 '시침을 거부하면 고향에 되돌려 주겠다'라던 목소리가 떠오르며 다시 몸이 떨려왔다. 애초에 그녀에게 거절이란 있을 수 없었다. 아마 싫다고 했으면 고향에 돌려주기보다는 목을 쳐서 이 벌판에 내버렸겠지.

그러나 만일 정말로 고향에 돌려보내 준다고 해도 문제였다. 하 가가 없어진 지금에는 하 가와 비슷한 탐욕스러운 친족들이 그녀를 내버려 둘 리가 없었다. 물론 장군이라는 남자도 그 사실을 알고 있었다.

등이 떠밀려 초막 안으로 들어섰다가 나올 때까지도 그녀는 반쯤 혼이 나가 있었던 것 같았다. 그러나 지금, 아래에서부터 올라오는 욱신거리는 통증이 살아 있다는 현실을 느끼게 해주었다.

인격과 기억이 엉망진창인 거? 그것도 당장 살 수 있어야 따질 수 있는 거다.

살았다. 그거면 된 거다. 그거면.

다행히도 장군은 살 길을 도모해 주겠다던 약속을 지켜주었다. 적영에 도착하던 날, 내내 그녀를 함께 태우고 왔던 차복이란 무사가 어딘가로 안내했다.

"지 장군의 명이오! 이 여인은 변방의 소람에서 온 사람인데 앞으로 이곳에서 일하게 하시오!"

"네? 네……."

여인의 떨떠름한 대답을 확인한 차복은 그녀가 감사 인사를 하기도 전에 가버렸다.

그리고 그녀의 앞에 남은 건 강퍅해 보이는 여인뿐이었다.

"나는 이곳 백화궁의 별관을 담당하는 시녀장 애영이다. 네년, 이름이 무어냐?"

차복의 앞에선 절절매며 굽실거리던 여인이 순식간에 표독스러워지는 걸 본 그녀는 만만치 않은 미래를 그릴 수 있었다.

"서 가, 이린이라 합니다."

"이린이라……. 얼굴이 꽤 반반하구나. 몸이 여리여리한 것이 일을 잘하게 생긴 것도 아니고. 어떻게 네년 같은 촌구석 여자가 성에 발을 들일 수 있었지? 부부장 나리의 줄을 잡고 온 거냐?"

부부장 나리? 익숙하지는 않았지만 그녀는 어렵지 않게 그것이 차복의 직책임을 알 수 있었다. '막내야! 차복아!'라고 불리던 무사도 보통 신분이 아니었던 것이다. 하긴, 장군, 아니 그보다 더한 대공도 함께 있었던 마당인데…….

'아니 잊자, 깨끗이 지워 버리자.'

이린은 순순히 답해주었다.

"발흉족이 마을을 급습했는데 제가 그 내통자를 일러드렸습니다……."

"내통자? 네가 어찌 알고?"

"그것이……."

"흥, 네 친족이나 이웃을 발고한 모양이구나? 그러니 그 마을에 더 살 수 없었던 모양이지?"

애영의 질문은 이린에게 혹시나 뒷배가 있는 건 아닌지 확인하는 것이었다. 그러면서 그녀를 쭉 훑어보는 애영의 눈살이 찌푸려졌다.

이린은 초췌하긴 했지만 오목조목한 이목구비, 가느다란 몸매,

순한 인상에 그 커다란 눈이 사내들을 홀릴 인상이었다. 쪽 째진 눈을 가진 애영은 질시 가득한 눈으로 그녀를 노려보다가 이를 번득이며 웃었다.

"가자! 하던 일을 놓고 나왔느니. 따라오너라!"

"네……."

몇몇 지나치는 나인들에게 이린을 새로 온 하너라 말하며 걷던 애영이 문득 돌아보며 물었다.

"혼인은 했느냐?"

"네, 했습니다."

"하면 남편은?"

"야만족 습격 때 죽었습니다."

캐묻는 모양새가 무척이나 심술궂음에도 이린은 순순히 답했다. 단지 그게 언제인지, 누구에게 죽었는지까지 말할 필요는 없어 생략했다.

"흐응……."

의미 불명의 이상한 소리를 낸 애영은 저가 말을 걸어 걸음을 늦추고도 이린을 향해 굼뜨다며 혀를 차며 재촉했다.

"내성엔 절대 함부로 발을 디딜 수 없다. 알겠느냐?"

"네, 명심하겠습니다!"

"어서 가자. 네년을 받느라 일이 늦춰졌다. 착실히 일하지 않으면 쫓겨날 줄 알아라!"

"네!"

이린은 애영을 따라가며 몰래 한숨을 쉬었다.

정말 잘할 수 있을까? 불행하게도 이 몸은 연약하기 그지없었다. 살도 근육도 없이 바싹 마른 몸은 툭 건들면 부러지게 생겼다. 이런 몸으로 고된 일을 하고 살아갈 수 있는지 막막했다.

하지만 그 의심을 누르는 듯 그녀를 깨운 목소리가 되살아나 다시 힘을 주고 있었다.

'살아야지, 살자, 살자, 서이린! 힘내, 힘내!'

그런데 그 와중에 한 가닥 의문이 솟았다.

서 가, 이린. 이상했다. 이 몸의 이름은 아니었기 때문이다.

'설마, 내 이름이 서이린이었나?'

순간 떠오른 생각은 이유 없이 야멸찬 애영의 호령에 생각할 새도 없이 사라졌다. 그리고 스스로 다잡은 다짐은 채 사흘이 지나기도 전에 꺾이고 말았다.

유약해 보이는 몸이건만 그녀의 여린 몸은 의외로 과한 노동을 견뎠다. 냉기 가득하고 발을 뻗기도 어려운 좁은 방, 첫날부터 찬물에 담긴 엄청난 그릇들과 빨래들을 다 하고도 버텨주었던 것이다.

하지만 애영이 문제였다. 애영은 보이는 것보다 더 성질 나쁘고 뾰족한 여자였다. 새로 온 하녀의 기를 잡자는 것인지 아니면 쫓아내려는 것인지 그녀는 매번 할 수 있는 이상의 일을 종용했다.

"거기! 아직도 빨래를 덜 한 것이냐? 아직 반도 하지 않았잖느냐! 마님께서 아끼시는 탁자 보(褓)라 하지 않았느냐? 그런데 이걸 방망이로 두드려? 너는 세탁하는 법도 모르느냐? 이건 뭐냐, 이걸 아직까지 여기 두면 어쩌자는 게야! 네가 정말 일하러 온 년이 맞느냐? 곱상한 면상으로 딴짓하러 온 게 아니냐?"

참고로 이린이 일하는 곳은 전대 대공의 동생인 백화 부인이 머무는 처소다. 그런데도 빨랫감은 군사들 옷이 한가득이었다. 별궁을 지키는 군사들이 있는 건 당연하겠지만 그들의 빨래까지 별궁 하녀들이 할 일인지는 몰랐다. 그걸 혼자 해야 한다는 것도.

산더미 같은 빨래는 절대 한 사람이 하루에 할 일이 아니었다. 부인이 아낀다던 탁자 보인지 뭔지 모를 천 쪼가리는 오래 묵힌 냄새가 나는 얼룩진 빨래들 사이에 같이 들어 있던 것이다. 바닥에 내려놨다는 건 다 빨아서 널기 직전의 것인데 애영은 이린이 그걸 널려는 순간에 와서 방해하고 있는 것이었다.

감시에, 욕설에 생트집까지……. 변명 따윈 소용없었다. 맞받아치는 순간 더 괴로워지는 건 이린이었다. 무작정 다 받아들이면 더 우습게 보고 함부로 대할 테지만 애영이 그녀의 목숨 줄을 쥔 거나 마찬가지였으니 무조건 참아야 했다.

"죄송합니다. 죄송합니다."

독기를 부리는 상대가 고분고분하면 맥이 빠질 법도 한데 애영에겐 통하지 않는 말이었다.

"흥! 네가 무슨 작정으로 성으로 들어온지는 모르나 여긴 백화 마님의 처소다. 나인은 물론이고 하녀들의 규율도 엄한 터, 네년이 감히 남정네들에게 꼬리를 치는 꼴이 보인다면 당장 내쫓길 것이야. 알겠느냐?"

"네, 알겠습니다."

이린은 입술 안쪽을 꽉 깨물었다. 이곳에 온 지 사흘째 저녁때인데 성긴 밥 두 끼밖에 먹지 못했다. 일을 못한다고 애영이 밥을 못 먹게 했기 때문이다.

지나가던 나인들이 그런 애영과 이린을 보고 수군거렸다.

“저런 어째.”

“저 빨래들, 내성에서도 가져왔다던데?”

“이 추운데 정말 너무했다. 심 부부장 나리가 맡기고 간 사람이라는데 저래도 되나 몰라.”

“그래서 더 저런 거 아닐까? 얼마 전 애영 시녀장이 윤 부부장님께 꼬리 치다가 우스운 꼴만 됐잖아. 그 장본인이 심 부부장님이었고.”

윤 부부장은 적영의 여자들치고 흠모하지 않는 이가 없다는 성덕이었다.

애영도 그를 열렬히 흠모하는 여인 중 하나였다. 한데 애영이 두 달 전 침방 하녀를 닦달해 면포에 곱게 수를 놓아 성덕에게 선물했다가 채 한 시진이 지나지 않아 그것으로 차복이 목을 닦고 우물가에 던져 버리는 걸 보고 말았다. 그날부로 미움의 대상이 되고만 차복이 데려온 사람이 이린이니 작정하고 괴롭히는 것이다. 아마 차복과 연관이 없다 해도 그리 달랐을 것 같진 않지만.

“아휴, 제 얼굴에 묻은 똥도 안 보이나. 저이는 어제 저녁도 못 먹고 잔 것 같던데. 저러다 오늘 저녁도 굶게 되는 거 아냐? 몰래 찬밥 한 덩이라도 줄까?”

“아서, 덕분에 우리가 저 등쌀을 피하니 얼마나 좋아.”

“그건 그렇지만…….”

“이크, 괜히 눈 맞췄다간 불똥 떨어질라! 우린 가자!”

“응? 응.”

이린은 결국 그날 저녁도 굶어야 했다. 주린 배를 잡고 반쯤 쓰러진 이린의 눈에서 절로 눈물이 쏟아졌다.

밤이 더 이슥해지고 모두 잠든 시각, 몰래 방문을 두드리는 소리가 났다.

"뉘시오!"

"쉿, 조용히 하세요. 나는 소주방(燒廚房)에서 일하는 여희라 해요. 이거……."

이린이 살짝 열린 문 사이로 불쑥 들어온 것을 엉겁결에 받자 문은 다시 금세 닫혔다.

"쉿, 비밀이에요! 이것밖에 못 드려서 미안해요. 힘내세요. 그리고…… 흠, 흠. 아니에요. 내일 봐요! 앗, 오늘 내가 온 건 절대 비밀이에요!"

"고, 고맙……!"

얼굴도 보여주지 않은 소주방 나인은 이린의 인사도 받기 전에 벌써 사라지고 없었다.

이린이 작은 천 조각을 풀자 기름을 바른 주먹밥이 모습을 드러냈다. 차가운 밥을 한 덩이를 문 순간 그녀의 눈에선 한줄기 눈물이 흘렀다. 이상하게도 입안에 들어온 낟알들이 유난히 따뜻하게 느껴졌다. 이 세상에서 깨어나고 처음으로 받은 친절한 온정이었다.

버틸 수 있다. 버틸 것이다.

여희…….

고마운 이름을 중얼거린 이린은 주먹밥을 꼭꼭 씹어 먹었다. 그날 밤은 춥지 않은 것 같았다.

"빌어먹을!"

침전으로 들어오던 의신은 야무진 욕설을 떠올리며 피식거렸다. 그의 광기를 잠재운 여인이 숨죽여 속삭이던 말이 다시 생각났던 것이다. 그 놀라운 감정 표현에 뒤따르던 태내관 주민의 눈이 휘둥그레졌지만 의신은 모른 체 생각을 이었다.

아내라 여겼던 이전의 두 정혼녀는 물론이고 불가피하게 밤을 보냈던 어떤 여인에게서도 그런 직설적인 원망은 들은 적이 없었다. 대공의 위명에 무서워하는 이는 많았지만 여인들은 보통 그의 눈에 들기 위해 교태나 아양을 떨던 이들이 대부분이었으니 그녀의 반응이 신선했던지도 모른다. 어둠에 묻혀 대면하거나 뒷모습만 스쳤기에 얼굴은 기억나지 않지만 그녀의 중얼거림은 갈수록 생생해지는 것 같았다.

하지만 그 야무진 비난과 함께 떠오르는 것은 두려움을 누르던 신음과 울음소리였다. 순간, 잠시 맺혔던 미소는 파스스 얼어버리고 말았다. 혈겁을 막기 위해서라지만 결국 그녀는 희생양일 뿐이었다.

그림자도 보지 않겠다고 했던가. 그녀에게 자신은 다시 보는 것조차 악몽이리라. 희관이 살펴준다고 했으니 더는 상관하지 않는 것이 옳았다. 그녀를 위하는 최선은 잊어주는 것이리라.

"전하!"

"……무엇이냐?"

생각이 너무 깊었던 듯했다. 침구를 직접 살피고 매만지던 주민이 어느새 나갔다 들어와 그를 부르고 있었다. 다시 표정이 사라진 의신을 보는 주민의 얼굴에 짧게 안타까움이 스치고 지나갔다.

"전하, 홍 가문의 유경 영애가 뵙기를 청하옵니다."

"시작인가?"

씁쓸한 읊조림에 주민은 대꾸하지 못한 채 허리를 숙였다.

현재 내성 별궁에는 그의 정혼녀 후보들이 와 있었다. 모두 빼어난 용모는 기본이요, 유력한 가문 출신의 처자들로 유경은 전 대공의 친우이자 장경 부(部) 도독 홍성원의 금지옥엽이었다. 그런 여인이 침전에 든 그를 찾아온 것이다.

"들라."

"전하, 배알을 허락해 주셔서 감사하옵니다."

유경이 곱게 허리를 접으며 인사했다.

내려뜨린 숱 많은 칠흑 같은 머리에 단 진주와 보석들이 빛나며 우아한 동작을 따라 향기가 번졌다. 하늘하늘한 옷 아래 투명하게 비친 피부가 요염하게도 보일 법했지만 의신의 표정은 변함이 없었다.

"내게 황실의 예를 차릴 필요까진 없소. 말하시오."

내성에 자리 잡은 지 벌써 두 달, 처음 그의 무뚝뚝함에 얼굴을 붉히던 유경은 초탈한 듯 생긋 웃기까지 했다.

대공이 냉혈임을 모르는 이가 누구랴. 그동안 얼굴을 마주한 것이 손에 꼽을 정도로 적었던 그녀가 직접 그를 만날 기회를 얻는 것만 해도 엄청난 것이었다. 그것이 비록 체면 불고하고 무작정 쳐들어온 것이라 해도. 그리고 체면 같은 건 이 순간 가장 쓸모없는 것이었다.

"전하, 적토의 주인이시여! 저는 어린 시절 전하를 뵙고 오로지 전하를 보고 자랐습니다. 전하께서 정혼녀를 맞으셨다는 말에 애를 끓이면서도 하루빨리 시간이 가길 바랐습니다. 전엔 제가 어려서 자격이 안 되었지만 이젠 충분히 자라 이 자리에 오게 되었습니다."

사설이 길었지만 뒤는 뻔했다. 이전에 정혼녀를 맞을 때도 겪은 일들이었다.

대공의 표정이 점점 더 차갑게 가라앉는 걸 보는 태내관은 안절부절못했지만 유경에게 그런 눈치는 없었다.

"내궁엔 저 말고도 다른 정혼자 후보들이 와 계시지요. 인동도독 영애나 임록 부사의 영애, 백원 자사의 영애 모두 훌륭한 규수들입니다. 전하께서 다 품으셔도 누가 뭐라고 하겠습니까. 하나 감히 청합니다. 제가 가장 먼저 아들을 출산하는 여자가 되고 싶습니다."

다 품는 걸 인정할 테니 저를 먼저 선택하라? 당돌하다고 해야 할지, 발칙하다고 해야 할지. 대놓고 대공비가 되고 싶다는 말이었다. 아들을 가장 먼저 출산하는 이가 대공비가 되는 것이니.

제 빼어난 신분과 용모에 당연한 자신감일 수도 있지만 유경은 유독 심했다. 벌써 자신이 대공비나 된 양 내성을 휘젓고 다니는 것 하며, 전 대공 부인들에게는 살랑거리면서 후계 구도에 힘을 쓰지 못할 것 같은 이들은 업신여기는 그녀에 대한 소문은 그리 관심을 두지 않는 의신도 알고 있었다.

그러나 저가 감히 업신여기는 대상이 뉘인 줄 그녀는 아직도 모르고 있었다.

"아직 정혼자가 정해지지 않았소. 정혼하지 않게 되면 영애들은 집으로 돌아가게 될 터인데 처자로서 몸을 귀중히 여겨야 하지 않겠소."

"전하!"

"내달 중에 정혼녀가 결정될 것이오. 그때까지 보중하시오."

이미 축객령이 내려진 거나 마찬가지인데도 유경은 물러나려 하지 않았다.

"하지만! 하지만 대공께선 여인네가 필요하지 않습니까!"

"영애가 상관할 일이 아니오."

의신의 일갈에 냉기가 뿜어져 나왔다. 몸이 떨리는 살기에 유경은 저절로 몸을 수그리며 용서를 구했다. 주민은 나갈 생각은 않고 눈치 없이 엎드린 그녀를 물러나게 해주었다. 대공을 유혹할 생각으로 자신만만하게 들어왔던 유경은 오줌까지 지리면서 도망쳐야 했다.

"문을 모두 열라!"

주민이 서둘러 문을 열어 유경이 머리와 옷에 들이부었던 독한 향내를 흩어냈다.

"전하……."

의신을 바라보는 주민의 눈엔 분노와 안타까움이 어우러져 있었다.

어린 계집의 언사가 발칙하다 하여 분노하기에 앞서 그것이 대개 대공을 바라보는 시선이었다. 수명이 짧은 대공이 어서 후계를 생산하길, 그러니 혈통 좋은 영애를 들여 어서 빨리, 많이 품기를 바라는 것이다. 그의 아버지인 전 대공이 바로 그러했다.

그러나 현 대공인 의신은 이전에 정혼녀를 들일 때도 한 사람만 들였었다. 하지만 첫 번째 정혼녀는 5년 전 출산 중에, 그리고 두 번째 정혼녀는 3년 전 임신 중에 사망해서 대공비의 자리가 비었음은 물론 후계가 불안했다. 연치(年齒) 스물여섯인 대공이 아직 딸이든 아들이든 후사가 없음은 큰일이었다. 혈통에 근거한 적토의 세습에 혼란을 초래할 수 있기 때문이다. 하나 그는 스스로 씨를 뿌리는 수퇘지가 된 것 같아 혐오스러움을 떨치지 못했다.

군주로서의 의무를 생각하면 어리석은 생각이겠지만 그가 품은 건 피를 갈구하는 광기였다. 그 광기를 잇기 위해, 또는 억제하기 위해 여인을 필요로 하는 자신이 괴물 같았다.

그런데 그날, 그 여인은 달랐던 것 같다.

잊자고 했던 생각이 순식간에 그녀에게로 돌아갔다. 그때는 붉은 저주를 이틀을 넘겨 참고 있던 터라 거의 제정신이 아니었었다. 눈치 빠른 희관이 꽤 빨리 알아채긴 했지만 징조는 이미 그보다 하루 전부터 시작되고 있었다. 해서 희관이 귀환 길에 여인을 달고 출발하는 의도를 알면서도 만류하지 못했다.

광기에 젖으면 피아(彼我)를 구분하지 못해 아군까지 도륙할 수도 있었다. 광기의 속삭임 속에서 달콤한 여자의 향기가 내내 그를 유혹했다. 희관이 여자를 들여보낸 순간 그 광기는 한순간에 뿜어져 나왔다. 한데 그 순간의 해방감이라니! 이래서 잊을 수 없는 모양이었다. 그 어느 순간보다 더 강렬한 쾌감과 해방감이 아직도 그의 마음을 뒤흔들고 놓아주지 않았다.

그러나 그녀가 눈물을 흘리며 몰래 욕을 해야 할 만큼 그 행위는 철저히 이기적이었다. 광기, 다른 말로 독기를 뿜어내는 것이었으니까.

지금이라도 다시 만난다면…….

'……!'

그 아찔한 감각을 되새기던 의신은 언뜻 들었던 생각을 퍼뜩 다잡았다. 아버지의 총애를 받던 정부들이 어떻게 죽었는지 그새 잊었던가! 정말이지 그녀를 잊어주는 것이 가장 위하는 길이었다. 하나 이성과 감정이 항상 일치하는 건 아니었다.

잠을 청하는 그의 머릿속을 지배하는 건 한 단어였다.

'빌어먹을!'

몽(夢)

간신히 밀실 앞까지는 왔으나 문을 열 수가 없었다. 저 문만 열 수 있다면 이 죽을 듯한 상처도 나을 수 있다. 습격자를 몰아내고 배덕자의 목을 칠 수 있다. 하지만 피를 너무 많이 흘렸다.

설마, 내관들이 모두 암살자로 변했을 줄은 몰랐다. 피습자는 항시 지근거리에서 그를 모시는 내관이었다. 그딴 암습을 알아차리지 못한 자신이 한심할 따름이었다.

지난밤 침소에 들었던 네 번째 부인 신 씨가 올린 차에 약이 섞인 게 틀림없었다. 아니, 그 전날 밤을 보낸 사 씨도 약을 섞었나? 모르겠다. 아무도 믿을 수 없었다. 누가 배덕자이고 누가 충신인지 알 수가 없다. 자신보다 더 믿는 주민은 이미 마지막 암습자의 칼에서 그를 감싸고 목숨을 잃었다.

희관은 어찌 되었을까? 설마 그도 당한 것은 아닐 테지? 하, 이제 와서 무슨 소용이랴! 배덕자들이 야만족들과 결탁해 성을 점령했다. 몸만 성하다면 얼마든지 되찾을 수 있지만 밀실의 문을 열지 못하는 이상 희망이 없었다.

한데 마지막을 예감하는 그의 곁에는 16년 전 사라진 인장이 찍힌 문서를 들고 온 소년이 있었다. 아들이나 딸들, 희관도 천무단원도 아닌 처음 본 소년이 부상당한 그를 부축하여 이곳까지 온 것이다. 소년은 그를 부축하지 않은 다른 손에 긴 검신의 칼을 들고 있었다. 그를 배알하기 전 샅샅이 몸수색을 마친 소년의 품에서 갑자기 칼이 생겨난 것은 그가 암습자의 칼을 맞은 직후였다.

여기까지 와서야 소년의 존재에 의심을 품었다. 생명이 경각에 달하자 본능적으로 밀실로 향했지만 최측근 인물들이 배신자로 돌아선 마당에 무얼 믿고 이곳까지 소년과 함께 왔단 말인가?

소년은 그를 부축한 채 왜 여기서 멈추느냐는 듯한 얼굴로 쳐다보고 있었다. 동글동글하니 순진한 얼굴이다. 처음 소년의 얼굴을 보자마자 저도 모르게 설레고 호감이 솟아나 울컥했더랬다. 하지만 저 순진함 아래 과감한 맹수의 모습을 감춘 아이였다. 암습자를 한 칼에 베어버리던 아이의 손짓엔 주저함이 없었다.

의혹이 생기기 시작하자 순식간에 부풀기 시작했다. 마음을 산 것부터가 그랬다. 혹시 주술을 부린 것인가? 하면 이 밀실을 알고자 온 세작이던가? 흥, 그러나 이 문은 아무나 열 수 없다. 부질없다. 그 부질없음을 제 몸으로 직접 부딪쳐 알게 될 것이다.

“여기, 이것이 밀실의 문이다. 열어볼 테냐?”

소년이 눈을 동그랗게 뜨더니 저를 가리키며 물었다.

“저요? 제가요?”

소년의 표정은 벽을 열라는 데 놀라는 게 아니었다. 설마, 설마 이 문이 자격을 따진다는 걸 알고 하는 말일까? 역시 세작이었던가? 오냐, 여기까지 온 이상 어디까지 하는지 지켜볼 테다. 마지막까지 왔다지만 세작의 수작에 놀아나진 않을 것이다.

"나는 문을 열 힘이 없다, 어서!"

그가 검병을 꽉 그러쥐는 걸 보지 못한 것인지 소년은 한숨을 푹 쉬더니 벽처럼 보이던 문에 손을 대었다. 흐읍! 한껏 숨을 들이쉰 소년이 벽을 힘껏 밀었다.

열릴 리가 없는 문이…… 열렸다! 그것도 저렇게 쉽게 열릴 줄은 몰랐다.

밀실은 자격 있는 이도 셋 중 둘은 열지 못한다. 그런데 여태 한 번도 본 적 없는 이 아이가 단숨에 문을 열었단 말인가!

"너, 너 누구냐!"

"네? 소인의 이름은 용화라고 하지 않았습니까?"

"네놈, 넌 누구의 아들……."

"여기 핏자국이다! 이쪽이다!"

"밀실이 있을 게다! 밀실로 들어가기 전에 잡아야 한다!"

"어서, 어서요!"

개가 짖는 소리가 가까워지고 있었다. 말소리가 들림과 동시에 소년이 그를 문 안으로 잡아끌었다. 잠시 망설이던 그는 소년의 손에 이끌려 들어갔다. 이 순간 당장 배덕자들의 손에 잡히느니 차라리 밀실 안에서 끝을 봐도 볼 것이다.

"개가 흥분했다! 저기다!"

그 소리를 마지막으로 소년이 문을 밀어 닫았다. 언뜻 닫히는 문 사이로 개가 뛰어오는 모습이 보인 것도 같았다. 사납게 뛰어오던 개는 다시 벽인 양 변해 버린 문에 부딪쳤을 테지만 비명은 들리지 않았다.

정적이 그와 소년을 감쌌다.

개 짖는 소리, 개를 뒤쫓는 발소리, 고함, 병장기 부딪히는 소리, 모두가 사라진 공간이 그와 소년을 감쌌다. 벽면에 촘촘히 박힌 빛나는 돌들이 두 사람의 모습을 비출 뿐이었다.

소년이 사방을 둘러보더니 먼저 입을 열었다.

"여기에서 다시 나가는 길이 있습니까?"

그는 소년이 다시 부축하려는 팔을 뿌리쳤다.

"가지 않는다!"

"네?"

"말하라! 너는…… 누구냐?"

그가 한참이나 소년을 노려보고 서 있는 가운데 소년은 옆구리에서 피가 흐르는 그의 상처를 보며 안타까운 눈을 했다.

그러나 정체와 의도가 의심스러운 놈이다. 세작보다 더 위험한 존재일 수도 있다. 아니, 반역의 원인이 이 소년일 수도 있었다. 순한 눈을 하고서 암습자를 열 넘게 눈 하나 깜빡 않고 해치운 소년과 단둘이 밀실에 있다니 제 발로 함정에 들어온지도 몰랐다.

지팡이 대신 짚고 있던 칼을 들어 겨누자 소년의 표정이 흐려진다. 일견 서운하기도 혹은 서글퍼 보이기도 한 얼굴에 알 수 없는 죄책감이 일었다.

"처음 인사 올렸다시피 저는 용화라는 사냥꾼입니다. 사냥이

주업이고 농사를 짓기도 하는 대공의 백성입니다."

잘못 봤던 건가? 소년은 그새 울 것 같은 표정을 지우며 답했다.

믿을 수 없다. 저것이 다일 리가 없다. 순간 마지막에 들었던 감정에 화가 났다.

"거짓말 마라! 네 배후에 누가 숨어 있는 게냐!"

"배후…… 그런 거 없는데……."

살벌한 칼끝 앞에서 소년은 긴장하긴커녕 혼잣말처럼 중얼거리며 뒷머리를 긁적였다. 귀족이나 하물며 왕족의 언행은 아니었다.

"네가 평범한 사냥꾼이라고? 평범한 사냥꾼이 쓸 수 있는 검술이 아니었다! 누구에게 검을 배웠느냐!"

우연히 인장이 찍힌 문서를 가져왔고 우연히 반역이 일어나는 자리에 있었으며 우연히 암습자를 처치하고 그를 구한 거라면 뉘가 믿을까? 아니, 우연에 우연이 겹쳤음을 수긍한다 해도 소년이 밀실을 연 것만은 설명할 수 없다.

"제 친구, 아니 스승님이 가르쳐 주었습니다."

"스승? 그자가 널 이곳에 보낸 것이냐?"

"아, 아닙니다! 아니, 알려준 건 맞는데……."

그러면서 슬쩍 아래를 보는 소년의 표정이 꽤 난처해 보였다. 위기감은 없지만 꽤 쓸쓸한 소년의 표정에 그는 괜히 울컥하고 말았다.

정말 미혹의 주술에 걸렸는지도 몰랐다. 밀실까지 들어와 이렇게 마음을 놓게 하여 무얼 얻어내려는 것인가? 혹시 이곳이 다가 아닌 것까지 알고 있음인가? 후계에만 알리는 최종 비밀을 캐내려고?

앗, 그러고 보니 소년이 들고 있던 칼이 없었다. 생겨난 것처럼 감쪽같이 사라진 것이다.

"네 칼은 어디서 난 게냐! 그리고 어디로 숨긴 것이지?"

"아! 숨긴 게 아니라……. 전하께 알현을 청한 이유가 바로 이것이었습니다. 소인은 이걸 돌려드리기 위해 온 것입니다."

소년은 칼에 대한 대답 대신 들고 있던 것을 내밀었다. 때가 탄 천에 둘둘 말린 그것은 꼭 손잡이처럼 보였다.

손잡이라 생각하니 알 수 있었다. 그것은 소년이 암습자를 베던 칼의 손잡이였으니까! 그럼 칼날은 어디로 숨겼단 말인가?

"무엇이냐!"

소년은 돌려준다고 했다. 원래 대공부의 것이란 말이었다.

경계의 눈빛을 지우지 못하는 그의 앞에 소년은 천을 풀어 보였다. 허름한 천 아래 드러나는 그것의 정체에 그는 놀라움을 감출 수 없었다.

"그걸 어떻게! 네가 그걸 어떻게!"

"용서하십시오, 전하! 어머니도 내내 이걸 돌려드리고 싶어 하셨습니다. 하지만 돌려드릴 방도를 찾지 못하셨다고 하십니다. 정말 본의로 가져가신 건 아니었지만 큰 죄가 되는지라……. 할 수만 있었다면 진(陣)에 떨어지기 전에 이걸 던져 놓기라도 했을 거라고 내내 안타까워하셨습니다. 청컨대 어머니를 용서해 주시기 바랍니다."

소년이 무릎을 꿇은 채 두 손으로 고이 바친 그것은 찬란한 금빛을 발하는 인장이었다. 16년 전 사라진 대공 가의 가보이며 적토의 옥새나 다름없는 귀물. 16년 전 외성의 하녀가 훔쳐갔다고 알려진 그것을 그 하녀의 아들이 찾아온 것이었다.

묵은 배신감이 질끈 가슴을 건드렸다. 감히 그의 신뢰를 농락한 여인에 대한 분노가 되살아나는 듯했다. 하지만 그 분노는 앞에서 조아리고 있는 소년의 얼굴에 스르르 녹아버리고 있었다. 이제 와 보니 소년의 눈에서 그녀의 눈이 보이는 듯도 했다. 절로 마음이 가던 이유가 이것이었나?

'가만, 그럼 넌……?'

아니, 그럴 리 없다. 설마 하는 생각이 들었지만 그 설마가 아닐까 하는 생각이 자꾸만 들었다.

망상에 빠졌음인가, 순간 핑 정신이 흐려지는 게 느껴졌다.

약 때문이다. 몸만 성했다면 약 기운 따위 뭉쳐서 배출할 수 있지만 피를 너무 흘린 나머지 혈관을 타고 도는 약효가 그의 심장과 머리를 공격했다. 아니 그것도 핑계였다. 이미 그의 몸이 이따위 약기운을 이겨내지 못할 정도로 끝을 향하고 있다는 뜻이었다.

"앗!"

소년의 안타까운 비명이 들리는 것 같았다. 하지만 부상과 독을 이기지 못한 몸은 정신을 붙잡아주지 못했다.

절망적인 얼굴로 달려오는 소년의 모습을 마지막으로 그는 눈을 감았다.

재잘재잘. 머리맡에서 시끄럽게 떠드는 소리가 들려왔다. 사내와 어린아이의 경계를 지나는 변성기 소년의 목소리였다.

소년은 누구와 대화를 나누는 것인지 그가 깨어난 것도 알지 못한 채 계속 이야기를 나누고 있었다. 무엄하다. 하지만 무엄하다고 소리치기보다 그 목소리를 계속 듣고 싶었다.

"뭐? 가출이라니! 무슨 그런 얼토당토않은…… 에잇, 넌 끝까지! 헤어지는 마당에 마지막까지 그러고 싶으냐? 어? 그래, 간다. 정말 가. 응, 응, 그래, 너도 잘 있어라. 너도 네 집에 와서 좋지? 어…… 이제 와서 말하지만 나도 너랑 헤어지는 게 시원섭섭해. 고마웠어. 너는 내 평생의 친구이자 스승일 거야. 너처럼 좋은 친구도, 좋은 칼도 다시 못 만날 거야. 그래도 네 집이 여기니까……. 뭐라고? 아냐, 아휴…… 나도 이제 그분을 받아들여야지. ……도. 뭐? 말도 안 돼! 대공자님이라니! 그냥 본 걸로 만족해. 그래, 인마. 어머니가 행복해 보이시니까. ……이 태어날 때가 다가와서인지 더 여려지신 것 같아. 내가 보이지 않으면 걱정하실 거야."

소년은 누구에게인지 모를 작별 인사를 하고 있었다. 한데 그 인사는 그것이 끝이 아니었다.

"정말 만나 뵙고 싶었습니다……. 어머니는 이곳 이야기를 절대 말씀해 주지 않으셨지만 저 녀석이 참말이지 말이 많은 녀석인지라……. 덕분에 저 녀석 집도 찾아줬고요. ……를 만났으니 제 원(願)은 다 풀었어요. 이제 다시는 뵐 일이 없겠네요. 녀석 말이 여기에서 깨어나시면 몸을 회복하신다고 하니 전 안심하고 가겠습니다. 그럼 보중하시고 역적 놈들 꼭 물리치세요! 안녕히 계세요."

보지 않아도 소년이 뒷머리를 긁적이는 걸 알 것 같았다. 아니 이런 작별 인사 같은 건 듣고 싶지 않았다. 안 된다! 너, 뉘냐? 뉘냐! 가지 마라, 가지 마라!

하지만 그의 외침은 소년에게 닿지 않았다. 소년이 절을 하는 듯 부스럭거리는 소리가 들리고 잠시 후, 고요해졌다.

얼마나 시간이 지났을까? 몸이 회복된 그는 눈을 뜰 수 있었다. 자신이 깨어난 장소에 그는 또 한 번 놀라고 말았다. 그곳은 그가 16년이나 들어올 수 없었던 곳이었다. 오로지 대공만이 들어올 수 있는 이 방의 열쇠, 인장이 그의 머리맡에 고이 놓여 있었다.

어떻게, 어떻게, 어떻게!

하지만 그의 의문에 답해줄 소년은 흔적도 없이 사라졌다. 아니, 의문은 그리 중요하지 않았다.

꿈결에 들었던 소년이 말이 사실이라면…….

그는 지옥에서 벗어날 길을 영영 잃어버린 것이었다.

2. 적영(赤影)

“깔깔깔!”

내성 빈청의 한 방 안에서 높은 웃음소리가 울렸다.

“유경 고 계집이 전하의 처소에서 허겁지겁 도망쳤다고 했느냐?”

“그렇습니다. 쉬쉬하긴 하지만 오줌을 지렸다고도 합니다.”

“정말? 그게 정말이냐?”

“유경 영애의 시녀들이 몰래 수군거리는 걸 들었습니다.”

시녀의 대답에 입을 가리며 눈꼬리를 휘는 그녀는 유경이 가장 싫어하는 임록 부사 기소을의 딸 화연이었다. 그녀의 외숙부는 적토의 이인자라 불리는 백추성 총관으로, 화연은 스스로 가문이나 미모로 자신이 최고라 자부하고 있었다. 유경은 저가 가장 예쁘다고 뽐내며 날을 세웠기에 서로 싫어할 수밖에 없었다.

“호호호호, 경박한 계집이 티를 내는구나! 사달을 낼 줄 알았느니.”

“그러하옵니다, 아씨. 아씨 말고 대공비에 어울리는 분이 뉘가 계십니까? 홍씨 가문 영애는 물론이고 최씨 가문의 영애나 유씨 가문의 영애는 가문이나 미모가 아씨를 따르지 못하지 않습니까?”

“제법 듣기 좋은 말을 하는구나!”

“아씨, 저는 사실대로 말한 겁니다.”

“호호호! 그래, 고맙구나!”

한껏 띄워주는 하녀의 말에 웃긴 했지만 화연의 속내는 겉모습처럼 마냥 편하지 못했다. 저가 대공비에 가장 어울린다고 자신하는 화연도 대공과 마주한 적이 손꼽기는 마찬가지였기 때문이다. 유경이 쫓겨난 일은 조만간 대공의 침소라도 몰래 찾아갈까 계획하던 그녀의 가슴을 뜨끔하게 만들었다.

또한 내성의 또 다른 빈객인 백원 자사 최지병의 딸 보명이나 인동 도독 유지암의 딸 향정도 만만찮은 집안의 여식들이었다. 각각 부와 군사력에서 최고를 가늠하는 집안의 그녀들은 혹여 정혼녀가 되지 않더라도 계속 남아 대공의 옆자리를 다툴 수 있었다.

내성 별궁의 빈청에 머무는 네 영애는 적토의 대공비, 아니 정혼녀로 간택되기 위해 두 달이나 기다리는 중이었다. 하나 간택이 된다 해도 대공 부인이 아닌 정혼녀가 되는 것이다. 정혼녀란 말만 그럴듯하지, 사실은 대공과 잠자리를 가질 자격을 갖춘 여자를 뜻한다. 대공 부인이 되는 것은 최소 아이를 출산한 다음이었기 때문이다. 아이를 낳지 못하고선 ‘부인’도 뭣도 아닌 공녀로서 첩이 되거나 혹은 집에 되돌아가게 된다.

적토에서 나고 자란 여인들은 그 자신들도 호전적이며 본능적으로 강한 이에게 이끌렸다. 연해국에서 가장 전쟁이 잦은 곳이지만 그렇기에 가장 강한 제후라고 알려진 적토의 주인, 적대공. 목석 같은 표정에 냉혈이 흐른다는 소문까지 도는 대공에게 여인들이 반하는 첫 번째 이유는 깎은 듯한 이목구비와 늠름한 외양이었다. 또 그보다 더 중요한 이유가 바로 야만족들과 숱한 전투를 치르는 대공은 한 번도 패한 적이 없는 무력을 지녔다는 것이다.

수천의 적을 마주하더라도 몇 날 며칠 쉬지 않고 싸워 이기고 돌아오는 대공의 무력은 백성을 지키는 힘이자 전설이었다. 암암리에는 대공의 핏줄이 신력을 지녔다는 소문도 있었다. 직계로 내려갈수록 그 피가 진하다는 것이다. 그것이 사실이라면 보통 사람은 상상하지 못할 대공의 무력을 설명할 수도 있었다.

하니 차가움이나 무뚝뚝함 따위, 여인네로서 적토의 최고 안주인 자리를 차지할 수 있다면 감내할 만한 것이었다. 해서 유력 가문의 하나뿐인 안주인이 되느니 첩이 되는 한이 있더라도 대공의 곁에 있기를 원하는 것이다.

유경과 화연은 열여덟, 보명이 열일곱, 향정이 열아홉 살로 모두 꽃과 같은 나이라 모처럼 내성이 그녀들로 인해 화려함이 꽃피고 있었다. 그 화려함을 부추기는 역할을 하는 이들이 전 대공 부인들이었다. 대공의 정혼녀 간택에는 안살림을 맡은 전 대공비의 역할이 컸다. 하지만 대공의 모후는 이미 2년 전 세상을 떠났기에 영애들은 전 대공 부인들에게 치성을 드리고 있었다.

하지만 전 대공 부인들은 대공에게 전혀 영향을 미칠 수 없다는 걸, 그리고 대공이 존경하며 의지하는 여인은 단 한 사람이라는 걸 그녀들은 아직 몰랐다. 내성에서 벗어난 별궁에 그 주인이 살고 있었다.

"마님, 날씨가 좋습니다. 이제 겨울이 가려나 봐요. 후원에 한 번 나가보시겠습니까?"

시녀 정옥이 창문을 열며 종알거렸다.

문을 열자 오소소 차가운 공기가 들어오긴 하지만 정옥의 말대로 밝은 햇살에서 겨울이 물러남을 느낄 수 있었다. 하지만 창밖을 바라보는 백화 부인의 얼굴은 수틀을 보던 멍한 표정 그대로였다.

백화 부인이 유일하게 소일하는 것이 있다면 수를 놓는 것이었다. 처녀 적엔 직접 칼을 차고 말에 올라 초원을 누볐다는 부인의 수놓는 솜씨는 가히 일품이었다. 방금 완성한 수틀에는 풀숲의 월조(越鳥; 공작새)를 노리느라 웅크린 범이 당장에라도 뛰어오를 듯이 보였다.

수를 놓는 동안에는 부인도 살아 있는 사람 같았다. 그러나 그조차도 하나를 끝내면 이렇게 멍하니 있기를 반복했다.

부인을 모시는 시녀 정옥은 아무런 답도 없는 부인에게 말도 걸고 음식도 권하고 좋은 걸 보여주려고 했지만 부인은 그녀와 눈을 마주친 적도 거의 없었다. 정옥은 추운지도 모르고 시린 나뭇가지만 하염없이 바라보고 있는 부인의 모습에 몰래 한숨을 쉬고 문을 닫았다. 그녀가 추운 공기를 쐬었으니 따뜻한 차를 올리겠다며 방을 나가는데도 부인에게선 여전히 아무 대답도 없었다.

정옥은 지난 8년간 백화 부인을 내내 모신 시녀였지만 부인과 눈을 마주치는 일조차 손에 꼽을 정도였다. 백화 부인은 총애하는 시녀가 없었다. 정확히는 아무에게도 관심을 두지 않았다. 심지어는 자신에게도. 넋 놓고 세상을 바라본 지 벌써 8년째. 그녀는 말조차 잃은 상태였다.

"어머!"

문을 막 나서던 정옥이 놀란 비명을 지르다 곧 안으로 아뢰었다.

"마님, 윤성덕 부부장님께서 드셨사옵니다!"

역시나 대답은 없지만 정옥은 개의치 않고 성덕을 안으로 안내했다.

부인의 앞에 선 성덕이 크게 허리를 숙여 절하며 인사했다.

"마님, 소인 성덕입니다. 별고 없으셨습니까?"

백화 부인의 눈이 스치듯 성덕을 보다가 다시 수틀에 시선을 주었다.

"어이쿠, 이 잘생긴 얼굴보다 저 범이 더 좋으신 겝니까? 저 범이 잘나긴 했으나 짐승 아닙니까! 소인을 봐주십시오!"

넉살 좋은 성덕은 너스레를 떨다가 정옥의 헛기침에 싱긋 웃었다. 그 모습에 정옥이 볼을 붉히긴 했으나 그런 여인네들의 시선이야 매양 보던 터, 성덕은 아양을 부리듯 백화 부인에게 눈을 끔뻑이기까지 했다.

"어인 일이신지요?"

백화 부인 대신 정옥이 나서서 물었다.

"소인의 아양 같은 건 그리 반갑지 않으신 것 같아 매번 섭섭합니다. 아, 이거……! 전하께서 마님께 올리는 것입니다. 직접 오고 싫어 하셨지만 아시다시피 내성이 지금 좀 시끄러워서요."

정말 섭섭하기라도 한 듯 입을 삐죽 내미는 시늉을 하며 성덕이 내민 것은 허리춤에 매달린 작은 주머니였다. 부피가 작아 들어 있는 건 얼마 안 되겠지만 대공이 백화 부인에게 소소히 올리는 물건들치고 귀하지 않은 것이 없었다. 장신구나 귀금속 종류도 있었지만 보통은 귀한 약재 종류였다.

정옥이 그것을 받아들고 고이 탁자에 올려놓자 그제야 고개를 돌린 백화 부인이 그녀에게 손을 내밀었다. 정옥은 그 손짓만으로 석판과 길쭉한 돌을 백화 부인의 무릎에 올려놓았다.

[대공은 무탈하신가?]

석판은 말을 잃은 백화 부인이 소통할 수 있는 도구였다. 그 도구가 쓰이는 때는 대공과 관계된 이야기를 하거나 대공과 직접 이야기를 나눌 때뿐이었다.

"무탈하십니다. 하지만 곧 다시 순행을 나가실 듯합니다. 지난 가을 흉년이 들면서 야만족의 습격이 더욱 빈번해져서 순찰과 함께 국경에 대한 수비를 다시 정비한다고 하셨습니다."

야만족과 결탁한 관리에 대한 것은 기밀이라 알릴 수 없었지만 의신은 최대한 자신의 근황을 백화 부인에게 알리곤 했다.

[내성의 손님들에 관한 말씀은 없으셨는가?]

"따로 말씀은 없으셨습니다."

'……'

백화 부인은 대공의 마음을 어렴풋이 이해하고 있었다. 그녀도 그 광기를 이은 대공의 직계였으니.

하지만 정혼녀는 곧 결정될 것이다. 관료들과 대공 부인들이 입을 맞춰 추천하는 후보가 정혼녀가 될 테지만 그녀는 이번엔 아마도 네 여인 다 정혼녀가 될 것이라 짐작하고 있었다. 이전에 두 번이나 실패한 것과 대공의 나이가 위태로웠기 때문이었다. 그렇게 결정될 일, 부인은 정혼녀 선정에 관여할 마음이 없었다. 다만 바라는 것은 있었다.

[새해에는 새 생명이 탄생하면 좋으련만…….]

"모두가 바라는 일이지요!"

고개를 끄덕인 백화 부인이 석판을 내려놓았다. 대화를 끝낸다는 표시였다.

성녁은 금세 멍한 얼굴로 되돌아간 백화 부인에게 인사하고는 물러났다. 정옥은 뒷모습마저 늠름한 성덕을 하염없이 쳐다보았으나 부인의 시선은 다시 허공을 향하고 있었다.

적영에 온 지 한 달째.

너무나 엄청난 일들의 연속 속에 이린은 혼란을 느낄 새도 없이 삶에 적응하고 있었다. 사실 제 상황을 파악하기보다 당장 하루 일감과 끼니가 문제일 정도로 하루하루 살아가는 자체가 치열했다.

그녀는 하루하루 염원을 떠올리며 스스로 힘을 북돋웠지만 그녀가 '잘' 살기를 방해하는 커다란 장애물이 있었다.

"어쩜 너같이 굼뜬 계집이 들어온 게냐! 아직 이걸 반도 못 한 게야?"

별궁의 우물은 여름엔 차고 겨울엔 오히려 따뜻하다지만 퍼낸 물은 금세 차가워지고 젖은 빨래는 무겁다. 벌써 며칠째 차가운

물에서 손을 빼지 못한 이린의 손은 퉁퉁 불다 못해 심각해 보일 정도였다. 그런데도 애영의 독심은 가라앉지 않는지 다 해놓은 빨래마저 트집을 잡아 다시 하라고 하기 일쑤였다.

애영의 심술은 누가 봐도 정상이 아니었다. 이린을 마치 원수를 대하는 양 괴롭혀대니 처음엔 내가 당하지 않아 다행이라며 지나치던 시녀들도 점점 수군거리기에 이르렀다.

그걸 가장 안타까워하는 이가 여희였다.

늦은 밤, 차가운 주먹밥을 나눠줬던 여희는 이후로도 가끔 몰래 이린을 찾아와 먹을거리를 나눠주었다. 종류는 다양해서 처음 주었던 주먹밥은 거의 포함되었고 가끔 곶감이나 약밥, 떡을 주기도 했다. 올해 스무 살인 여희는 한 살 위인 이린이 자신의 죽은 언니를 닮았다며 살갑게 굴었다. 하지만 그것도 애영의 눈을 피해서나 가능한 일이었다.

두 번째로 먹을 것을 갖다 주던 여희는 맨 먼저 당부했다.

"애영 시녀장은 불시에 방을 뒤지기도 해요. 하니 절대 먹을 걸 남기면 안 돼요!"

그것이 진짜인지 주린 배를 그때라도 채우라는 것인지 몰랐지만 이린은 여희의 말대로 했다. 사실 먹을거리야 남길 여력조차 없었다. 애영의 서슬에 그녀가 먹을 수 있는 끼니는 하루에 한 끼가 고작, 그조차도 양은 적고 일은 많았다.

적토에서 가장 풍족하다는 적영, 그것도 성(城)안에서 평민들이 먹는 것보다 더 못 먹고 살 줄은 뉘가 알았으랴!

"아휴, 하필 애영 시녀장이 가장 독이 올랐을 때, 그것도 심 부부장님의 줄을 타고 온 게 언니가 찍힌 이유예요. 어째요, 그 여자의 독이 좀 누그러질 때까지, 아니면 어디 옮겨갈 때까지 참을 수밖에요."

여희가 탄식하며 위로했지만 당장 달라질 건 없었다.

그러나 애영의 모진 구박에도 이린은 떠날 엄두를 내지 못했다. 한번 그런 이야기를 했다가 여희가 펄쩍 뛰었다. 아무 연고도 없는 그녀가 성을 나가봤자 굶어 죽거나 몹쓸 일을 당하는 것밖에 없다는 것이다. 그나마 성은 애영만 제외한다면 가장 안전한 울타리였으니 버티라는 것이다.

하지만 애영이 하 가 놈과 그 친족들 못지않게 사나운 적이라는 것이 문제였다. 당장 생명을 위협하는 건 아니지만 그 악의는 살의에 가까웠다.

"아휴, 마님이 이전만 같으시면 저런 표독스러운 여자가 시녀장 자리를 꿰차고 있지는 못할……. 어머! 이거 절대 비밀이에요!"

애영이 입에 거품을 물며 소리치다가 떠나고 나자 은근슬쩍 다가온 여희가 그녀를 성토하다가 뒤늦게 눈치를 보며 소리를 죽였다. 또 몰래 마른 육포를 허리춤에 찔러준 여희는 빨래터 화덕의 물을 대야에 부어주며 이린이 손을 녹이게 해주었다.

"마님은 어디가 불편하신가 봐요."

"에효, 안타깝게도 넋을 놓으셨지요. 하지만 이전엔 성도에서 가장 아름답고 총명하신 분이셨어요. 열여섯 되시던 해부터 내로라하는 가문들에서 다들 서로 모셔가려고 안달했던 분이셨대요. 그런데 결국 열아홉에 유력한 가문들을 제치고 주오 부사의 차남이신 석우성 장군과 결혼하셨다고 해요. 저도 어린 시절 봤었지만 서로 얼마나 은애하시는지 보기만 해도 흐뭇하고 아름다운 한

쌍이셨어요. 그런데 8년 전 타패족과의 전투에서 남편분과 외동 아들을 한꺼번에 잃으시고……."

"아……."

"아차, 이린 언니도 같은 처지지요? 에구, 내 방정 좀 봐."

"괜찮아요."

제 입을 쥐어뜯는 여희에게 이린은 희미하게 웃어 보였다. 여희만이 이 고되고 삭막한 별궁에서 이린에게 유일하게 정을 주는 이였다.

그때 빨래터에 연결된 문이 삐걱하는 소리에 화들짝 놀란 여희가 그대로 쏜살같이 도망갔다.

애영이 돌아왔을까, 덩달아 긴장했던 이린은 뭔가 하얀 뭉치가 살금살금 걸어오는 모습을 볼 수 있었다.

"개?"

짤막한 다리와 늘어진 귀를 가진 녀석은 아직 어린 강아지였다. 온몸이 하얀 터라 다 녹지 않은 눈밭에 누워 있으면 찾지 못할 정도로 새하얀 녀석이었다.

"어머, 귀여워라! 그런데 이곳에 어떻게 온 거니? 너, 주인이 있는 거니?"

까만 눈동자가 보석같이 빛나는 녀석에게 이린은 혼잣말처럼 중얼거렸다. 하지만 다음 순간 놀랄 수밖에 없었다.

「배고파요, 밥 주세요!」

"내가 힘들긴 많이 힘든가 보다. 이젠 별 헛소리가 다 들리는 걸 보니……."

이린은 피식 웃으며 고개를 절레절레 저었다.

「주인 없어요……. 배고파요, 배고파요!」

그녀의 부정을 부정하듯 강아지는 까만 코로 그녀를 툭툭 쳐대며 계속 밥을 달라고 졸랐다.

결론적으로 말하자면 이린은 강아지를 떠맡게 되었다. 그 초롱초롱한 눈빛으로 한없이 쳐다보는데 끝까지 거부할 엄두가 나지 않았다. 딱 맞춘 듯이 나타난 것 같은 녀석인지라 여희가 준 육포를 내주고도 어안이 벙벙해 쳐다보기만 했다.

먹는 모습을 보면 영락없는 개였다. 하지만 다시 생각해도 이것이 개인지 영물인지 모를 이상한 짐승이었다. 애영이 그녀를 다시 닦달하기 위해 나타나자 구석의 눈밭에 가만히 서서 제 모습을 위장하는 녀석을 어찌 개라 부를까!

누가 마음대로 장작을 더 갖다가 쓰라고 했느냐며 또 입에 거품을 물던 애영이 가고 나자 녀석이 입맛을 쩍쩍 다시며 다가왔다.

「이상한 여자네요. 말도 못되게 하고. 내가 혼내줄까요?」

"착각이…… 아니었어?"

이린이 멍한 얼굴로 중얼거리자 녀석은 뭘 그런 걸로 놀라느냐는 듯이 또 코끝으로 그녀의 다리를 툭툭 치더니 물기가 없는 곳을 찾아 길게 누웠다. 하품을 쩍 한 녀석이 눈을 감자 금세 도로롱 코를 고는 소리가 들렸다.

"세상에……."

녀석은 이린이 일을 마칠 때까지 자면서 곁을 지켰다. 중간중간 사람이 올 때는 귀신같이 피했다가 그녀의 처소까지 따라왔다. 하지만 이린은 방에 따라 들어오려는 녀석에게 고개를 저을 수밖에 없었다.

“미안해. 난…… 너한테 줄 게 없어. 너도 봤다시피 나도 먹을 게 부족하단다.”

「알아요. 먹을 건 내가 알아서 할게요. 하지만 난 주인이 필요해요. 당신이 제 주인이 되어주세요.」

어느새 개와 대화를 하는 자신이 어이없긴 했지만 이린은 이 잘생기고 영리한 녀석이 애먼 주인을 만나 배를 곯지 않았으면 했다. 더구나 새끼가 아닌가. 잘 먹고 자라야 할 시기였다.

“이곳엔 나보다 더 좋은 주인이 되어줄 사람이 많단다. 너는 잘생겼으니 다들 좋아할 거야. 네가 힘들면 내가 찾아주련?”

「당신보다 더 좋은 주인은 없어요. 나와 말이 통하는 사람은 처음인걸요?」

처량하게 쳐다보고 있는 녀석에게 이린은 고개를 저을 수가 없었다.

“그럼 나 말고 너와 말이 통하는 이를 찾을 때까지만 함께 있자. 성 안에는 고귀한 신분에 대단하신 분들이 많으니까 분명 널 거둘 다른 주인이 나타날 거야.”

‘나보단 나을 테지.’

마지막 말을 입에 삼킨 이린은 녀석의 눈을 바라보며 동의를 구했다.

단순하게도 그녀는 이 특별한 대화가 특이하지만 있을 수도 있는 일이라고 생각했다. 이 몸의 기억을 다 수용하지 못한 것일 수도 있을 테니까. 상식은 아닐 테지만 이 세상에 특별한 힘이 존재하는 것은 사실이니 이 또한 그런 종류일 것이다.

가만, 그런데 이 몸이 동물과 대화한다는 기억은 없었는데? 녀석이…… 특별한 거겠지? 이 세상? 그건 또 무슨 뜻이야?

「좋아요! 그럼 그때까지 내 주인이 되어줄 거죠?」

빤히 쳐다보는 녀석의 눈빛이 즐거움과 기쁨으로 춤추는 듯했다.

"그래, 밥도 제대로 못 주는 주인이지만 그러자."

순간 녀석이 확 달려들며 고개를 비볐다. 엉겁결에 녀석을 안아 든 이린은 녀석을 꼭 끌어안았다가 갑자기 굳어지며 몸부림치는 녀석을 놓아야 했다.

"무슨 일이니?"

「누가 와요!」

이린이 얼른 방문을 열자 녀석이 먼저 안으로 쏙 들어갔다. 동시에 누군가 처소 마당 문을 통해 몰래 들어왔다.

"언니!"

여희가 작은 보따리를 들고 나타나며 작게 소리쳤다.

"아까는 그냥 도망쳐서 미안해요. 그래도 오늘은 다른 날보다 조금 더 챙길 수 있었어요."

"아니에요. 항상 고마워요. 그래도 오늘은 저녁도 먹은걸요."

냉큼 보따리부터 쥐어준 여희는 사방을 둘러보더니 다시 목소리를 낮춰 말했다.

"흥, 저녁 내갈 때 그 자리에 정옥 시녀님께서 계셔서 차마 언니를 내쫓지 못한 것뿐일걸요? 정옥 시녀님은 마님을 직접 모시는 분이시거든요. 아무리 시녀장이라 해도 그분까지 함부로 못 하지요. 원래는 그분이 시녀장이셔야 하는데! 하지만 마님 수발을 오롯이 드는 분이라 시녀장 일까지 못 한다고 고사하셨대요."

"그렇군요."

"애영 시녀장이 원래 표독스럽고 못된 건 알지만 요즘 다들 수군거려요. 언니에게 뒷배는 물론 친척도 없다는 걸 알고 더 심하게 구는 거라고요. 저는 이래봬도 훈련원에서 근무하는 오빠가 있어서 그렇게까지 함부로 못 하는데……."

그러면서 여희가 흘긋 이린의 눈치를 봤다. 이린은 그 말에 큰 관심을 보이지 않았지만 사실 여희가 이린에게 공을 들이는 건 재작년 혼자 된 오라비의 짝으로 지켜보는 중이기 때문이었다.

이린은 말투나 몸가짐이 귀하게 살던 사람 같았지만 애영의 포악질에도 묵묵하고 열심히 일했다. 억울한 욕설을 듣고 힘든 일을 하면서도 가끔 선하게 웃는 모습을 보면 같은 여인네가 봐도 놀랄 만큼 예뻐 보였다. 아마도 고운 이린에게 질투하느라 애영이 더 난리를 치는 거라며 나인들은 서로 수군거렸다.

"언니, 힘들어도 조금만 더 견뎌요. 이제 대공 전하께서 정혼하시면 대대적으로 물갈이가 있을 수도 있거든요. 혹시 알아요? 애영 시녀장이 다른 데로 갈지?"

"나도 그랬으면 좋겠네요."

'하지만 그런 전형적인 악역은 보통 끝까지 가더라구요.'

무심결에 생각하던 이린은 순간 멍해지고 말았다.

'전형적인 악역? 그게 무슨 뜻이었더라?'

"호호호! 드디어 언니도 싫은 티를 내네요. 좀 그래도 돼요!"

여희가 깔깔거리는 덕분에 이린은 까닭 모를 의문에서 벗어나며 말갛게 따라 웃었다.

"이럴 때면 너무 곱다니까……."

"네?"

"앗, 아녜요! 연홍이가 요즘 눈치가 수상해서 의심하기 전에 빨리 가봐야 해요. 연홍이는 깍쟁이라 제가 소주방에 남은 음식을 내가는 걸 알면 이를 거예요. 이렇게 음식이 남는데도 못 먹게 하는 건 무슨 심술이람!"

연홍은 여희가 방을 같이 쓰는 동무였다. 모르는 이들은 성에서 오래 일한 소주방 나인도 방을 같이 쓰는 이가 있는데 이린은 혼자 방을 차지하니 좋지 않으냐 할 수도 있지만 이린의 방은 애영이 내어준 것으로 더는 설명이 필요 없다. 그래도 한마디만 하자면 아직 얼어 죽지 않은 것이 다행이었다.

여희는 왔던 것처럼 몰래 떠났다. 하지만 여희의 말에 이린은 걱정이 되지 않을 수 없었다. 여희는 호의로 하는 일이지만 어떤 일이든 꼬리가 길면 밟히게 마련이다. 그걸 들켰을 때 벌어질 사달을 상상할 수도 없었다. 하지만 여희가 갖다 주는 음식이 아니었으면 그녀는 일을 하긴커녕 굶주림에 벌써 쓰러졌을 것이다. 들키기 전까지 그만두라 말할 수도 없다.

"휴……."

그때 깊게 한숨을 내쉬던 그녀를 부르는 소리가 들렸다.

「맛난 거, 맛난 냄새가 난다! 어서 들어와요!」

앗, 녀석을 깜빡 잊고 있었다. 퍼뜩 정신이 든 이린이 얼른 방으로 들어가자 혀를 길게 늘인 녀석이 손에 든 보따리를 보며 꼬리를 흔들었다. 말을 한다는 것만 빼면 영락없는 개인데……. 따지고 보면 말을 하는 건 아니고 생각을 전하는 것이긴 하지만, 그게 그거 아닌가?

녀석은 정말 음식 복이 있는지도 몰랐다. 여희가 육포를 줬을 때 나타나더니 먹을 걸 줄 수 없다는 말이 무색하게 또 음식이 생겼다. 보따리를 펼쳐보자 정말 오늘은 푸짐했다. 그동안 여희가 갖다줬던 떡이며 육포, 곶감, 정과(正果)에 전(煎)까지. 잔치를 벌여도 될 정도였다.

「와아!」

탄성과 함께 펼쳐진 내용물을 열렬히 바라보던 녀석이 초롱초롱한 눈망울로 그녀를 쳐다보았다. 어서 먹도록 허락해 달라는 눈빛이었다. 종류별로 적당히 반 정도를 갈라 다른 보자기에 덜어주었더니 녀석은 '고맙습니다!'라는 말과 함께 고개를 처박았다.

일은 고됐지만 간만에 저녁을 굶지 않았던 이린은 녀석이 먹는 모습에 흐뭇한 웃음이 나왔다.

음식들을 맹렬한 속도로 없앤 녀석이 혀로 주둥이를 핥으며 말했다.

「방금 그 여자, 꽤 맘에 들어요. 친하게 지내야겠어요. 음, 꼬리를 많이 쳐주면 좋아할까요?」

"하!"

절로 터진 헛웃음에도 녀석은 뻔뻔스레 입맛을 다시더니 꼬리를 흔드는 연습까지 했다.

「인간들은 보통 좋아하던데……. 그러면서도 잡아먹으려 달려들기도 하더라구요.」

"어, 그랬니?"

굉장히 영리한 녀석 같은데도 꽤 힘든 일을 겪은 모양이었다. 어디서 온 거냐는 물음에 녀석은 저도 생각 안 난다며 고개를 저었다. 저도 모르게 녀석의 머리를 쓰다듬던 이린은 문득 이름을 지어줘야 한다는 생각이 들었다. 아니, 말할 줄 아는 녀석이니 이름도 있지 않을까?

"네 이름은 뭐니?"

「이름 없어요. 이제 제 주인이시니까 주인님이 지어주셔야죠!」

녀석이 기대에 찬 눈으로 그녀를 보며 눈을 휘었다. 개도 눈웃음을 친다는 걸 처음 알았다. 점점 정이 가는 녀석이라 진짜 주인을 찾아주면 많이 섭섭할 거란 생각이 들었다.

"음, 네 이름은 뭐로 할까?"

이린은 순식간에 고민에 빠졌다. 그런 그녀에게 녀석이 대뜸 답했다.

「털이 하얗다고 백구, 흰둥이, 하양이! 이런 이름만 아니면 돼요.」

요구 조건이 확실해서 좋았다. 순간 그녀가 뜨끔했던 건 뒤의 두 이름 모두 고려하고 있어서였는지도 모른다.

한참 더 고민한 이린이 선언했다.

"좋아, 네 이름은…… 이랑이야! 내 이름, 이린, 이린이 사랑하는 녀석, 이랑. 어때?"

순간 녀석의 눈이 가늘어지더니 다시 번쩍 뜨였다. 까만 눈동자가 가득한 그 큰 눈에서 무언가 뿜어져 나오는 느낌이었다.

마음에 안 드는 걸까? 고개를 갸웃하는 것도 잠시, 녀석이 그녀의 품에 달려들며 외쳤다.

「이랑! 내 이름은 이랑이에요, 주인님!」

홀로 떨어진 낯선 세계, 이린은 가족을 얻었다.

순행을 나온 지 이십여 일, 그동안 의신은 잠을 거의 이루지 못했다. 가끔 깜빡 잠을 이루더라도 깨어나면 기억할 수 없는 꿈이 그를 괴롭혔기 때문이다. 그리고 그 꿈은 매번 반복되었다. 그는 점점 잠을 청하는 걸 피하게 되었다.

신력을 훔쳤다는 몸은 피로는 뿌리칠 수 있었지만 신경이 날카로워지는 것은 어쩔 수 없었다. 어제도 서른 명 가량의 야만족 무리를 그가 혼자 몰살시켰다. 이대로라면 불필요한 살육을 할 가능성이 높았다.

얼마 전 그의 손에 야만족과 결탁한 관리가 죽은 것이 소문이 날 리도 없건만 모두 숨죽이고 숨어버린 것인지 더는 그런 움직임을 찾을 수 없었다. 아마도 그건 그가 직접 움직여서는 찾을 수 없으리라.

여느 때보다 이른 귀환을 지시한 의신은 홀로 호젓한 연못을 찾아 몸을 담그고 휴식을 취했다. 스르르 눈을 감은 그는 또다시 꿈을 떠올리고 있었다. 용화라는 아이가 나왔던 그 꿈. 그는 잠자는 대신 계속 소년이 이야기했던 걸 반추하고 있었다.

야속하게도 감쪽같이 사라진 소년의 목소리를 다시 듣고 싶었다. 매번 혼자 눈을 감고 있을 때마다 떠올리곤 했지만 소년의 음성은 점점 생각나지가 않았다.

그런데 그때 몰래 다가오는 기척이 느껴졌다. 기척을 꽤 죽이긴 했지만 노련하진 못했다. 노련한 전사라 해도 그의 감각을 벗어나진 못할 테지만.

두 개의 기척이 가까이 올 때까지 기다리다가 그가 벌떡 일어나자 놀란 소년이 비명을 질렀다.

“죽여!”

의신은 저를 향해 달려드는 커다랗고 시커먼 짐승을 맨손으로 쳐서 넘어뜨렸다. 그는 가볍게 주먹을 휘두른 것이지만 뾰족한 바위에 머리를 부딪친 짐승은 그대로 절명하고 말았다. 역시나 살기가 너무 많았던 탓이었다. 그나마 소년이 살 수 있었던 건 녀석이 꿈속 용화의 또래였기 때문이다.

짐승이 내지른 단말마의 비명과 소년의 비명에 곧 천무단원들이 달려왔다.

“이름이 무엇이냐?”

희관이 한 소년의 목에 칼을 댄 상태로 의신이 물었다.

“흥!”

목젖에 칼끝이 와 닿는데도 소년은 허세를 떨듯 콧방귀를 뀌었다. 그 바람에 칼날에 스치며 피가 흘렀지만 놈은 외려 의기양양한 표정으로 대공을 노려보며 소리쳤다.

“죽여라! 우리 전사는 죽을지언정 인질은 되지 않는다! 모욕하지 말고 죽여라!”

“전사? 하, 주제에 전사란다!”

“우리 차복이보다 못한 것 같은데 저게 어딜 봐서 전사야?”

“야, 어디다 비교해? 그건 우리 차복이를 모욕하는 소리야!”

“나이는 비슷해 보이잖아?”

덩치는 8척에 이르긴 하나 차복은 이제 겨우 열일곱 살이다. 애송이의 나이도 열여섯이나 열일곱, 그 이상은 되어 보이지 않았다.

성덕과 밀영이 이죽거리는 소리에 애송이가 그들을 노려보며 고함을 질렀다.

"적토의 인간들은 이토록 비열한가? 적을 모욕하는 것이 너희의 방식이냐? 희롱하지 말고 어서 죽여!"

"전하, 놈을 제게 맡겨주소서!"

"전하, 제게 맡겨주십시오!"

성덕과 밀영이 순식간에 돌변하며 살기를 내뿜었다. 곁에서 지켜보던 차복은 말로 하기보다 당장에라도 베어버릴 듯 칼을 치켜들었다. 앞의 둘은 적당히 허세를 섞은 위협이었지만 차복은 정말로 발끈해 덤빈 것이었다.

성덕이 몰래 혀를 차며 차복을 물렸다. 막내는 막내, 덩치가 아무리 커도 애송이와 비슷했다. 하지만 그런 차복을 보고 놈도 허옇게 질리는 걸 보면 정말 아무 경험도 없는 애송이였다. 그러니 겁도 없이 혼자 대공에게 덤비려 했을 것이다.

천무단원들이 의신을 부르는 호칭을 들은 소년이 눈을 휘둥그렇게 떴다. 붉은 대공, 야만족들 사이엔 야차, 사신이라 불리는 의신을 마주하게 되었으니 놀라고 말고였다. 소년의 눈에 체념과 절망의 빛이 스쳤다. 설상가상, 애송이를 더욱 기함하게 하는 말이 들려왔다.

"전하, 이놈은 우피카 부족 족장의 아들입니다."

모닥불 근처에서 왁자한 소리가 들리더니 인결이 다가와 말을 전했다. 그의 말에 녀석이 흠칫하는 것만 봐도 인결의 말이 맞다는 것이다. 그러나 녀석은 곧 모닥불 쪽을 보더니 이를 갈아붙이며 소리쳤다.

"이 원수! 나쁜 놈, 죽일 놈!"

"예끼! 적반하장도 유분수지, 네놈이 저놈의 개와 함께 전하를 덮친 이유가 무엇이더냐!"

인걸이 소년의 머리를 쥐어박으며 호통을 쳤다. 소년은 눈에 눈물을 방울방울 단 채 인걸에게 이를 드러내다가 눈을 질끈 감고 말았다. 녀석이 눈물방울을 달았던 건 머리가 울리는 고통보다도 모닥불에 구워지는 것 때문인 듯했다.

모닥불에서 구워지고 있던 것은 바로 소년이 데리고 다니던 개였다. 개를 키우고 길들여서 함께 사냥을 다니는 것이 우피카 부족의 습성이었다.

희관이 물었다.

"어떻게 알아낸 건가?"

"대광이 여기 인근에서 자라서인지 대번에 알아봤습니다. 대광의 말로는 우피카 부족의 사냥개들에게는 독특한 장식들이 달려 있는데 그게 부족장의 것이었답니다."

정작 설명해야 할 대광은 모닥불에서 고기 굽는 걸 지키느라 떠나지 못하고 있었다. 개, 아니 개고기를 좋아하는 대광이 제일 먼저 개를 굽자고 덤비다가 장식을 알아본 것이다.

"대광이 다 해치우기 전에 모두 가보아라."

"네, 전하."

"네, 전하!"

"저는 괜찮습니다, 전하."

인걸과 성덕, 밀영은 빙글거리며 물러났지만 차복은 아직도 씩씩거리며 애송이 옆을 지켰다.

의신은 차복을 그대로 둔 채 소년에게 말했다.

"전사라는 말을 모욕하지 마라. 너희는 천한 도적일 뿐이니라!"

녀석이 의신을 덮친 건 그를 어찌한다기보다 벗어놓은 옷과 무기를 탈취하려던 목적이었을 것이다. 그걸 빗대었음을 알아들은 녀석의 얼굴이 일그러졌다. 하지만 죄책감은 아니리라. 야만족은 습격과 약탈이 자신들의 본분이라 떠드는 족속이었다.

소년은 금세 모멸감을 숨기며 대꾸했다.

"적토의 대공은 이토록 비열한가? 사로잡혔다고 하나 나는 전사다! 희롱하지 말고 어서 죽여라!"

"비열이라는 말이 무슨 뜻인지 모르는구나, 야만족 어린 것아! 비열이란 바로 너희 족속을 이르는 말이다. 남의 것을 탐하는 데다 아무렇지 않게 강간과 살인을 일삼는 악독한 너희 말이다!"

"그건…… 너희는 많이 가졌잖아! 너희는 우릴 보면 무조건 죽이려 하지 않느냐! 우린 빼앗지 않으면 살 수 없기 때문이다!"

"너희는 그런 궤변밖에 할 줄 모르느냐? 나는 더불어 살기를 권했지만 나의 제안을 거부한 건 너희 혈족이었다."

"그게 무슨 헛소리야!"

"나는 너희에게 제안했다. 너희가 가진 것 중 남는 것을 내놓고 이쪽에서 곡식을 주기로 말이다. 그걸 바로 거래라고 하지. 나의 제안에 너의 아비란 자는 고개를 조아리며 생각해 보겠다고 했다. 하지만 그건 거짓말이었다. 내가 전투를 무서워해서 피하려는 거라 조롱하며 거래의 날에 전사들을 몰고 기습하더군. 너희는 농사를 짓거나 땀 흘리는 일을 원하지 않는다고 했다. 빼앗아서 쉽게 취할 수 있는데 왜 땀을 흘리느냐고 했지. 너희는 뼛속까지 약탈자다. 곡식과 짐승, 여자와 목숨을 빼앗아서 살길 원하는 것이 너희 족속이 아니더냐!"

"그럴…… 그럴 리가 없어! 거짓말이야!"

"내가 거짓말을 할 이유는 없다. 이만 되었다. 불곰 스할가도 제 자식 귀한 줄은 알겠지. 귀환 길에 스할가가 알아서 사신을 보낼 테니 군이 표식을 남기지 않아도 된다. 이대로 데려간다."

"네, 전하!"

"아악, 누구 맘대로, 누구 맘대로!"

차복은 몸을 뒤틀며 발광을 해대는 소년의 뒷목을 쳐서 기절시키고는 한 겹 더 옭아매어 꽁꽁 묶었다.

의신이 축 늘어진 소년을 향해 중얼거렸다.

"제일 큰 전리품이로군."

"그렇습니다, 전하!"

그림자처럼 서 있던 희관이 대답했다.

우피카 부족은 적토를 가장 괴롭히는 타패, 발흉, 흉 부족보다 규모는 작지만 골치 아프긴 마찬가지였다. 훈련시킨 개를 사냥은 물론 약탈에도 함께 이용하기 때문이었다. 해서 같은 규모의 습격이 있어도 우피카 부족에게 상하고 약탈당하는 백성들이 더 많았다.

하지만 그들은 일반 관군은 두려워하지 않으면서 영악하게도 대공의 군대와는 절대 마주치지 않았기에 소년이 잡힌 것은 의외이면서 큰 수확이었다.

"멍청해서겠지요. 감히 전하를 덮치려 하다니."

차복은 쯧쯧, 혀까지 차며 소년을 어깨에 둘러메고 자리를 옮겼다. 애송이 지킴이를 자청해서 데려가는 것이었다.

차복이 모닥불에 둘러앉아 함께 고기를 뜯는 천무단원들 사이에 끼지 않는 건 막내라서가 아니라 그것이 개였기 때문이다. 대광이 개고기를 좋아하는 만큼 차복은 개를 좋아했다. 천무단원들이 그런 차복을 놀려대는 걸 보며 의신도 막사에 들어갔다.

잠시나마 잠을 청하려던 의신은 다시 벌떡 일어나고 말았다. 가슴을 짓누르는 슬픔에 또 깨어난 것이다.

무엇일까, 대체 무엇을 알려주고자 함인가? 차라리 처음처럼 그냥 보여주든가, 기억나지 않는 꿈은 그를 답답하게 했다. 그러나 기억할 수 있는, 미래인 양 보여준 꿈도 그리 도움이 될 건 없었다. 그를 찔렀던 내관의 얼굴이나 부인이라 떠올린 여인들도 현재 겹치는 인물이 아니었기 때문이다.

그중 가장 가까운 미래에 벌어질 일이라면 적토의 귀물인 인장이 곧 도난당하는 것이었다. 그것도 여인의 손에. 그런데 소년의 말로, 어미가 진(陣)에 떨어졌다고 했다. 그 진(陣)이 이동 주술진을 가리키는 말이라면 감히 귀물을 훔치고도 달아날 수 있었던 것을 설명할 수 있다. 그러나 그건 달아나는 건 가능하나 살아날 가능성은 1푼 미만이라 위험천만한 짓이었다. 정말 그 진을 이용하고도 살아남았다는 말인가? 이렇게 그냥 돌려줄 거라면 왜 훔쳐간 것일까? 아니, 본의가 아니라고 했었던가?

'으음…….'

그는 신음을 삼켰다.

그 꿈을 배경으로 생각에 생각을 잇는 이유는 바로 자신이 그 꿈을 진짜 미래라 여긴다는 것이다. 그렇다면 여자에게 배신감을 느꼈다는 그 생소함이나, ……이 태어난다는 말에 느꼈던 질투심까지도 사실일 수 있었다.

질투심, 질투심?

'아……! 이런 것이었습니까, 아버지?'

뒤늦은 깨달음이 그를 덮쳤다. 그 꿈이 무엇인지 이제야 알게 된 것이다. 예사 꿈이 아님은 알았으나 반역과 '용화'에게 밀려 본질을 놓칠 뻔했다.

꿈이 사실이라면…….

아니 더는 의심하지 않겠다. 이제부터 꿈이 알려준 단초(端初)를 좇을 것이다. 얻기만 한다면, 더는 괴물이 되지 않아도, 스스로 혐오하지 않고도 살 수 있게 될 것이다.

갑자기 가슴이 쿵쿵 뛰었다. 생전 처음 마음이 초조하고 설레기 시작했다. 답답한 막사를 뛰쳐나간 그는 보초를 서다가 놀라는 차복과 호천을 물리고 무작정 걸었다. 앞을 가로막는 작은 바위산에 훌쩍 오르자 저만치 달이 그를 내려다보고 있었다.

"아버지, 저는 아버지와 다른 선택을 할 것입니다!"

대답처럼 스산한 바람이 그의 몸을 쓸고 지나갔다.

아마도 그 맹세를 지키기란 보통 어려운 일이 아닐 것이다. 그러나 중요한 건, 꿈에 느꼈던 그 상실감을 결코 현실로 만들지 않을 거란 것이었다.

3. 백화 부인

「쩝쩝, 하여간 저 여잔 정말 이상해요.」

앞발 두 개로 야무지게 곶감을 틀어쥔 채 조금씩 베어 먹던 이랑이 애영의 흉을 봤다. 녀석은 잡식성인지 못 먹거나 거부하는 음식이 없었다. 심지어 채소도 잘 먹었다. 그중 곶감은 녀석이 가장 좋아하는 것이라 할 수 있었다. 육류 빼고는.

"이랑! 네가 한 거지?"

「네? 뭐가요?」

"방금…… 애영 시녀장님, 네가 쫓아낸 거지?"

「어, 알았어요?」

먹는 데만 열중하는 척하던 이랑이 혀를 쏙 내밀었다. 눈을 반들거리며 계속 눈치를 보는 모습이 더 의심스럽다는 걸 모르는 걸까? 개구쟁이에 의뭉스러운 녀석이었다.

"어떻게 한 거니?"

이린이 재차 묻자 이랑은 한숨을 쉬며 일어섰다. 물론 곶감은 마저 먹고 나서였다.

「으르렁!」

"응?"

「요렇게요, 으헝!」

녀석이 두 발을 세우더니 허공에 발을 저으며 으르렁댔다. 녀석은 제법 날카로운 표정으로 포효했지만 하얗고 복슬복슬한 털과 처진 귀 덕분에 그 모습조차 귀엽게만 보여 이린은 녀석을 꽉 안아주고 싶기만 했다.

"호호호, 정말? 하지만 애영 시녀장님은 널 보지도 못한 것 같던데?"

「저거 보세요.」

"뭔데……. 헙!"

이랑의 눈짓에 따라 고개를 돌리던 이린은 입을 딱 벌렸다. 지나가던 쥐가 배를 드러낸 채 뒤집어져 누워 있었다.

"어떻게……. 왜……. 아니, 어떻게?"

할 말을 잃은 이린이 계속 더듬거리자 이랑은 제 엉덩이를 이린의 다리에 비비며 아양을 떨었다.

「말했잖아요. 그 여자, 혼내줄까 하고요. 저런 작은 것들은 식은 죽 먹기고요, 마음만 먹으면 아까 그 여자도 저렇게 만들 수 있어요.」

"안 돼!"

반사적으로 소리치는 이린에게 이랑은 안심하라는 듯 코로 다리를 툭툭 쳤다.

「알아요. 주인님이 허락하지 않으면 안 해요. 하지만 주인님을 해치려 한다면 저도 가만있지는 않을 거예요.」

"너……!"

이랑은 엄한 표정을 한 이린과 눈을 마주치지 않고 딴청을 피웠다. 그러나 절대 하지 않겠다는 말은 하지 않았다.

작게 한숨을 쉰 이린은 표정을 풀며 다시 엄하게 고개를 저었다.

"안 돼!"

「……네, 주인님이 안 된다고 하면 안 해요.」

그 간극에 그녀가 직접 말릴 수 있어야 한다는 조건이 포함되어 있긴 했지만 이린은 모른 척했다. 고집스러운 표정의 녀석은 귀엽고 애틋했다.

"걱정하지 마. 난 어떤 일이 있어도 살아남을 거거든. 난 무사할 거야."

「행여나요!」

대놓고 콕 집어 말하며 머리를 쓰다듬자 불퉁하게 고개를 돌리는 녀석을 보니 역시나 그게 걱정스러운 모양이었다.

녀석의 마음씀씀이를 엿본 것만 해도 가슴이 따뜻해졌다. 실제로 따뜻한 녀석이기도 했고.

이랑은 함께한 첫날부터 대단한 능력을 보여주었다. 세상에 다시없을 엄청난 탕파(湯婆) 노릇을 해준 것이다. 녀석을 꼭 끌어안자 온몸이 노곤하게 녹아들었다. 순간 방안 전체가 따뜻해진 착각이 일 정도였다. 성에 들어온 이후 그녀는 최근 며칠 가장 따뜻하게 잠들 수 있었다. 겨우내 추운 것도 추운 거지만 봄이 오기 직전의 매서운 추위에 온기가 거의 없는 바닥에서 잠을 청하는 일은 매일이 모험이었다.

만일 성에서 나가고 싶더라도 작은 집이나마 마련할 돈을 모을 때까지는 버텨야 했다. 애영이 아무리 표독스럽다 해도 하녀의 녹봉까지 갈취할 수는 없으리라.

하지만 그것은 이미 애영이 장부를 조작해 그녀의 녹봉을 빼돌리고 있는 걸 몰라서 할 수 있는 생각이었다.

“그런데 네 밥을 제대로 못 줘서 어떡하니…….”

「이렇게 가끔 간식을 나눠주시는 것만 해도 충분해요. 제 사냥 능력이 좀 좋아요. 방금 보여 드렸잖아요!」

“아, 이렇게 한 거였니? 네가 잘 먹기만 하면 다행이다만…….”

살을 찌운 팔뚝만 한 쥐는 영 혐오스러웠지만 덕분에 이랑이 배를 곯지 않는 것이라면 안심이 되었다. 이랑의 말대로 이렇게 간식을 나눠줄 수 있으면 더 좋고.

이린이 혼자 안심하며 미소를 짓자 녀석이 묘한 눈으로 쳐다보며 말했다.

「설마…… 제가 저런 걸 먹는다고 오해하시는 건 아니죠, 주인님?」

“응?”

「설마, 정말! 저는 우아한 백형(白炯)의 자손이라고요! 저런 하등 생물을 잡아먹었다고 생각하시다니……! 이럴 수가, 저런 걸 내가! 우웩!」

녀석이 갖은 방정을 떨며 팔딱거리는 바람에 이린은 정신이 혼란스러울 정도였다. 하지만 녀석의 말을 영 놓치지는 않았다.

“백형…… 의 자손?”

「아차!」

“너, 부모가 있었구나?”

이랑은 그녀와 눈을 마주치지 않기 위해 고개를 돌렸다. 하지만 그녀가 양발을 꼭 붙들고 계속 쳐다보자 한숨을 쉬며 대답했다.

「그게……. 네!」

“응? 그럼 너 어디서 온 거니? 네 집을 찾아줄까?”

「기억…… 못 해요. 그리고 우리 종족은 주인은 스스로 찾는다구요. 혹시 제가 많이 먹어서 힘드세요?」

“그게 무슨 말이야? 네가 있어서 내가 얼마나 좋은데!”

녀석이 앞에 한 말은 왠지 거짓 같지만 뒤에 한 말 때문에 놀란 이린은 따지는 걸 잊고 말았다.

「정말이에요?」

녀석이 어느새 고개를 들이민 채 꼬리를 살랑거리고 있었다.

녀석의 주인을 찾아준다고는 했지만 애영의 휘하에서 그게 가능한지는 모를 일이었다. 그리고 점점 녀석을 보내주기가 싫어서 실은 환경 탓을 핑계로 아예 찾아줄 마음이 없어진 게 아닌가 싶어 이린은 미안하기만 했다.

“그럼! 그리고 음식은 있을 때만 나눠주잖니? 또 네가 온 후로 먹을 게 참 많이 늘었어. 여희 말고도 몰래 음식을 두고 가는 이들도 있고. 네가 정말 먹을 복이 있는가 봐. 덕분에 나도 좋고!”

「히히! 제가 먹을 복은 타고났지요!」

이랑이 히죽 웃으며 또다시 애교를 부렸다.

이린은 그 와중에도 열심히 빨래를 치덕거리고 있었는데, 끊이지 않는 대화에 힘이 나는 것 같았다. 요즘은 이상하게 더는 손이 시리지 않아 일이 더욱 수월해졌다. 물이 더 따뜻해져서일 리는 없고, 정확하게는 녀석을 만난 후부터였던 것 같았다.

'너는 이 세상에서 만난 내 복인가 봐.'

「그렇고말고요!」

천연덕스럽게 답한 녀석이 다시 길게 혀를 빼더니 그녀의 다리에 기대며 누웠다. 곧 코롱코롱 들리는 녀석의 작은 코골이 소리가 노랫가락처럼 힘을 주는 듯했다.

문득 화들짝 놀라 돌아보았지만 그녀의 속마음에 대답한 녀석은 가장 행복한 얼굴로 깨어날 생각을 하지 않았다. 이러면서도 누구든 기척만 나타나면 쏜살같이 사라질 거면서.

이린은 녀석의 머리를 쓰다듬어 주고 다시 하던 일을 마저 시작했다.

이린 몰래 녀석의 눈이 슬그머니 떠졌다가 감겼다.

다음 날, 이린은 종일 이랑을 볼 수 없었다. 가끔 녀석이 사라지긴 했지만 종일 돌아다닌 적은 없던 녀석이었다. 아무리 똑똑해도 강아지다. 혹시 누구에게 들켜 잘못되지 않았나 싶은 마음에 이린은 가슴이 덜컥 내려앉고 말았다.

그러나 대놓고 찾을 수 없는 것부터가 문제였다. 가장 가까이 지내는 여희에게도 이랑에 대해선 말을 하지 못했다. 성안에서 짐승을 키우는 건 허락받지 않으면 못 할 일이기 때문이었다. 몰래 동동거리던 이린은 마침 기적처럼 애영이 성을 비운 틈을 타 이랑을 찾으러 다녔다.

비록 한 달이나 머문 곳이지만 매일 다니던 곳만 다닌 이린은 가보지 않은 곳이 더 많았다. 빨랫감을 옮기는 척 구석구석 돌아다니며 몰래 이랑을 불렀지만 한 시진이 지나도록 녀석을 찾을 수 없었다. 하지만 애영이 돌아오기 전에 돌아가야 했다.

초조한 마음에 마지막으로 외지면서도 은근히 고급스러운 문 안으로 살짝 고개를 집어넣은 이린은 마침내 녀석을 발견할 수 있었다.

"이랑아!"

이랑의 모습을 보자 왜 돌아오지 못한 것인지 알 수 있었다. 녀석의 하얀 목에 금줄 같은 것이 걸린 채 기둥에 매여 있었던 것이다.

「주인님!」

녀석은 이린을 보자마자 미친 듯이 꼬리를 흔들며 반가워했다.

"찾았잖아, 이랑아!"

저도 모르게 녀석에게 달려가던 이린은 바깥에서 보기보다 훨씬 우아하고 멋진 풍경에 위축되고 말았다. 그녀에게 허락된 장소는 그리 많지 않았다. 갑자기 누군가가 나타나면 당장 붙잡혀 갈 수도 있는 곳일 수도 있다. 장소도 장소지만 허락받지 못한 짐승을 찾으러 다닌 것도 사달 날 일이었다.

"어서 가자!"

「괜찮아요! 주인님. 여기 지키던 여자는 심부름 갔고요, 이곳 주인 여자는 안으로 들어갔어요.」

이린은 녀석이 말한 심부름이란 제가 먹을 것을 가지러 간 것이며 주인, 즉 백화 부인이 곧 돌아올 것이란 말을 생략했음을 꿈에도 몰랐다. 녀석의 꿍꿍이를 전혀 눈치채지 못한 이린은 마음껏 반가움을 표하며 녀석을 끌어안았다.

"이랑아! 괜찮아?"

「괜찮아요! 돌아가려 했는데 주인 여자가 안 놓아주더라고요. 할 수 없이 밤이 되면 몰래 줄을 끊고 가려고 했어요. 걱정 많이 했죠? 죄송해요!」

묶여 있는 것도 본 마당에 연신 볼을 비비며 아양을 떠는 녀석에게 무슨 말을 더 할까. 어찌 됐든 어서 줄부터 풀어야 했다.

'……!'

줄을 풀다가 인기척을 놓친 이린은 바로 근처에서 들린 소리에 놀라 고개를 들었다. 그러자 얼마 떨어지지 않은 곳에서 고운 부인이 손에 무언가를 든 채 놀란 표정으로 걸어오고 있었다. 이린은 파랗게 질렸지만 녀석은 아무것도 모르는 양 배를 뒤집은 채 이린의 손을 핥기만 했다.

백발만큼 서늘한 부인의 눈과 마주쳤던 이린은 고개를 푹 숙인 채 호통이 떨어지길 기다렸다. 그런데 생각보다 부드러운 말이 들렸다.

'내겐 그렇게 쌀쌀맞던 녀석이……. 혹시 네가 주인이냐?'

"네? 네. 제가 주인입니다. 허, 허락도 없이 들어와서 정말 죄송합니다."

'너……! 너, 내가 한 말을 알아들은 것이냐?'

"그야 당연히……. 아……!"

부인의 말에 이린도 놀라 고개를 번쩍 들고 말았다. 다시 마주친 부인의 얼굴에 경악이 서려 있었다.

이제야 부인이 누구인지, 여기가 어디인지 알 수 있었다. 백발을 우아하게 틀어 올린 이 부인이 바로 이곳의 주인, 백화 마님이었다!

듣기로, 별궁에 은거한 채 화폭의 꽃처럼 시들어가는 노파라던 부인은 여전히 꼿꼿한 등과 고운 얼굴이 젊은 시절의 소문을 엿보게 할 수 있는 미색이었다. 그리고 그녀에게서 풍기는 날카로운 기운은 결코 시들어가는 이라 느낄 수 없었다.

그리고 부인에 관한 가장 큰 소문이 바로 말을 잃었다는 것이다. 그런데 부인의 질문에 저는 답했으니……. 변명을 하자면 부인의 질문이 이랑과 평소 대화하던 것과 같았기에 위화감을 느끼지 못한 것이 실책이었다.

'너, 누구냐?'

이제 와서 입을 다물기엔 이미 늦었다. 이린은 바닥에 엎드린 채 대답을 이었다.

"저는, 이곳 백화궁 빨래터의 하녀입니다. 죄송합니다. 죄송합니다, 마님!"

그런 와중에도 이랑은 아무것도 모른다는 듯 두 여자 사이를 오가며 꼬리를 흔들었다. 녀석의 재롱에 경계가 풀어짐도 잠시, 백화 부인의 눈은 다시 차갑게 가라앉았다.

'말하라, 너는 남의 마음을 읽는 주술을 배운 것이냐?'

"아, 아닙니다. 주술 같은 건 모릅니다."

이린은 고개도 들지 못한 채 조아리며 답했지만 그녀를 바라보는 백화 부인의 표정은 풀어지지 않았다.

'너, 이름이 무어냐?'

"서 가의 이린이라 하옵니다."

'서이린이라……. 들어본 적이 없는 아이로구나. 어떻게 성에 오게 된 것이냐?'

"얼마 전 발흉족 무리의 습격을 받은 곳에서 천무단의 구함을 받고도 더한 은혜를 입어 예서 일할 수 있게 되었습니다."

'천무단? 대공께서 네 특별함을 알고 데려온 것이냐?'

"아, 아닙니다! 방금 말씀드렸다시피 구함을 받아……."

'거짓말 마라! 야만족의 무리에서 백성을 구하는 건 대공의 본분이나 그렇다고 성까지 데려오진 않는다. 왜냐!'

"그건……."

'정녕 매를 맞아야 입을 열 것이냐!'

"제, 제가 전하께 하, 하룻밤……."

그 이상 말하지 못했어도 더 묻는 말은 들리지 않았다.

다 잊었다고 생각했던 일이다. 그러나 한순간에 되살아난 수치심에 이린은 눈을 질끈 감고 말았다.

그런데 이상한 건, 누구든 주인을 해하려 하면 가만있지 않겠다던 녀석은 이린이 사색이 된 채 조아리고 있어도 멀뚱멀뚱 딴청을 피우고 있었다. 방금도 흘긋 쳐다보는 시늉을 하다가 금세 따분한 듯 몸을 늘리며 개 노릇에 충실했다.

'그랬…… 느냐?'

천천히 읊조리는 부인의 말이 마치 사과하는 것처럼 들렸다. 그게 아니라 해도 뭐라 말할 처지는 아니지만 아무튼 위로받는 느낌이었다.

부인은 완전히 누그러진 어조로 다시 물었다.

'이 개는 어찌된 것이냐? 네가 살던 데서부터 데려온 게냐?'

"아닙니다. 이 녀석은 며칠 전 홀로 빨래터에 홀연히 왔습니다. 그게……. 허락도 없이 개를 키울 수 없다는 걸 알지만……. 이랑이 주인을 찾을 때까지 제가 돌보고 싶었습니다. 용서해 주십시오, 마님!"

'이랑? 네가 지어준 이름이냐?'

"네, 그렇습니다."

'주인을 찾아준다고 했느냐?'

"네, 제가 키울 형편이 못되어……. 이렇게 잘생기고 잘난 녀석이니 분명 좋은 주인을 만날 거로 생각했습니다."

콧방귀 뀌는 소리를 들은 것 같아 고개를 들었지만 착각이었는지 이랑은 제 꼬리를 무느라 정신이 없었다.

'하면 내가 주인이 되어주면 되겠구나!'

"네?"

'무얼 그리 놀라? 주인을 찾는다 하지 않았느냐?'

"네, 네, 그렇습니다!"

말을 꺼내자마자 허락을 받았으니 좋은 일이었다. 그것도 백화궁의 주인이 직접 거둔다니 녀석의 팔자는 하녀인 자신에 비할 바가 아닐 것이다.

하지만…… 이렇게 빠를 줄 몰랐다. 순간 서글픔이 밀려들며 눈물이 차올랐다. 그런데 간신히 눈물을 참으며 바라본 녀석은 여전히 평범한 개 노릇에 심취한 듯 꼬리잡기를 시도하고 있었다. 아주 잠깐, 서운함이 밀려왔지만 약속은 약속이었다.

"이랑을 거둬주신다니 정말 감사합니다. 똑똑한 녀석이라 마님의 충실한 벗이 되리라 믿습니다."

'그렇느냐? 정말 그리되면 좋겠구나.'

이린은 자꾸만 눈물이 나려는 걸 참으며 억지로 웃음을 그려내었다. 가끔 이랑을 들여다보고 싶다는 말을 꿀꺽 삼킨 그녀는 문득 지체된 시간을 깨달으며 사색이 되었다. 애영이 돌아오고도 남을 시간이었다.

“제가 예 허락받고 온 것이 아니라……. 시녀장님께서 찾으실지 몰라 이만 돌아가야 할 것 같습니다.”

‘그럼 이 녀석은 어쩌고?’

“네? 그게 무슨 말씀이신지요.”

부인의 얼굴에 살짝 웃음이 떠올라 있었지만 울지 않으려 안간힘을 쓰는 그녀는 알아채지 못했다.

‘내 수발을 드는 이는 있지만 개까지 돌보라 할 수는 없지 않겠느냐? 그리고 내 말을 쉽게 알아듣는 네가 있으면 나도 좋을 게 아니냐? 하니 너도 이곳으로 옮겨오너라. 빨래터에 일할 사람은 얼마든지 있을 테니 네가 이리 온다고 해도 그리 곤란하진 않을 것이다.’

“그, 그래도 됩니까?”

‘내가 하는 일에 뉘가 감히 토를 달겠느냐!’

“감사합니다, 마님!”

백화 부인은 감격한 채 기어이 눈물을 떨구는 이린을 모른 척, 대들보 기둥에 등을 비비는 녀석에게 다가가 머리를 쓰다듬으려 했다. 하지만 슬쩍 고개를 피한 녀석은 쌩하니 이린의 발목 뒤로 숨어버리고 말았다.

‘녀석에게 이제 주인이 누구인지 단단히 일러두어라. 내 손을 거부하지 못하게도 하고. 자, 그럼 어서 다녀오너라!’

그 길로 순식간에 쫓겨나듯 백화 부인의 처소를 나온 이린은 한동안 멍할 수밖에 없었다.

앞으로도 이랑과 함께 살 수 있다. 동시에 애영의 손에서 벗어날 수도 있게 되었다.

그러나 이것이 단순한 행운이 아님은 이랑과 눈이 마주치고 알게 되었다. 눈을 지그시 감은 녀석이 '나 잘했죠?'라고 말했던 것이다.

영악스러운 녀석, 똑똑한 줄은 알았지만 이런 깜찍한 짓까지 할 수 있는 줄은 몰랐다. 이곳 주인의 마음을 훔쳐 모든 문제를 해결한 것이다. 문을 나서기 직전에도 부인의 손을 슬슬 피하는 녀석이 조금 걱정스럽긴 했지만.

이제 처소를 옮김을 알리고 다시 돌아오면 된다. 몰려오는 행복감에 발길을 돌리던 이린은 다음 순간 뺨에서 불이 난 듯 눈앞이 번쩍이며 동시에 바닥으로 내동댕이쳐졌다.

"이년! 내가 자리를 비운 새 농땡이를 부려? 네가 정녕 쫓겨나고 싶은 게로구나!"

부지불식간에 당한 일에 이린은 잠시 멍해지고 말았다. 그러다 볼이 화끈거리기 시작하며 씩씩거리는 애영을 볼 수 있었다.

"네년, 내가 없기만 하면 농땡이를 쳤으렷다! 오늘 당장 나가거라, 당장! 농땡이 부린 몫으로 네년의 삯도 한 푼도 줄 수 없으니 그리 알아라!"

빌미를 제대로 잡은 애영의 눈빛이 기이하게 빛나고 있었다. 주변에 있다가 그 장면을 본 시녀들은 말리기는커녕 가까이 다가오지도 못하면서 동동거렸지만 이린은 차분히 답했다. 그녀는 아직 모르지만 애영을 백을 합친 것보다 더한 농축된 살기에 두 번이나 실신하면서 애영 정도는 그리 무섭지 않게 된 덕분이다.

"아닙니다. 마님과 이야기를 나누느라 그런 것입니다."

"뭐라? 네가 하다하다 거짓부렁까지 하느냐?"

"정말입니다. 마님께서 당장 시녀장님께 말씀드리고 마님의 처소로 건너오라고 하셨습니다."

"흥, 무슨 얼토당토않은 말을 하는 게야! 말이 되는 소릴 해야지! 마님이 사람을 상대하지 않는 건 천하가 다 알아! 그런 데다 뭐? 벙어리가 무슨 말을 한다는 게야! 네가 감히 그런 거짓을 고하고도 고이 넘어갈 줄 아느냐?"

이린이 뭐라 하든 애초에 들어줄 마음이 없는 애영에게 통할 이야기는 아니었다. 또다시 후려치려고 손을 올리는 애영의 앞에서 몸을 웅크린 이린은 다가올 고통에 이를 꽉 깨물었다. 하지만 한참 지나도 아무 일도 일어나지 않았다.

다시 고개를 든 이린은 애영의 그 투박한 팔목이 누군가에게 잡힌 채 꼼짝하지 못하는 것을 볼 수 있었다.

"벙어리?"

이린은 그 시커먼 애영의 얼굴이 하얗게 변하는 모습을 볼 수 있었다.

억센 애영의 팔목을 잡은 이는…… 다름 아닌 대공이었다.

의신이 팽개치듯 팔을 놓아버리자 애영은 넋을 잃고 주저앉았다.

"말해보아라. 너의 그 방자한 말은 뉘를 이른 것이더냐!"

대답할 수 있을 리가 없다. 애영은 바닥에 납작 엎드린 채 오줌을 지리며 앓는 소리 비슷한 신음만 내었다.

"이곳의 시녀장이 뉘더냐! 불러오라!"

의신은 가장 가까이 있는 이린에게 명령했다.

그러나 그가 대공이라는 걸 안 순간부터 이린은 반쯤 넋을 놓고 있었기에 답을 할 수 없었다. 다행히도 그 순간 마침 처소로 돌아오던 정옥이 그녀 대신 답했다.

"전하를 뵙습니다. 전하, 바닥에 엎드린 그이가 바로 시녀장이옵니다."

"뭐라?"

"용서하십시오, 용서하십시오, 전하!"

꿈틀거리며 자비를 구하는 애영에게 차가운 눈길이 스쳤다. 일개 시녀도 아니고 시녀들의 우두머리라는 자가 감히 제가 모시는 주인을 능멸했다. 내성의 홀대가 아랫것들에게까지 번졌다는 것이다.

무언중에 뿜어져 나오는 살기에 주변에 모여 있던 이들은 모두 파랗게 질리고 말았다. 특히 이린의 두려움은 남들 이상이었다.

'이젠 꼼짝없이 붉은 사신의 칼에 허리가 잘리리라!'

공황 상태가 되고 만 그녀는 사신의 분노가 누구에게 향한 것인지 생각할 수 없었다. 백화 부인 때문에 잊고 살던 그를 떠올린 데다 다시 분노한 그를 다시 만난 것에 처음에 만났던 붉은 사신을 떠올렸기 때문이다.

제발, 제발!

"캐앵!"

무엇을 비는지조차 인지하지 못하며 간절히 소망하던 그때 엉뚱한 비명이 울렸다.

불길한 느낌에 고개를 든 그녀의 눈에 쓰러진 짐승이 보였다.

하얗고 작은 몸체. 그건 저 안쪽에서 백화 부인과 놀던 이랑이었다.

"아, 안 돼! 이랑아!"

생각이라는 걸 떠올리기 전, 본능적으로 몸을 날린 이린은 눈을 이랑을 감쌌다. 살라고 외치던 염원이나 살고 싶다는 본능보다도 쓰러지고서도 감히 대적할 수 없는 붉은 사신에게 이를 드러내는 작은 생명이 더 중요했다.

"이것은 무엇이냐?"

잠시 정적이 일었다. 별안간 벌어진 사태에 모두 경직되어 있던 그때 퍼뜩 정신을 차린 정옥이 뒤늦게 답을 할 수 있었다.

"그, 그놈은 마님께서 관심을 보이신 개이온데……. 지금 보니 저이와도 관계가 있는 듯 보입니다."

"정말이냐? 고모님께서 관심을 보이셔?"

"네, 맞사옵니다. 그래서 마님의 명으로 개가 좋아할 것들을 가지러 갔다가……."

"고모님!"

대공의 외침에 정옥이 입을 딱 벌리며 뒤를 돌아봤다. 백화 부인이…… 문밖에 나와 있었다.

그걸 본 다른 이들도 모두 놀라 입을 벌렸다. 부인은 지난 8년간 한 번도 처소 밖을 나선 적이 없었기 때문이다.

"고모님, 어찌 나오신 겁니까?"

'강아지가 달아나서…….'

물론 백화 부인이 손가락을 가리키며 한 말을 알아듣는 이는 이린뿐이었다.

순간 이랑이 냉큼 뛰쳐나가더니 백화 부인의 뒤에 숨어버렸다. 부인의 치마에 주둥이를 파묻은 채 달달 떠는 모습에 기함하는 것도 잠시, 부인이 손을 내밀어 쓰다듬자 끙끙거리며 애교를 떠는 모습은 가증스러울 정도였다.

"다치지…… 않았네?"

녀석은 멀쩡한 정도가 아니라 이 긴박한 순간에도 영악하기만 했다. 같이 죽겠다 생각하며 통곡하던 것이 어이없을 뿐이었다. 몰래 그녀와 마주친 눈이 히죽 웃고 있었다.

'오셨구려. 무사히 오셨어……. 아직 대공께서 돌아오셨다는 말을 듣지 못했는데 여기로 바로 오신 게요?'

백화 부인이 대공에게 손을 내밀며 반가운 미소를 지었다. 그래봤자 보일락 말락 미미한 표정이었지만 대공은 알아보며 함께 미소 지었다.

"고모님을 뵙습니다. 오늘 매우 좋아 보이십니다."

'이 녀석 덕분인가 보오. 그리고 대공이 돌아오는 날이라 더 그런가 보오. 아, 여기서 이럴 게 아니라 어서 들어오시오! 없는 솜씨지만 내 직접 차를 달여주리오!'

"고모님이 주시는 차가 그리웠습니다. 춥습니다. 제가 모시겠습니다."

대화가 오고 가는 것도 아닌데 대공과 백화 부인이 서로 즐겁게 이야기를 나누는 모습이 참으로 정겨워 보였다.

대공은 그와 함께 몸을 돌리던 백화 부인이 치맛자락에 숨은 녀석을 품에 안으며 흐뭇하게 웃는 모습을 유심히 바라보았다.

그때 걸음을 옮기던 부인은 멈칫하더니 이린을 돌아보았다.

'시녀장에게 말하러 간다더니 넌 아직 거기 있었던 것이냐?'

"무슨 일이십니까, 고모님?"

'저 아이도 내 수발을 들기로 했는데……. 아, 이건 말로 해야지. 그건 네가 말하거라. 나와 말이 통하는 너도 내가 거두기로 했다고.'

'제발, 제발 마님! 그건 안 됩니다. 절대 말해선 안 돼요!'

왜인지는 알 수 없으나 이린은 자신이 부인과 통한다는 이야기는 누구에게도 알려서는 안 될 것 같았다. 특히 대공에게는 더더욱. 본능과도 같은 위기감에 그 무서운 대공이 보는 앞에서도 이린은 부인을 간절히 바라보며 소원했다.

'응?'

'제발!'

두 손을 모은 채 간절하게 비는 이린의 모습에 무언가 느낀 대공의 눈이 가늘어지는 찰나, 부인이 다시 대공의 손을 잡더니 이랑과 이린을 차례로 손짓했다.

"아! 저 시녀도 들이시려는 겁니까?"

부인이 고개를 끄덕였다.

"뉘인지 알고요? 제가 알아본 연후에……."

강하게 고개를 젓는 부인 때문에 대공은 곧 고개를 끄덕이며 안으로 들어갔다.

대공의 마지막 말 덕분에 이린은 그가 자신을 알아보지 못했음을 알 수 있었다. 뭇 여인 같으면 대공에게서 잊혀졌음이 안타깝고 서운할지 모르나 이린은 그것이 더없이 감사하고 다행스러웠다.

"뭐 하는가? 어서 뒤따르지 않고?"

대공과 부인이 안으로 들어가고도 굳어 있던 이린은 정옥의 채근에 방금 나왔던 곳에 금세 다시 돌아가게 되었다.

백화 부인의 처소 앞이 다시 잠잠해진 그때. 홀로 남겨진 애영은 눈을 굴리다가 고개를 들고는 희색했다.

"하하하, 그깟 일이 뭐라고. 벙어리를 벙어리라 한 걸 누가 뭐래? 그러니 전하께서도 그냥 가신 거지! 아하하하하!"

순간 뒷목을 내려치는 강렬한 충격에 애영은 거품을 물고 기절했다.

"뭐 이런 년이 다 있소?"

"내가 봐도 어이가 없다. 아까 전하의 눈빛을 보고도 저런 소리를 지껄이다니 제정신이 아니구나! 이런 년이 시녀장이라니 더욱 노하셨다."

대광도 고개를 설레설레 저었다.

"고이 살기는 글렀소. 데려가서 치도곤을 내야……. 아, 더럽게! 이년 지렸소!"

"뭐? 네가 쳤으니 네가 둘러메라!"

"악, 형님이 쳤으면 바로 죽일 것 같아서 내가 한 것 아니오!"

"막내야, 그럼 내가 업으리?"

"아악!"

대광과 차복의 실랑이도 잠시, 백화 부인의 처소 앞은 다시 평소의 고요함을 되찾았다.

눈치 빠른 정옥은 이린을 부엌으로 데려와 급히 인사부터 나누었다.

“나는 정옥이라고 하네. 마님의 직속 수발을 드는 사람이지.”

“저는 백화궁 빨래터에서 일하던 서가 이린이라고 합니다.”

“나이는?”

“스물한 살입니다.”

“그런가? 성에 들어오기는 좀 늦은 나이구먼.”

갸웃거리는 그녀에게 소람에서부터 온 사연을 읊어야 할까 싶었지만 정옥은 혼잣말인 양 지나쳤다. 그러더니 근처에 있던 하녀를 불렀다.

“여기 이 아이는 온혜라고 하네. 나이는 열일곱 살이네만 이곳에서 일한 지는 벌써 3년이나 되었으니 도움을 받을 수 있을 게야.”

“네, 명심하겠습니다.”

“우선 전하와 부인께 다과를 내가야 하니 자네는 이따가 더 얘기함세. 온혜, 안내해 주어라.”

“네, 시녀님.”

“감사합니다, 시녀님.”

정옥이 가고 나자 온혜는 이린을 훑어보며 사뭇 경계하는 눈빛을 보냈다. 그런 온혜에게 이린이 먼저 인사를 했다.

“안녕하세요, 난 이린이라고 해요.”

“알아요. 한 달 전 천무단 막내 부부장님이 데려온 사람이라면서요? 애영 시녀장이 엄청나게 못살게 굴고 있다고 소문이 났던데. 다들 봄이 되기 전에 쫓겨날 거라고…….”

“…….”

“어머? 빰이 왜 그래요! 맞았어요?”

보이는 대로, 생각하는 대로 마구 말하는 아이가 어떻게 별궁의 주인을 모시는 가장 가까운 곳에서 일하는지는 모를 일이다. 이린은 내색하지 않고 웃음으로 대답을 흘렸다.

“그런데 어떻게 마님의 처소에 오게 되었어요?”

“마님께서 개를 키우시게 되었는데 제가 그 개와 친해서요.”

“뭐라고요? 개요!”

“네, 털이 하얗고 복슬복슬한 강아지예요. 크기는 음, 이만한데 다 자라면 아주 더 많이 클 것 같아요.”

이린이 손으로 제 팔뚝만큼 거리를 벌리며 이랑에 대해 설명했다.

말로 하자 녀석에게로 생각이 밀려갔다. 부인의 품에 안겨 갔으니 별일은 없을 테지? 영악한 녀석이니 부인의 마음을 훔칠 아양을 떨며 간식을 받아먹고 있을지도 모른다.

그러나 온혜는 떨떠름한 표정으로 질색했다.

“개가 별궁에 들어왔다고요? 그것도 그렇게 큰 짐승이? 허락도 없이 개를 키웠다는 말이에요?”

뾰족한 눈으로 추궁하듯 살피는 온혜에게 이린이 답할 말을 찾지 못했다. 그때 정옥이 돌아오며 온혜를 나무랐다.

“그건 네가 궁금할 바가 아니다! 마님께서 허하신 일을 네가 간섭하려는 게냐!”

“아, 아닙니다. 정옥 시녀님!”

“이것저것 알려주라고 했더니 마님께서 직접 들이신 사람에게 윗사람 행세를 하려 들어? 텃세라도 부리고 싶은 게냐?”

“아닙니다. 잘못했습니다, 정옥 시녀님!”

"내가 아까 말을 잘못한 모양이구나. 너는 하녀지만 이 사람은 마님을 직속에서 모시는 시녀다. 네 윗사람이란 말이다!"

"잘못했습니다, 잘못했습니다, 이린 시녀님."

온혜는 싹싹 빌었지만 정옥은 그 길로 온혜에게 물을 길어오라는 심부름을 보냈다. 나중에 알게 된 일이지만 그건 이 추운 계절, 온혜가 가장 질색하는 벌이었다.

"전하께서 부인과 담소를 나누는 동안 자네는 원래 자네가 머물던 처소로 가서 짐을 싸오게. 부인께서 자네를 부르시기 전에 와야 하니 서두르게!"

"네, 알겠습니다. 그럼, 다녀오겠습니다.

처소로 돌아가는 짧은 길에 이린은 오늘 하루, 정신없이 휘몰아친 일을 떠올리며 두근거리는 가슴을 진정시켰다. 애영의 일보다 대공 때문에 더 놀랐던 것 같다. 하지만 모든 게 다 잘되었다. 이제 또 새로운 시작이었다. 그러자 어김없이 염원의 목소리가 다시 울렸다.

— 행복하게 잘 살아라!

'네, 행복하게 잘 살게요.'

이번엔 혼자가 아니라 이랑과 함께였다. 추위를 막아주고 먹을 복을 가져다준 것처럼 이 모든 걸 불러주는 녀석이야말로 바로 그녀의 행운이었다.

이랑과 함께 살아갈 그곳으로 이린은 씩씩하게 걸음을 옮겼다.

의신은 고모님의 품에서 새침한 눈길로 자신을 탐색하는 녀석을 보며 물었다.

"어디서 난 녀석입니까?"

[아침에 갑자기 찾아왔어요. 처음 봤을 때는 눈 뭉치인가 했었는데 그게 살아 움직이더군요.]

"많이 놀라셨겠습니다."

[놀라긴 했는데 이 녀석도 나를 보고 놀라 엉덩방아를 찧는 걸 보니 웃음이 나더군요.]

"웃으…… 셨습니까?"

[네, 이 죄인에게도 아직 웃음이 남아 있더군요.]

"제발, 그런 말씀 하지 마세요. 죄인이라니요. 지하에 계신 석 장군께서 슬퍼하십니다. 상하는 더욱 슬퍼할 것입니다."

백화 부인의 지아비 석우성 장군과 아들 상하는 그녀의 마음과 목소리를 앗아간 슬픔이었다.

[참 신기하죠? 그동안 진귀한 꽃이나 비단, 보물, 새, 물고기, 개, 고양이, 말 등등 어느 걸 봐도 신기하거나 귀엽다는 생각을 한 적 없는데 이 녀석의 단순한 몸짓이 그렇게 귀여울 수가 없더군요.]

"그러셨습니까."

[그냥 두면 알아서 나가겠거니 했는데 종일 마당에서 혼자 잘 놀더군요. 뭐라도 줄까 싶어 다가가 잡았더니 잡히긴 쉽게 잡혔는데 곁을 내주진 않았어요. 이렇게 한 번 쓰다듬어 보려고 해도 자꾸 피하더라고요. 이상한 녀석이죠?]

"네, 이상합니다."

이상하다기보다는 수상했다. 의신은 저를 훔쳐보고 있던 녀석을 쳐다봤다. 그러자 언제 흘금거렸느냐는 듯 필사적으로 고개를 틀며 끙끙거리는 걸 보면 무얼 의심하기엔 너무나 어린 강아지였다.

[이름은 이랑이라고 합니다.]

"벌써 이름을 지으셨습니까?"

[내가 지은 게 아니라……. 아까 봤던 여인이 녀석을 돌보고 있었나 봅니다. 내 손을 그토록 피하더니 주인이 나타나자마자 필사적으로 꼬리를 흔들면서 아양을 떨더라고요.]

"여인이라면…… 그 시녀장 말입니까?"

그 발칙한 여자와 관계있다면 무조건 내보내야 한다. 그런 여자를 주인으로 따르는 놈이라면 용납할 수 없다. 그의 싸늘해진 시선에 놀란 부인이 서둘러 석판을 가리켰다.

[아니에요! 시녀장이 아니라 그 옆에 있던 여자입니다. 보지 않았습니까?]

"새로 들인다는 시녀 말씀이십니까? 시녀에 관해선 제가 알아본 연후에 들이시면 안 되겠습니까?"

[걱정하시는 바는 알지만 이미 예서 일하던 아이입니다. 염려 마세요. 이 녀석도 그렇지만 그 아이도 맘에 들어서요.]

개를 쓰다듬으며 웃는 고모님의 얼굴에 잔잔한 행복이 보였다. 저런 웃음을 준 것만 해도 엄청난 일이었으니 그 발칙한 이의 개가 아니라면 상관없었다.

하지만 다시 녀석과 눈이 마주친 순간 이상한 느낌이 들었다. 적의를 보이는 것은 이상하지 않았다. 그에게 맞았으니까. 그런데 보통 개도 저렇게 복잡한 눈빛을 하는 것일까? 이상했다. 난데없이 왜 자신에게 덤빈 것일까? 곰곰이 생각해 보니 당시 무릎 꿇고 있던 여인은 둘이었다. 설마, 제 주인이 당하는 줄 알고? 흘금거리다 다시 눈이 마주치자 화들짝 놀라는 놈은 아무래도 보통 개처럼 보이지 않았다.

"……네, 알겠습니다. 아무튼 고모님께서 새 식구를 들이신 자체가 참으로 보기 좋습니다."

[식구……. 이 녀석, 제 식구가 되어주겠지요?]

"네, 그럴 겁니다."

순간 녀석이 깽 하는 소리와 함께 자지러지게 몸을 떨며 부인의 품에 파고들었다. 여태 두려운 '척'했던 거라면 이번엔 진짜였다.

'어머, 이 녀석 왜 이러지?'

의신은 걱정스레 개를 보듬는 고모님 모르게 낮게 중얼거렸다.

"제 주인이 무사하길 바랄 테니……."

[네? 뭐라 하신 겁니까?]

"아닙니다. 개를 키우려면 개집과 우리가 필요할 터인데 제가 사람을 보내겠습니다. 좋은 목줄도 준비하고요. 새 식구를 들인 축하 선물입니다."

[고맙습니다. 대공!]

"고모님이 웃으시다니 이 조카, 얼마나 기쁜지 모릅니다."

[대공이 이 늙은 몸을 잊지 않고 찾아주신 덕분이지요. 저도 이제 작은 생명을 보고 웃을 수 있다는 걸 알게 되었으니 대공이 더 큰 선물을 해줄 수 있겠는지요?]

"그건……. 네, 곧 그럴 겁니다."

[아! 정말입니까? 어느 영애를 담아두셨는지 이 늙은이에게만 살짝 알려주면 아니 되겠습니까?]

"고모님을 자꾸 늙은이라 칭하지 마십시오. 이런 고운 부인을 뉘가 늙었다고 하십니까?"

[말을 돌리지 마시고요.]

'그녀들 중 누구도 아닐 겁니다.'

그러나 그 이야기를 하자면 설명할 것이 너무 많았다. 사실이 명확해질 때까지 의신은 아무 말도 하지 않기로 했다.

백화 부인도 더 캐묻지 않고 주제는 다시 새 식구로 넘어갔다. 그러나 그 주인공이 된 이랑은 다시는 의신과 눈을 마주치지 못한 채 백화 부인의 치맛자락에 고개를 파묻고 숨었다.

그러다 그가 가는 기척이 들렸다. 부인을 따라가는 척 뒤따르던 이랑은 그의 뒤에 대고 혀를 쑥 내밀었다. 그런데 하필 의신이 다시 뒤를 돌아보았다.

순간, 할 수 있는 건 단 하나. 이랑은 꼬리에 불이 붙도록 정신없이 흔들었다.

얼마 되지 않는 짐을 챙겨 백화 부인의 처소로 돌아오던 이린은 애영을 모처에 던져두고 돌아오던 차복과 마주쳤다. 차복은 이린이 소람에서 만났던 이들 중 지 장군과 대공 말고 유일하게 기억하는 이였다. 하지만 그를 알아봤자 알은체할 처지는 아니었다. 차복은 물러나서 인사하는 그녀의 곁을 무심히 지나쳤다.

대공처럼 차복도 자신을 알아보지 못한 듯하여 안심한 이린은 서둘러 처소 안으로 들어갔다. 그래서 차복이 갑자기 걸음을 멈추고 저를 돌아보는 것을 보지 못했다.

갸웃거리던 차복이 손뼉을 치며 말했다.

“맞다, 그 사람이었구나!”

“왜? 아는 사람이냐?”

대광이 물었다.

“전에 소람에서 예까지 데려온 여인 있잖습니까?”

“아, 맞다! 어쩐지, 아까 넘어진 걸 봤을 때부터 조금 눈에 익었다 했다!”

대광도 이미 사라진 이린을 돌아보며 맞장구를 쳤다.

“맞죠? 그런데 어떻게 한 달 새 저렇게 더 말랐지? 원래 좀 마르긴 했지만 지금은 불면 날아가게 생겼소.”

“일이 고됐나 보지. 그래도 그곳에선 귀족 여인네였지 않았나?”

“아무리 고되어도 그렇지……. 가만! 맞소! 내가 저 사람을 맡긴 것이 방금 그 발칙한 년이었소!”

“아하, 그렇구나. 모질게도 맞던데 뭔가 알 것 같기도 하다.”

대광이 혀를 쯧쯧 찼다.

“그러게요…….”

차복도 같이 맞장구를 치면서 왠지 뜨끔했다. 희관의 명령으로 특별히 별궁에서 일하게 해준 것인데 이런 꼴을 당하게 되었으니 조금은 미안해진 것이다. 하지만 원흉을 없앴으니 나아질 테지. 차복은 어깨를 으쓱했다.

‘그 사람이었나?’

차복과 대광이 두런거리는 말을 들은 의신은 아무도 모르게 고개를 끄덕였다.

실은 그녀의 목소리에 먼저 긴가민가했었다. 아니, 어쩌면 그녀가 손찌검을 당하고 쓰러지는 걸 본 순간부터 참을 수 없는 분노가 치솟은 것 같았다.

차복의 이야기가 이어질수록 그의 마음은 들끓었다. 그녀 때문이다.

안 돼!

잊어주는 게 최선이라 선을 긋고도 다시 만나자마자 마음이 흔들리다니, 자신 역시도 이기적인 사내였다. 그는 제어할 수 없게 풀려나가기 전 제 마음을 붙들었다.

대신 한 가지 좋은 점은 있었다. 그녀의 내력을 이미 아는 이상 더는 고모님의 새 식구를 파고들 필요가 없어졌다.

고모님은 그가 이 세상에서 사랑하는 유일한 분이었다. 핏줄이라 부를 이들은 있었지만 그가 믿고 소중히 여기는 사람은 고모님뿐이었다. 그러나 안타까운 일은 그 곱고 강하던 분이 남편과 자식을 잃은 충격으로 목소리까지 잃은 채 세상과 담을 쌓고 살아왔다는 것이다. 그런데 그 긴 세월 처음으로 감정을 드러내고 애정을 보인 것이 바로 그 개였다. 이는 매우 고무적이고 기뻐할 일이었다.

한데 그 묘한 짐승은 정말이지 의심스러웠다. 사람보다 짐승이 더 의심스럽다니 어처구니없는 일이다. 그러나 짐승이 무슨 일을 꾸미겠는가? 기껏해야 얄미울 수는 있었다.

어쩌면 조금. 그럴 줄 알았다.

대전에 드는 의신에게 주민이 불청객의 입장을 알렸다.

"전하, 세 총관과 6부의 상서(尙書)들이 전하를 알현하고자 기다리고 있습니다."

순행에서 돌아오자마자 우르르 달려온 관료들을 간단한 인사만 받고 물리고 고모님을 뵈러 갔다 온 참이었다. 한데 백추성이 저들을 몰고 여태 가지 않고 기다리고 있었던 것이다.

저들의 조급증은 빈청을 차지한 손님들 때문이었다. 뉘를 대공비로 올리느냐에 따라 차기 권력의 방향이 정해지니 당연한 일일 수도 있었다. 하지만 그 조급증 때문에 희망이 더 빨리 꺾일 줄은 몰랐을 것이다.

"알겠느니."

오늘따라 더 냉랭해 보이는 대공의 모습에 오금이 저릴 법도 하건만 백추성은 꽤 단련되어 있었다. 그는 겉치레는 생략하고 곧장 본론을 꺼냈다.

"전하, 출정하신 동안 일족의 어른들과 저희가 머리를 모아 정혼녀가 되실 영애를 결정했습니다. 네 가문의 영애 모두 기품과 학식이 충만하고 빼어난 용모와 인성을 지닌 바, 저희는……."

"아오, 한데 그것에 관해 내가 먼저 할 말이 있소."

"하명하소서."

"영애들을 모두 집으로 돌려보내시오."

"네? 그게 무슨 말씀이시옵니까!"

"정혼은 반년 뒤로 미룰 것이오."

"전하!"

"전하, 이미 오래 미뤄진 일입니다. 어이하여 더 미루시려 하십니까?"

기함할 소리에 서로 쳐다보았지만 알 바가 없었다. 눈치 빠른 이들은 태내관의 표정을 살피기도 했지만 주민도 대공의 말에 놀란 눈치였다.

"모두 의아해할 것을 알고는 있으나 어쩔 수 없는 일이오. 이번 순행 직전 밀실에 들었던 날 나는 전대의 안배로 내려온 예지를 보았소. 해서 미루자는 거요."

"그, 그게 무엇입니까?"

"그건 말할 수 없소."

"하면 어찌 지금에 와서……?"

"감히 나의 말을 의심하는 것이오?"

"아, 아닙니다, 전하! 용서하소서!"

밀실은 대공만이 들어갈 수 있고 대공에게만 허용된 비밀스러운 금지(禁地)였다. 그곳에서 벌어진 일은 궁금해하거나 의심하는 것조차 불경이었다.

저마다 입을 열다가 대공의 서슬에 입을 다문 6부 상서 대신 백추성이 다시 입을 열었다.

"전하, 정혼을 미루기만 하면…… 되는 것이옵니까?"

"그렇소."

"그렇다면 영애들을 기다리게 하면 되는 것 아닙니까."

"어찌 꽃다운 처자들을 기약도 없이 무작정 기다리라 하란 말이오?"

"전하! 저희는 네 명의 영애 모두를 최종 후보로 추천하려 하였사옵니다. 영애들은 모두 기꺼이 기다릴 것입니다.”

“아니 되오!”

“전하, 정혼이 아니 되면 먼저 후계라도 생산하시어…….”

“그만두시오! 나에게 야합으로 후계를 생산하란 말이오?”

“전하, 뉘가 감히 전하의 행사에 그런 망언을 할 수 있단 말입니까! 혼례의 절차는 물론 중요하긴 하나 전하의 후계는 순서가 바뀌더라도 귀한 존재이옵니다!”

“지금은 아니라 하지 않소! 나의 명을 거역할 셈이오?”

기어이 떨어진 호통에 대전은 잠시 고요해졌다. 그에 또 한 번 백추성이 나섰다.

“고정하소서, 전하. 하오나 영애들을 돌려보내는 일만큼은 재고해 주소서.”

“알겠소. 영애들에게 모두 직접 의사를 물어보시오. 하나 반년 뒤에는 다른 가문들의 영애와 함께 간택이 이루어질 것을 분명히 알려야 하오.”

“명심하겠습니다, 전하.”

“명심하겠습니다, 전하.”

충격적인 소식을 안고 대전에서 물러난 이들은 운정당(雲政堂; 적토의 관료들이 정사를 논의하는 곳)에 다시 모였다.

“아무리 밀실에서 일어난 일이라지만 예지(豫知)라니! 이는 말도 안 되오!”

3총관 천세희가 소리쳤다.

“혹은 전하께서 점찍은 다른 가문이 있는 것 아니오?”

다혈질인 천세희에 이어 신중한 2총관 혜오명까지 그렇게 말하자 상서들도 동조하기 시작했다.

"하면 이번 순행에서 뉘를 점찍은 것은 아닐까요?"

"순행이 워낙 잦으시고 광범위하니 어느 가문인 줄 뉘가 알겠소?"

"예지로 막은 정혼이라잖소!"

"말씀해 보시오. 전하의 말씀이 사실이오?"

혜오명이 모두 궁금해하는 걸 물었다.

백추성은 잠시 뜸을 들이다가 고개를 끄덕였다.

"맞소, 그것도 이번 정혼을 막을 만한 무슨 일이 있었을 것이오."

"뭣이라!"

"어허!"

백추성의 가문은 거짓을 꿰뚫는 능력을 지니고 있었다. 해서 그의 가문이 오랜 세월 적토의 이인자 자리를 꿰차고 있는 것이다. 하니 그가 고개를 끄덕임으로써 대공이 한 말에 감히 토를 달 수 없게 되었다.

"아무리 이번 대의 대공의 힘이 막강하나 예지까지 전해지다니!"

"강하신 대공의 힘은 경사가 아니오?"

"그러니 더욱 후계를 보전해야 하지 않겠소!"

"맞소!"

백추성은 새로운 사실에 얼떨떨하면서도 두려워하는 두 총관과 상서들을 달랬다.

"정혼 자체만 막혔을 뿐이오. 영애들은 아직 내성에 남아 있고 기회를 만들면 되오. 춘추 스물여섯에 아직까지 후계가 없었던 대공은 없었소!"

"그렇지요, 그럴수록 어서 후계를 세워야지요!"

"맞습니다, 후계는 세워져야 할 것입니다. 반드시!"

각자의 욕심에 어둠이 스멀거리고 있었다.

수발을 들던 주민에게 의신이 불쑥 말을 건넸다.

"그들과 함께 이 놀라운 소식을 듣게 해서 미안하다."

"전하, 고작 그런 일로 군주께서 신하에게 사과하시는 것이 아닙니다!"

"아직도 날 가르치는군."

"전하!"

"하하, 그대라서 할 수 있는 말이었다!"

"……."

의신의 가장 오랜 동무가 희관이라면 어린 시절부터 훈육하고 수발을 드는 이가 바로 주민이었다.

아버지를 사랑했지만 보답 받지 못하셨던 어머니는 배신감에 절망하는 대신 그를 지키기 위해 인생을 쏟으셨다. 그런 어머니의 가장 큰 유산이 주민이다. 전 황실 친위대였던 주민의 숨겨진 또 다른 신분은 그의 비밀 호위 수장이기도 했다.

꿈속의 주민은 자신 대신 칼을 맞고 쓰러지고 말았다. 물론 그건 앞으로 절대 일어나지 않는 일이 될 것이다.

"하면 전하, 그 예지에 대해서 말씀해 주실 수 있습니까?"

"그래서 말을 꺼낸 것이다."

"하면……."

주민의 눈빛이 갑자기 날카로워지더니 침전 사방을 방비했다. 엿듣는 귀를 막는 방진(方陣)까지 붙이고 돌아온 그에게 의신은 조용히 이야기를 시작했다.

"꿈을 꾸었다……."

꿈속에서 일어났던 반역과 배신자들, 아직은 곁에 있지도 않은 이들의 이야기에 분노한 주민은 주먹을 쥐었다. 의신은 그가 자신 대신 목숨을 내주었음은 말하지 않았지만, 저는 마지막에 어디 있었느냐는 질문을 하지 않는 걸 보면 주민은 그것이 당연한 일이라 여기는 것이었다.

"전하, 전하, 하면 용화라는 소년은……!"

"그래, 용화는 바로 내 아들이었겠지."

대공의 알려지지 않은 아들이 있는 건 그리 드문 일이 아니었다. 의신의 이복형제만 해도 몇인지 알 수 없었으니.

"저, 전하, 그 여인이……. 아니 용화 공자님의 어머니께서 '동생'을 낳는다고 하셨단 말입니까!"

그렇다. 그 꿈이 가리키는 가장 중요한 것은 바로 조상이 훔친 신력을 되찾고 저주를 풀어줄 여인의 존재였다. 동복형제를 낳는 것으로 자신의 존재를 증명한 그녀는 곧 다른 남자의 아이를 낳을 예정이었다.

"그랬지……."

그 순간 느꼈던 분노와 상실감, 미칠 듯한 허탈함이 새삼 그의 가슴을 할퀴는 것 같았다. 당장에라도 찾아내어 갖고 싶은 이 격렬한 소유욕이 정말 제 감정인지 믿을 수 없을 정도였다.

하지만 그건 꿈속의 감정이었다. 현실에선 그런 비슷한 감정을 느낄 누구도……!

부인하려는 그의 머릿속에 한 여인이 또렷하게 떠올랐다. 어둠과 죄책감이 가리던 모습이 아닌, 그 묘한 짐승을 꼭 끌어안고 쳐다보던 그녀였다.

"설마!"

"전하?"

"하지만 그녀는…… 그녀는 처녀가 아니었는데!"

"전하, 혹 그분이 뉘신지 아시는 것입니까?"

"아, 아니다. 그녀는 처녀가 아니었으니. 우리 일족의 빌어먹을 잉태 조건을 모르는가?"

자신들의 이기적인 혈족은 상대 여인이 처녀라야 아이를 품을 수 있었다. 그리고 혈족의 아이를 낳은 여인은 다시는 아이를 낳을 수 없다.

"불경스럽습니다, 전하!"

"흥, 이 정도는 괜찮다."

씁쓸히 자조하는 의신에게 주민은 그가 놓친 실마리를 찾아주었다.

"전하! '그분'은 저주에서 자유로운 분이십니다, 그렇지 않습니까?"

"그렇지, 그러니 이 몹쓸 저주받은 몸을 구원해 줄 수 있지 않겠느냐?"

"전하!"

"그냥 말하라!"

"'그분'이라면 불경스럽지만, 그 '빌어먹을' 조건도 통하지 않을 것입니다."

"……!"

정신이 확 깨였다. 꿈속의 그 여인을 찾기 위해 반년의 시간을 벌었지만 막연하기만 했었다.

"고맙다, 주민!"

이제 확인하는 일만 남았다.

짐을 챙겨 돌아온 이린은 백화 부인께 정식으로 인사를 올렸다.

"소인, 앞으로 성심을 다해 마님을 모시겠습니다."

'앞으로 잘 지내보자꾸나. 네가 오니 바람같이 꼬리 치는 저 녀석도 함께.'

그녀가 오기까지 육포를 뜯다가 달려온 이랑은 그녀의 발치에 정말 바람을 날리고 있었다.

정옥이 지켜보는 자리라 대답할 수 없었던 이린은 고개만 푹 숙였다.

그에 백화 부인은 그만 눈을 찌푸리고 말았다. 얇은 포(袍)에 반비(윗옷의 위에 덧입던, 깃과 소매가 없거나 소매가 아주 짧은 겉옷) 하나 걸치지 못한 이린의 초라한 차림 때문이었다.

[정옥아, 나가서 이 아이에게 맞는 옷을 찾아주련?]

정옥은 깜짝 놀라며 몇 번이고 석판을 보았다. 명은 특별할 것이 없었다. 하나 그 앞에 제 이름이 불렸기 때문이다.

"마, 마님!"

[어서!]

"네, 네, 마님!"

정옥은 울먹이며 방을 나섰다. 이유를 모르는 이린은 어리둥절했지만 백화 부인은 그걸로 달라진 자신을 확실히 깨달을 수 있었다.

'마치 질고 깊은 안개 바다에서 헤어난 것 같구나.'

무슨 뜻으로 한 말인 줄은 몰랐지만 이린은 그 속에 담긴 고단함과 고통을 조금은 이해할 수 있을 것 같았다.

하지만 그 순간에 초를 치는 소리도 함께 들려왔다.

「주인님, 우리 이제 여기서 사는 거죠! 나 잘했죠, 잘했죠!」

하지만 이린이 아무 대답도 없이 그냥 있자 알아봐 달라는 듯 제 엉덩이를 밀며 아양을 떨었다.

'호호호, 얌전하게만 있던 녀석이 주인이 오니 다르구나.'

"송구하옵니다."

'송구할 것이 있느냐. 저렇게 솔직하니 짐승이 아니더냐.'

부인은 저를 칭찬하고 있었지만 정작 이랑은 저를 묶은 끈 같은 건 얼마든지 끊을 수 있었지만 참았다는 둥, 주인이랑 같이 여기 살게 해줘서 저를 만지게 허락해 줬다는 둥, 대공이 집을 지어준다니 이럭저럭 살겠다는 둥 뻔뻔스레 떠들고 있었기에 이린은 홀로 뜨끔했다.

'한데 물어볼 것이 있다. 아까는 대공께 나와 대화가 됨을 왜 말하지 않았느냐?'

"그건…… 뭐라 설명 드려야 할지 몰랐습니다. 사람들 앞에서 말해도 되는지 몰랐고 사실 저도 마님과 통하기 전까지 제게 그런 능력이 있는 줄은 몰랐었기에 놀랍고 무서웠습니다.”

‘그렇구나, 하긴 사람들 앞에서 할 말은 아니었지. 너와 말이 통한 건 나도 설명하기가 난감하여 아직 말하지는 않았다. 하지만 대공께는 지금이라도 알리는 것이 어떠하냐? 비록 여인이라 하나 이능을 가졌음을 알린다면 대공이 중히 써줄 수도 있다.’

“이능이라고요? 이것이 이능입니까?”

놀라며 되묻는 이린에게 백화 부인은 눈을 감으라 했다.

‘이전엔 이런 능력이 없었느냐?’

“네, 없었습니다.

‘너의 부모나 친척 중에는?’

“제 기억 속에는 없습니다.”

‘……알겠다. 눈을 떠도 좋다.’

이린이 눈을 뜨자 부인은 그녀를 한참 보기만 하다가 짧게 한숨을 쉬며 말했다.

‘방금 난 너를 시험해 보았다. 내 눈빛이나 행동을 읽는 건가 했더니 아니구나. 그냥 생각만 하는 것엔 답하지 않고 의지를 담아 묻는 말만 알아듣는 것 같구나.’

“아……!”

‘혹시 독심술 종류인가 했더니 그건 아닌 게로구나. 너도 몰랐던 게냐?’

“네, 몰랐습니다. 이 녀석은 항상 제 의지를 확실히 표현했었거든요.”

‘이 녀석?’

제 얘기에 백화 부인이 놀란 표정을 하자 꼬리잡기 놀이를 하는 척하던 녀석이 이린을 올려다보며 귀를 쫑긋했다.

'설마, 그럼 넌 개가 하는 말도 알아듣는다는 것이냐?'

"네, 그렇습니다. 하지만…… 제 말이 믿기시옵니까?"

'그랬구나! 놀라운 일이로다! 하지만 지금 나와 이야기하는 걸 보면 믿지 않을 수 있겠느냐? 하긴 처음 그때 넌 내 말을 알아듣는 것에 놀랐다기보다 난감해 보였다. 그래, 그래서 그런 거였구나……'

백화 부인은 몇 번이나 고개를 끄덕이며 감탄과 함께 이린과 이랑을 계속 번갈아 보았다.

사실 백화 부인은 그동안 자신을 가두고 살았던 것뿐이지 백치가 된 것은 아니었다. 아마 이린이 이 사실을 먼저 말하지 않았다면 신뢰를 얻기란 어려워졌을 것이다.

'그럼 넌 동물들과 모두 이야기가 통한다는 것이냐?'

"확실하진 않지만 그건 아닌 것 같습니다. 저도 혹시나 싶어 행각(行閣; 궁궐, 절 따위의 정당 앞이나 좌우에 지은 줄행랑)에서 키우는 고양이에게 말을 걸어본 적은 있사온데 통할 수 없었습니다."

굳이 상기할 필요는 없지만, 그때 이랑이 그런 하등한 짐승과 저를 같은 취급하는 거냐 난리를 쳤었다.

'그럼 이 녀석이 특별하다는 말이구나!'

왜 제 비밀을 까발린 것이냐며 이린을 원망스레 쳐다보는 녀석을 백화 부인은 더 귀엽다는 듯 쓰다듬으며 웃었다.

"네, 그런 것 같습니다. 그래서 더욱 주인을 찾아주고 싶었습니다."

「제 주인은 주인님이잖아요!」

"처음부터 약속했잖니? 그리고 너와 함께 살게 되어서 나는 좋은걸?"

'호호, 보아하니 제 주인은 안 바꾸고 싶다고 하는가 보구나?'

"그게…… 송구하옵니다!"

'괜찮다. 나의 관심을 끈 녀석이 저 정도 패기는 있어야지. 친해지는 맛이 있겠구나!'

"마님의 멋을 몰라본다면 이 녀석이 바보일 테지요. 지난번 말씀드린 것처럼 이 녀석은 부인의 충실한 벗이 되어드릴 것입니다. 그렇지, 이랑?"

「흥! 주인님이 곁에 없으면 싫어요!」

"앞으로 잘 부탁하겠답니다."

'고맙다. 방금 한 거짓말은 참말로 알아듣겠노라. 앞으로 같이 살아보자꾸나. 이랑, 이 녀석에게도 그리 말해주렴?'

"정말 감사합니다. 앞으로 최선을 다해 모시겠습니다."

새 세계에서 깨어난 지 한 달 하고 반. 이린은 드디어 불안정한 삶에서 벗어날 수 있게 되었다. 그녀의 비밀을 모두 공유하게 될 새 가족들과 함께.

4. 술래잡기

"으, 으…… 안 돼!"

의신은 고함을 치며 벌떡 일어났다. 놀란 주민이 달려와 불을 켜려는 걸 물린 의신은 낯익은 침상 주위를 둘러보며 한숨을 내쉬었다.

또 기억나지 않는 그 꿈을 꾸었다. 비명을 지를 만큼 절박하고 안타까웠던 감정이 이토록 생생한데 깨어나는 순간 꿈은 순식간에 제 몸통을 감추고 사라져 버렸다. 모처럼 이뤘던 잠이었지만 더는 이을 수 없을 게 뻔했다. 그는 이불을 밀쳐 버렸다.

"주민!"

"예, 전하."

"사냥을 다녀오겠다. 팔모산에 갈 것이니 그리 알도록."

"전하, 아직 해도 뜨지 않은 시각이옵니다."

"혈리에게 이 정도 어둠은 문제 되지 않는다. 이제 곧 날도 밝을 테고."

혈리는 북방의 가장 사나운 야생마와 황실 최고급 종 암말 사이에 태어나 의신이 직접 길들인 말로 그와 전장을 함께 누비는 최고의 전투마이기도 했다.

"그럼 저도 함께하겠습니다."

"아니다. 혈리와 함께 마음껏 달리다 오려 하느니. 오늘 중에는 돌아오겠다."

"제가 아니면 지 장군이라도 부르겠습니다."

"부르지 마라! 희관은 할 일이 많다."

의신은 그럼 저라도 꼭 따라나서야겠다는 주민을 떨구고서 침전을 나왔다. 깜깜한 새벽, 아무것도 보이지 않는 어둠 속에서도 저를 찾은 주인을 열렬히 반기는 애마를 탄 그는 곧장 팔모산을 향해 달렸다.

팔모산은 산세는 험악하지만 약초가 지천에 널렸고 야생동물이 많이 사는 곳이었다. 한데 약초는 심심찮게 캐지만 아무리 노련한 사냥꾼들이라 해도 사냥에 성공하는 예가 드물었다. 팔모산의 지배자가 짐승들을 돌보기 때문이라는 것이다. 해서 팔모산은 영물과 약초 덕분에 성지로 이름난 곳이기도 했다.

의신이 두 시진을 꼬박 달려 팔모산 입구에 들어섰을 때는 사위가 훤해진 후였다. 파란 하늘 아래 치솟은 나무들 사이로 팔모산 꼭대기에 쌓인 안개가 유독 하얗게 보였다. 아름드리나무들이 숲을 이루고 곳곳에 숨겨진 절벽과 기암괴석이 어우러진 곳이 보는 자체가 절경이었다. 하지만 그는 헛헛한 마음을 달래줄 무언가를 찾아 점점 더 안으로 들어갔다.

해가 머리 위로 솟을 때쯤엔 허기를 달래줄 사냥감을 찾았다. 춘분이 지난 덕인지 사냥감은 금세 찾을 수 있었다. 작은 노루 한 마리와 토끼 두 마리를 잡은 그는 자리를 잡고 불을 피워 고기를 올렸다.

고기가 구워지는 걸 지키던 그의 감각에 미세한 기척이 느껴졌다. 사람은 아니었다. 그가 은밀히 칼자루에 손을 올리자마자 거대한 짐승이 펄쩍 뛰어들며 나타났다.

하얀색 몸체에 푸른 눈을 가진 거대한 늑대였다. 팔모산의 지배자! 그가 의신을 향해 위협적으로 으르렁거렸다.

「너희 재수 없는 족속에게 왜 내 아들 냄새가 묻어 있는 거지?」

물론 의신이 들을 수 있는 것은 으르렁거리는 소리뿐이었다.

크릉!

「네놈이 내 아들을 해친 것이냐!」

쩌렁쩌렁한 포효에 산울림이 울었다. 작은 짐승이라면 곧바로 숨이 멎을, 살갗이 저릴 만큼 매서운 기세였다.

"덤벼라!"

의신은 곧장 칼을 뽑아든 채 팔모산의 지배자와 대치했다.

기세와 기세의 싸움. 그러나 영물인 만큼 팔모산의 지배자는 무모하지도 않았다. 본능적으로 싸움의 결말이 불리함을 느낀 늑대는 함부로 덤비지 않았다. 그러나 물러날 수도 없는 일, 기세를 탄 늑대의 눈이 적의로 불타며 다시 포효를 내질렀다.

「놈, 죽여 버릴 테다!」

바로 그때 혈리가 늑대를 향해 푸르르, 콧김을 뿜었다. 혈리가 앞발을 구르며 다시 늑대를 막아서는 시늉을 했다. 의신이 그런 혈리를 보호하기 위해 다가가려 했으나 놀랍게도 늑대가 멈칫하더니 낮게 으르렁댔다. 사나운 기세를 완전히 누그러뜨리지는 않았지만 살기를 품었던 눈초리가 슬쩍 누그러진 모습이었다.

크릉.

「정말 살아 있는 것이냐?」

늑대는 혈리에게 몇 번 더 으르렁거리다가 다시 의신을 노려보고는 훌쩍 가버렸다.

"역시나 반기지 않는 곳이로군."

팔모산 지배자의 묘한 행동은 이해할 수 없었지만 의신에게 이곳의 적대감만큼은 익숙했다. 그럼에도 마음이 답답하면 찾게 되는 곳이 팔모산이었다. 팔모산 영물은 혈족에게 한없이 살기를 품고 혈족은 반대로 팔모산 영물에게 까닭 모를 정을 느낀다. 자업자득이다. 하지만 저주의 고리가 끊어지면 이 악연도 끊어지리라!

역시 이곳에 오길 잘했다. 그동안 수차례 왔어도 보지 못했던 팔모산의 지배자를 만난 것부터 무언가 좋은 징조였다. 물론 처음엔 죽일 듯 달려들었지만 그냥 돌아간 자체가 무언가 달라질 징조를 보이는 것이라 여기기로 했다. 그래서인지 가슴을 할퀴던 무언가도 조금 가신 것 같았다. 이젠 돌아갈 때였다.

잠시 후, 의신은 뒤를 쫓는 기척을 느낄 수 있었다. 그의 예민한 감각으로도 잡기가 어려워 종종 사라졌다가 속도를 내면 다시 가까워지는 기척은 끈질기게 그를 쫓았다. 무엇인지 알 것 같았기에 위험할 거란 생각이 들지 않았다. 영물이 팔모산을 벗어나 인명을 해쳤다는 소문은 들은 적 없었으니.

이후 의신은 뒤쫓는 기척을 무시하며 혈리를 재촉했다.

여인이 있었다. 그녀는 하늘에 사랑받는 이였다. 하늘에 가까운 짐승들도 그녀를 존경하며 우러러보았다. 비록 혼자였지만 그녀에게 부족함은 없었다.

그러나 욕심 많은 인간이 그녀를 탐냈다. 인간은 순진한 그녀의 보금자리를 차지하고 그곳에 있던 보물들을 빼가는 것도 모자라 그녀가 가진 힘도 탐했다. 그러나 처음으로 사람의 정, 사내의 정을 느낀 그녀는 모두 빼앗기는 것도 모른 채 그가 속삭이는 달콤한 말에 취해 있었다.

그러다 그녀의 태에 아기가 생겼다. 그녀는 하늘의 응답을 들었을 때보다 더 기뻤지만 사내는 아기에게 힘을 나누느라 더는 그 힘을 자신이 갖지 못하는 것을 참을 수 없어 했다. 사내는 그녀 몰래 독을 썼다. 그녀의 태에 있는 자신과 그녀의 아기를 죽이고 다시 그녀의 힘을 차지하고자 했다.

태중 아기의 죽음에 그녀는 그 모든 사실을 깨달았다. 분노한 여인에게 모든 것이 들켰다는 걸 알게 된 사내는 서둘러 제가 빼앗은 모든 것들을 챙겨 달아났다. 그러나 그가 훔친 그녀의 힘이 그녀가 뿜어내는 원한을 흡수했다.

그것은 그의 핏줄에 스며들었다. 생명을 쥐어짜 원한을 포효하는 여인의 모습은 화인을 새긴 듯 지워지지 않았다.

보는 내내 달아나고 싶었다. 하지만 무언가에 묶여 버린 것처럼 감히 눈을 뗄 수 없었다.

마지막에 여인이 물었다. 이래도 용서해야 하느냐고.

그제야 이린은 여인이 그 장면을 일부러 모두 제게 보여줬음을 깨달았다.

'왜 내게?'

간신히 입술을 달싹인 그녀의 질문을 들은 것처럼 여인이 비틀린 웃음으로 답했다.

— 이젠 네 몫이니까.

"싫어!"

새까만 밤, 비명을 지르며 일어난 이린은 가슴을 부여잡고 숨을 토해냈다.

지독한 배신감, 심장에 새긴 것 같은 깊은 원한이 가슴을 뜯어내는 느낌에 숨을 쉴 수가 없었다. 그나마 다시 숨이 트인 건 그 지독한 감정이 자신의 것이 아니기 때문이었다.

'그래, 내 것은 아니야. 이 몸의 기억이 내 것이 아닌 것처럼.'

그 지독한 이질감에 몸을 떨던 이린은 한 줄기 섬광과도 같은 것을 잡을 수 있었다.

"그렇구나, 이린! 그게 바로 전생의 내 이름이었구나!"

이제야 알았다!

가끔 입 밖에 낼 수 없었던 엉뚱한 말이 떠오를 때마다 이질적이라 느낀 것이 당연했다. '이 몸'이 기억하는 것과는 전혀 다른, 저의 삶이 모두 기억이 나고 말았다.

그녀가 살던 곳은 이곳과 다른 세계였다. 그곳은 이곳 사람들은 상상도 못할 빠른 탈것과 현란하게 넘쳐나는 정보들, 다양하고 편한 식생활 문화와 의료 혜택을 누릴 수 있는 곳이었다. 그러나 정작 그녀의 삶은 그것들이 모두 남의 것인 양 가난하고 고되고 외롭기만 했었다. 그녀의 마지막 기억은 감기에 걸려 몽롱한 상태로 방에 들어서다 바닥에 머리를 찧은 것이었다. 그리고 그대로 죽음을 맞은 것이다. 겨우 서른둘, 아직은 젊은 나이였다.

허망했다. 한 방울 눈물이 뚝 떨어지더니 뒤이어 줄줄 흘러내렸다. 한순간에 주마등처럼 흐른 제 삶이 너무나 외롭고 쓸쓸해서 통곡할 것만 같았다.

그때였다.

— 살아라!

그동안 힘들 때마다 그녀를 지켜주던 말이 또 울리며 그녀를 지탱해 주었다. 그러면서 그 뒤에 잊은 줄도 몰랐던 말이 생각났다.

— 네가 무사히 정착할 때까지 전생의 기억을 잠시 봉인하노라.

"아! 그래서였구나!"

기억을 봉인한 건 그녀가 겪을 극심한 기억의 혼재를 막아주기 위한 장치인 것 같았다.

그렇다면 방금 몸서리쳐지던 그 꿈은 무엇일까? 염원의 목소리는 아니었다. 긍정적이고 힘을 주던 목소리와 달리 방금 꿈에서 본 '그녀'는 원초적 두려움만 주었다.

— 이젠 네 몫이니까.

'아냐, 아니야!'

눈을 가리고 마구 고개를 젓는 이린에게 '그녀'의 웃음소리가 따라다니는 것 같았다.

악몽이다. 아마도 새 시작을 시기하는 액땜일지도 모른다. 그러나 제 정체성까지 찾은 마당에 스스로를 속일 수는 없었다. 분명 그녀가 이 세상에 온 것과 꿈은 깊은 연관이 있을 것이다.

하지만 염원은 그녀에게 행복을 빌어주었다. 그런데도 '그녀'가 보여준 그것과 어떤 연관이 있는 걸까?

염원은 다가오는 운명을 피하지 말라고도 했었다. 그 말은 어쩜 이걸 염두에 둔 말일 수도 있었다. 애영의 구박에 힘들었던 건 비교도 되지 않을 엄청난 무언가가 닥칠지도 모른다.

두렵고 혼란스러웠다. 이 순간 위로가 필요했지만 매일 함께 잠들던 이랑은 제 새집에서 배를 긁으며 코를 골고 있었다. 이린은 녀석 대신 베개를 안고 몸을 둥글게 말았다.

새집을 주고 눈치 보지 않고 뛰어다닐 곳을 마련해 준 은혜도 모르는 듯 이랑은 부인에게 까칠하게 굴었다. 쓰다듬는 건 이린이 곁에 없을 때만 가능했고 먹을 걸 들고 있는 게 아니면 본 척도 하지 않았다.

하지만 녀석이 아무리 얄밉게 굴어도 부인은 녀석에게 너그럽기만 했다. 그녀는 평소에도 까불고 뛰고 구르는 녀석을 지켜보는 것 자체를 즐겼다. 제 딴에 정해놓은 구석 자리에서 볼일을 보고는 앞발을 탁탁 긁는 모습에 부인은 입을 가리고 크게 미소를 짓기도 했다. 아마 소리를 낼 수 있었다면 소녀처럼 까르르 웃었을지도 모른다.

"마님의 저런 모습은 처음 뵙는 것 같네."

부인의 미소를 처음 본 정옥은 이린의 손을 잡고 몰래 속삭이며 감격했다.

나중에 들은 이야기지만 정옥은 백화 부인의 시댁에서 보낸 사람이라고 했다. 시동생인 석 장군의 동생이 백화 부인의 가장 행복하던 시절을 기억하는 사람을 뽑아 부인의 곁에 보냈다는 것이다. 때문에 정옥도 백화 부인이 바뀌게 도와준 이랑을 좋아하면서 귀여워했고 이린도 좋아했다.

정옥의 호감이 더해지자 이린의 삶은 한층 좋아졌다. 부인이 소소하게 내리는 선물이나 특별한 간식이 더해진 정도지만 정을 느끼는 것 자체가 좋았다.

그렇게 까불어도 모두 저를 좋아하니 이랑의 위세는 갈수록 높아져만 갔다. 하니 녀석의 천방지축에 나무랄 사람은 이린뿐이었다. 그녀가 나무라면 조금 듣는 척은 했지만 워낙 힘이 넘쳐서인지 얌전한 모습은 보기 힘들었다. 게다가 요 며칠은 종종 사라지기까지 하는 걸 보면 영역을 넓히는 모양이었다. 부인의 개라고 알려졌기에 백화궁만 벗어나지 않는다면 녀석을 해코지할 사람도 없었지만 그 이상 넘어가면 위험할 수도 있었다. 네 살짜리 아이가 따로 없었다.

그러던 이랑이 기어이 사달을 내고 말았다. 아무리 돌아다녀도 밥때는 절대 놓치지 않던 녀석이 저녁때가 되어도 돌아오지 않더니 아침이 밝아오고 훤해지는데도 오지 않는 것이었다. 밤을 꼴딱 새우며 돌아오지 않는 이랑을 기다리던 그 순간 온갖 생각이 이린을 덮쳤다.

'너무 멀리 나간 걸까? 길을 잃었을까? 혹, 누구에게 잡힌 건 아닐까?'

생각을 이을수록 나쁜 생각만 들 수밖에 없었다. 그러면서 겨우 잊으려 애쓰던 꿈이 다시 떠오르며 그녀를 괴롭혔다. 제발, 앞으로 어떤 시련을 겪더라도 이랑과 헤어지는 것만은 아니길 기도했다.

날이 밝자마자 녀석을 찾으러 나가려던 순간, 녀석이 거짓말처럼 뛰어 들어오며 소리쳤다.

「주인님!」

갑자기 몰려든 안도감에 맥이 탁 풀린 이린은 그 자리에 주저앉아 버렸다. 하지만 다음 순간 걱정 끼친 건 모른 채 마냥 기뻐 보이는 녀석에게 버럭 소리를 지르고 말았다.

"이랑, 대체 어딜 갔다 온 거야! 다신 말없이 어디 멀리 가지 않기로 했잖니!"

순간적으로 제가 소리 지른 것에 놀란 이린이 멈칫하는 사이 이랑은 배를 드러내며 곧장 용서를 빌었다.

「잘못했어요, 주인님. 그런데 일부러 그런 건 아니에요. 정말이에요! 갑자기 아버지가 부르셔서 갔던 거예요.」

"뭐?"

「사실 제가 여기 온 건 독수리를 잡으려다가 녀석에게 도로 잡혀서였거든요. 놈이 한참 날더니 저를 여기에 던져 버리고 갔어요.」

"그럼 너, 어떻게 온지 모른다는 말이……."

「네, 깜빡 정신을 잃은 새 하늘을 날아와서요.」

황당하다 못해 어이가 없었다. 동물 간 납치극이라니! 게다가 찾으러 왔다는 아버지……. 사람으로 치면 귀한 집 자제에게 벌어진 일들 같았다.

"아버…… 지라고? 어떻게 알고 찾아오신 거니? 아니, 이제 그럼 넌 집에 가는…… 거야?"

말하다 말고 울컥한 이린을 보며 이랑이 고개를 마구 저으며 부정했다.

「가긴 어딜 가요! 주인님이 여기 계신데. 그리고 아버지는 절 봤으니 됐다고 벌써 가셨어요.」

"그랬구나……."

원수에게 엳게 묻은 새끼의 기운을 쫓아왔던 팔모산의 지배자는 며칠 만에 새끼를 찾을 수 있었다. 그러나 이미 이름을 받은 이상 가장 어린 새끼라 해도 자신의 영역 밖이기에 데려갈 수 없었다. 그는 이랑에게 나중에 팔모산에 들르란 말과 함께 축복을 내리고 혼자 돌아갔다.

그래도 긴 밤 내내 이랑을 잃은 상실감에 목 놓을 뻔한 그녀는 이번엔 단단히 다짐을 받아야 했다.

"하여간 앞으로 다시는 말도 없이 나가면 안 돼! 다음에 네 아버지가 와도 마찬가지야!"

「네! 다음엔 아버지를 만나게 해드릴게요!」

이린은 넉살 좋게 히죽 웃는 녀석의 머리를 마구 쓰다듬어 주었다.

“기대되네? 하면 네 아버지와도 말이 통할까? 응?”

이 잘생긴 녀석이 한 두세 배 정도 자란 모습이라면 분명 멋진 모습일 것이다. 상상만 해도 멋졌다.

「어……, 안 돼요! 주인님은 내 주인님이에요!」

“응?”

「우리 아버지요! 절대, 절대 소개해 주지 않을 거예요!」

방금까지 사지를 벌리며 아양을 떨던 녀석이 팩 토라진 척하며 달려가 버렸다. 가봤자 밥그릇이 있는 곳이었지만.

어느새 마당으로 나와 있던 백화 부인의 눈이 휘어 있었다.

한적한 오후, 한낮에 내리쬐는 햇볕이 제법 따뜻해진 날이었다. 엊그제 삭풍을 몰고 오던 바람에서 이젠 봄기운이 느껴지는 안뜰, 부인의 곁에 시중을 드는 이린 앞에서 이랑이 새로 얻은 털공 장난감을 굴리며 놀고 있었다.

캬르르르르!

공을 밀어 넘기다가 제풀에 넘어진 이랑의 모습에 부인은 입을 가리고 웃었다. 부인이 웃을 때마다 울던 정옥도 이젠 익숙해진 광경이었다.

“아직은 춥습니다, 마님.”

이린이 부인의 벌어진 운견(雲肩; ‘구름’ 모양의 솔같이 생긴, 어깨를 덮는 의상으로 왕비, 공주, 궁인들의 예복이나 관복 위에 걸쳐 입던 것)을 여며주며 말했다.

'괜찮다, 바깥 공기가 참 좋구나. 방 안이라면 8년이나 있었지 않으냐?'

"마님……."

'호호, 겨우 마당에 나와 바깥이라 하는 것도 우습지 않으냐?'

"아닙니다, 마님은 진정 용기 있는 분이십니다!"

'아부가 과하구나.'

"네? 저는 진심으로……!"

'호호, 농이니라! 농 한마디에 그렇게 얼굴이 새빨개지면 내가 더 무안해지지 않겠느냐.'

"마님……."

부인은 울상이 된 이린의 손을 잡으며 다시 고요히 웃었다.

'그리 생각해 주다니 고맙구나. 한데 그것이 다 네 덕이다.'

"네? 그것이 어인 말씀이십니까?"

'너도 알 것이다. 내가 왜 이곳에 스스로 갇혀 있었는지를.'

"조금 들었습니다……."

'그래……. 나는 눈앞에서 지아비의 목이 떨어지고 일생에 단 한 번 허락된 자식의 심장이 파이는 걸 보았다…….'

알고는 있었지만 막상 본인의 입으로 듣는 이야기는 차원이 달랐다. 부인의 담담한 어조에 더욱 치명적인 슬픔이 전해지며 이린의 가슴도 함께 쥐어뜯기는 느낌이었다.

"흐읍!"

'우느냐……. 울지 마라. 아니다, 이 죄인 대신 울어줘서 고맙구나. 나는 울지 못했다. 울 자격도 없었느니.'

남편과 자식을 잃은 게 죄라는 건 말도 되지 않는다. 이린은 나오지 않는 목소리 대신 고개를 흔들었다. 그에 부인이 쓸쓸히 고개를 저었다.

'넋을 놓은 나는…… 끔찍한 짓을 저질렀다. 난 남편과 아들을 죽인 이들을 내 손으로 죽여 버리고 말았다. 하지만 그게 다가 아니었다. 그 자리에 있던 남편의 부하들과 나를 따르던 호위와 시녀들까지. 적아를 구분하지 못한 채 주변의 모두를 죽일 때까지 살귀(殺鬼)가 되어 날뛰었다!'

"……!"

'우리 혈족이 지닌 저주가 그걸 가능하게 했다. 그러고도 내가 살아 있는 건 이 저주받은 피가 자진(自盡)을 막기 때문이었다. 나는 여태 숨만 쉬며 하늘이 날 거둬가기만을 기다리고 있었다.'

"……."

'그날이 엊그제인 것 같은데 돌아보니 8년이 흘렀구나. 차라리 8년이 아니라 80년이 지났다면 이 몸도 죽어 없어졌을 것을…….'

"마님, 그러지 마소서. 그러지 마소서!"

'이런 나라도 살 자격이 있겠느냐?'

깊은 회한의 눈빛과 마주친 이린은 저도 모르게 머릿속에 떠오른 말을 불쑥 해버렸다.

"하면 그들에게 속죄하소서!"

'뭐라?'

"아……, 발칙한 소리였습니다. 용서하소서."

'아니다, 나도 생각하고 또 생각했으나 방법을 찾지 못해서 묻는 게다. 이제 와서 그들 가족에게 직접 용서를 구할 수는 없다. 제 가족이 야만족의 손에 죽은 줄 아는 이들에게 더한 상처가 될 것이니. 하나 다른 길을 찾고자 하니 막막하구나.'

"그들이 어디에 사는지는 알고 계십니까?"

'안다. 정옥에게 물으니 그들 유가족 대부분이 수백 마을에서 모여 살고 있다고 하더구나. 지금은 내 영지가 된 곳이기도 하지.'

그 질문 하나에 정옥은 대성통곡했다. 부인이 과거를 되돌아본 것만으로도 감격해서였다.

수백 마을은 적영과 가깝기에 야만족의 침입에서도 자유로운 곳이었다. 마을 전체가 농사를 지으니 배를 곯지 않을 수도 있는 곳이라 그곳에 사는 백성들에겐 자체가 커다란 보상이었다. 넋을 놓아버린 부인 대신 그녀의 시댁에서 그리 처리해 준 것이다. 하니 그들에게 당장 아쉬울 일은 없다. 하지만 그렇다고 손을 놓는다면 이제 새 인생을 시작한 부인을 계속 괴롭힐 것이다.

"하면 그 속죄를 좀 더 크게, 좀 더 넓게 하심이 어떠십니까?"

'응? 그것이 무슨 말이냐?'

"거의라면 수백 마을에 오지 못한 이들도 있다는 것 아닙니까? 그들과 그들의 이웃, 그 이웃의 이웃까지 모두 아울러 베푸시는 게 어떻습니까?"

'과연! 내 의혹이 사실이었구나! 내가 전에 안개 속에서 헤어난 것 같다고 하지 않았느냐? 그건 네 덕분이다. 처음엔 저 귀여운 녀석에 흥미가 돋았지만 너와 대화를 나눈 후부터 정신이 깨어나고 죄가 씻겨 내려가는 기분이 들었다. 실로 네가 은인이로다.'

"네? 그게 무슨 말씀이십니까?"

'나도 잘 모른다. 그래서 설명할 수 없지만 지날수록 이 느낌이 뚜

렷해지는구나. 그리고 지금 네가 또 증명해 주지 않았느냐.'

이린은 눈물도 쏙 들어가 버린 채 얼떨떨할 뿐이었다.

'네 말대로 하고 싶구나. 하지만 수백 마을이 풍요롭긴 해도 그 정도로 여유롭지는 않다. 내 패물들을 팔아 충당한다 해도 한 번 배불리 먹이면 끝일 게야.'

"소출이 늘어나면 됩니다. 현재 농사짓는 법을 달리하면 수확이 배, 아니 몇 배는 늘어날 수 있습니다. 퇴비를 만들면 휴경지도 없앨 수 있고 이랑을 만들면 식물이 비에 썩는 걸 방지하여 생존율을 높입니다. 또 기후에 맞는 새 작물을 찾아 지역에 맞게 심도록 하면 특산물을 재배할 수도 있습니다. 그런 작물들은 농한기 일거리가 되어 삶에 보탬이 될 것입니다."

「저 부르셨어요?」

언뜻 들린 제 이름에 이랑이 쪼르르 달려왔지만 소득을 늘릴 방법들에 심취한 이린은 고개를 흔들며 이야기를 계속했다. 해서 부인의 표정이 흥미진진함에서 의아함으로, 다시 경악으로 변하는 것을 알지 못했다.

"소를 부릴 수만 있다면 밭을 가는 데 금상첨화입니다. 농지가 반듯해지기만 해도 일의 효율이 높아집니다. 종이가 귀하니 그것도 만들어 팔고 여기선 어렵게 얻는 소금을 조금 더 쉽게 만드는 방법도 있습니다. 또…… 생각을 더 해봐야겠지만 그것 말고도 방법을 찾으면 얼마든지 있을 겁니다!"

이린이 깨어나서 했던 말 중 가장 긴 이야기였다.

'잠깐, 잠깐, 이린아! 뭐라고? 그게 정말이냐? 퇴비, 그걸 쓰면 정말 밭을 놀리지 않아도 된다는 말이냐? 게다가 종이, 너, 종이도 만들

줄 아느냐?'

아차, 너무 흥분했다. 그 염원의 목소리가 왜 기억을 봉인했는지 이린은 이제야 알 것 같았다.

현생과 전생의 기억이 섞여 버리고 나자 그 기억을 마구 풀어내고 말았다. 어쩌면 그 몹쓸 꿈 때문에 일찍 봉인이 풀려 이런 실수를 저지른 것 같았다.

'그런 방법이 있다는 건 처음 들어보았다. 종이는 진무국에서 수입되는 것 아니냐? 아직 방법을 알아내지 못했기에 황실에서도 소량만 쓸 수 있는 귀물이다. 한데 네가 그걸 어찌 아는 것이냐?'

이린은 누가 봐도 의심스러울 정도로 당황했고, 그런 그녀를 바라보는 부인의 눈은 혼란스럽기만 했다.

어떡해야 하나? 앞에 한 말들은 그렇다 치고 국가가 통제하는 종이와 소금을 언급한 이상, 지금 이렇게 부인과 대화하는 이능처럼 쉽게 넘어갈 이야기가 아니었다. 그러나 자신의 이야기를 한다는 것도 미친 짓이었다. 누가 그런 말을 믿을까?

하지만 의혹 대신 한없는 신뢰로 계속 그녀의 말을 기다리는 부인이 그녀를 갈등하게 했다. 새 삶에 막 적응하자마자 갈림길에 서고 말았다. 어차피 얼버무릴 수 없게 된 일, 실수든 뭐든 입 밖에 낸 말은 책임져야 했다. 이것도 운명인 듯싶었다. 잘되면 정말 자신의 말대로 부인의 속죄가 거하게 이루어질 것이고 안 된다면 이랑과 함께 쫓겨나기밖에 더하겠는가.

이린은 길게 심호흡을 하고 입을 열었다.

"마님, 믿기 어려우시겠지만 저에 대해 말씀드리겠습니다."

백화 부인은 아무 말 없이 고개만 끄덕였다.

"이 몸은 본래 제 것이 아닙니다. 다른 곳에서 온 정신을 가지고 이 몸에서 깨어난 것입니다."

부인의 눈이 마구 일렁였다. 하지만 충격을 받긴 했으나 그녀의 이야기가 이어지길 기다리고 있었다.

"제가 본래 살던 곳은 이 세상과는 다른 세상이었습니다. 그곳에서 저는 농부였습니다……."

이린의 자신이 본래 살던 기억 속 세상의 이야기를 풀어내었다.

풍족한 물자와 넓고 높은 건물, 빠르게 달리고 날아다니는 탈것들과 곳곳마다 쉽게 접하는 정보의 홍수, 전쟁을 겪지 않아도 되었고 배가 고프지도 않았던 삶. 그러나 이곳과는 다른 위험과 고통이 존재하던 곳.

그녀는 어린 시절 사고로 부모를 동시에 잃었다. 설상가상 적은 보험금은 친척들이 가로채 나눠 가졌다. 개중 도움의 손길을 내밀었던 이에게 기대었지만 어느 날 그녀만 남긴 채 증발했다. 그녀에게 남은 건 대신 떠안은 빚뿐이었다. 그녀의 나이 열일곱 살일 때였다.

어린 나이에 집도 없이 빚만 짊어진 채 쫓겨난 그녀는 학교도 그만두고 고용살이를 전전했다. 청춘이나 젊음의 낭만 같은 건 모른 채 십여 년 이상 고된 노동만이 계속되었다. 그리고 남의 빚을 다 갚고 나자 바람 숭숭 통하는 작은 집과 조그만 땅뙈기가 남았다. 그때가 되어서야 나라에서 지원하는 농업전문인 교육원에 들어가 나름 모자란 학업의 한도 풀고 전문 농업인으로 미래를 꿈꿨다.

그러나 작은 희망조차 허락되지 않은 짧은 삶, 고단하며 외로웠던 생의 끝은 허망했다. 어처구니없게도 가벼운 열 감기가 그녀의 몸을 쓰러뜨렸다. 발견만 되었더라면 살았을 수도 있었지만 죽는 순간까지 그녀의 곁엔 아무도 없었다.

"처음 깨어난 순간, 이 몸의 전남편인 하 가가 이혼장을 내밀었습니다. 얼결에 이혼하고 그는 나갔지만 하 가가 진정 원하는 것은 이혼이 아니라 이 몸이 죽는 것이었습니다. 그래야 이 몸의 친정에서 물려준 집과 토지를 차지할 수 있었기 때문입니다. 하 가는 야만족을 끌어들여 습격을 위장해 저를 죽이려 했습니다. 그때 대공께 구함을 받고 여기까지 오게 된 것입니다."

그녀의 두 번의 생은 그렇게도 짧게 요약되었다.

가만히 듣고만 있던 부인은 이린이 이야기를 마치자 그저 한마디만 했다.

'놀…… 랍구나!'

오히려 놀란 건 이린이었다. 고개를 젓다가 끄덕이는 부인에게 경탄은 있을지언정 불신은 없었다.

"제 이야기가…… 믿기십니까?"

'사실 믿기는 어렵다……. 그런데 믿게 되는구나.'

'……!'

두 여인의 눈이 마주쳤다. 두려움과 안도, 놀라움과 이해가 마주치며 따뜻한 빛이 마주 오고 갔다.

'너를 만난 것은 과연 운명이로구나…….'

안도감에 한순간 긴장이 빠지며 주저앉을 것 같은 그녀의 손을 부인이 꼭 잡아주었다. 하지만 그런 두 여인 사이를 방해하는 소리가 울렸다.

크앙!

「나빠요! 주인님 그런 이야기 안 해주셨잖아요! 어떻게 그런 중요한 이야기를 저 여자한테 먼저 해요……!」

왕!

원망을 가득 담은 눈으로 크게 울어버린 이랑이 마당을 마구 뒹굴기 시작했다.

'이랑이 왜 저러느냐?'

"송구합니다, 송구합니다, 부인!"

이린이 땅을 마구 뒹구는 녀석을 붙잡아 안았지만 이랑은 이번엔 구슬프게 울기 시작했다.

너도 같이 듣지 않았느냐, 처음 한 이야기였다며 달래는데도 저보다 부인이 더 좋은 거냐며 우는 녀석을 이린은 한참 달래줘야 했다.

너무나 담담하게 이야기하던 그녀의 전생 이야기에 대신 슬퍼해 준다는 걸 모르는 주인 때문에 이랑은 더 서럽게 울었다.

사정을 알아챈 부인이 절레절레 고개를 저었다.

'내가 주인이 될 일은 결코 없겠구나……'

그래도 벗이 되어준다고 했으니 그 말에 기대볼 밖에.

허탈하게 웃고 있었지만 부인의 표정은 어쩐지 흐뭇해 보였다. 마당에는 이르게 깬 나비가 작은 소란에 기웃거리고 있었다.

"전하, 올해 세수에 관한 논의 결과이옵니다."

"어찌 이런 것을 해법이라고 올렸는가!"

의신의 노성을 예상하고 있던 백추성이 담담히 대답했다.

"황도에 바칠 물량이 늘었기에 어쩔 수 없었습니다."

"올겨울에도 장정들이 많이 상했다. 야만족의 발호가 더욱 극심했던 것을 모르는가! 아낙들과 아이들까지 나서야 겨우 맞추던 세수를 여기서 더 올릴 수는 없다."

"하오나 전하! 그리하면 황도에 바칠 물량이……."

"방도를 찾아오라! 그것이 관리들의 몫이 아니던가! 백성을 쥐어짜는 방법은 허용치 않으리니!"

관리들의 고운 손과 부른 배를 훑는 매서운 대공의 눈빛에 이번엔 간담 큰 백 총관도 감히 대꾸를 올리지 못했다.

"칠 주야 내로 적영 인근의 모든 마을에 대해 설해(雪害) 복구를 덜 마친 집과 동사자들에 대한 조사를 올리라! 이와 같은 명을 각 도독과 부사, 자사들에게 전하고 다음 달까지 모든 복구가 완료되도록 계획을 함께 올리라!"

"명, 받잡겠습니다."

"명을 받잡겠습니다."

고개 숙인 관료들을 뒤로한 의신이 대전을 박차고 나갔다. 그 서슬에 대부분 관료들은 목을 움츠렸으나 총관들과 상서들의 얼굴에 서린 불만은 완전히 지워지지 않았다.

"전하, 밀실에 드셨다 오시는 것입니까?"

그를 기다리고 있던 희관이 무복이 흠뻑 젖은 채 침전으로 들어오는 의신을 맞았다.

날이 많이 풀렸다지만 겨울잠을 자던 짐승들이 이제 겨우 움츠린 몸을 펴는 날씨였다. 더운 김을 뿜는 몸이 빠르게 식는 걸 염려한 주민이 서둘러 옷을 받아들며 그를 욕실로 이끌었다.

벗겨진 옷 아래 건들면 튕겨 나올 것처럼 딱딱해 보이는 몸이 드러났다. 구릿빛으로 물들어 보기는 좋았지만 실제로 딱딱한 그 몸 위로는 혹독한 수련과 전투에서 얻은 숱한 상처가 새겨져 있었다.

의신은 욕조에 몸을 담근 채 욕실 입구에 선 희관의 보고를 받았다.

"말하라!"

"밀영과 호천이 팔모산 자락까지 추격했으나 다시 발견하지는 못했다 하옵니다."

얼마 전, 늑대의 울음소리가 적영 근처에서 울려 사람들을 공포로 이끈 적이 있었다. 이린이 악몽을 꾸던 그날 밤, 이랑을 부르는 소리였다.

의신은 소란을 피운 영물을 추적하게 했다. 하지만 그날 한 번이 끝이었고 팔모산에 돌아간다면 더는 쫓지 말라 했었다.

"계속 추적하라 이를까요?"

"되었다."

무엇이 목적인지 모르지만 이룬 듯싶었다. 죽일 듯 살기를 뿜어내다가 갑자기 물러났던 이유가 그 때문인 듯싶었다. 적영의 백성들이 밤잠을 조금 설치게 하긴 했어도 분탕질을 한 것도 아니니 접을 일이다.

그러다 문득 저에게 덤비던 맹랑한 짐승이 생각났다. 그러나 연관 지어 생각할 수 있는 건 같은 하얀색이라는 것뿐, 늑대도 그냥 돌아가지 않았나?

한데 그 짐승을 떠올린 건 그래서가 아니었다. 주민에게서 해답을 얻은 후부터 수시로 떠올리던 누군가 때문이었다. 갑자기 마음이 급해진 의신은 벌떡 일어났다.

촤르르.

물방울이 튀는 몸 위로 주민이 곧바로 면포를 덮었다. 대충 물방울만 털어낸 의신은 단령(團領; 둥근 깃에 길이가 매우 긴 겉옷) 하나만 걸치고는 침소 안으로 들어서다 멈칫했다.

"누구냐!"

"소, 소녀는……."

바깥에 여인이 서 있었다. 그런데 그가 아무렇게나 걸친 단령은 몸을 가리는 데는 그리 충실하지 못했다. 본의였는지 아닌지 그 안을 훔쳐본 여인이 당황한 얼굴로 우물쭈물했다.

그저 부끄러운 것처럼 보이는 여인은 백원 자사의 딸 보명이었다. 중요한 건 희관이 허용하지 않았다면 그녀는 감히 그의 허락 없이 여기까지 들어오지는 못했을 것이라는 거다.

의신은 대충 옷을 여미기만 하고서 물었다.

"어인 일로 온 것이오?"

"보명이 전하께 인사를 올립니다. 송, 송구하옵니다. 결, 결례를 범하였사옵니다."

"말하시오."

구구절절 따져봤자 말만 길어질 터, 기대는 하지 않았지만 생각보다 냉랭한 그에게 보명은 급히 저를 따라온 하녀가 들고 있던 보따리를 내밀었다.

"이, 이것을 올리려……."

의신이 멀뚱히 있자 직접 보따리를 푼 보명은 안에 있던 고급스러운 함의 뚜껑을 열어 보였다.

"이 안에 저의 가문에서 키우는 약초가 들어 있사옵니다. 몸을 보하고 따뜻하게 해주는 약효가 있습니다. 양기를 북돋는 주술을 쓰기도 하였기에 효력이 높아진 줄로 아옵니다. 순행을 자주 나가심에 찬 바닥을 이불 삼는다는 말을 듣고 전하께 올리고자 가져왔사옵니다."

"고맙소."

의신이 별말 없이 받아들이자 보명의 얼굴이 해사하게 펴졌다. 하지만 뒤이은 말이 희망을 무참히 짓밟았다.

"하나 황실에서 태의(太醫)가 철마다 보내는 약 중에 같은 용도의 약이 있으니 이런 건 가져올 필요 없소."

"……!"

아무리 그녀의 가문에 대단한 의원이나 주술사가 있다고 한들 황실에 비할 바는 아니다. 단번에 무안해진 보명은 입술을 깨물었다.

"또한, 들었을 것이오. 정혼은 반년이 미뤄졌기에 혹여 오해할 소지를 만들지 않는 게 좋겠소. 이목이 많은 곳이니 다시는 이리 들지 마시오!"

"소, 소녀는……. 흑!"

침의를 입고 쳐들어왔던 유경보다 쉽게 눈물을 떨군 보명은 그대로 달아나듯 가버렸다.

그녀가 사라지자마자 의신은 곧장 벽에 걸렸던 칼을 빼어 희관의 목에 대었다.

"무슨 짓이냐!"

안다, 희관의 의도를. 능구렁이 같은 총관들이나 다른 관료들처럼 누군가 특별히 추천하는 영애들이 있어 한 짓은 아니었다. 영애 중 누구든 품어 어서 후계를 세워 뒤를 든든하게 하라는 충정이었을 것이다.

크게 경을 치거나 걷어차이는 것까지 각오했던 희관의 얼굴에도 놀람이 스쳤다. 그러나 곧 눈을 감은 희관은 담담히 그 분노를 받아내었다.

"벌은 달게 받겠습니다."

"보름간 향치산 벌목 작업을 하라. 다시 보름간은 그 나무로 폭설에 아직 집을 수리하지 못한 백성들과 녹은 물에 쓸려나갈 강둑을 정비하며 자숙하라. 한 달 후에 보자."

"전하! 전하의 곁을 그리 오래 비울 수는 없습니다! 다른 벌을 주십시오!"

"희관. 너는 오늘 나의 의지를 정면으로 반했다. 내 곁을 비우는 것이 벌이다. 가라!"

"전하……!"

두말은 않는 의신을 모를 리 없다. 그럼에도 애타게 의신을 부르던 희관은 몰래 고개를 젓는 주민의 눈빛에 고개를 숙일 수밖에 없었다.

여인의 향취에 기분이 상한 의신을 위해 침소 주변의 모든 창을 열고 돌아온 주민이 슬며시 그의 안색을 살피며 말했다.

"전하, 지 장군의 의도가 불충한 것은 아니라 봅니다. 하니 벌의 기간은 조금 당기는 것이 어떻겠습니까?"

"주민, 나는 내 곁에 설 그녀에게 한 치의 의심도 주지 않을 것이다."

"네, 전하……."

한밤, 또다시 잠을 이루지 못하던 의신은 문밖에서 잠을 청하는 주민조차 모르게 침소를 빠져나왔다.

무작정 걸음을 옮긴 것 같았지만 역시나 그가 향한 곳은 백화궁이었다. 확인이 필요하다는 걸 알고 어떤 식으로 알아봐야 할지도 어렴풋이 짐작하긴 했지만 혹시나 그녀가 아닐 수도 있기에 계속 망설인 길이었다.

그를 가장 처음 맞은 건 고모님의 방 앞에 웅크리고 있는 맹랑한 짐승이었다. 맹랑한 것이 둔한 것도 같았다. 누가 지나가는 것도 모르고 잠든 양을 보면 언제 제 몫을 할지 모를 작은 짐승이다. 사실 그가 감각을 숨기고 몰래 다닌다면 팔모산의 지배자 정도가 아니면 낌새도 모를 테지만 둔한 건 둔한 것이었다.

늦은 시각이었으나 불 켜진 방 안에선 소곤소곤 이야기가 흘러나오고 있었다. 그녀의 목소리였다!

"……눈을 떴을 때 얼마나 놀랐던지. 사방에 불꽃이 피어오르면서 연기가 스며들고 있었습니다."

"네, 괜찮습니다. 보십시오."

"감사합니다. 네, 이래봬도 정말 몸은 튼튼한 듯싶습니다. 그

냉골에서 한 달 넘게 지냈는데도 아직 감모(感冒) 한 번 걸리지 않았습니다.”

“조금 으슬으슬하다 싶을 때 이랑이 이불 역할을 해주었습니다. 그래서인지 다음 날 다시 괜찮아졌습니다.”

“네, 마님도 그렇지요? 사랑스러운 녀석입니다.”

한데 이상했다. 무언가 묻고 답하기도 하는 대화는 석판을 거친다기엔 속도가 너무 빨랐다.

의신은 기척을 없앤 채 은밀히 문을 열었다.

“네, 그때는 이젠 더이상 견디지 못할 것 같다는 생각을 할 때였는데…….”

“저는 그저 더 보지 않는 것만으로도 감사합니다.”

“네? 설마 그럴 리가……. 보셨다시피 그냥 강아지입니다.”

“호호, 네……. 조금 특별하긴 해도요.”

역시나, 고모님의 무릎에 석판은 보이지 않았다.

그가 엿듣고 있는 걸 모르는 덕분에 두 여인은 안심하고 비밀스런 이야기를 나누고 있었다.

“처음엔…… 쏟아지는 이 몸의 기억 때문에 실신했었습니다. 하지만 깨어나는 저의 뇌리에 속삭여 준 염원의 목소리가 힘을 주었습니다.”

‘염원?’

“살아라! 제게 살라 했습니다. 그 목소리는 힘들 때마다 신앙이 되어 저에게 살 힘을 주었습니다. 덕분에 마님께 그 엄청난 일을 고백할 용기도 얻었던 것 같습니다.”

‘그랬구나, 신비하고 감사한 일이로다. 한데 누구의 목소리였는지

아느냐?'

"그것은 모르겠습니다. 막연히 이 몸의 부모님이거나 절 이곳으로 부른 신이라는 생각을 한 적은 있습니다."

'신이라…… 그럴 수도 있겠구나. 어쩌면 너와 나의 인연도 그 신이 이끈 것일 수도 있겠다.'

"저도…… 그리 생각합니다."

'호호, 그래. 나와 오래오래 같이 있자꾸나. 하지만 계속 네가 혼자 살 수는 없지 않으냐? 정옥이야 이곳에 뼈를 묻은 이지만 대부분의 시녀나 하녀들이 혼인을 하지 않느냐?'

"네? 저는 아닙니다!"

'하면 정옥처럼 하려는 게냐?'

그건 아니다. 이랑을 만나 가족의 정을 느끼긴 했지만 그래도 뭔가 부족했다. 이 세상에서만큼은 홀로 살고 싶지 않았다.

'호호, 네 표정에 다 보인다. 나는 그저 네가 혼인하고도 나를 영영 떠나지만 않으면 좋겠구나. 아니지, 내가 네 짝을 찾아주는 게 낫겠다. 혹여 네가 바라는 신랑감은 있느냐?'

"아직은 생각해 본 적이 없습니다."

'그럼 지금부터 생각하면 되겠구나…….'

이린은 볼만 붉혔다.

'그래도 원하는 신랑감은 있지 않겠느냐. 아! 혹시…… 대공을 마음에 두고 있진 않으냐?'

이린은 문득 날카로워지는 부인의 눈빛을 의식하지 못한 채 기겁하며 부정했다.

"아닙니다! 소인이 감히 대공 전하라니요!"

'이미 하룻밤 연을 가졌으니 욕심이 나지 않느냐?'

"아, 아닙니다! 절대 아닙니다!"

'그렇게 부정하지 않아도 된다. 대공 같은 이에게 욕심이 생기는 것은 인지상정 아니겠느냐?'

"아닙니다. 정말 아닙니다. 그런 남자가 취향이 아니라……. 헉! 불, 불경스러움을 용서하소서!"

기억의 혼재는 이래서 무섭다. 차라리 용어가 기억나지 않아 말하지 못할 때는 감히 '취향' 같은 말로 대공을 칭하는 실수를 하진 않았을 것이다.

'응? 취향? 그건 또 무슨 말이냐? 사람에게 그런 말도 쓰느냐?'

"송구합니다. 정말 송구합니다."

'아니다. 네가 가끔 흥분하면 그곳에서 쓰는 말을 하는 걸 알고 있느니. 물론 앞으론 조심해야 한다.'

"명심하겠습니다. 송구합니다."

'한데 취향이라고 하니 더 궁금해지는구나, 정말 대공을 원하지 않아?'

"그게……. 네. 그렇습니다."

''그런' 남자라는 건 무슨 말이냐?'

"부인이 여럿인 남자…… 입니다. 부인이 여럿이어야만 하는 남자요."

'……'

"소, 송구합니다."

'오호호호호, 호호호!'

소리를 내지 못하는데도 부인의 웃음소리가 분명히 들려오는 것 같았다.

민망해하며 당황하는 그녀에게 부인이 다시 말했다.

'제 사내에 대한 욕심이 없으면 어디 부부로 살겠느냐. 어느 여인이 다른 씨앗 보는 사내를 보고 사는 걸 좋아하겠느냐. 네 말이 옳다.'

"……."

엿듣는 데 심취해 들어갈 시기를 놓친 의신은 조금 난감해지고 말았다. 더구나 제 이야기가 도마에 오른 마당에 더더욱.

왈, 왈왈!

그때 맹랑한 것이 뒤늦게 제 역할을 했다. 언제 잠에서 깬 건지 녀석이 그의 그림자를 보며 마구 짖기 시작했던 것이다. 하지만 그는 태연하게 문을 두드리며 안으로 들어섰다.

'대공! 어서 오세요!'

밝아진 고모님과 사뭇 대조적으로 안절부절못하는 그녀가 무릎을 꺾으며 인사했다.

"전하를 뵈옵니다. 소인은…… 다과를 챙겨오겠나이다."

"멈춰라! 내가 이렇게 별궁에 온 것은 아무에게도 알리지 않느니."

"명심하겠습니다. 그럼 소인은 물러나겠습니다."

"가만, 고모님께 석판을 드려야 하지 않느냐!"

"송, 송구하옵니다!"

허둥거리며 석판을 찾아 고모님께 건네고 물러나는 그녀는 그냥 있으라 한다면 거의 혼절할 얼굴이었다. 다가가 보기도 전에 빌려나 버린 느낌에 그는 씁쓸해지고 말았다.

그러나 의신이 상념에 빠지기 전, 백화 부인이 먼저 석판을 들고 걱정을 드러냈다.

[대공, 혹여 무슨 일이 있는 건가요?]

“아닙니다, 염려하지 마십시오. 그저 고모님을 뵈러 온 것뿐입니다.”

[그럼 다행이고요. 한데…… 대공. 저도 이야기를 들었습니다. 정혼을 미루신다 했다고요.]

“네, 그 이야기도 하러 온 것입니다.”

[예지라니, 대체 무슨 일이 있었던 겁니까? 정말로 밀실에서 얻은 것입니까?]

이린이 오고 나서 운신이 더욱 자유로워진 정옥이 소문을 듣고 전했었다. 이야기를 들은 백화 부인은 대공을 만나자마자 품고 있던 의문을 한꺼번에 풀어냈다.

“예지는 맞습니다. 정확히는 예지몽이었습니다.”

[어떤, 어떤 것이었는데 정혼을 미룬 것입니까!]

주민에겐 길게 이야기했던 것이지만 고모님껜 단 한 마디로 설명이 가능했다.

“고모님, 제 아내는 동복형제를 낳을 것입니다.”

백화 부인은 석판을 다시 들 생각도 못한 채 놀라움에 젖었다.

그것은 300년 전부터 일족의 누구도 하지 못한 일이다. 그러나 그 말은 바로 미래에 이어질 광기의 해소를 뜻함이었다.

[뉘입니까!]

“아직은 모릅니다. 이제부터 찾아야지요.”

[반드시 찾으시길 바랍니다! 제게 남은 힘을 모두 동원해서라

도 대공을 도울 것입니다.]

"감사합니다, 고모님. 아마도 고모님의 도움이 절실할지도 모릅니다."

[그게 무슨 말씀이십니까?]

"윤곽이 잡히면 알려드리겠습니다."

[그래요, 무슨 일이 있어도 돕겠습니다. 대공, 미리 감축드립니다!]

공감하는 아픔을 지닌 부인의 축하 인사는 주민보다 더 뼈저린 것이었다.

"한데…… 아까 그 시녀와 대화하는 모습을 보았습니다."

[보셨군요. 네, 저도 말씀드리려 했었습니다.]

백화 부인은 자신과 대화를 할 수 있는 이린의 이능에 대해 말해주었다. 다른 정신이 현재의 몸에 빙의했다는 고백에 대해선 잠시 고민했지만 일단 입을 다물기로 했다. 이능도 모자라 그런 해괴한 사연까지 말한다면 대공이 그녀를 쫓아낼 수도 있기 때문이다.

하지만 그건 기우였다. 의신은 방금 그녀에게서 밀려난 데다 엿들은 대화 때문에 싱숭생숭해하고 있었으니.

그때 제 몫을 하기엔 아직 좀 부족한 어린 짐승이 제 주인에게 방금 본 것을 이르고 있었다.

「저런 인간은 처음 봤어요. 아무리 제가 잠들었다지만 저도 모르게 움직이는 인간이라니! 우리 아버지 말고는 짐승도 저렇게 예민한 존재는 없었는데 말이에요!」

"그랬니?"

「조심하세요, 주인님! 귀신같이 드나드는 인간이니 주인님 말을 엿들을 수 있어요! 이제부턴 제가 큰 소리로 짖어서 꼭 먼저 알릴게요!」

정말 그럴 수도 있었다. 특히 부인과 나누던 이야기에 그가 절대 들어서는 안 될 말이 있었으니 가슴이 덜컥 내려앉았다. 하지만 대공이 겨우 시녀의 말을 엿들을 까닭이 있겠는가? 들었다면 당장 물고가 내려졌을 것이다.

"고맙다. 너만 믿을게!"

이린은 제법 진지하게 경계하듯 꼬리를 세운 녀석의 머리를 쓰다듬어 주었다.

「다음엔 꼭 먼저 짖어야지!」

이린은 야무지게 다짐하는 이랑의 머리를 다시 한 번 쓰다듬어 주며 어서 대공이 가기를 기다렸다.

그러나 잠시 후 그들이 곤히 잠든 시각, 몰래 이린의 방에 침입하는 이가 있었다. 침입자는 그녀의 곁에 다가가 자는 모습을 한참 내려다보기만 했다. 미동도 없이 고른 숨을 쉬는 그녀의 볼에 손을 갖다 대려던 침입자는 손이 닿기 직전 주먹을 움켜쥐었다.

"정말 그대인가?"

침입자가 의미를 알 수 없는 한마디를 남기고 떠날 때까지, 누구도 저를 피해 주인에게 다가갈 수 없다, 큰소리를 탕탕 쳤던 어린 짐승은 이번에도 깊은 잠에서 깨어나지 못했다.

그녀의 큰 고백이 있은 후 백화 부인은 당장 이번 봄부터 일을 진행하기로 했다. 부인은 지난 8년간 넋을 놓고 있던 사람이라 믿을 수 없을 정도로 뛰어난 과단성과 결단성을 보였다. 하지만 그

전에 먼저 숱한 궁금증부터 채워야 했다.

'그곳에서 너는 어느 정도의 규모로 농사를 지었었느냐?'

"제가 가진 밭과 남의 땅을 소작하는 걸 합쳐 얼추 스무 마지기 정도로 가늠할 수 있습니다."

이린이 농사짓던 규모는 거의 오천 평 남짓이었는데 이곳의 단위로 환산하자니 그 정도였다.

'혼자 그렇게 넓은 농사를 지었다고?'

스무 마지기 정도면 이 넓디넓은 적토의 백성들이 보통 짓는 농지의 넓이와 크게 다르지 않다. 하지만 일가족이 짓는 크기였다. 또한 비닐하우스 등, 시설물들과 농작물의 집약도에 따른 생산량의 다름까지 계산한다면 그 노동량이 몇 배로 불어난다.

그 차이를 모르는 백화 부인이 그것까지 이해할 수는 없었다. 이린의 최종 계획엔 비닐하우스, 즉 온실도 포함되어 있었다.

"그곳에선 기계가 사람의 일을 많이 덜어주었습니다. 품앗이를 하기도 했고요."

'기계란 어떤 걸 말하는 것이냐?'

"기계, 특히 농기계는 사람 대신 밭을 갈아주고 베고 나르는 역할을 하던 것입니다. 힘센 황소 스무 마리에서 백 마리 정도의 힘이 한 마리에 모여 있는 것으로 생각하시면 될 것 같습니다. 여물을 먹지 않는 대신 특별한 연료가 필요하고 튼튼하지만 대신 망가질 수 있는 기구입니다."

'대단하구나, 그런 기계만 만들 수 있다면…….'

"송구하오나 저는 그런 걸 쓸 줄만 알고 만드는 것은 모릅니다. 기계는 그곳 석학들이 수십 년간 개발에 개발을 거쳐 만든 것이옵니다. 또한, 그 작동 원리는 백수십 년에 걸친 기계 공학의 산물인지라 소인은 아는 바가 없사옵니다. 송구하옵니다.”

백화 부인은 잠시 안타까운 눈을 했으나 금세 포기했다.

‘가만, 황소라 하였지? 지난번에도 말한 걸 들었었지만 황소를 어찌 이용한다는 것인지 상상할 수가 없구나.’

“황소나 혹은 말에 쟁기를 씌워 밭을 끌게 하는 것입니다. 그리고 쟁기의 모양을 변형하면 밭을 갈고 수확하는 일에 더욱 도움이 될 것입니다.”

‘정말 들을수록 대단하구나! 당장 소를 구하고 쟁기부터 만들어야겠다. 그것 말고 또 해볼 것이 있느냐?’

“퇴비의 역할이 정말 중요합니다. 퇴비란 거름을 가리키는 것인데 이걸 만드는 다양한 방법이 있습니다. 그건 기록을 따로 해보겠습니다. 또 두둑을 직선으로 정리하고 이랑을 만드는 일도 반드시 병행해야 합니다. 전에 말씀드린 것처럼 이랑을 만들면 배수와 통풍에 좋고 뿌리 식물이 더 잘 자랄 수 있습니다.”

‘참으로 신기하구나. 내 꼭 네 말대로 농사를 짓게 하리라. 작년과 재작년에 이곳 적토뿐 아니라 연해국 전체에 기근이 들었다. 곡창지대라 할 수 있는 남쪽 지역에는 홍수가, 동쪽 지역에는 태풍 피해가 심했다 하고 서쪽과 이곳 적토의 영역에는 가뭄이 들었다. 나머지 지역엔 원체 기대할 것이 없었고. 한데 올해 세수가 올랐다 하니 기대볼 것이 작황을 키우는 것뿐이다. 네 말대로 해서 작황만 좋아진다면 이곳 적토의 백성들이, 아니 연해국 전체 백성들이 살 만해질 것이 아니겠느냐? 너는 정말 어느 신이 내게 보낸 아이로구나!’

“황송합니다, 부인.”

과한 칭찬에 이린은 몸 둘 바를 몰랐다. 아는 지식을 조금 풀어낸 것뿐이지만 이곳에선 혁신적인 일이라 기대해 볼 만했다. 하지만 그것이 나라를 들었다 놨다 할 세수와 상관할 수 있다는 말에 마음이 덜컥했다. 그녀가 아는 상식이 이곳에선 적용되지 않을 수도 있기 때문이다.

가장 다른 점이, 그곳에선 소설 속에나 등장하는 주술이 이곳에선 생활 깊이 스며들어 있지 않은가? 물론 특권층에 한해서지만 그것만 봐도 자신이 아는 것이 상식이라고 단정 지을 수는 없었다.

아무튼 이만한 일을 벌이려면 철저히 준비하는 것이 옳았다. 한데 그런 그녀의 마음을 알아챈 듯이 부인이 먼저 도닥여 주었다.

'걱정 마라. 네게 부담을 지우고자 한 말은 아니니라. 그저 네가 아는 만큼만 보태고 힘껏 노력하다 보면 하늘이 호응해 주지 않겠느냐? 나는 그저 네게 고맙기만 하구나.'

그때 톡톡, 문 두드리는 소리와 함께 불현듯 대공의 모습이 나타났다. 그의 등장을 비록 직전이나마 알려주던 이랑이 문간에서 두 발에 얼굴을 파묻고 있는 모습이 언뜻 보인 것 같았다.

설마, 지금 한 말을 들은 걸까? 왜 이랑이 미리 알리지 않은 걸까.

그녀가 조마조마하며 부인께 석판을 가져다주자 다행히 축객령이 내려졌다.

'오늘은 이만 가봐도 좋다. 가면서 정옥에게 들어오라고 해주렴.'

"……저는 이만 물러나겠습니다."

이린이 혼비백산한 채 조심조심 물러나자 의신이 입을 열었다.

"뭐라 하신 겁니까?"

[물러나서 정옥을 불러오라 했습니다.]

"그래서 저렇게 반색한 거로군요."

쓸쓸함을 감추지 못하는 그에게 부인은 의아해하며 물었다.

[왜 그러는지요? 뭐가 못마땅하신 것입니까?]

"아직 확실한 건 아니지만……, 이린이 '그녀'인 듯싶습니다."

[네에? 하지만 이린은 이미 혼인한 적이 있는 사람 아닙니까!]

"알고 있습니다. 그녀의 남편을 죽인 것이 바로 저입니다."

[한데 어떻게!]

"고모님도 아실 것입니다. '그녀'는 혈족의 잉태 조건 따윈 무시한다는 걸요. 하니 그녀의 결혼 여부는 문제가 되지 않습니다."

백화 부인은 저도 모르게 고개를 저었다.

의신이 말한 '그녀'란 자신들의 저주만큼이나 전설과도 같은 이다. 혈족의 기를 받아들여도 보통 사람과 다름없으며 오히려 광기를 흩어줄 수 있기 때문에 그녀의 몸에서 난 후대는 광기에서 해방된다고. 말 그대로 저주를 풀어줄 수 있는 사람이 '그녀'였다.

한데 그런 이가 이미 결혼해서 짝이 있던 이린이라니! 믿기 어려운 건 차치하고 받아들이기 싫은 일이었다.

[아니, 그렇다 해도 결혼했던 여자가 어찌……!]

"저도 두 번이나 혼인한 적이 있는 사람입니다. 그리고 이린이 그녀라면 조건이나 배경이 무슨 상관이겠습니까?"

어찌 대공과 일개 여인을 비교할까? 하지만 순간 부인은 의신의 눈에 들어 있는 열망을 볼 수 있었다. 깨어 있는, 열정적인 그의 눈빛을.

[네……. 제 생각이 짧았습니다. 누군들 무슨 상관이겠습니까! 그녀가 나타난 자체가 축복인데요!]

"네, 그게 사실이라면요……."

[한데 궁금한 것이 있습니다. 대공은 어찌 이린이 '그녀'라 생각하시는 것입니까?]

"아직은…… 감입니다. 확인한 바는 없습니다."

아직 확신하지는 못한다면서도 그의 눈엔 이미 기대와 설렘이 가득했다.

보아하니 대공은 '그녀'라서가 아니라 이린 자체를 원하는 듯 보였다. 대공이 여인에게 마음을 보인다는 것 자체가 경천동지할 일인 것을. 더구나 '그녀'라는 존재가 자신들에게 어떤 의미이던가!

'나도 머리가 굳어 진정 중요한 사실을 놓치려 했었구나!'

부인은 몰래 가슴을 쓸며 고개를 숙였다.

[네, 신이 보내준 이린이라면, 정말 '그녀'일 수는 있겠군요.]

"신이 보내줬다니요?"

백화 부인은 전엔 망설였던 이야기를 모두 털어놓았다. 이린에 대한 대공의 마음을 알게 된 데다 이린의 정체가 왠지 '그녀'에 더욱 가까울 것 같았기 때문이다.

"그랬…… 군요!"

그 놀라운 이야기에 의신의 마음도 한층 기울어졌다.

[하지만 어떤 식으로 '그녀'라는 걸 확인하실 수 있습니까?]

확실한 방법으론 이린이 그의 이이를 임신하면 된다. 그리고 두 번째 아이를 또 낳으면 증명이 되는 것이다. 하지만 그건 당장 증명할 방법이 아니었다.

혼인했던 이린이 그의 아이를 가진다면 증명이 가능하긴 하지만 그건 함부로 밝힐 일이 아니었다. 그리고 이린이 그녀라는 확신을 얻기 전에 잠자리를 한다는 건 그녀를 죽음에 이르게 할 수도 있었다.

게다가 산 넘어 산이 또 있었다.

[한데 그 아이는 대공만 보면 혼을 빼고 도망치는 것 같습니다. 맞아요, 대공이 '취향'이 아니라 했단 말입니다!]

"……들었습니다."

취향이라, 사물에만 쓰는 말로만 알던 단어가 사람을 구분하는 데 쓰이자 느낌이 아주 묘했다. 하지만 분명한 건 그녀는 저를 원하지 않는다는 말이라 뒷맛이 씁쓸했다.

[네?]

"그리고 다른 이야기도 조금 들었습니다. 무슨 일을 하시려는 것입니까?"

[아, 그건……!]

대공이 슬쩍 넘어가려는 듯했지만 부인은 모른 체해주었다. 그리고 수백 마을에서 하려는 일에 대해서 모두 설명했다. 이린의 정체를 밝히고 나니 감출 것도 없고 설명하기도 쉬워졌다.

"하면 그 뒷받침은 제가 하겠습니다."

[모험일 수도 있습니다.]

"그 모험이 성공하면 엄청난 이득을 얻게 되는데 이런 기회를 놓치는 어리석은 군주일 수는 없습니다."

[하면 부탁드립니다.]

"저야말로, 부탁드립니다."

간곡한 어조에 부인은 대공의 간절함을 읽을 수 있었다. 그 순간 부인도 이린이 정말 '그녀'였으면 했다.

[아, 그런데 오늘은 왜 그리 이랑이 기를 죽이고 들어오신 겁니까!]

이린은 몰랐지만 부인은 이랑이 구석에서 눈을 가리고 있던 모습에 대공이 기세를 쏟아냈다는 걸 눈치챘다.

"저 맹랑한 짐승이 하루가 다르게 예민해지는 바람에 가까이 오기가 어려워졌습니다."

백화 부인은 실소할 수밖에 없었다. 엿듣는 데 방해가 된다는 말처럼 들렸기 때문이다.

[저런! 그럼 문밖 보초를 서지 못하게 할까요?]

호호호, 눈으로 웃던 백화 부인이 갑자기 기겁하며 그를 부르짖었다.

'대공!'

의신의 눈이 붉게 빛나고 있었다.

운정당(雲政堂)에는 총관들과 상서들, 호족 출신의 장로까지 모여 함께 머리를 맞대고 있었다. 그들이 골머리를 싸매고 논제로 삼는 것은 대공이 동결해 버린 세율이었다.

"연해국 전체에 연달아 기근이 든 것은 사실이오. 하지만 전 대공 시절에는 그렇다 해서 황도에서 세수를 올리라 명한 바는 없었소. 이는 모두 내공의 모후이신 요녕 공주께서 돌아가신 다음의 일이오. 다음 대나 다다음 대까지는 황실과 다시 혼인의 연을 맺을 수 없는 일, 황실의 압박을 막아줄 분이 계시지 않은 것이 이토록 큰 과제로 돌아오고 만 것이오."

생각은 같았지만 차마 말하지 못하는 일을 속 시원히 말하는 백추성에게 다들 고개를 끄덕이며 동의를 표했다. 그러나 연유를 밝힌다 해서 해결할 과제가 사라지는 것은 아니었다.

"세율을 올리지 않고서는 황도에서 요구한 세수를 맞출 수 없는데 대공은 어쩌실 작정으로……."

"세족(勢族)들의 것을 더 쥐어짜시려는 겝니다."

"그 세족이란 바로 우리를 가리킴이 아닙니까!"

여태 방안을 강구했으나 갑자기 세수가 늘어날 뾰족한 방법은 없었다. 세율 인상에 관한 한 요지부동인 대공의 조건에 맞추자니 결국 자신들의 주머니를 털자는 것밖에 나오지 않자 핏대를 올리기 시작한 것이다.

"야만족들에게 약탈된 것들만 지켰어도 이런 논의를 할 필요도 없었을 것이오."

"그 말은 해서 뭣하오?"

"답답해서 하는 말 아닙니까!"

"지희관 장군은 이런 중요한 때 무슨 벌목 작업장이나 백성들 집수리 같은 하찮은 일에 매달리는 겝니까! 이럴수록 더욱 야만족 소탕에 힘을 써야 할 것이 아니오!"

"그럼 어디 한번 유 상서(尙書)가 타패족 전사 무리 하나라도 몰살시켜 보시지요. 유 상서도 장군 출신이 아니오!"

"그걸 말이라고 하시오!"

"어허, 자중들 하시오."

서로 노려보며 목청을 높이던 관료들은 백추성이 일어나자 입을 다물었다.

"대공의 말씀에 어긋남은 없으시오. 야만족의 발호가 그 어느 때보다 극심하여 장정을 차출하고 군량미를 비축해야 하는데 세율까지 올린다면 백성들 중 굶어 죽는 이가 속출할 것이오."

"어험!"

"크흠!"

"그렇다 해도 세족의 재산을 긁어모은다 한들 모두 충당할 수 있는 건 아니지 않소?"

그리 대꾸한 천세희는 적영에서 가장 부를 많이 축적한 이로서 그가 가진 경작지의 소출 3할만 거둬도 추가된 세수의 1할은 충당할 수 있었다. 그러나 그가 내는 세는 소출의 1할이 채 되지 않았다. 백성들이 소득의 약 6에서 7할까지 세를 내는 것에 비교하면 어불성설이었다.

하나 이 중에 그걸 지적하는 이는 없었다.

"해서 내 방안을 모색해 보았소."

"정말입니까?"

"무슨 방도가 있답니까?"

"역시 백 총관이시오, 정말 방도가 있었소?"

"이곳 적영에서 천 총관이 가장 부호라 하지만 적토에는 그보다 더한 부호가 계시다는 걸 알고들 있지 않소?"

"그렇지요, 인동의 유지암 도독과 임록의 기소을 부사께서 바로 그런 부호가 아니시오?"

유지암과 기소을은 각각 향정과 화연의 아비다. 방도를 깨달은 관료들의 얼굴에 희색이 어렸다.

"오호! 그분들께서 부족한 세수를 충당해 주실 수 있다는 말씀이시오?"

인동은 적토에서 가장 아래 지방에 있는 곳으로 적토에서 총 생산하는 벼의 4할을 생산하는 곳이다. 또한 임록은 벼 생산량은 조금 못 미치지만 총 곡물 생산량이 인동 못지않은 곳이었다.

그러나 인동과 임록에서 그만큼 세수 충당을 해주겠다 한다면 당연히 전제 조건이 있음이다.

"이미 유 도독과 기 부사께는 고려해 보겠다는 답변을 들었소."

말이 고려지, 긍정인 답이었다. 저간의 사정을 이해한 관료들의 눈이 급격히 빛나기 시작했다. 그러나 당장 대전으로 달려가 해결 방도를 모색했다 소리치려는 그들에게 남아 있는 장애물이 또 있었다.

"하나 아시겠지만 정혼은 반년 내로 성사될 수 없소. 또한, 내 은밀히 알아본 바, 지 장군이 성을 나가 밖으로 나도는 이유가 후보이신 영애 한 분을 침전에 들인 까닭이었다고 하오."

"어허……!"

"크흠……."

"흠!"

각각 헛기침을 내뱉는 관료들은 아무도 방금 고안한 방도를 대공에게 고할 용기를 내지 못했다. 지희관은 대공의 충신이자 오른팔이며 대공이 태어났을 때부터 함께 자란 예동이기도 했다. 지희관이 그러할진대 그들로서 아예 관직에서 떨려날 각오를 하지 않고서야 입이나 벙긋하겠는가!

“하지만 방법이 영 없는 것은 아니지요…….”

“네? 그게 무엇입니까?”

희망에 찬 이들이 흐릿한 미소를 짓는 백추성의 입이 열리길 기다렸다.

“귀빈이 가지 못하는 곳은 대공의 침전뿐이지 않소? 영애들께서 직접 움직이시는 것까지 어찌 막으리오.”

여인들의 복장이 더 야하고 화려해지는 시작이었다.

밀실이라 하면 흔히 작은 방을 연상하지만 적토의 대공 가의 밀실은 1개 훈련단이 통째로 머무는 연무장의 반 정도 되는 크기만큼 넓었다. 높이도 약 3장 가까운 그곳 벽을 감싼 것은 놀랍게도 단단하기가 철과 비견하며 천 년을 간다는 귀한 철목이었는데, 사방 벽에 빽빽할 정도로 작은 상흔이 자리 잡고 있었다.

상흔은 300여 년 동안 서른에 달하는 적토의 대공들이 만들어낸 것이었다. 그리고 그 자국 중 3할은 의신이 만들어낸 것이었다. 그만큼 의신은 가장 강도 높은 수련을 했고, 가장 강하며, 가장 광기에 많이 노출되었으며, 가장 많이 인내했다는 증거였다.

의신은 최근, 정확히는 예지몽을 꾼 후부터 밀실에 들어오는 일이 더 잦아졌다. 저주의 해법을 알려준 꿈은 반대급부로 광기를 더욱 몰아준 것 같았다. 백화 부인을 놀라게 한 붉게 빛나던 그의 눈은 광기를 발산하기 직전의 신호였다. 혈족이라고 무조건 겪는 일은 아니라 직계를 잇는 대공만이 겪는 천형이라 할 수 있었다.

밀실에 드는 것은 정신과 육체의 힘을 모두 쏟아내는 것과 같았다. 가장 강인한 육체를 지녔다는 그조차도 밀실에서 견디는 시간은 혹독했다. 하지만 밀실 밖도 편하진 않았다. 정혼을 미루고 쫓아내진 않은 영애들이 전 대공 부인들을 방패 삼아 그가 가는 곳마다 휘젓고 다니며 약간의 안식마저 방해했다. 정신이 지칠수록 광기는 타올랐다. 그는 점점 밀실로 몰리고 있었다.

한 달 새 벌써 네 번째, 밀실에서 나오던 의신의 발길이 침전 앞에서 다른 방향으로 틀어졌다. 허기가 밀려왔다. 광기와는 또 다른 허기. 이 허기를 채워줄 이가 어디에 있는지 그는 알고 있었다.

대공의 족적을 따르는 손톱 같은 달은 그의 형체를 비추기엔 부족했다. 어둠에 스며든 그의 모습은 숨 한 번 내쉬는 동안 감춰졌다가 어느 곳에 홀연히 드러났다.

저 안에 이 타는 갈증을 식혀줄 보물이 있었다.

크릉!

위기를 감지한 짐승이 그의 앞을 가로막았다.

"나를 막을 수 있을 것 같으냐?"

커흥!

그와 눈이 마주친 것만으로도 이미 한계에 다다른 작은 짐승이 그래도 그를 막기 위해 최후의 비명을 질렀다. 주인을 지키려는 충성심은 가상하나 적토의 광기와 맞설 만큼은 못되었다.

끼잉…….

결국, 견디지 못한 짐승이 신음을 내지르며 쓰러지고 말았다. 이제 가로막을 것 없는 앞으로 걸음을 내디디기만 하면 되었다.

"이랑아?"

문 열리는 소리와 함께 하얀 인영이 나오고 있었다. 보이는 것 한 자락 없을진대 잘도 더듬거려 밖으로 나오고 있는 그녀를 의신은 꼼짝도 하지 않고 지켜보고 있었다.

허기가 요동쳤다. 매일 밤, 잠든 얼굴만 보고 가던 것도 이젠 끝이었다.

"이랑아, 자는…… 허억!"

그녀는 땀과 흥분에 젖은 사내의 향취에 사로잡히고 말았다. 단숨에 이린의 허리를 낚아챈 의신은 난폭할 정도로 격렬하게 입술을 덮쳤다.

'안 돼!'

이린은 정신을 차릴 수 없었다. 몸을 틀고 저항하려 바르작대었지만 점점 옥죄는 몸짓에 정신이 아득해졌다. 허리를 꽉 붙든 강한 손아귀는 그녀가 한 치도 떨어지는 것을 허용하지 않았다.

"제발……."

정신이 몽롱해지는 가운데 속삭이는 목소리가 들렸다. 그제야 퍼뜩 정신을 차린 이린은 저를 덮친 이가 누구인지 알 수 있었다.

"전하……."

다음 순간 그녀는 몸이 붕 뜨는 것을 느꼈다. 순식간에 어둠을 뚫고 움직인 그에 의해 제 침상에 누운 이린은 더운 김을 뿜으며 덮치는 대공에게 속절없이 다시 입술을 빼앗겼다.

"제발, 제발!"

"제발……!"

간신히 떼어진 입술 사이로 의미가 다른 애원이 동시에 흘러나왔다.

"미안……."

거친 입맞춤에 혼이 쏙 빠질 것 같은 가운데 신음 같은 그의 말이 들렸다.

기시감이 들었다. 그날 밤도 그랬었다. 하지만…… 그 밤이 끝이라고 하지 않았던가! 그 하룻밤만 지나면 끝이라고! 그러나 몸을 더듬는 사내의 거침없는 손길은 끝과는 거리가 멀었다. 다시 그 밤이 이어질 것 같았다.

왕!

그 소리가 들리지 않았다면.

「가만두지 않겠어. 내 주인님을, 주인님을!」

이랑이 그에게 마구 덤비고 있었다. 대공의 다리를 물고 등으로 뛰어오른 이랑은 다시 그의 목을 물려고 했다. 그러나 아직 여물지 않은 이빨로 감히 대공을 상대하기엔 부족했다. 의신이 내젓는 손에 한 대 맞은 이랑은 저만치 나가떨어지고 말았다.

캐앵!

"이랑아! 전하, 제발!"

당장에라도 폭발할 것 같은 욕망이 그를 삼키고 있었다. 그러나 저보다 작은 짐승을 위해 애원하는 그녀의 목소리가 더 절박하게 울렸다.

그는 맥이 풀린 것처럼 그녀의 목덜미에 고개를 푹 묻었다. 파르르 떨리는 고동이 느껴졌다. 좌절감과 함께 죄책감이 밀려들었다. 그러나 그 크기가 더 큰 좌절감이 몸을 떼는 걸 방해했다. 정말이지…… 미칠 것 같았다.

굴복하지 않는 짐승이 그르렁거리는 소리가 다시 그의 정신을 일깨웠다. 한 치도 되지 않게 가까이, 남녀의 눈이 부딪쳤다. 새까만 어둠 속에 그의 눈빛만은 분명히 보이는 듯했다.

"한 번만……."

거센 숨소리와 함께 쿵쿵 뛰는 심장의 울림이 고스란히 전해지는 것이 느껴지는 순간, 다시 한 번 입술이 덮였다.

캬릉!

「나쁜 놈, 떨어져, 떨어져!」

'오지 마, 이랑아!'

막 대공에게 다시 덤비려던 이랑이 주춤하면서 다시 그르렁거리며 주위를 돌았다.

그러고도 얼마나 지났을까, 대공이 몸을 완전히 일으키며 끝날 것 같지 않던 거친 입맞춤이 끝났다. 몸뿐 아니라 영혼까지 송두리째 빨아들이는 것 같았던 욕망이 한순간 걷히며 묘한 박탈감까지 느껴지는 순간이었다.

"후……."

긴 한숨을 쉰 의신이 한걸음 뒤로 몸을 떼었다.

"이젠 미안하다는 말은 하지 않을 거요."

무슨 뜻일까?

두 사람의 시선은 한참이나 더 서로를 붙잡고 있었다.

잠시 후, 바람이 이는 것 같다고 느낀 순간 그가 사라졌다.

그러고도 어둠 속에 한참이나 더 꼼짝 않는 그녀에게 다가온 이랑이 다리를 감싸며 말했다.

「갔어요……. 그 나쁜 놈!」

그제야 이린은 내내 숨죽여 삼키던 한숨을 훅하고 토해냈다. 아직도 심장 소리가 턱 끝에 다다르도록 온몸의 맥이 요동쳤다. 들이쉬는 공기에 그가 남긴 욕망의 향취가 사라지지 않는 것 같았다.

"정말…… 가신 거니?"

「네! 갔어요!」

이랑이 울먹이며 답했다. 저가 대공을 한순간도 막을 수 없었다는 사실에 녀석은 충격과 분노를 감추지 못하고 있었다. 이린은 그런 이랑의 머리를 가만히 쓰다듬어 주었다.

「제가, 제가 꼭 주인님을 지켜줄 거예요!」

"고맙구나, 고맙구나……."

다음엔 대공께 덤비지는 말라는 말을 하면 이랑은 펑펑 울 것만 같았다.

이린은 알고 있었다. 대공은 다시 올 거라는 걸. 또 다음엔…… 이리 물러나진 않을 거라는 걸.

5. 봄

어느덧 봄이 완연해지며 밭을 갈고 씨를 뿌리는 계절이 되었다. 덕분에 벌을 받는 기한을 채운 희관이 돌아올 수 있었다.

관료들이 썰물같이 물러난 대전, 의신의 표정은 풀어지지 않고 있었다. 돌려 말하긴 했지만 영애들의 지참금을 미리 받아 세수를 충당하자는 안(案)의 죽간을 산산이 부순 후였다.

"희관, 개 좋아하나?"

"네?"

난데없는 질문에 희관은 물론 옆에서 같이 듣던 주민과 성덕의 눈이 함께 동그래졌다.

"개를 어찌 다루면 조용해지나?"

"엄해야지요. 그보다는 친해지는 것이 나을 수도 있습니다."

"그러한가? ……친해지려면?"

설마 했던 질문이 점점 진지해지는 것 같자 희관의 표정은 어색해지기 시작했다.

“어이해 그런 걸 물으시는 것입니까? 개가 필요하십니까?”

“아니다.”

희관은 저와 같이 자란 이다. 개를 가까이하는 걸 본 적이 없으니 물어야 할 데가 틀렸다. 의신은 고개를 돌려 다시 물었다.

“성덕이 너는 아느냐?”

“네? 소인은 여인과 친해지는 방법은 잘 압니다만…….”

그 농조 어린 대답에 희관은 엄히 이마를 찌푸렸으나 의신은 왠지 혹하는 기분이었다. 그러나 성덕이 여인들과 친해지는 방법을 이린에게 적용한다는 자체가 싫었다. 물론 방법이 같다 해도 될는지는 모르지만.

“되었느니. 사흘 후 고모님께서 농작지에 나가보시고자 하니 따를 준비를 하라.”

“네? 백화 부인께서요?”

“정녕 백화 부인께서 밖으로 행차하신다는 겁니까?”

믿을 수 없다는 듯 되묻는 주민과 희관에게 의신은 명을 이을 뿐이었다.

“황소와 새 쟁기를 써서 밭을 간다 하니 잘 보아두어라. 곧 내 직영지에서도 해볼 것이니라.”

“황소가 밭을 갈게 한다는 말씀이십니까?”

“그렇다. 황소에게 쟁기를 걸어 끌게 할 것이다.”

“황소가 말을 듣겠습니까?”

“보면 알 것이다.”

“하면 얼마 전 백화궁에 새로 들인 대장장이들이 만들던 것이 그것입니까?"

주민이 물었다. 대장장이를 수소문했던 장본인인 주민도 그 까닭을 몰랐던 것이다.

"그렇다."

"백화 부인께서 어찌 그런 걸 아시고요? 아니, 부인께서 이젠 정말 떨치고 일어나신 것입니까?"

"보면 안다."

희관이 주민을 쳐다보았지만 주민도 어깨를 으쓱일 뿐이었다.

무뚝뚝한 대공에게서 답을 얻기는 글렀다. 정말 직접 보는 수밖에. 한데 황소는 그렇다 치고 개는 또 어찌……?

희관은 씁쓸함을 삼켰다. 지난 한 달간이나 대공의 곁을 떠나 있었던 것에 큰 공백이 느껴지는 순간이었다.

별궁이라 하나 대공이 움직이는 데에 저는 들어본 적 없는 일이 진행되고 있었고 대공의 난데없는 질문의 의중을 헤아릴 수가 없었다.

그때 눈만 굴리고 있던 성덕이 '잠시만 나갔다 오겠습니다!' 하더니 곧 바깥에 있던 차복을 데리고 들어왔다. 그 잠깐 새 성덕이 뭐라고 했는지 차복이 그 부리부리한 눈을 빛내며 의신에게 자신만만하게 고했다.

"개에 관한 것이라면 제게 하문하소서. 저도 개를 좋아하지만 개라는 짐승들은 모두 저를 좋아합니다!"

"굳이 새로 친해지려 애쓸 필요는 없을 듯하다."

"네?"

"아니다. 차복이 네가 책임지고 개를 구해오너라. 크기는 늑대

만큼 클 수 있는 종류에 젖을 뗀 새끼면 된다."

"명, 받들겠습니다. 적토를 샅샅이 뒤져서라도 찾아 올리겠습니다!"

대답하는 차복의 표정이 제법 비장했다.

"그럼, 희관은 농작지에 가는 길을 미리 살펴 차비하라!"

"명, 받들겠습니다!"

대전에서 물러나던 차복이 성덕에게 물었다.

"전하께서 개는 왜 갑자기 찾으시는 걸까요?"

그러나 희관마저도 모르니 대공의 의중을 아는 이는 없었다.

"아!"

성덕이 짧은 감탄사를 지르며 알았다는 표정을 지었다.

"뭔지 아는 거요?"

"지난 번 우피카 부족의 애송이를 잡아오시지 않았느냐? 우피카 부족이 우리를 가장 성가시게 하는 것이 무엇이냐?"

"아……!"

차복도 함께 고개를 끄덕였다.

하지만 둘의 대화를 듣던 희관은 고개를 저었다.

"그런 용도로 물어보신 건 아닌 듯하다."

"네? 그게 아니면요?"

"개를 좋아하느냐, 개와 친해지려면 어찌해야 하느냐 물으신 걸 보면…… 모르겠다."

"하하하, 아무려면 어떠오? 명만 잘 받들면 그만이지."

"그래, 차복이 네 말이 맞다. 나도 도와주련?"

"흥, 성님이 여자 꼬이는 거나 잘하지 개를 아오?"

"네가 이 몸의 솜씨를 어찌 보고!"

차복을 때릴 듯 덤비던 성덕이 갑자기 웃음을 흘렸다. 그러자 자지러진 웃음소리가 들렸다. 몰래 몰래 그를 훔쳐보던 시녀들에게 성덕이 웃으며 손까지 흔들어 보인 것이다.

"형님, 형님은 웃음이 너무 헤프오. 시녀들이 또 하나같이 형님을 보며 몸을 꼬고 있지 않소? 하루라도 뉘를 홀리지 않으면 안 되오? 대장께서 항상 말씀하지 않으셨소! 그 아랫도리 그리 바삐 자주 놀리다가는 언젠가 큰코다칠 거라 하지 않았소!"

대장이란 주민을 이르는 말이었다. 희관이 천무단의 단장이 되기 전까지 단원을 모으고 키운 주민을 막내인 차복도 대장이라 불렀다.

"흥, 내가 아버지께 유일하게 물려받은 것이 이 잘생긴 용모란다! 그러니 더욱 널리 퍼뜨려야 하지 않겠느냐?"

"어? 형님은 아버지가 누구인지 모른다 하지 않았소? 말씀해 줄 어머니도 안 계신다면서."

치부라 할 수 있는 것을 이토록 아무렇지도 않게 쿡 찌르는 말을 하는 것은 차복도 아비를 모르기는 마찬가지이기 때문이다. 성덕은 잠깐은 움찔했지만 곧 차복의 머리를 찍어 누르는 것으로 보복했다. 티격태격하는 둘의 대화를 듣는 희관의 입술에 씁쓸한 미소가 번졌다.

성덕이나 차복이 속이 없어 이런 아픔을 함부로 말하는 것은 아니다. 이 세 명, 아니 천무단의 몇몇은 아비를 알지 못하는 이들이었다. 야만족들의 숱한 침탈은 이런 비극도 초래했다. 그럼에도 대공을 가장 가까이 모시는 영예로운 신분에 그들이 포함된 건 철저히 실력과 인성 위주로 대공이 직접 뽑았기 때문이다.

귀족들의 입장에선 그런 이들을 불명예로 여겼으나 성덕이나 차복 등을 비하하자면 희관까지 함께 묶이기에 대놓고 말하진 못했다. 아무리 권력이 세다 한들 대공과 가장 가까이, 그리고 야만족들과의 전투에서 항상 선봉에 서며 대공의 그림자임을 자처하는 희관을 비하할 배짱이 없었던 것이다.

한데 이 세 사람이 가벼이 한 대화를 들은 이가 있었다. 웃고 떠드는 세 사람을 지켜보던 의신은 그대로 되돌아갔다.

아스라한 새벽, 이린은 더는 오지 않는 잠을 청하지 못하고 일어났다. 근 한 달 동안 매달려 준비만 했던 일을 드디어 시작하게 된 설렘 때문이었다.

대공과의 일은 잊으라는 듯 그녀는 바빠졌다. 여기 농부들이 쓰는 쟁기를 모으고 전생에서 쓰던 쟁기를 그리고 만들어 직접 땅을 파고 고르고 취사선택했다.

가장 심혈을 기울인 것이 바로 황소가 끌어야 할 쟁기였다. 이건 비교할 물건도 없이 그저 기억에 의존해 만드는 거라 시행착오를 겪어야 했지만, 대장장이와 목수들을 독려해 수십 번 넘게 고쳐가며 제대로 된 하나를 완성했을 때는 만세를 부를 정도였다.

그녀가 전생의 물건을 끌어오기로 하며 생각한 명제는 크게 두 가지였다. 생활에 필요하며 획기적인 것을 만들 것, 그리고 트랙터나 포클레인같이 당장 쓸 수 없는 건 잊어버리는 것이었다. 할 수 없는 일에 매달리기보다 당장 유용한 일을 기억이 흐려지기 전에 기록해 두는 것이 훨씬 중요했다. 다행인 일은 전쟁 때문인지 야장기술이 발달한지라 기대 이상으로 튼튼한 연장이 나온다는 것이었다.

한데 기록을 남기는 것부터 난제에 봉착했다. 죽간에 몇 자 적다가 포기한 그녀는 급한 대로 면포로 대체했다. 하나 그 비싼 면포를 기록물로 계속 쓸 수는 없을 터, 단연 면포에 제일 먼저 기록된 것은 종이와 흑연 연필을 만드는 방법이었다. 농업교육원에서 한 번씩 실습해 봤던 것이 이렇게 요긴하게 쓰일 줄 알았다면 몇 번은 더 연습해 봤을 것이다. 그러나 아쉬움에 붙잡혀 있기엔 시간이 부족했다.

그밖에 식물 생장에 도움을 주는 시비법과 퇴비 만드는 법, 이곳에 없으나 연해국 아래 지방, 혹은 이웃 나라에서 들여오면 좋은 작물, 양봉과 상하수도, 기본적인 위생의 중요성과 응급처치법까지 아우르는 기록은 면포 다섯 필이 넘어갈 때까지 계속 이어졌다.

이린은 매일 밤 누군가 그 기록을 본다는 것을 몰랐다. 또 아직 어린 짐승은 제 코에 배인 기분 나쁜 남자의 냄새가 왜 사라지지 않는지 몰라 의아하기만 했다.

미리 준비된 황소들이 처음 뚫는 코뚜레가 아무는 동안 어제까지 쟁기와 황소 등에 얹는 등자 백 개를 겨우 만들 수 있었다. 간신히 파종 시기를 맞춘 것이었다.

첫 번째 밭 갈기 시연에는 백화 부인도 함께 나가기로 했다. 이린은 무덤덤했지만 백화 부인의 행차 소식은 정옥을 비롯해 모두를 기함할 정도로 놀라게 했다. 부인은 억눌렀던 무언가를 터뜨린 사람답게 진취적이고 활동적으로 변해 따르는 정옥이 벅찰 정도였다.

두근두근한 마음은 어서 빨리 넓은 밭을 보고 싶어 했다. 전생엔 어쩔 수 없이 선택한 길이 직업이 되고 말았지만 이 순간엔 그것이 도움이 된다는 사실에 기쁘기만 했다. 정말이지 오늘 시연에 기대가 컸다. 때를 맞춰 엊그제 비도 왔었기 때문에 기술이 부족한 농부나 황소의 저항만 잘 해결되면 오늘 일은 성공할 수 있으리란 생각이 들었다.

그러나 기대감을 안고 나섰던 이린은 철렁한 가슴을 부둥켜안아야 했다. 그들이 출발하는 길에 대공이 먼저 와서 기다리고 있었던 것이다.

"전하를 뵙습니다."

그러나 대공은 그녀에게 시선조차 주지 않은 채 백화 부인께 인사하며 손을 내밀었다. 별궁에서부터 타고 나온 가마에서 대공이 직접 준비한 마차에 부인이 옮겨 타는 걸 멍하니 보던 그녀에게 호령이 떨어졌다.

"마님께서 기다리시지 않는가? 어서 마차에 오르지 않고 뭣 하는 겐가?"

지 장군이 그녀에게 직접 말한 것이다.

정황이 없는 그녀에게 이랑이 속삭였다.

「주인님, 주인님 보고 마차에 함께 타라는 소리예요.」

얼결에 이린이 마차에 오르고 나자 곧장 출발 신호가 떨어졌다.

이린이 고개를 들자 백화 부인이 미소를 지으며 그녀를 바라보고 있었다.

"마님, 이 어찌된 일입니까?"

어제까지만 해도 대공이 함께 간다는 소리는 들어본 적이 없었다. 파랗게 질린 이린의 표정에 부인은 혀를 쯧쯧 차더니 곧 다시 웃으며 말했다.

'일을 해본 적 없는 황소가 밭에서 난동을 부릴 수 있다고 하지 않았니? 그래서 당연히 대공께 도움을 청했단다.'

맙소사! 어떻게 대공이 오게 되었는가 했더니 부인이 직접 대공을 청한 거였다. 그것도 천무단원들까지 데리고.

전장에 나가는 것도 아닌데 천무단원의 반이나 동원되는 일에 사람들의 눈이 쏠리지 않을 수가 없었다. 이렇게 되면 국가적 행사가 되는 거나 마찬가지였다. 천근이나 되는 부담이 가슴에 들어앉은 것 같았다. 거기에 다시 대공이 이천 근의 부담을 더했다.

수백 마을은 별궁에서는 거의 반나절 거리에 있었다.

이린은 처음 시연을 위해 부인이 황소를 100두(頭)나 준비한다는 말에 놀라고 말았다. 한데 그조차도 '시험 삼아 천 마지기 정도만 해보려 한다'라고 했었다. 차원이 다른 규모였다.

약 이백여 가구가 사는 수백 마을은 원래 백화 부인이 혼인할 때 지참금으로 딸려갔던 땅이었다. 한데 남편과 아들이 모두 죽은 후 다시 부인의 소유로 돌아와 부인의 영지가 되었다. 그중 천 마지기는 부인 영지의 반의 반도 되지 않는 넓이였다.

거리가 거리인지라 이른 아침에 출발했는데도 도착했을 때는 이미 해가 중천에 떠 있었다. 덕분에 농부들은 벌써 밭에서 한창 일하는 중이었다.

부인의 행차에 대공이 함께했다는 걸 알게 된 백성들이 모두 깜짝 놀라 일을 멈추고 그 자리에서 엎드려 절을 했다. 조용한 마을에 칼을 찬 무장들이 몰려온 데다 적토의 왕인 대공까지 왔으니 오죽 놀랐으랴. 희관이 나서서 과한 예를 삼가고 하던 일에 충실하라며 몇 번이고 소리치고서야 백성들의 동요는 서서히 가라앉게 되었다.

백화 부인을 위한 시연을 보이는 것이 오늘일 뿐, 100마리의 황소들은 이미 뿔뿔이 흩어져 농지에 투입되어 있었다. 덕분에 이미 밭갈이를 끝낸 밭도 있었고 이제 막 갈기 시작하는 곳도 있었다.

또 밭의 한 변에선 끝과 끝에 묶어놓은 긴 새끼줄을 따라 두둑을 곧게 만드는 작업도 한창이었다. 모두 백화 부인의 땅이긴 하나 새로 경계를 긋는 것은 소작지 넓이가 달라질 수 있기 때문이다. 해서 분란의 여지가 있기에 새 두둑은 일일이 촌장의 입회하에 만들고 있다고 했다.

시연을 위해 준비된 밭은 대략 열 마지기 규모를 반으로 나눈 곳으로, 한쪽에는 황소 다섯 마리가 투입되어 있었고 다른 한쪽에는 사람 스무 명이 들어가 있었다. 이리 하면 일의 효율과 속도를 한눈에 비교할 수 있었다.

'시작하라!'는 명과 함께 농부들이 일제히 황소를 출발시키고 옆에선 이전 방식대로 사람이 괭이와 곡괭이를 들고 밭을 갈기 시작했다.

황소가 끄는 힘에 땅 깊이 시커먼 속살을 드러냈다. 황소가 한 줄을 파는 데 걸리는 시간은 사람이 일일이 곡괭이질을 하는 것보다 몇 배는 더 빨라 보였다. 다만 염려했던 것처럼 반항하는 소가 투레질을 하면 뒤에 매달린 농부가 안간힘을 써서 제자리를 잡는 것이 오래 걸리는 것 같았다.

결국 일을 끝내기는 황소가 들어간 밭이 더 빨랐으나 사람이 들어간 밭도 8할은 끝낸 후였다. 비싼 황소와 연장을 들인 만큼 만족할 만한 성과는 아니었다.

[어떻게 보셨습니까?]

부인이 석판을 들고 대공의 의견을 먼저 물었다. 그런데 의신의 대답은 의외로 긍정적이었다.

"좋습니다……. 한데 꼭 황소만 투입할 필요는 없겠지요? 코뚜레는 송아지 시절에 미리 뚫어 적응하도록 두는 게 낫겠습니다."

[대공도 그리 보셨군요. 쟁기질이 아직 숙달되지 않아서 그렇지, 저는 만족스럽습니다. 비록 비슷한 속도를 내긴 하였으나 저 옆 밭을 간 사람들과 비교해 보니 확실히 차이가 보입니다.]

백화 부인의 말대로였다. 사람의 힘만으로 밭을 가느라 안간힘을 쓴 농부들의 몰골이 말이 아니었다. 아직은 쌀쌀한 날씨에도 모두 땀에 절어 후줄근하게 젖은 모습이 그대로 쓰러질 듯 지쳐 보였다. 대공의 앞이라 전력을 다해 힘을 썼으니 오죽 힘들겠는가.

그렇다고 소와 씨름한 농부가 지치지 않았다는 건 아니지만 그건 소를 다루는 기술 탓이었다. 또 소는 아직 쌩쌩하니 다른 밭을 더 갈 여력이 남아 보였다. 이만하면 비교 결과에 만족할 만한 시연이었다.

"밭을 모두 갈았을 때가 기대됩니다."

[저도 그렇습니다. 힘센 황소 덕에 밭을 더 깊이 갈 수 있어서 소출도 그만큼 더 나올 수 있을 것입니다.]

정작 이린은 소와 농부들의 실랑이에 시간이 지체되면서 가장 실망한 상태였다. 처음엔 황소 옆에서 밭을 뒹굴며 놀던 이랑은 금세 어디론가 놀러간 터라 시무룩해진 그녀를 위로해 줄 이도 없었다. 시연을 지켜보고 결과를 보고서도 그녀는 평소 하던 것처럼 끼적이고 있었다.

"그 그림은 무엇이냐?"

"저, 전하!"

낙서에 너무 심취해 있었다. 종일 마주치지 않기만을 고대하던 대공이 바로 앞까지 다가오는 것도 모르고 있었던 것이다.

"그것이 무엇이냐고 물었다."

대공이 바로 그녀의 낙서를 가리키며 물었다. 두둑의 직선화 작업을 보다 생각난 것이었다.

한데 그녀는 두 근 반 세 근 반 떨리는데도 대공은 그 어느 때보다 무표정에 담담하기만 했다. 하긴, 통치자들이란 모두 뻔뻔한 이들이지 않은가. 오죽하면 황제는 무치라는 말도 있을까?

이린은 괜히 혼자 놀라고 긴장했던 것이 분했다. 하지만 그렇다고 대공의 질문에 입을 다물 수는 없었다.

"이것은 외발 수레이옵니다."

"마차는 최소 네 발인데 왜 하필 외발인가? 짐을 싣자면 바퀴가 많은 것이 훨씬 더 안정적이지 않은가?"

"이것은 좁은 길에서 쓰는 용도입니다. 저 두둑을 보시면 밭과 밭 사이는 모두 길이 꽤 좁습니다. 그런 곳에서는 바퀴가 두 발

이상인 것보다 이 외발 수레가 훨씬 유용합니다. 다만 외발이라 보통 혼자만 끌 수 있고 그만큼 크기가 작아야 합니다."

"알겠다. 그 그림을 면포에 옮겨 그려보아라. 공방에 전해 그림대로 만들어 보리라."

"네? 네…… 전하."

반쯤 혼이 나간 채로 대답한 이린은 대공이 저만치 가고서야 이상함을 느꼈다. 편전에 올리는 안도 보통 죽간을 쓰는데 겨우 바닥에 끼적인 그림을 면포에 적어 올리라니?

곁에서 지켜보던 백화 부인이 묘한 웃음을 감춘 채 다가와 이린을 일으켜 세우며 말했다.

'네가 말한 종이라는 것을 어서 만들어야겠다. 별궁의 면포가 남아나지 않겠구나.'

"송구합니다, 부인."

'너는 농을 좀 농으로 받아들이거라.'

"송구……. 네, 부인."

'어허, 보는 눈이 많으니 대답하지 말아야지?'

"송……."

이린은 그제야 백화 부인의 반짝이는 눈에 어린 놀림의 빛을 알아보고 입을 다물었다. 대공 때문에 어지러워진 정신을 부인이 들었다 놨다 하는 바람에 더 정신이 없는 것 같았다.

쟁기를 시연한 밭에는 새로운 작물로 감자와 옥수수, 사탕무를 심기로 했다. 적토의 주 생산 곡물은 밀이었는데 이린은 밀보다 더 빨리 수확할 수 있는 구황작물을 심자고 제안한 것이었다. 백화 부인은 무슨 수를 쓴 건지 쟁기가 만들어지는 그 짧은 시간

동안 그 종자들을 모두 구해다 주었다.

그런데 실제로 그 종자를 구하도록 지시한 이가 대공이었다는 것을 알았다면 이린은 다시 더해진 삼천 근의 부담에 질식했을지도 모른다.

의신은 이린이 권한 작물의 설명과 모양을 각각 십여 장 이상 베껴 각지에 사람을 보내 최대한 빨리 종자를 구해오도록 했다. 또 오늘의 쟁기를 만드는 데 필요한 재료와 대장장이, 목공, 그리고 황소도 모두 대공이 지원한 것이었다. 이린은 무엇이든 말만 하면 구해다주는 백화 부인에게 감탄과 감사를 전했고, 부인은 이린의 기록을 몰래 뒤져 미리 다른 준비까지 마친 대공 대신 기분 좋게 인사를 받았다.

새 작물을 심고 가꾸는 일에 대해선 농부들에게 설명이 필요했지만 이린이 직접 나설 수는 없었다. 이력을 설명할 수 없는 지식을 설명할 길이 없었기 때문이었다.

그것은 의신이 간단히 해결했다. 종자를 구해온 곳에서 방법도 함께 알아왔다는 것이었다. 하나 이 설명에는 허점이 있었으니, 본래 타지와 타국에는 곡식은 팔아도 종자는 함부로 유출하지 않는다는 것이다. 그러나 그걸 감히 대공에게 따질 이는 없었다.

오늘 시연은 부인의 것이나 대공의 이름으로 벌어지고 있었기에 농부들은 모두 대공이 새로운 국가 정책을 펴려는 걸로 이해했고 실제로 그랬다. 사실을 모르는 덕에 이린은 마음을 덜 졸이며 혼자 안심하고 있었다. 덕분에 수레바퀴를 고무로 만들면 좋을 거라던가, 고무나무의 종자나 원료를 구할 수 있을까를 마음 편히 고민했다.

"이젠 떨지 않는군."

의신이 홀로 중얼거리며 입술에 호를 그렸다.

뜻 모를 혼잣말도 그렇지만 그 희미한 웃음을 희관은 이해할 수 없었다. 한데 지금 희관에겐 대공의 뜻을 살필 여력이 없었다.

백화 부인은 오랜만의 바깥나들이에 수백 마을의 별장에서 묵기로 한 터라 의신은 성덕과 대광, 차복 셋을 고모님의 곁에 남게 했다. 하지만 덕분에 많지도 않은 호위가 더 줄어들자 희관은 더욱 날카롭게 신경을 세웠다.

"모두 좀 더 말을 재촉하라! 서둘러라!"

"희관, 한 달 동안 머리를 식히라 내보냈더니 더 날카롭게 벼려져 돌아온 듯하구나. 여기는 적영 인근이다. 감히 야만족들이 이곳까지 쳐들어오지는 못한다."

그렇게 말하는 대공이야말로 항상 칼같이 벼려져 있는 이였다. 대공의 무공은 인외(人外)의 것처럼 강하지만 그의 몸에 새겨진 숱하게 새겨진 흉터는 치명적인 암습의 결과였다.

대공이 보이는 낯선 여유로움에 희관은 꿋꿋하게 답했다.

"전하, 스할가의 아들이 우리 손에 있지 않습니까? 스할가의 다섯 아들 중 세 아들은 타패족과 흉족에 잃고 한 아들은 지난번 우리와의 전투에서 죽었습니다. 우리 손에 있는 녀석이 마지막 하나 남은 아들이니 스할가는 포기하지 않을 것입니다. 또한 불순한 무리는 야만족만 있는 것이 아닙니다."

안전을 논함에 과함은 없었다. 그리고 그 불순한 무리란 대공에게 있어 야만족보다 더 위험한 적이었다. 그 또한 숱하게 겪어온 대공이 가장 잘 아는 일이었다.

"서둘러 돌아갈수록 무거운 엉덩이에 밥그릇만 큰 인사들을 상대해야 하지 않느냐? 아니면 호시탐탐 내 침전을 노리는 이들도 있지."

"전하!"

"희관. 너는 알고 있지 않느냐?"

"……?"

"독이 힘에 비례한다는 걸."

"……!"

"내 전 정혼녀들이 아이를 품고 죽어버린 것이 우연일까?"

"……전하."

"그렇게 비통해하지 않아도 된다. 어쩌면 말이다……."

바로 그때였다. 길가의 수풀에서 쏘아진 화살 하나가 의신의 목을 향해 날아왔다.

"전하! 적이다! 암살자다!"

희관의 외침과 함께 뒤따르던 천무단원들이 방패를 들고 대공을 감싸며 원진을 만들었다.

"전하, 괜찮으시옵니까!"

희관이 미처 방비하지 못한 화살은 이미 그보다 앞선 의신이 칼로 베어버린 후였다. 그와 거의 동시에 의신은 화살이 날아온 방향으로 활을 날렸다.

"놈이 화살에 맞았다. 쫓아라!"

"모두 놈을 쫓아라!"

천무단원과 함께 희관도 화살이 쏘아진 방향으로 달려갔다. 하지만 반 시진의 수색 끝에 빈손으로 돌아온 희관이 고개를 떨궜다.

“소신을 벌하소서. 전하께서 다 잡은 것을 놓치고 말았습니다.”

“감각에 잡히긴 했지만 치명상은 아니었을 것이다. 실패한 걸 알자마자 달아났다. 아마 저 숲 어딘가로 도망쳤을 테지.”

의신이 바라보는 곳은 숲이 우거진 산이었다. 팔모산 자락의 끝에 붙은 곳답게 산은 울창한 숲을 자랑하고 있었다. 이미 자취를 놓친 이상 암살자를 찾기란 요원해 보였다. 그러나 방도가 없었던 것도 아닌 탓에 희관은 분개함을 숨기지 못했다.

“전하의 말씀대로 어서 개를 키워야 할 듯싶습니다.”

“차복이에게 맡겼으니 며칠만 기다려라. 그리고 오늘 일이 새어 나가지 않도록 엄히 입을 단속하라!”

“명심하겠습니다!”

희관은 속으로 울분을 삼키며 주먹을 꽉 쥐었다. 무슨 일이라도 있었느냐는 듯 아무렇지도 않은 듯 보이는 대공 때문에 그의 심경은 더 편치 않았다.

의신을 향한 암살 시도는 의신이 대공 위(位)에 오르던 6년 전까지 수시로 일어난 일이었다. 그때는 천무단도 곁에 없었다. 누가 적인지 아군인지 모를 그때 주민과 희관, 그리고 의신 본인이 한 달이 멀다 하고 찾아오던 암습자들을 상대해야 했다. 그것도 의신이 대공에 오르고 나자 점점 줄어들어 최근 1년간은 볼 수 없었지만 아직도 대공의 자리를 넘보는 무리가 있다는 말이었다.

“네 말대로 어서 가자! 그리고 성에 도착하면 수백 마을에 병사들을 더 보내야 한다!”

"알겠습니다, 서둘러라!"

사방이 적이었다. 암살자의 등장에다 그를 놓치기까지 한 희관은 귀환을 재촉했다. 이후 그들은 지나가던 토끼 한 마리도 허용하지 않으며 성도로 내달렸다.

암습으로 경계가 험악해졌음에도 즐거운 발견에 의신의 기분은 좋다는 걸 희관은 몰랐다.

예정도 없이 적영을 벗어난 대공의 외유에 관료들은 의중을 파악하기 위해 운정당에 모였다. 그러나 한낮이 되도록 알아낸 건 대공이 8년간 별궁에 칩거하던 백화 부인의 행차를 돕는다는 명목뿐이었다. 그리고 다시 해거름에 백화 부인의 땅에서 벌어진 시연에 대해 알려지게 되었다.

"황소를 밭에요?"

"그 힘센 짐승을 어떻게 다룬답니까?"

"코뚜레라는 걸 뚫었답니다. 그것으로 조종하면 소가 꼼짝도 하지 못하고 사람 말을 듣게 된답니다."

"그래서 황소들이 한꺼번에 팔렸었구먼……."

"다들 진정하시오. 천 총관, 그게 무슨 말이오?"

백추성의 질문에 천 총관은 최근 한 달 사이 소를 한꺼번에 서른 마리나 팔았다는 말을 했고, 그러자 뒤이어 서너 명의 관료가 각각 다섯에서 열 마리 사이의 소를 팔았다는 말을 보탰다.

"세율 인상에 대해 다시 입을 못 떼게 하시려는 속셈이시오."

누군가 그리 탄식을 터뜨리자 모두 술렁이며 고개를 끄덕였다.

"대공께서 이리 일을 벌이시도록 어찌 아무도 모르고 있었단 말이오?"

백추성이 원망스러운 듯 좌중을 휘둘러보았지만 정작 얼마 전 자신의 집에서도 집사가 황소를 파는 걸 허락해 달라는 말을 올린 적이 있다는 건 말하지 않았다.

한데 아무도 오늘의 시연에 대해 농작물의 수확이 증대될 것을 기대하는 이는 없었다. 전쟁터만 나돌던 대공이 농사에 대해 무엇을 알겠는가. 8년간이나 넋을 놓고 입을 다문 백화 부인이 일을 벌였다는 걸 믿을 이도 없었다. 이는 모두 대공이 관료들을 향해 이만한 성의를 보여야 한다는 지시로만 여길 수밖에 없었다.

이렇듯 성안에는 제 안위만 살피는 관료들만이 득세하고 있었다. 때문에 뜻 있는 인사들은 버티기 어려웠고 밖으로만 나도는 대공을 기다리기 지쳐 황도로 떠나곤 했다.

결론이 나오자 일부는 넋을 놓은 고모님까지 이용해 관료들의 목을 죄는 대공을 성토하는 이도 있었다. 그러나 직접 대공의 앞에서 그런 말을 할 간담을 가진 자는 없었다.

"이렇게 되면 서두를 수밖에 없소. 오늘부터 영애들이 더욱 활발히 움직일 수 있도록 모두 손과 귀를 열어놓으시오."

"알겠소이다."

"알겠습니다."

"저도 돕겠습니다."

결론에 만족한 관료들은 삼삼오오 모여 운정당을 빠져나갔다. 다들 제가 추천하는 영애들을 찾기 위해 서두르는 것이다. 물론 거대 지참금을 약속했던 화연이나 향정이 우선이 되겠지만 유경과 보명의 집안 또한 그 지참금을 보태기엔 충분한 집안이었다.

구석구석 영애들의 사람으로 심어진 시녀들과 내관들이 바삐 움직이며 내성이 들썩이기 시작했다.

'아직도 바닥에 연습하고 있는 게냐?'

"아……, 마님!"

'저녁도 거르고 계속 바닥에 그림만 그리고 있다고 들었다. 온혜가 시중을 들긴 했다만 글을 거의 못 읽으니 통하지 않아 불편하구나. 이젠 날도 어두워졌잖니?'

본래 부인의 행차에는 정옥이 함께 와야 했지만 너무 들떴던 때문인지 모진 몸살로 앓아누웠다. 해서 부인의 시중을 들 이로 이린과 온혜가 함께 왔지만 온혜는 글을 모르기에 부인과 직접 통하기는 어려웠다.

"송구합니다, 마님. 정옥 시녀님도 안 계신 걸 잊었습니다. 제가 마님을 모셨어야 했는데……."

'대공의 명을 받들고 있는데 송구할 게 무어냐. 다만 끼니는 거르지 말고 해야 하지 않겠느냐?'

"송구합니다, 마님."

'어서 들어오기나 하련?'

"네, 마님!"

'참, 그런데 이랑은 어디로 갔느냐?'

"놀러 간다고 갔는데…… 아직도 돌아오지 않았습니까?"

'저런, 어디로 가서? 이곳은 낯선 곳이 아니더냐?'

사실 이랑은 아버지를 만나러 간다고 했다. 아버지가 근처에 데리러 왔다는 것이다. 녀석의 말로 아버시는 인간을 꺼린다고 하니 부인에게 그런 말까지 전할 수는 없었다.

알리지 않아도 찾아온 아비이니 분명 제대로 데려다줄 것이다. 이상하게도 까닭 없이 그렇게 믿을 수 있었다.

"워낙 똑똑한 녀석이니 분명 돌아올 것입니다."

이랑을 그토록 아끼는 그녀가 워낙 담담하게 답하자 부인도 걱정을 더는 기색이었다.

이린은 저녁을 먹고는 곧바로 면포를 펼쳐 들었다. 그렇지만 붓을 들지 못하는 모양새가 무척 고민하는 사람의 모습을 그대로 드러내고 있었다.

'그렇게 완벽하게 그리려고 애쓰지 않아도 되지 않겠니? 내 생각엔 모양은 쓰는 사람이 필요한 대로 그때그때 변형하면 그만이 아닐까 싶구나. 대공께는 재주가 뛰어난 사람이 많단다.'

"아……!"

자신은 기술자가 아닌 단지 농부였다. 겨우 소가 끄는 쟁기 하나 만들었다고 잘 알지도 못하는 다른 것까지 잘할 거라 덤비는 것이 오만이었다.

'계속 비슷한 그림을 반복해서 그리는 걸 보고 알았다. 그건 쟁기랑은 달라 좀 비슷하기만 해도 될 듯싶다는 생각에 말했더니 역시 그랬구나…….'

"소인의 생각이 짧았습니다."

'아니다. 네 꼼꼼한 성격 때문이겠지. 어서 그림은 마치고 다른 이야기를 해주련?'

이린의 이야기는 하나도 신기하지 않은 것이 없었다. 날아다니는 마차나 섬만 한 크기의 배라든가 지네처럼 긴 몸체를 가진 엄청나게 빠르게 이동하는 마차 이야기가 그랬다. 하지만 그 많은 전설과 신화를 모두 부정하는 달과 별에 관한 이야기는 믿기 싫었다. 그보다 음치라며 무척 쑥스러워하면서도 이린이 불러주었던 동요가 더 좋았다. 최근 백화 부인은 어린아이처럼 그곳 동화 이야기를 즐겨 듣고 있었다.

부인의 채근에 이린은 다시 면포에 붓을 들었다. 완벽해야 할 거란 부담감이 줄어들자 그림은 어렵지 않게 완성할 수 있었다. 편하게 그림을 마친 이린은 내친김에 고무바퀴에 대한 주석을 달았다.

아마 저 혼자 다 할 거란 집착에 빠져 있었다면 아예 생각도 못했겠지만 화두만 던져주는 거라 마음먹자 생각이 더 유연해졌다.

'고무 제조도 제조고 길 포장이 전제조건이지만 그거야 대공이 알아서 할 테지.'

고민을 대공에게 떠넘긴 것만으로도 이린은 기분이 좋아졌다. 부담을 던 덕에 너무 의욕적으로 변한 이린은 고무에 대해 설명해야 할 수도 있다는 점은 간과하고 말았다.

백화 부인은 이린이 첨가한 주석을 보고 그 점을 알아챘지만 혼자 흐뭇해하는 이린에게는 아무 말도 하지 않았다. 대공만 보면 새파래지던 이린이 모종의 꿍꿍이를 감춘 것처럼 웃고 있는 것이 귀엽기만 했다.

'그래, 그렇게 두려움부터 떨치거라, 네가 진정한 반려라면 대공은 너를 이 세상으로부터 지켜낼 것이다.'

"네?"

'오늘은 혹부리 영감 이야기를 해준다고 하였노라.'

'잘못…… 들은 거겠지?'

잡음이 섞여 지직거리던 것처럼 대공의 반려라는 말을 들은 것 같았다. 설마.

"네, 마님. 시작하겠습니다. 옛날, 옛날 어느 마을에 매우 가난한 농부가 살았습니다……."

잠시 후 돌아온 이랑이 저를 빼놓고 이야기를 시작했다며 캬릉캬릉 난리 치는 바람에 처음부터 다시 이야기를 해야 한 것 빼고는 평화로운 밤이었다.

"백화 부인을 찾아뵈란 말씀이십니까? 말 못 하는 분과 무슨 말을 하란 말씀이십니까!"

유경의 표정엔 경멸이 드러나 있었다.

"어허, 유경아! 예가 어딘 줄 알고 그리 함부로 입을 놀리느냐!"

장로 주기명은 주위에 눈이 있는지 살피며 호통을 쳤다.

딸뻘인 사촌 동생을 나무라는 주기명의 표정엔 마뜩잖음이 가득했다. 얼굴은 곱지만 경박하고 속이 좁은 유경은 대공비가 될 인물로선 소양이 부족했다. 하지만 한 집안이라는 이유만으로 그는 무조건 유경을 밀어야 했다.

주기명은 입을 삐죽 내민 유경을 살살 달래기 위해 목소리를 가다듬었다.

"지난 한 계절 반이 지나도록 네가 대공 전하를 뵈온 것이 몇 번이나 되느냐? 손에 꼽을 정도가 아니었느냐? 네가 전 대공 부인들께 치성을 드렸지만 돌아온 게 무어냐? 방법은 하나뿐이니

라. 자주 마주쳐야 좋은 일이 생길 것 아니겠느냐?"

"하지만 어디서 전하를 뵈란 말입니까! 보명이 침전에 들었다 망신만 당하고 쫓겨났다 하지 않았습니까?"

주기명은 목구멍까지 솟아오른 '그건 너도 마찬가지 아니냐?'란 말을 억지로 삼켜야 했다.

전 대공비셨던 요녕 부인은 황실의 공주였기 때문에 다른 부인들은 그녀의 앞에서 고개를 들 수 없었다. 그건 다른 가문들도 그만큼 힘을 쓰지 못했다는 의미였다. 따라서 현 대공의 부인이 됨은 각 가문들에 기회였다. 그래서 정혼녀 추천에 열을 올리는 것이다. 그러자면 인내심을 턱 끝까지 채우는 한이 있더라도 이 철딱서니 없는 것의 비위를 맞춰가며 얼러줘야 했다.

"하니 하는 말 아니겠느냐? 전하께서 성에 계실 때 그나마 주기적으로 찾으시는 분은 백화 부인뿐이니라. 그러니 너도 백화 부인께 자주 찾아가 말동무도 하고 좋아하는 음식도 챙겨 드리고 하다 보면 전하를 뵐 수 있지 않겠느냐?"

"벙어리한테 말동무는 무슨!"

주기명은 콧방귀를 뀌는 유경의 뺨을 한 대 올려붙이고 싶은 것을 참기 위해 주먹을 말아 쥐었다. 이 경박한 사촌이 대공비가 되어도 문제가 아니겠는가!

"나중에 한번 가보기는 할게요."

주기명의 표정이 심상치 않아 보이자 유경이 짜증스레 답했다. 그러곤 곧 '전하께서 성문을 막 통과하셨습니다'라고 전한 시녀의 말에 그에게 인사도 생략한 채 달려가 버렸다.

유경의 아버지 장경 도독은 공명정대함으로 이름났으나 딸자식

농사는 실망스러움이라, 주기명은 행여 실수를 막기 위해서라도 유경을 따라나섰다.

주기명이 했던 비슷한 조언은 다른 영애들의 처소에서도 이어지고 있었다. 하지만 반응까지 유경과 같은 것은 아니었다.

"백화 부인이라고요?"

"그래, 전하의 고모님이시다. 8년 전 비극적인 일로 마음과 입을 닫으신 분이시지."

"아…… 들어본 적이 있습니다."

"찾아뵌 적이 있더냐?"

"부끄럽게도 없었습니다."

화연은 저의 실책을 깨달았다는 듯 공손히 대답했다.

"그리 생각할 것 없다. 그분이 별궁을 나서지 않았다면 나도 그리 중요하게 생각하지는 않았을 터. 그러나 8년간 침묵한 사람이 움직였다는 자체가 큰 변수니라. 하니 너는 부인을 찾아가 무조건 친해져야 한다."

"명심하겠습니다, 외숙부님."

화연이 외숙부인 백추성에게 곱게 조아렸다.

당연히 백추성은 화연이 대공비가 되길 강력히 추천하고 있었다. 그가 화연을 대공비로 만들고자 하는 그의 염원은 다른 누구보다 강했다.

대공의 첫 번째 정혼녀는 백추성의 딸이었다. 태어난 아이가 무사하기만 했다면 그는 차기 대공의 외조부가 될 뻔하기도 했던 것이다. 지금도 그는 최고 총관으로서 적토에서는 이인자로서의 권력을 갖고 있었지만 차기 대공비가 누가 될지에 따라 불안한 위치였다.

두 번째 정혼녀의 아버지였던 혜오명이 함께해 주면 좋을 듯하지만 혜오명은 딸이 죽은 후 경쟁에 시들해진 듯 아무의 줄도 잡아주지 않았다. 다른 이들은 그 이유가 금지옥엽 딸을 잃은 충격 때문이라 수군거렸다.

그러나 금지옥엽을 잃은 건 백추성도 마찬가지였다. 그럼에도 그의 야망은 펄펄 살아 있었다.

“홍 가의 딸과 최 가의 딸이 몸을 날려 전하의 눈에 들고자 함을 비웃지 마라.”

“그게 어인 말씀이시옵니까?”

“정혼보다 뉘가 먼저 잉태하느냐가 더 중요하다. 무조건 아들을 먼저 낳는 이가 안주인 자리를 차지할 것이다.”

“그런…… 것입니까?”

“그렇다고 그리 천박할 필요까진 없지.”

“알겠사옵니다.”

“전하께서 돌아오시는 길을 맞는 것도 안주인이 할 일이다. 성문 앞까지 내가 데려다주마.”

“황송합니다. 숙부님.”

화연은 곱게 미소를 지으며 눈을 내리깔았다.

그녀는 자신 있었다. 곱기로는 죽은 사촌 언니보다 저가 더 고왔다. 그런 자신감에 다른 영애들 처소는 단장에 법석이었으나 화연만은 평소 꾸민 대로 특별히 변하는 것이 없었다.

대공을 마중하기 위해 성문 앞에서 마주친 세 영애에게 화연은 반갑게 인사했다. 각자 다 저녁에 연회에 갈 것처럼 있는 대로 화려하게 꾸미고 나온 모습이 화연과는 비교되는 차림이었다. 경박한 유경이나 소심한 보명, 마음을 다른 곳에 주고 성으로 들어온 향정 따위와 저를 비교할 수가 있을까! 대공비는 반드시 저가 될 것이다.

화연의 미소가 더욱 활짝 피었다.

희관은 새벽부터 사라진 의신을 기다리다가 침전 안쪽에서 돌아오는 그를 만날 수 있었다.

"전하, 오늘도 밀실에 들었다가 오시는 겁니까?"

희관은 땀에 전 무복을 벗는 의신을 보며 염려를 감추지 못했다.

최근 의신이 밀실을 찾는 횟수가 너무 잦았다. 자신이 곁에 없는 지난 한 달도 이와 같았다면 두 달도 채 안 되는 동안 거의 열 번은 밀실에 다녔다는 것이다. 땀을 흘린 것 말고는 겉으론 멀쩡해 보여도 몸은 만신창이라는 걸 희관이 가장 잘 알았다.

의신은 대답 대신 희관의 어깨를 툭 치고는 욕실로 들어갔다. 그가 씻고 나온 다음에도 희관의 표정엔 걱정이 사라지지 않았다.

의신은 물이라도 잘 닦으라며 동동거리는 주민을 내보내고는 입을 열었다.

"희관, 아는가? 나의 땀 한 방울이 한 사람 생명의 무게와도 같다. 아군이든 적군이든 가리지 않고 해하려는 독기가 이 땀으로 가셔진다면 얼마나 값싼 대가라는 말이냐?"

"전…… 하."

"우습지 아니한가? 다 같은 일족인데 대공의 위에 앉았다고 더 많은 광기를 일으킨다는 사실이?"

"……."

"밀실은 광기를 잠재워 주는 곳이지만 광기를 키우기도 하는 곳이다."

"전하……?"

"그럼에도 어이해 대대로 대공들이 밀실을 포기하지 않았을까?"

"그건……."

"맞다, 힘에 취해서다. 밀실에 들어갈수록 대공의 힘은 강해진다. 그곳에는 대공을 위한 모든 것들이 있다. 거산을 파괴할 광기를 터뜨려도 겨우 생채기 정도로 흡수해 버리는 연무장은 물론, 어떤 상황에서든 대공의 목숨을 이어줄 다양한 안배가 숨어 있느니."

"……."

"그것이 첫 번째 이유다. 하지만 그것이 다가 아니니라. 밀실은 저주와 함께 내려온 유산이다. 해서 이 핏속에 내려온 저주처럼 그곳도 중독되는 것이다. 밀실에 대공이 되는 자만 들어갈 수 있게 안배한 것은 대공 한 사람만을 위한 것이 아니다. 힘이 부족한 이에게 그 광기가 더 쌓이면 아니 되기 때문이다. 그래서 너에게도 밀실은 허용하지 않는 것이다."

하나 그게 다가 아니었다. 다른 이보다 적은 노력으로 몇 배는 더 강한 힘을 가질 수 있는 이유도, 그래서 일족이 저주를 받아야 할 비밀도 함께 숨겨져 있었다.

"전하!"

의신은 당황하는 희관의 어깨를 다시 한 번 두드려 주었다.

"그리 염려하지 않아도 된다. 나는 이 광기를 다스릴 것이다. 그리고…… 없앨 것이다."

"전하?"

"오늘 고모님께서 돌아오신다고 하셨으니 마중을 가리라. 지금 출발해도 늦었다. 너는 천무단을 단속하라."

의신이 엄청난 말을 하다 말고 뚝 끊어버리는 바람에 희관은 속이 탔지만 이미 화제를 돌렸으니 더는 들을 수 없으리라.

"전하, 하면 홀로 가겠다는 말씀이십니까?"

"혈리를 따라올 수 있겠느냐? 하나 그렇다 해도 내 빈자리를 티 나지 않게 하려면 네가 있어야 한다. 또 내가 명한 것도 있지 않으냐?"

"전하, 암살자를 만난 것이 사흘도 지나지 않았습니다!"

"희관, 혼자 있는 내가 암살자 하나에 당할 거라고 보는가?"

그 말에 희관은 입을 다물었다.

차라리 의신이 혼자라면 암살자 열, 아니 백이라도 당해낼 재주가 없었다. 그것이 혈족이 가진, 의신이 품은 광기다.

희관은 본 적이 있었다. 떼로 몰려들던 수십의 암살자가 의신의 칼 아래 모두 피 분수를 쏟고 죽던 것을. 희관 자신도 여물지 못했던 시절, 의신의 나이 겨우 열셋일 때의 일이었다. 그 광기의 현장을 보고도 희관이 살 수 있었던 이유는 현장에서 화살도 닿지 않을 만큼 멀리 떨어져 있었던 덕분이었다.

그렇다 해도 자꾸만 성 밖으로 나도는 대공을 두고 볼 수는 없었다.

“전하, 하지만 전 대공 부인들께서 오찬을 여신다고 하셨사온데…….”

“그 자리가 무언지 모르고 나를 떠미는 게냐? 너는 엊그제 보지도 못했느냐?”

암습자를 놓치고 칼을 갈며 돌아오던 천무단은 성문 앞에서 반짝거리는 영애들의 마중을 받았다. 원래 곱기로 소문난 영애들이 단장하고 나선 모습은 사내라면 누구나 홀릴 모습이었다. 하나 영애들은 그 미모를 보이고자 노력한 의신과는 대화 한마디조차 못한 채 스쳐 버리고 말았다. 대공의 서늘한 눈과 마주치지 못하고 기겁한 까닭이었다. 파르라니 벼려진 대공의 눈은 사내라도 감히 맞대면하기 어려운 기세를 쏟고 있었다.

가장 화려하게 꾸몄던 영애 하나는 대공과 눈이 마주치자마자 엉덩방아를 찧기도 했다. 나머지 영애들도 각자 시녀들의 부축을 받으며 그 자리에서 버티는 것이 고작이었다. 곱게 차린 그 행색들이 아까울 일이었다. 그나마 제법 강단 있다는 백 총관의 조카는 부축을 받지는 않았지만 끝까지 대공에게 말을 걸지는 못했다.

희관은 저도 모르게 나오는 한숨을 삭였다. 전에는 그 정도는 아니었다. 하니 정혼도 했던 것이다. 설마, 대공과 정혼하는 여인은 죽는다는 소문이 떠돌았다는 것을 알고 계셨던 것일까? 그래서 영영 혼인을 꺼려하시는 건 아닐까?

철렁했던 희관은 고개를 저었다. 아니다. 한낱 소문에 휩쓸릴

분이 아니다. 아무리 그가 방벽을 친들 대공이 자리를 비웠음을 그 여우같은 총관들의 눈을 완전히 피할 수는 없다. 대공도 모르는 바는 아니었다.

이러나저러나 대공 대신 그를 붙잡고 달달 볶을 총관들을 상대하느니 차라리 설해(雪害)로 집을 잃은 백성의 집을 새로 지어주는 것이 편했다. 마침 대공의 명령이 바로 그 일의 연장선이었다.

희관은 칼 대신 오늘도 도끼를 들어야 할 것 같다며 천무단을 모았다.

갈 때는 마차의 뒷자리에 올라타서 여유롭게 꼬리를 흔들던 이랑은 곧 멀미가 난다며 뛰어내려 제 발로 마차를 따라왔다. 그 앙증맞은 발로 종종거리며 걷는 모습이 귀엽다며 하녀들과 병사들이 쓰다듬으려 했지만, 거만하게 손길들을 뿌리친 녀석은 다시 마차에 올라탔다가 뛰어내리기를 반복했다.

그런데 고새 마차에 익숙해졌는지 오는 길엔 편하게 타고 오던 녀석이 수백 마을을 막 벗어나자 그녀를 조심스레 불렀다.

「주인님!」

"응?"

「저…… 기 아버지가 계세요. 주인님을 만나고 싶어 하셨지만 아직은 때가 아니라셨어요.」

"그랬니?"

이랑은 데리러 왔던 아버지와 함께 어머니와 형제들을 만나고 왔다고 했다. 특히 어린 새끼를 잃은 어머니의 걱정이 컸기 때문에 잘 있다는 인사를 하고 왔다는 것이다.

그럼 하룻밤이라도 어미의 품에서 자고 왔으면 좋았을 거란 말에 녀석은 주인이 정해진 일족은 성체로 독립한 것보다 더한 대접을 받는다며 으쓱해했다.

「하지만 주인님을 보고 계실 거예요. 그냥, 한마디만 해주세요.」

마침 부인은 깊이 잠들어 있었다. 오랜만의 외유에 피곤을 숨기지 못한 것이다.

이랑을 보내준 감사는 그 어떤 말로도 부족했다. 아예 마차 밖 뒷자리로 나온 이린은 마음을 담아 숲 속을 향해 속삭였다.

"고마워요. 이랑을 보내줘서. 이랑이, 평생 아끼고 살게요. 내 가족이니까."

「어……. 그런 말을 하면 너무 감동적이잖아요!」

까불거리던 이랑은 이린의 품에 꽉 끌어안기고 말았다. 그 부드러운 털에 고개를 묻는 이린의 표정이 말보다 더한 마음을 다 표현하고 있었다.

「고맙습니다…….」

아주 멀리서 온 듯한 그런 말이 들린 것 같았다.

잠시 후 백화 부인이 깨어나 이랑이 어디 아프냐고 물을 때까지 이린은 그렇게 가만히 안겨 있는 녀석을 꼭 끌어안고 있었다.

바로 그 순간이었다.

"전하……!"

"전하를 뵈옵니다!"

"전하, 어찌 오셨습니까?"

수백 마을에 함께 남았던 천무단원 세 명이 번저 앞으로 뛰어가며 마차도 섰다.

이린도 엎드려 대공께 인사를 올렸다. 그런데 고개를 숙이기 전, 이린은 표정이 굳어버린 대공과 눈이 마주친 것 같았다.

6. 탄로

백화 부인의 귀환 길은 예고도 없이 대공이 갑자기 나타난 것 말고는 아무 일도 없었다. 변화라면 갔던 인원에 짐승 몇 마리가 늘어난 것이 있긴 했다. 대공의 명을 충실히 수행한 차복이 인근 마을까지 돌아 일곱 마리나 되는 강아지를 데려온 것이었다.

하지만 수백 마을에서도 아무 일이 없었던 것은 아니었다. 차복과 성덕이 다치고 만 것이다. 한데 그 둘을 상하게 한 건 모두 짐승이었다.

성덕은 밭 갈던 소에게 받혔다. 그 순간 그가 배와 사타구니를 잡는 걸 목격한 마을 처자들은 꺅꺅거리며 난리도 아니었다. 다음 날 그가 아무렇지도 않게 다니는 걸 보고 그녀들이 안심한 이유는 알 수 없었지만.

그리고 차복은 개에게 물렸다. 주인 없이 마을을 빨빨거리고 누비고 다니는 개가 너무나 멋지기에 잡으려다가 종아리를 물리고 만 것이다. 차복에게 그런 치욕을 준 녀석은 바로 이랑이었다. 마침 그 장면을 목격한 이린이 소리를 지른 바람에 부상은 심하지 않았지만 차복으로선 꽤 의기소침해지는 사건이었다. 후발대로 오느라 이랑이 마차를 쫓는 걸 보지 못한 바람에 생긴 실수였다.

이린은 당연히 이랑을 매우 혼냈다.

이랑도 변명은 있었다.

「정말 싫은 냄새를 풍기는 인간이 저를 끝까지 쫓아오잖아요!」

아무리 도망쳐도 차복을 떨칠 수 없어서 물어버렸다는 것이다. 아마 차복이 알았다면 더욱 좌절할 이야기였다.

곁을 주는 이가 적은 녀석인지라 이린은 녀석만의 독특한 사람 구별법이 있지 싶었다. 하지만 그렇다고 사람을 무는 걸 허용할 수는 없었다. 이린은 녀석을 차복의 손에 억지로 쥐어주는 벌로 일을 마무리했다.

한데 벌이 가혹했던 모양이다. 차복은 이랑을 쓰다듬으며 세상을 얻은 표정을 지었지만 녀석은 죽을 만치 싫다는 표정으로 울며 도망쳐 버렸다. 그런 후 차복은 이랑을 줄기차게 쫓아다녔다. 그러면서 이린과도 친해졌다.

그의 나이가 겨우 열일곱 살인 걸 알게 된 이린은 처음 만났던 안 좋은 상황을 잊고 그를 대할 수 있었다. 차복도 그때 처음 만났던 기억을 잊은 양 이린에게 살갑게 대했다.

이린의 생각엔 그가 살가운 이유가 오로지 자신이 이랑의 주인이어서인 것 같았다. 다른 개들을 많이 데려왔으면서도 차복은 이랑을 정말 좋아했다.

그러나 반대로 이랑은 차복이 쫓아다니는 걸 너무나 싫어했다.

「난 싫어, 네 냄새 정말 싫다고! 오지 마, 다신 오지 마, 절대 오지 마!」

그래도 좋다며 꼭 친해질 거라 다짐하는 차복에게 이린은 미소를 지어 보일 수밖에 없었다.

귀환 후, 겨우 개에게 물리고, 소에게 지고, 그걸 구경한 죄로 차복과 성덕, 대광이 함께 구른 건 조금 나중의 일. 수백 마을에서의 시연은 꽤 성공적으로 끝났다.

[대공, 어찌 안색이 조금 어두우신 것 같습니다.]

"그리 보이셨습니까? 송구합니다, 고모님."

[말씀해 보세요. 이 고모가 할 수 있는 것이 들어드리는 일뿐이지 않습니까.]

"……총관들이나 관료들은 이번 일을 고모님이 주최하신 거라고 여기진 않을 것입니다. 저의 직영지에서 본격적으로 일을 시작하면 더욱 그렇고요. 그래서 기대하는 이들도 없을 것입니다. 그렇다 해도 고모님이 드러나실 것 같습니다."

[아, 그것 때문이신가요? 염려 마세요. 이미 각오하고 움직인 일 아닙니까.]

'나도 나지만 이린이 염려되시는 것이겠지요?'

부인은 자신을 마중하러 왔다던 대공이 이린의 품에 안긴 녀석을 노려보던 모습을 상기하며 미소를 감췄다.

"해서 멀리서 들여온 것들의 시범 농작은 모두 제 직영지에서 하는 것으로 할 겁니다."

[하지만 이린이 말했잖습니까, 그것들은 토양과 기후가 다르기

때문에 처음엔 실패할 확률이 더 높다고요. 차라리 나눠서 하심이 낫습니다.]

"물론 나눠서 하긴 할 겁니다. 적토의 땅은 넓으니 생장이 좋은 곳을 찾아봐야겠지요. 하지만 성공하게 되기 전까지의 수확은 모두 제 직영지에서 생산하는 것으로 하겠습니다."

[아……. 그런.]

실패를 모두 떠안겠다는 의미였다.

아무리 획기적인 시도를 한다 해도 결국엔 사람과 자연이 이루어내는 농사에 완벽한 성공이란 확신할 수 없었다. 더구나 처음 짓는 작물은 당연히 실패 확률이 높았다. 그럼에도 의신이 이린의 각종 안을 적극 수용하고 지원하는 것은 그것이 적토의 가장 중차대한 문제인 식량과 직결되기 때문이었다. 방법이 있다는 걸 안 이상 의신은 도전을 두려워하지 않았다. 또한 이린이 권한 기발하고 신선한 농작법과 작물들은 이미 그녀의 '전생'에서 성공한 방법이며 모두 해볼 만하다고 보이는 일이었다. 무엇보다 그녀가 말했던 있는지도 알 수 없었던 종자들을 구하고 나자 성공에 대한 기대는 더욱 커진 상태였다.

어쩌면, 만일의 하나 이린이 '그녀'가 아닐 수도 있었다. 설령 그렇다 해도 그의 지원은 별개의 문제였다. 하지만 무의식중으로는 별개로 여겨지지 않았지만.

[대공…….]

"말씀하세요, 고모님."

[이린이 맞습니까?]

"……아직은 모릅니다."

한데 대답과는 달리 의신의 눈빛은 온화하며 열정적으로 빛나고 있었다. 무언가 단서를 잡았다는 뜻이다. 그리고 의신의 마음이 더 기울어졌음이 훤히 보였다.

이린이 정말 대공의 그녀이기를, 그래서 이 잔혹한 저주의 고리가 끊어지기를, 부인은 간절히 바랐다.

그는 이린이 '그녀'일 거라 거의 확신했지만 혹여 아닐 가능성이 두려웠다. 일족의 광기가 여인을 품어 해소되는 이유는 그것이 독의 형태로 방출되기 때문이었다. 해서 대공의 총애를 받는 여인은 까닭 없이 앓다가 요절하곤 했다.

저주는 혈족의 딸에게도 같은 식으로 작용했다. 하긴, 같은 피를 물려받았으니 당연한 일이었다. 그 때문에 대공들은 딸들을 시집보낼 때 반드시 그 상대가 여인을 취한 적이 없는 이라는 걸 확인하고 신중히 골랐다. 여인들은 보통 다른 남편을 또 얻지 않았기에 평생 단 한 아이만 얻을 수 있었다. 해서 알려지기에는 그저 대공의 핏줄은 자손을 보기 어렵다는 것이었고, 대공은 되도록 많은 여인을 부인으로 맞았다.

권력에 가까운 이들의 다툼은 동복형제도 그러할진대 이복형제들 간은 말할 것도 없었다. 그렇기에 의신은 숱한 암살자를 상대해야 했고, 그건 300년간 모든 대공이 마찬가지였다.

그 고약한 저주가 풀어지는 건 한 여인의 태에서 동복형제가 나오는 때였다. 그 여인의 태에서 나온 아이들은 광기에 휘둘리지도, 이성을 잃고 혈겁을 일으킬까 두려움에 사로잡히지 않아도 된다. 대신 광기가 주던 강한 힘은 포기해야 할 테지만 괴물이 아닌 인간으로서 살 자격을 갖추게 되는 것이다.

의신이 꾸었던 예지몽은 그만 특별히 꾼 것은 아니었다. 밀실에 숨겨진 기록을 보면 몇 세대에 한 번은 그런 여인에 대한 꿈을 꾼 대공들이 있었다. 그러나 그들은 그런 여인을 찾기를 무시했다. 저주를 풀기보다 힘을 숭상했기 때문이다. 야만족과 평생 싸워야 할 이곳을 생각하면 그 선택이 틀렸다고는 말할 수 없었다.

그러나 의신은 아니었다. 그는 괴물이 아닌 사람이길 원했고 또한 다음 세대에는 이 피 튀기는 전장을 물려주진 않는 게 목표였다.

이 맹목적인 믿음을 확인할 길은 단 하나였지만 그래도 이린이 그녀였으면 했다. 아니, 이린이 그녀라야 한다. 그래야 그녀의 '취향'인 남자가 될 수 있을 것 같았다.

하지만…… 방해가 만만치 않았다. 그 맹랑한 짐승! 설마 했더니 그 짐승은 역시 팔모산의 영물과 관계가 있었다. 그래서 이린이 '그녀'일 거란 확신을 준 존재가 가장 걸림돌이 되고 말았다.

게다가 그녀는 자신을 두려워했다. 첫 만남을 생각하면, 그리고 얼마 전 다시 짐승이 되려 했던 자신을 생각하면 당연한 일이었다. 돌이킬 수 없어지기 전에 막아서던 그 짐승에게 감사해야 할지도 모른다.

그러나 그 짐승을 안고 행복하게 웃던 그녀의 얼굴이 생각난 그의 표정은 다시 와락 구겨지고 말았다.

차복에게 개를 더 구해오라고 해야 할 것 같았다.

이린은 오랜만에 여희를 만나고 있었다. 같은 별궁에서 사는 것치고 너무나 오랜만이었다. 이랑도 함께 왔으면 좋으련만, 강아지들에게 대장 노릇 하러 다니느라 녀석은 요즘 꽤 바빴다.

"언니, 얼굴이 정말 좋아졌어요! 역시 그 못된 여자가 없어지고 나니 언니 얼굴도 피었네요! 아니, 마님 처소로 가서 그런가?"

"반가워요. 정말 반가워요."

이린은 여희의 손을 꼭 잡으며 진심을 표했다. 추위와 과도한 노동과 굶주림으로 몰린 그녀에게 여희가 가져다준 음식들은 그냥 음식이 아니라 희망이었다. 언제고 기회만 닿으면 여희에게 꼭 보답하고 싶었다.

"만나러 가지 못해서 미안해요, 여희 나인님."

"아휴……, 나인님은 무슨? 언니는 시녀가 되셨다면서요? 그냥 여희라 부르세요. 전부터 그렇게 부르라 하고 싶었어요."

"다음에 보면 그럴게요."

"아이 참, 언니도 참 많이 가린다니까요. 참! 애영 그 여자가 나가고 우리도 다 숨을 틔고 사는 거 알아요? 다 언니 덕분이에요."

"그랬군요……."

사실 여희와 마음 편히 수다를 나눌 수 있는 자체가 애영이 없는 덕분이다.

"사실, 그날 그 여자가 언니 때리는 거…… 제가 다 봤어요. 미안해요, 그걸 보고만 있어서."

"그게 무슨 말이에요? 그런 말 하지 말아요. 여희 나인님께는 제가 얼마나 고마운 게 많은데요."

"호호, 언니는 참! 그렇다 치고요. 아무튼 그 여자, 쫓겨날 때 정말 가관이었어요! 내성 감찰부에서 높은 내관 나리께서 오셔서 직접 그 여자가 한 일들까지 살피셨다니까요? 그런데 웬걸! 그동안 시녀들 녹봉으로 나온 밀을 달마다 몇 섬이나 챙겨 빼돌렸대요. 다들 얼마나 놀랐다고요? 그리고 언니 녹봉은 아예 뺐다는 거 있죠?"

"……!"

"그리고 그렇게 악랄하게 언니 괴롭힌 거요……. 윤성덕 부부장님 때문에 심술부린 것도 맞는데 그보다 언니가 들어올 때 패물 한 점 안 챙겨줘서 더 괴롭힌 거래요. 그 여자 수발들던 애기 나인 응동이라고 있는데 걔가 그러더라고요."

들을수록 소름 끼치는 여자였다. 다 잊어가고 있었지만 그 한 달 반의 시간 동안 이 세계의 가장 밑바닥을 경험한 이유가 고작 그런 하찮은 이유라니. 그러나 그 여자에 관해선 다시 생각도 하기 싫었다.

"고마워요. 하지만 그 사람 이야긴…… 그만했으면 해요."

"아, 미안해요, 언니! 난 그 여자가 그렇게 쫓겨난 게 좋아서. 언니 마음을 못 헤아렸어요. 이젠 말 안 할게요."

"미안해요."

"아이, 참. 언니도! 이제 다른 얘기 해요. 어떻게 지냈어요? 언니가 갑자기 마님의 처소에 들어가고 시녀가 되었다고 해서 얼마나 놀랐게요? 배 아파하는 애들도 있지만 그 여자 때문에…… 아, 이건 실수! 아무튼, 그렇게 고생하다가 잘 되었다고 다들 그랬어요. 그런데 언니를 통 만날 수가 없어서요."

"그동안 마님과 친해지느라 꼼짝을 못했어요. 마님께서 시키신 일도 있었고 핑계 같지만 조금 바쁘게 지냈어요. 이젠 가끔이라도 나올게요. 우리 이렇게 보고 이야기라도 나눠요."

"그럼요, 언니는 처음부터 친언니처럼 좋았다니까요? 그리고 언니처럼 고운 사람이랑 같이 있으면 나도 좀 닮을까 하고. 헤헤!"

여희는 여전히 웃음을 전염시켜 주는 사람이었다. 그녀의 수다를 듣는 자체가 이린은 고맙고 즐거웠다.

"아휴, 곱긴 여희 나인이 더 곱죠!"

"에헤! 내가 말도 많고 허풍도 좀 있지만 거짓말은 안 해요! 언니, 정말 고와요! 우리 오라버니가 보면 한눈에 반할 텐데……."

"……그런 말 말아요. 난 결혼도 했었는걸요."

"에이, 그거야 알고 있죠! 우리 오라버니도 상처(喪妻)한 사람인걸요. 나중에 한 번 보기만 해요. 네?"

"하하……."

여희는 웃음으로 얼버무리는 이린을 몇 번 더 조르다가 새치름하게 웃었다. 그 웃음이 무얼 뜻하는지는 짐작하면서도 이린은 당장 뭐라 말해줄 것이 없었다.

"그런데 언니는 정말 운도 좋아요. 언니가 들어가자마자 마님께서 외유를 다 하시고. 전하께서 하시는 일도 돕고 하시니 이제 총관님들과 세족들도 마님을 찾아뵐 거예요! 그럼 내성에 있다고 콧대가 높은 계집애들도 이젠 젠체하지 못하겠죠? 참, 언니! 그럼 마님께서 말도 하시나요? 지난 8년간 입을 다문 분이 말을 떼셨다고 다들 난리도 아니에요!"

"그건 아니에요, 말씀은 석판으로 하세요."

"아, 그렇구나. 언니는 거기서 주로 무슨 일을 해요? 설마 빨래를 또 도맡아 하는 건 아니죠?"

하지만 그 많은 말을 어떻게 참았지 싶게 말을 쏟아내던 여희를 방해하는 목소리가 있었다.

"여희, 너 거기서 뭐 해? 아궁이 청소는 다 나한테 맡기고 넌 거기서 노닥거리고 있니?"

두 사람 다 놀라서 고개를 들자 열 발짝쯤 떨어진 곳에서 연홍이가 여희에게 인상을 쓰고 있었다.

"저 깍쟁이! 저도 어젠 설거지도 팽개치고 놀러 가서 내가 혼자 다 할 때까지 안 들어왔으면서!"

여희는 씩씩거리면서도 일어나며 작별 인사를 했다.

"언니, 가봐야겠어요. 다음엔 또 언제 보죠?"

"내가 나오면 소주방에 들를게요."

"그래요, 그럼. 저 가요!"

여희가 연홍과 티격태격하며 가는 걸 보고 이린도 처소로 돌아가기 위해 발길을 돌렸다. 이쯤이면 백화 부인과 이야기를 나누는 대공도 돌아갔을 시간이었다.

그러나 그녀가 처소의 대문을 열었을 때, 바로 그 앞에 대공이 서 있었다.

"전하를 뵈옵니다!"

갑자기 마주친 것 때문인지 가슴이 울렁울렁했다. 대공만 보면 울컥했다. 처음엔 원망과 두려움인 줄로만 알았는데 지금은 알 수가 없었다. 아마도 백화 부인의 말을 들어서인지 모른다. '그 밤'은 저가 살고자 선택한 것이지만 그도 마찬가지였다는 것을. 너무나 엄청난 비밀을 엿본 기분에 불편하면서 자꾸만 마음이 쓸렸다.

그런들 어쩌라고? 자신은 일개 시녀이고 그는 대공이다. 한밤중 쳐들어왔다가 변명 한마디 안 해도 되는 그런 엄청난 신분!

이번엔 다른 의미로 다시 울컥해진 이린은 한참 기다려도 지나치는 기척이 느껴지지 않아 슬며시 고개를 들었다.

눈앞에 그의 신발이 아직도 보였다.

"어딜 다녀오는 겐가?"

가슴이 쿵 내려앉았다.

"마님께서 오늘은 쉬라고 하셔서…… 마님의 처소에 오기 전 제게 잘해주었던 나인과 담소를 나누다가 오는 길입니다."

왠지 변명 같은 대답에 이린은 스스로 어이없었다.

"다행이로군."

다행? 뭐가 다행이라는 걸까?

한데 다시 정신을 차리고 나니 대공은 이미 가고 없었다.

순간 풀려 버린 다리에 이린은 벽을 짚고 서며 숨을 몰아쉬었다. 벌렁거리는 가슴이 그 짧은 새 얼마나 긴장했었는지 알려주는 듯했다.

'정말 바보 같잖아! 그저 한마디 물은 것뿐인데.'

숨이 진정되자 멍청한 대답에 어벙하기까지 했던 제 모습이 생각나며 얼굴이 확 붉어졌다.

잊자, 그게 제일 간단했다. 그런데 뭔가 잊지 말아야 할 것도 잊은 것 같아 찜찜했다. 하지만 기억나지 않는 걸 보면 아무것도 아니니라.

이린은 가슴을 쓸어내리며 발걸음을 옮겼다.

한데 대공이 왜 그 한마디를 위해 한참이나 서 있었는지 알았다면 마음을 내릴 수 있었을까? 그가 변화무쌍한 자신의 표정을 내내 살피고 있었음을, 자신을 보며 내내 웃고 있었음을, 또 그가 일부러 자신이 돌아오는 길을 기다리고 있었음을. 그리고 그가 말한 다행이란, 그녀에게도 친구 같은 존재가 있다는 걸 축하하는 의미란 것도 함께.

"앗!"

잊은 게 생각난 이린이 외마디 비명을 질렀다.

'설마, 부인께서 드렸겠지? 하지만 또 다른 하명이 있었다면? 아니, 그건 그저 단순한 그림일 뿐이잖아!'

이린은 설마를 외치며 달려갔다. 그리고 전하를 피하려던 의도적 외출이 치명적인 결과로 돌아왔음을 알게 되었다.

'저런, 나도 잊었구나. 하지만 대공 전하는 방금 오셨다 가셨는데 어쩌누? 네가 대공께 직접 가져가야겠구나.'

수백 마을에서 그녀가 바닥에 그리던 수레 그림, 대공은 그걸 면포에 그려 바치라 했었다. 수백 마을에서 돌아오면 대공이 들를 것이니 그때 전하면 된다 했었다. 한데 그걸 잊었던 것이다!

"네? 제가 말입니까?"

'네가 한 일이니 네가 가야 하지 않겠느냐?'

부인의 얼굴은 즐거워 보였다. 하지만 직접 대공을 찾아가야 한다는 말에 이미 넋이 나간 이린은 부인의 표정을 알아볼 정신이 없었다.

"저 같은 하찮은 시녀가 전하를 배알(拜謁)할 수 있습니까?"

'니를 비하하는 것도 마음에 들지 않지만, 대공께서 직접 명하신

일이 더 중하다는 생각은 들지 않느냐?'

"송구합니다!"

'송구는 되었고, 내일 아침을 먹거든 바로 비은당(秘隱堂)으로 가거라. 비은당은 대공의 집무실이니라. 내, 정옥에게 일러 너를 안내해줄 하인과 내성 출입을 허가할 패를 준비할 것이니 너는 가서 바치고 오기만 하면 된다.'

"……알겠습니다, 마님."

물러나는 이린의 얼굴이 새하얗게 질린 것을 보며 부인은 고소를 지었다.

'아직도 저렇게 무서워하니 어쩔꼬.'

혀를 쯧쯧 차던 부인의 얼굴에 개구쟁이 같은 미소가 떠올랐다.

사실 비은당으로 이린을 부른 것이 대공이었다. 이린의 외출은 사실 의신의 의도였다고 보는 게 옳았다.

여자를 얻기 위해 노력할 필요가 없었던 대공이다. 한데 이린만 보면 어찌할까 고민하는 대공의 모습은 새롭기도 하고 지켜보는 재미도 있었다.

그러다 상상의 나래 끝에 떠오른 아기의 존재에 부인은 눈물지으며 웃었다.

'이런 걸로 내성에 갈 줄이야…….'

이린은 두루마리를 고쳐 안았다. 겨우 그림 한 점 그려진 두루마리 하나가 천근이나 된 양 무겁게 느껴졌다.

안내하면서 재촉하는 하인이 없었더라면 도중에 발걸음이 딱

묶였던 내성 입구에서 돌아섰을 수도 있었다. 그것이 감히 대공의 명령에 대한 불복이란 생각조차 할 수 없을 정도로 이린은 정신이 없었다.

"도착했습니다. 여기서부터는 혼자 들어가시오."

안내해 주던 하인이 자긴 더 못 들어간다며 어느 문 앞에 멈춰 버렸다.

"어서 들어가시오!"

"네? 네!"

얼결에 대문 안으로 발을 디딘 이린은 그대로 돌아서서 가버리는 하인의 뒷모습에 황당해졌다. 길눈이 아주 어두운 편은 아니나 무슨 정신으로 여기까지 온 건지 모르니 당연히 돌아갈 길부터 걱정되는 것이었다.

'이, 이봐요!'

그러나 그 말은 속으로만 외칠 뿐 내성에서 감히 소리를 높일 수가 없었다.

이랑이라도 함께 왔으면 좋으련만. 하지만 내성부터는 녀석에게 허락된 곳이 아니었다. 녀석을 강제로 떼어놨으면 혼자라도 따라왔을 텐데 주인이 혼날 수도 있다는 하인의 엄포에 이랑은 엉덩이를 보이며 얼굴을 파묻었다. 그래도 아마 지금쯤은 강아지들의 대장 노릇을 하러 놀러 갔을 것이다.

"어흠!"

하인의 뒷모습을 쳐다보던 이린은 바로 곁에 온 누군가의 헛기침에 깜짝 놀라 돌아보았다.

"백화궁에서 오신 분이십니까?"

그녀의 앞에 내관 복장을 한 사내가 미소를 짓고 있었다. 코밑의 수염에 드문드문 흰색이 섞여 있긴 했지만 팽팽한 얼굴 때문에 나이를 가늠하기 어려운 사람이었다. 연해국은 내관이라 해서 남성을 거세하는 일은 없었다. 아무튼 백화궁에서는 거의 볼 수 없었던 데다 칼까지 차고 있는 내관의 등장에 이린은 조금 더 긴장하고 말았다.

"네? 네, 맞습니다."

"어서 오세요. 전하께서 기다리고 계십니다."

"전하께서요?"

사내는 구관조처럼 따라 말하는 그녀에게 짜증도 내지 않고 '네' 하며 웃어 주었다.

'바보 같아…….'

자괴감이 들었다. 전생의 그 근성은 다 어디로 사라진 걸까? 모질게 당했던 설움과 억울함을 딛고 이겨내 기어이 작은 집과 땅을 가질 때까지 들었던 '독종'이니 '악바리'니 하는 별명은 지금 저에게 어울리지 않았다. 기억의 혼재에 익숙해지면서부터 순하고 순종적이던 이 몸의 성격이 몸에 밴 것 같았다.

아니, 핑계다. 그저 대공을 만나기가 두려운 것이다. 처음엔 붉은 사신인 그가 두려웠다면 지금은 다른 느낌인데 뭔지는 알 수가 없었다.

"시녀님?"

"아! 네!"

이린이 다시 놀라서 고개를 들자 사내가 웃으며 안으로 손짓했다.

"무슨 생각을 그리 골똘히 하시는 것인지 한참 쳐다보았습니다."

"네? 아, 아무것도 아닙니다!"

"하하, 괜찮습니다. 처음 오시는 길이니 긴장하셨겠지요. 차차 나아질 겁니다. 아, 제 소개를 하지 않았군요. 저는 주민이라고 합니다."

"네? 네, 안녕하세요. 저는 서 가 이린이라고 합니다."

"어서 오세요, 이린님. 이야기는 차츰 더 나누지요."

차차, 차츰?

이린은 그에게 오늘 온 것이 처음이자 마지막일 거란 말을 차마 할 수가 없었다. 그래도 내성에서 처음 만난 이가 저렇게 인상 좋고 친절한 사람이라 정말 다행이었다.

그러나 이런 생각을 할 수 있는 이는 아마도 그녀가 유일할 것이다. 천무단원들에게 이 이야기를 한다면 야차에게 친절이 무어며 웃음이 무엇인지 따져 물었을지도 모른다. 그보다 태내관이 일개 시녀에게 존칭을 붙여 존대하는 것부터 놀라지 않을까?

그를 따라 조금 더 안으로 들자 비은당의 정경이 보이기 시작했다.

"와……!"

뜰에 도착하자 저절로 탄성이 새어나왔다.

깎아지른 듯한 바위 절벽 아래 돌과 흙과 나무와 기와가 어우러진 건물이 서 있었다. 대공의 집무실이란 말에 예상했던 화려함과 웅장함과는 거리가 먼, 소박하고 아늑한 멋이 있는 곳이었다. 그리고 좀 더 가까이 다가가서 보이는 모습에 소박함이란 말은 당장 취소해 버렸다.

창을 이루는 창틀부터 늑대인지 범인지 모를 짐승을 조각해 놓은 것이었다. 하얗고 투명한 비단으로 덧대어진 덧문이 안쪽에서부터 열려 있는데 마치 날개 같았다. 거대한 나무를 통짜로 잘라 만든 문에 가로로 덧댄 금빛 장식과 문고리도 같은 짐승을 형상화한 모습이었다. 또 건물 전체에는 금빛 나는 붉은 띠가 둘러져 있었는데 나중에 알기로, 주술 공격을 막는 거대한 부적이었다. 한데 그 자체로 건물을 장식하는 그림처럼 보여 멋스러움을 더했다. 굳이 다시 표현하자면 천상의 사람들이 머무는 곳이라 불러도 될 것 같았다.

"이곳이 마음에 드는가 보오."

"저, 전하!"

갑자기 들린 말에 퍼뜩 고개를 들자 어느새 그가 나와 있었다.

"들어오시오. 내게 그걸 보여주려고 가져온 것 아니오?"

의신이 그녀가 들고 있는 두루마리를 향해 손짓하며 말했다.

"네? 네, 맞습니다. 송구하옵니다, 전하!"

설마, 그가 손을 뻗은 것이 자신의 손을 잡기 위함은 아니었을 것이다. 제 착각에 고개를 저으며 이린은 조심스럽게 그를 따라 들어갔다.

응접실 같은 곳에 들어간 그가 탁자 앞에 앉더니 그 앞의 의자를 가리키며 말했다.

"앉으시오."

"네? 제가 어찌 감히……."

"그럼 내가 그대를 계속 올려다보길 바라오?"

"소, 송구합니다!"

"그럼 저는 차를 올리겠습니다."

웃으며 물러나는 주민의 표정이 의미심장한 듯하여 이린은 다시 가슴이 콩닥거렸다. 의신이 두루마리를 훑어보는 동안 주민이 차를 두고 물러났지만 당연히 마실 생각조차 할 수 없었다.

정말 이 단순한 그림 하나 때문에 대공과 마주 앉아 있다는 사실이 믿기지 않았다. 하지만 이 단순한 것조차 실수할 뻔했던 걸 생각하면 지금도 간담이 서늘했다. 백화 부인에게 확인 차 보이다가 저가 무슨 엉뚱한 짓을 한 건지 발견했던 것이다. 당장 주석을 빼버리고 부랴부랴 다시 그린 그것을 부인이 보관하겠다며 가져가지 않았으면 밤을 새워 또 고쳐 그렸을 것이다.

한데 그리 복잡한 것도 아닌 것을 대공은 한참이나 보더니 웃으며 말했다.

"고무라……. 이런 것도 있었구려?"

피가 가시는 소리가 이런 거였구나!

바뀌었다! 생각은 둥둥 떠오르고 입술이 말랐다.

"종이를 만들 줄 안다 하였소?"

"……!"

"종이란 진무국에서 만든 것을 황실에서만 수입해 쓰고 있었는데 거의 비단에 견줄 가격이라 그리 가치를 느끼지 못했던 거요. 그런데 그대의 말대로라면 그렇게 비싸지 않게 되겠지. 기술만 익혀 널리 보급한다면 우리 연해국에서도 얼마든지 자급자족할 수 있을 것 같소."

"……?"

"흑연이라는 것도 구해놓았소. 도공이 그대의 설명에 따라 적절한 배합을 찾아 굽기를 시도하고 있소. 염전에 관한 건 황(黃) 대공에게 서신을 띄웠소. 남제(南諸)와도 소통하면 좋겠지만 연로한 분이라 다음 후계가 정해질 때까지 기다려야 할 것 같소. 아무튼, 우리의 종이나 연필, 사탕무 등이 잘 되면 남쪽 지방의 목화와 소금을 교류할 수 있을 것이오. 이 고무란 것도…… 더운 지방에서 자라는 것이로군. 이것도 황 대공에게 다시 찾아봐 달라 해야 할 것 같구려."

"전…… 하?"

"퇴비장은 이미 마련해 뒀다오. 당장 이번 겨울부터 삭힐 수 있도록 법령으로 분뇨를 모으게 할 것이오. 다만 그대가 말한 교통과 상하수도와 같은 시설은 아직 어려울 것 같소. 그러나 곡물 수확만 확보되면 여유 자금을 제일 먼저 그곳에 투자할 것이오."

"어떻게……!"

그가 한껏 미소를 띠고 말했다.

"오해하지 마시오. 고모님께서 그대에 대해 말씀은 해주셨지만 먼저 나서서 알려주신 건 아니오. 고모님은 그대를 무척 아끼신다오."

너무 충격을 받으면 엉뚱한 상상을 하게 되는 모양이었다. 붉은 사신이 변신한 모습은 아찔하기만 했다. 적토의 사내들이 원래 잘 웃었던가? 아니면 대공이 원래 잘 웃는 사람이었나? 저 웃는 얼굴 때문에 영애들이 그토록 목매는가 보다 싶었다.

"적토는 땅덩이는 크지만 농토는 상대적으로 적고 그마저도 척박한 곳이 많아 항상 소출이 부족하오. 대신 그대가 말했던 자원이 풍부한 곳이오. 그대가 말한 것들에서 나는 적토의 희망을 보았소. 나는 군주로서 그런 미래를 지나칠 수가 없소. 하니…… 도와주시오!"

"네, 네?"

"나를 도와주시오, 이린!"

징이 울렸다. 심장에 무언가가 와서 콕 박혔다.

의신은 실신할 것같이 질리던 이린의 눈에서 서서히 표정이 돌아오는 모습을 가만히 지켜보았다. 무슨 생각을 하는지 드러난 얼굴에선 두려움과 의구심, 갈등과 기대가 차례로 지나가고 있었다.

몇 번이고 벙긋거리며 망설이던 이린이 드디어 입을 열었다.

"저에 대해선 저조차 혼란스럽기만 한데 마님이나 전하께오선 어찌 이리 간단히 믿으시는 것입니까?"

"간단히는 아니었소. 그리고 설사 전생에 관한 주장이 거짓이라 해도 그대가 기록한 것들까지 거짓이 아니지 않소? 나는 그것을 믿소. 아니, 거짓이 그토록 체계적이고 창의적이며 생산적이라면 나는 그것조차 이용할 수 있소."

"전하……. 제가 정말 도움이 되겠습니까? 감히 전하께서 꿈꾸시는 미래에 제가 힘을 보태도 되겠습니까?"

자신은 모르겠지만 그리 묻는 이린의 눈은 반짝이고 있었다. 그 야망이 보통 사람이 꿈꿀 수 없는 크기였기에 그는 혼자 흐뭇했다.

'과연 그대는 나의 여인이오!'

"물론이오, 부디 나를 도와주시오."

이린은 그를 한참이나 바라보았다. 이렇게 그를 바라보는 것이 무례라던가 두렵다는 건 잊은 듯이 오로지 그의 진심을 알고 싶고 믿고 싶은 것이었다.

의신에게는 그 망설임의 시간을 기다리는 것조차 즐거움이었다. 최종엔 열망이 빛나는 눈을 한 여인일진대 대답은 한 가지였다. 한데 예상 못 한 한 가지는 그녀가 갑자기 무릎을 꿇는 것이었다.

"소인, 성심을 다하겠습니다!"

그리 무릎 꿇지 말라, 손을 뻗으려던 의신은 움찔하는 그녀의 모습에 한숨을 삼켰다.

더는 가까이 갈 수가 없었다. 아직은 여기까지다. 하지만 해답을 찾았다. 그 많은 걸 같이 하자면 저절로 올 수밖에. 스스로 다가오게 하면 될 일이다!

'무엇부터 시작할까?'

무언가가, 아니 누군가가 떠올랐다. 그 맹랑한 짐승이 처음으로 쓸모 있을 듯했다.

이린은 해가 중천을 막 지날 때 별궁으로 돌아왔다.

"마…… 님."

'대공께서 말씀하시더냐?'

"마님……."

이린의 눈엔 혼란스러움이 가득했다.

'그랬구나, 호호. 그럼 이제 나도 중간 전달자 노릇을 면하게 되었구나.'

"어떻게……."

'대공은 보통 사람이 아니다. 아느냐?'

방싯 웃던 백화 부인의 표정이 갑자기 진지함으로 굳어졌다.

'대공은 적토에서 가장 강한 이다. 병사 백(百), 아니 천(千)이 덤벼도 대공을 이기진 못할 것이다. 대공은 화살을 피할 정도로 빠르고 아무리 큰 상처를 입어도 다른 이보다 빨리 아문다. 보통 이들보다 열 배는 멀리 보고 먼 데 소리를 들을 수 있다. 정신계를 지배하는 주술사들의 공격도 그에겐 소용이 없다. 네가 말했던 그곳 이야기 속에 나오는 초인을 떠올리면 될 것이다. 그러나 대공은 이야기가 아닌 현실의 사람이지.'

"……."

'내가 이리 장황하게 말한 건 대공이 너와 나의 대화를 들을 수 있음을 설명함이다. 물론 내 목소리를 듣는 건 너뿐이지만 말이다.'

이린은 소리조차 내지 못하고 눈만 동그랗게 떴다. 그럼 여태 대공이 나타났다고 서둘러 입을 다물었던 것이 다 헛짓이었다는 말이다. 아니 그보다는…… 왜 이전에 그를 욕했던 것부터 생각나는 것일까?

'이린.'

"네, 마님!"

'그래, 무슨 일부터 하기로 하였느냐?'

"그게…… 이랑을 빌려달라 하셨습니다."

'응? 그게 무슨 말이냐? 종이를 만드실 줄 알았더니. 이랑이는 왜?'

"생산할 물건으로는 종이가 시작은 맞사온데 공방을 짓는 것이 우선이라 하셨습니다. 한데 공방을 짓고 있는 곳이 마님이 말씀하셨던 그곳…… 이었습니다."

그곳은 얼마 전 백화 부인이 넓게 새로 터를 잡고 있다고 말한 마을이었다. 이린이 구상했던 것들을 실현할 수 있는 곳으로 아예 마을을 조성한다고 했었다. 아무리 부인이 부유하다지만 규모가 너무 커지는 게 아닌가 우려했더니 바로 대공이 직접 벌이는 일이기 때문이었다.

'호호, 맞다. 한데 네 눈빛을 보니 왜 언질조차 하지 않았느냐 원망하는 것이로구나!'

"소인이 감히 원망이라니요!"

'에구, 농이니라! 하지만 원망스런 마음이 왜 들지 않았겠느냐? 괜찮다. 다 알면서도 입을 다문 내가 잘못했느니.'

"아닙니다! 송구스런 말씀이십니다, 마님."

'되었다. 아무튼 이랑이는 왜?'

"그게…… 이랑이가 심 부부장께서 데려온 강아지들 기를 다 죽여놓았다고 합니다. 훈련을 시켜야 하는데 이랑이만 나타나면 얼어붙어 아무것도 하지 않으려 해서 이랑을 함께 훈련받게 하라고 하셨습니다."

'호호, 요즘 자꾸 나가 논다 했더니 그러고 다닌 게냐?'

"면목이 없습니다."

'아니다. 그게 본능인 걸 어쩌누. 단번에 녀석들을 휘어잡았으니 통솔은 더 확실해졌을 것 아니냐?'

"전하께서 그리 말씀해 주시긴 하셨지만, 마님께서도 알고 계셨습니까?"

'상하……. 내 아들이 개를 좋아했단다…….'

"……!"

그저 짐작만 하는 고통에 위로할 말을 찾지 못한 이린은 부인을 끌어안고 말았다.

처음엔 움찔하던 부인은 나직하게 한숨을 쉬며 몸을 떼었다.

'고…… 맙다.'

이 정(情)을 부디 대공께도 나눠주었으면 좋겠구나…….

이린과 마주 보는 부인의 눈빛은 슬펐지만 또 평화로워 보이기도 했다. 넋을 놓고 말을 잃을 만치 충격과 고통에 빠졌던 이에게 평화라는 말은 어울리지 않을 테지만 부인의 미소가 아주 슬퍼 보이지만은 않았다.

'이린, 내가 아까 대공의 무력이 적토의 제일이라 하지 않았더냐? 그건 우리 혈족의 특성이기도 하다. 혈족들은 주술에 저항할 만큼 강한 핏줄을 타고난단다.'

"……."

'좋은 것이 있으면 나쁜 것도 있는 법. 우리 혈족은 참으로 이기적인 존재이니라. 사내나 여인이나 상대가 처음이 아니고선 아이를 가질 수도 없는데 그 아이마저 단 하나만 허락한다. 해서 대대로 대공들은 부인을 많이 두었다. 하지만 처녀라 해서 모두 아이를 가질 수 있는 건 아니라 자손이 많지는 않았다. 내게 상하는 그렇게 허락된 단 하나의 혈육이었다…….'

"……."

'그런 아이를 잃고 다시 떠올리지도 못하고 살았다. 하지만 이제 그 아이를 추억할 수 있게 되었느니. 네게 참으로 고맙구나.'

단 한 번 허락된 핏줄, 그 말의 의미가 이제야 이해되었다. 예전 이야기의 연장 같았지만 느낌은 달랐다. 그때는 담담하게 과거의 죄를 털어놓은 것이라면 이번엔 가슴 속에 막아둔 무언가를 덜어놓은 느낌이었다. 다 이해할 수는 없다 해도 그 고통을 어루만져 주는 건 할 수 있을 것 같았다. 감히 말할 수 있다면 모자라지만 딸이 되어 드리겠다 하고 싶었다.

'네가 내 딸이 되어주면 좋겠구나…….'

"마…… 님!"

'호호, 곤란하겠지? 그럼 곤란할 것이야.'

곤란한 정도가 아니다. 무려 대공의 고모님인 백화 부인이 이 혼녀인 몰락 귀족을 양녀로 삼는다고 한다면 들고 일어날 이들이 한둘이 아니리라.

그런데 부인은 마치 즐거운 비밀을 감춘 것처럼 웃고 있었다.

「뭐예요? 무슨 꿍꿍이를 감추고 저렇게 웃는데요? 여인네라 참을 만은 한데 역시 저 일족은 냄새도 안 좋고 음흉하다니까요!」

소리도 슬쩍 다가온 이랑이 고개를 들이밀며 말했다.

"이랑아!"

'오, 이랑이 왔느냐?'

부인이 반기며 손을 내밀었지만 녀석은 고개를 홱 돌려 버렸다.

「흥!」

"이랑아!"

'못써! 마님께서 알은체하시면 꼭 인사하기로 했잖니? 어서!'

소리 내지 않고 이랑과 통할 수 있어서 참 다행이었다. 가끔 반항하는 녀석이지만 이린에게만은 순한 녀석이라 꼬리를 축 내린 채 부인의 손에 머리를 디밀었다.

'아이구! 싫은데 어쩌누? 억지로 끌려가는 망아지 표정이 따로 없구나. 그럴수록 내가 놓아줄 줄 아느냐? 네 주인이 내 곁에 있는 이상 참아야 하느니!'

"마님……."

이린이 '짓궂으십니다'라는 눈빛으로 쳐다보자 부인은 아예 이랑을 품에 안아 들고 쓰다듬었다.

'녀석, 그새 더 묵직해졌구나. 조금만 더 있으면 내가 이렇게 안지도 못하겠는걸?'

발버둥치던 이랑은 이린의 눈빛에 아예 포기하고 힘을 놓아버렸다.

「꼬맹이들이랑 좀 더 놀다 올걸…….」

불퉁한 불만의 소리가 들려왔다.

마침 잘되었다. 이린은 녀석에게 내일부터 할 일을 일러주기 시작했다.

이린이 가버린 비은당에는 금세 정적이 흘렀다.

의신이 마지막 차를 삼키는 걸 지켜보던 주민이 먼저 입을 열었다.

"전하."

"어떻게 보았느냐?"

'그리도 좋으십니까?'

입가에 가득한 그 미소를 보면서 무슨 답을 해야 하는 걸까? 주민은 내심 웃으면서도 신중하게 답을 골랐다.

“잔잔한 분이시더군요. 아시는 게 많고 그걸 어찌하면 적절히 쓸 수 있는지도 알고 계십니다. 눈빛이 맑고 어지시며 그분이 그리시는 미래가 과연 대공 전하와 함께 꿈꾸기에 조금도 부족하지 않았습니다. 그러나…… 여리게 보이시는 그것이 염려스럽습니다. 총관들과 세족들, 영애들의 가문까지, 대공의 옆자리를 차지하는 누구든 물어뜯기 위해 칼을 가는 이들 아닙니까? 이린님이 그들의 서슬을 견디실 수 있을지 그게 가장 걱정이 되었습니다.”

“잘도 칭찬을 길게 읊는다고 했다. 네 걱정은 나도 안다. 내정은 언제고 손봐야 할 일이 아니던가? 광기를 다스릴 수 있으면 피를 덜 봐도 된다. 하니 성에 머물 시간도 길어지겠지.”

“물론 내정은 전하의 것입니다. 그러나 그동안 내정을 틀어쥐고 쥐락펴락하던 이들의 반발이 만만치 않을 것입니다. 이번에 세수가 조금 오른 것을 빌미로 그새 세율 인상에 관한 논의를 하는 이들을 두고 보시기만 하는 것에 소신은 감탄하였습니다.”

“다 목을 치랴? 못할 것도 없다. 그러나 나는 피를 너무 많이 봤다. 야만족들에게도 거두려는 칼을 내 백성에게 겨눠서야 내 아들에게 무엇을 물려줄 수 있겠느냐?”

“전하…….”

“이린이 유약해 보이는 건 사실이다. 겁이 많아 보이는 것도 사실이지. 하지만 그런 사람이 어찌 고모님께 그런 대담한 제안을 할 수 있었을까? 그녀는 자신의 지식이 지닌 파급력을 알고 있었다. 그 지식을 활용하여 굶주린 백성을 구하고자 한 것이다. 그 크기부터 다른 꿈을 꿀 수 있는 사람이 정녕 유약할 것이라 보는가?”

"네, 그렇게도 보였습니다."

단박에 대답하는 주민의 입가엔 은은한 미소가 맺혀 있었다.

"하하! 주민, 내 입으로 직접 그이의 칭찬을 하는 걸 듣고자 함이었는가?"

"그렇게 길게, 즐겁게 말씀하시는 모습을 보니 소신은 참으로 기쁘옵니다."

"네 앞에서 재롱을 부린 기분이다……."

"망극하신 말씀이십니다, 전하!"

"하하, 괜찮다. 주민, 너 외에 나의 속을 이리 긁어줄 이가 뉘가 또 있겠느냐."

"지 장군도 있지 않습니까. 그는 전하를 위해 목을 바치라면 가장 먼저 뛰어나갈 충성스러운 장수이며 또한…… 전하의 형제입니다."

"희관이 들었다면 기함할 소리다. 희관은 너와는 또 다르다."

지희관이 전 대공의 핏줄임은 공공연한 비밀이었다. 물론 모르는 이들이 더 많지만 총관들과 세족 몇이 희관의 태생에 대해 알고 있었다. 그러나 의신의 목숨을 가장 많이 위협한 이들이 바로 희관처럼 의신의 배다른 형제들과 그 외가였고, 암살자들과 배다른 형들의 목숨을 가장 많이 취한 이가 희관이다. 희관은 꿈에라도 제 핏줄을 언급하는 일을 경계했다.

"소신이 실언했습니다. 지 장군에게는 이르지 마십시오."

"주민, 어이해 오늘따라 갑자기 농이 는 게야!"

생전 미소가 없던 입술에 줄을 매어 늘여놓은 것 같질 않나, 약간은 능청스럽게도 보이는 주빈이었다. 의신은 소금은 들떠 보이는 그가 이상해 보일 수밖에 없었다. 주민이 벌써 '용화'를 품에 안고 어르는 상상을 한다는 것까진 알 수 없었으니.

"저도 그분과 친해져야 할 것 아닙니까? 배웅해 드리는 길에 벌써 제가 편해 보이시는 것 같아 더욱 노력하기로 마음먹었습니다."

전 대공 부인들도 어려워하는 야차가 편해?

의신의 표정이 살짝 굳고 말았다. 하지만 주민은 알아채지 못하며 말했다.

"내일 다시 사람을 보내 모셔오기로 했으니 제가 가보는 건 어떻겠습니까?"

"그러면 너무 눈에 띈다. 아직 사람들에게 그토록 드러내긴 곤란하다."

"알고 있습니다, 그저 이 늙은이는 감격스러워서……."

하지만 오늘 무려 비은당에 출입한 이가 있다는 사실에 이목이 집중되어 있을 것이다. 주민이 움직여 그 관심에 불을 붙일 필요까진 없었다. 또 지금쯤이면 이린도 주민이 누구인지 알 터, 길잡이로 삼을 이로선 부담이 너무도 컸다.

다 핑계다! 사실 자신이 직접 가고 싶었다. 방금 보낸 그녀가 다시 보고 싶었다.

다행히도 끝도 없이 이어질 생각이 희관의 목소리에 끊겼다.

"전하!"

"들어오라!"

"전하, 군견 훈련장 준비가 끝났음을 보고합니다."

"수고했다. 특이사항이 있는가?"

"스할가의 막내아들 율비우를 기억하십니까? 그 아이도 훈련장에 나오게 했습니다."

"스할가의 아들? 매일 난동을 부리다 며칠 전부터는 죽겠다고 곡기를 끊었다고 하지 않았었나?"

"아직 애는 애인 것 같습니다. 개를 보더니 아예 사정하며 만져 보고 싶어 하는 걸 나오게 했더니 기어이 훈련장에도 따라 나왔습니다. 그런데 차복의 말로는 녀석이 개를 다루는 건 저보다 한 수 위라고 했습니다. 또 부족의 개 훈련법도 알고 있다고 해서 투입해 보는 게 어떨지 고려 중입니다."

"처음 개들을 보였을 때는 반응이 없다고 하지 않았었나?"

"데려온 녀석들은 아니고, 백화 부인의 처소에 있는 개를 보고 그렇게 환장했습니다."

"……!"

역시나 맹랑한 짐승이다. 얄밉긴 했지만 싫어할 수는 없는 녀석이었다. 그 짐승으로 말미암아 연이 닿고 이린이 '그녀'임을 확신하게 해주었으니. 하지만 아무리 생각해도 이린의 품을 차지한 녀석은 좋아지지가 않았다.

"공방은 어떻게 되어가느냐?"

"날이 풀린 덕에 빠르게 진척되어 지붕과 몸체는 완성했습니다. 다만 씨 뿌리는 시기가 겹쳐서 먼저 명하신 공간만 짓도록 사람을 남겨두고 모두 돌려보냈습니다. 다음 달이 되기 전에 그곳에서 일할 기술자들을 투입할 수 있을 것 같습니다."

"수고했다."

"한데 전하, 무슨…… 즐거운 일이 있으신 겁니까?"

"음?"

"웃고 계십니다……."

"그런가?"

의신이 제 턱을 쓰다듬으며 다시 피식 웃음을 흘렸다.

희관이 이리 놀라서 물을 만큼 의신이 미소를 짓는 일은 드물었다. 그나마 모후가 살아 계실 때는 일부러라도 짓던 미소가 사라지고 난 후 거의 처음 본다고 해도 과언이 아니었다.

"그 맹랑한 녀석이 귀여워질 수도 있음이 믿어지지 않아서인지도 모른다."

"……?"

더욱 까닭을 알 수 없는 희관이 주민을 돌아보았지만 주민도 영문 모를 말임은 마찬가지였다.

"전하!"

그때 깜짝 놀란 주민이 소리쳤다.

어느새 의신의 눈에 붉은빛이 출렁이고 있었다.

"다녀오마!"

"전하!"

그를 부르는 희관의 안타까운 목소리를 뒤로한 채 의신은 밀실과 통하는 문을 열었다. 꿈속에서는 용화의 손에서 검이 되었던 인장의 무게가 듬직했다.

'너와 말이 통하는 아이에게 너를 꼭 물려주마! 내게 돌려줄 필요가 없도록!'

의신은 인장을 꽉 쥔 채 밀실의 문을 열었다.

이린은 이랑의 정식 첫 훈련을 위해 함께 훈련장으로 왔다.

전장에 개를 투입한다는 말에 이린이 떠올린 군견이라는 말은 벌써 자연스럽게 훈련에 투입될 개들의 호칭으로 붙여졌다. 이랑을 위시한 일곱 마리의 개들이 군견 1호가 되는 것이었다.

의외로 훈련장엔 일반 병사가 아닌 적토의 최고 무력집단 천무단원들이 자리를 잡고 있었다.

그중 처음 대공을 만난 소람에서 함께 봤던 사람도 있겠지만 역시나 차복 말고는 기억나는 사람이 없었다. 다행인지 그쪽에서도 이린을 알은체하는 이는 없었는데, 그녀가 도착하자 우르르 몰려들며 인사를 했다.

“여! 대장 왔네?”

“이랑 대장이 왔어?”

“여, 우리 차복이 울린 대장!”

“어디!”

이린은 몰려든 이들에게 얼결에 인사를 했다.

“소인은 백화궁에서 온 이린이라고 합니다.”

하지만 그녀의 인사에 답하는 이는 없었다. 아니, 누군가의 등장에 갑자기 정적이 일었다.

천무단원들 사이를 헤치고 나온 이가 이린에게 먼저 인사를 건넸다.

“오셨습니까?”

“네? 네, 태내관을 뵈옵니다. 어제는 소인이 미처 몰라 뵈었습니다. 용서해 주십시오.”

자신의 이름이 주민이라 밝히던 그는 무려 내관의 수장인 태내관이었다.

부인께 듣고 얼마나 놀랐었는지 모른다. 한데 태내관이 저에게 존대를 했다는 말에도 백화 부인은 그저 '익숙해져야 할 게다'라며 알 수 없는 답만 해주어 더욱 그를 대함이 어려워졌다.

그보다 놀라운 것은 대공의 달라진 말투였지만 의신에 관한 한 머릿속에 여과지가 장착된 양 걸러져 버린 터라 이린은 아직 그 사실을 깨닫지 못하고 있었다.

"용서라니요. 혹시 제가 어제 섭섭하게 해드린 것입니까?"

"아, 아닙니다, 아닙니다!"

짐짓 시무룩해하는 주민에게 이린은 기겁하며 대답했다. 그러자 주민이 이번엔 뒤를 돌아보며 다시 물었다.

"그럼 혹시 천무단원들께서 시녀님께 무슨 실례라도……."

"네? 그게 무슨 말씀이십니까!"

"저흰 이제 막 왔습니다."

"네, 이랑이가 왔기에 알은체하던 것뿐이었습니다!"

핏기가 가신 사내들이 저마다 외치는 소리에 주민의 미소가 더욱 짙어지고 있었다.

"히익!"

"제대로 인사를 못한 모양입니다. 이쪽은 백화궁에서 오신 이린 시녀님이십니다. 이랑의 주인이시죠."

방금 이린이 한 인사와 똑같은데 뒤에 묘한 존칭과 한마디가 더 붙었을 뿐이다. 그런데 사내들이 갑자기 이린을 향해 깊게 고개를 숙이며 인사했다.

"저는 천무단원 부장 인결입니다. 잘 부탁드립니다!"

"저는 천무단원 부부장 호천입니다. 잘 부탁드립니다!"

"저는 천무단원 부부장 우경입니다. 잘 부탁드립니다!"

"저는 천무단원 부부장 대광입니다. 성심을 다해 모시겠습니다!"

다른 셋이 마지막에 인사한 대광을 째려보는 것도 잠시, 아주 짧은 순간 주민의 고갯짓 한 번으로 그들이 인사하고 물러났음을 이린은 보지 못했다.

주민이 그들에 대한 소개를 덧붙여 주었다.

"천무단원들은 대공 전하의 친위대로 모두 서른 명입니다. 차차 모두 보실 수 있을 것입니다."

"어찌 장수들께서 미천한 소녀에게 인사를 하시는 것입니까?"

"미천하시다니요! 다신 그런 말씀 마십시오!"

"네? 그게 무슨 말씀이신지요……."

"이린님께서는 적토를 부강하게 가꾸실 분이십니다. 저들은 제 한 몸 움직여 겨우 한 사람이나 구할까 말까 한 이들일 뿐입니다. 당연히 인사를 받으셔야죠!"

"하지만!"

"네, 아직은 이곳에서일 뿐입니다. 염려하지 않으셔도 됩니다."

주민이 안심하라는 듯 고개를 끄덕이며 이린에게 다시 웃어 보였다.

그때 이랑은 천무단원을 쫄래쫄래 따라가 앉아 하품하는 척 그들의 이야기를 엿듣고 있었다.

"헉, 웃었다! 난 야차가 웃는 거 처음 봤어!"

"저도 봤습니다. 저승사자의 웃음이었습니다!"

"아니, 저 시녀님이 누구기에 저러시는 걸까?"

"눈에 익은데? 어디서 본 것 같아."

"어? 나도 그런데?"

"어디서요? 너도 안다고?"

그러나 동시에 이린을 기억해 낸 인결과 호천은 서로 눈이 마주치는 동시에 아무 일도 없었다는 듯 어깨를 으쓱했다.

"잘못 봤나 보다."

"난 지나가다 본 것 같아. 예뻐서 눈에 띄었었나 보다."

"헤! 미인이라 그런 거였군요!"

"어쩐지! 부장님께서 아는 사람일 리가! 그런데 태내관님과는 무슨 관계일까요?"

"너 지금 날 무시한 게냐?"

"하하! 그게 중요한 게 아니라요……!"

"그래, 태내관님과 어떤 관계일까? 그런데 태내관님이 여자에게 저렇게 고개를 숙이는 걸 본 적이 있냐?"

"그러게나 말입니다! 무려 웃고 있지 않습니까! 대체 누구이길래!"

"혹시 이 녀석 주인이라서?"

문득 대광이 가리키는 손가락 끝에 있던 이랑은 의뭉스럽게도 하품을 해보였다.

'역시, 저 인간, 보통은 아니었구나! 주인님께 알려줘야지!'

주민이라는 인간은 늙었지만 여기서 가장 세 보이긴 했었다. 눈짓 하나로 저 시커먼 인간들을 부리는 것이 보통이 아니었다. 물론 대공이라는 그 인간만큼은 아니지만 주인의 방을 습격한 그

못된 인간에겐 덤빌 수 있어도 저 인간은 왠지 무서웠다.

이랑은 저를 좋아하는 네 명의 사내들 사이에서 한차례 뒹굴어주고는 개들이 있는 우리를 향해 달려가려 했다. 그런데 그때 차복과 함께 들어오는 소년이 보였다. 어제 저를 보고는 한 번이라도 만져보고 싶어 애걸하던 녀석이었다.

'오늘은 녀석에게 한 번 뒤집어 줄까, 말까.'

이랑은 오늘도 역시나 환장하며 달려드는 소년을 멀뚱히 쳐다보다가 다시 귀찮은 체 입을 쩍 벌렸다. 차복이 가까이 다가오자 이랑은 냉큼 소년에게 쪼르르 달려갔다.

"시녀님 오셨습니까?"

"심 부부장님!"

"아휴, 녀석은 여전히 제 손은 거부하면서 저놈을 먼저 따르네요!"

"저 아이는 누구인가요?"

이랑을 보고 좋아 어쩔 줄 모르는 소년은 아직 많이 앳된 얼굴의 아이였다. 하지만 옷차림이나 짧게 자른 채 띠로 묶은 머리 장식이 적토의 아이들과는 확연히 달라 보였다.

"우피카 부족의 아이입니다. 지난번 전하의 순행에서 데려온 녀석입니다. 녀석 때문에 우피카 부족과 최악의 말썽이 생길 수도 있었는데 이랑이 덕분에 골치 아픈 일을 덜게 되어 우리 모두 녀석을 기특해하고 있습니다."

"이랑이가 무언가를 했나요?"

"저 녀석이 저렇게 나와 있는 자체가 엄청난 변화거든요. 야만족 포로들은 원래 일을 하지 않으면 밥을 주지 않습니다. 하지만 저 녀석은 아직 성년이 되지 않은지라 밥을 주었었는데 녀석이 며칠 전부터 저도 일하지 않으니 먹지도 않겠다며 버티던 중이었습니다. 그런데 이랑을 보고는 거른 끼니를 한 번에 해치우더니 저 냄새 나는 옷도 제 손으로 빨아 입고 여길 나온 것입니다."

"그랬군요!"

존재만으로도 큰 공을 세운 이랑은 길게 누운 채 소년이 배를 긁어주는 걸 한참이나 즐겼다.

앞서 가는 엉덩이가 들썩들썩, 춤을 추는 것 같았다. 종종걸음으로 나비를 쫓다가 벌레를 쫓다가 뽀르르 달려와 눈을 맞추길 반복하던 이랑이 또 엉덩춤을 추며 말했다.

「주인님, 주인님, 주인님!」

"응?"

「제가 대장이래요, 대장! 우히히!」

"그래, 네가 대장이지. 그런데 그건 네가 말해줘서 알고 있었는걸?"

「그건 그거고요. 인간들도 저보고 대장이라고 하잖아요! 이랑 대장! 흐흐흐!」

"호호, 그럼 어제까진 그냥 대장이고 오늘부턴 정식 대장이 된 걸로 하면 되겠다."

「맞아요! 이제 전 막둥이도 꼬맹이도 아녜요! 어엿한 대장이라고요!」

"응? 누가 널 그렇게 불렀니?"

「형들이랑 누나들이요! 저보고 맨날 작다고 놀렸지만 이젠 흥이에요! 변태도 내가 제일 먼저 할걸요!」

"변태? 그게 무어니?"

「백형의 자손들은 성체가 되기 위해선 변태를 해요. 우리 아버진 그 혈리뭐시기인가 하는 놈만큼 크시다고요!」

"응? 저번에도 들었던 것 같은데 백형의 자손이란 말은 뭐니?"

「팔모산에서 사는 우리 일족을 백형의 자손이라 불러요. 나중에 아버지를 만나면 다 아실 수 있을 거예요.」

"그렇구나. 그런데 네가 정말 그 큰 말만큼이나 커진다는 거야?"

「네! 다 주인님 덕분이에요!」

"응? 내가 널 커지게 할 수 있다는 거야?"

「음, 확실한 건 저도 잘 모르지만요……. 우리 아버지가 그러셨어요. 주인과 소통하는 것이 우리 일족의 가장 큰 영약이래요. 그래서 전 형들이나 누나들보다 빨리 성체가 될 거라고. 제가 성체가 되면 꼭 주인님을 태워드릴게요!」

"와……!"

감탄사를 터뜨리던 이린이 갑자기 녀석을 안아 들었다.

「어, 주인님?」

"너 그만큼 커지면 내가 이렇게 들 수도 없잖니? 그 전에 더 많이 안아줘야겠다!"

「흐……. 흐흐흐!」

입이 헤벌어진 녀석이 그녀의 목덜미에 주둥이를 파묻으며 꼬리를 흔들었다.

「주인님, 주인님! 주인님이 좋아요! 정말 정말 정말 좋아요! 저는 주인님을 만나 행복해요!」

"나도 네가 정말 정말 좋아. 너를 만나 행복하단다. 이린이 사랑하는 이랑아!"

그때 갑자기 목소리가 들려왔다.

"이랑이란 뜻이…… 그것이었소?"

그다, 대공이었다!

"그대, 이놈과도 대화를 나누는 거였군."

심장이 툭 떨어지고 말았다.

7. 동행

이랑이 그녀의 품에서 툭 뛰어내리며 이를 내밀었다. 제 주인을 보호하는 듯한 모양새였지만 가소로울 따름이었다.

"역시나 맹랑한 녀석이로군."

"헛! 이랑아, 못써!"

「누굴 보고 맹랑하대! 이 인간이 나빠요!」

'이랑아!'

"이 녀석, 사람 말도 알아듣는 것이었군?"

"헉!"

무얼 숨길까, 그녀의 표정에 이미 대답이 있었다.

캬릉캬릉!

「그래, 알아듣는다, 어쩔래!」

"이랑아!"

날뛰려는 짐승과 안절부절못하는 주인은 그에게 꽤 좋은 기회를 주었다.

"날 그리 경계하지 않아도 된다. 보겠느냐?"

의신이 척 손을 내밀었다. 이린에게.

눈만 동그랗게 뜬 그녀에게 의신은 더 가까이 손을 내밀며 말했다.

"이 녀석에게 내가 그대를 해치지 않음을 보여줘야 할 것 아니오. 어서 내 손을 잡으시오."

"네?"

캬르릉!

그 순간, 몸을 낮추며 당장에라도 덤벼들 듯 보이는 이랑 때문에 이린은 얼른 그 손을 잡았다.

"보아라, 네 주인은 나를 경계하지 않는다. 그러니 너도 그만 이를 내밀거라!"

'네 주인은 이미 내 것이다!'

말이 통하지 않아서 더욱 완벽히 읽을 수 있는 뜻이었다.

캬웅!

「야 이 나쁜 놈아!」

"이랑! 그만두라 하지 않았니!"

끄응.

결국 주인의 엄한 호통에 이랑은 어쩔 수 없이 물러났다. 그러면서도 의신을 쏘아보며 쫑알거리는 것은 그만두지 않았다.

「이제 그 손 그만 놔! 놓으라고!」

"저, 전하……."

"아!"

몰랐다는 듯, 자연스럽게 손을 놓은 의신이 성큼성큼 걷다가 다시 뒤돌아보며 말했다.

"오지 않고 뭐 하오? 나도 고모님께 가는 길이니 어서 갑시다. 할 말이 있을 듯한데?"

이린은 벌써 저만치 걸어가는 의신의 뒤에서 적당히 거리를 둔 채 뒤따르기 시작했다.

백화궁까지 거리가 유난히 가까운 듯했다.

다행히 앞서 가던 대공은 홀쩍 사라져 동행할 부담은 덜었지만 이랑에 관해 숨긴 일은 죄를 물을 수도 있기에 가는 걸음이 천근만근이었다. 한데 막상 그녀가 백화궁에 도착하자 대공은 벌써 가버리고 없었다. 그에 가슴을 쓴 이린은 백화 부인이 묘한 표정으로 맞는 표정을 눈치채지 못했다. 그렇다 해도 대공이 직접 '할 말이 있을 거라' 했으니 그냥 넘어갈 일은 아닌 듯했다.

이린은 부인에게 지레 먼저 실토하고 말았다.

"전하께서 이랑과 제가 이야기를 나누는 걸 보셨습니다."

'그랬느냐?'

"전하께서 말씀하시지 않으셨습니까?"

'아니, 그냥 안부만 전하고 가셨다.'

착각이었구나!

안도감과 함께 묘한 울림이 가슴을 찔렀다. 저 혼자 놀라 무슨 큰일이라도 되는 양 법석이었던 것이다. 하긴, 저가 뭐라고 대공이 관심을 가질까.

여희에게서 듣기로, 이곳엔 그의 약혼녀가 되려고 머무는 유수 가문의 영애들이 있는 데다 대공이 마음만 먹으면 그들 모두와 잠자리를 할 수도 있다고 했다. 그런 마당에 초라한, 그것도 이미 한 번 품었던 여자가 눈에 들어올 리 만무했다. 하니 당연히 저는 안전하다고 여겨야 할 텐데 이상하게도 대공 앞에만 서면 노려지는 기분을 떨칠 수가 없으니 착각도 이만저만이 아니었다.

그런데 그에게 잡혔던 손이 아직도 화끈거리는 듯했다. 겨우 손을 잡은 것뿐인데 그게 뭐라고 이렇게 몸이 떨리는지 까닭을 알 수 없었다.

'갔던 일은 어찌 되었느냐?'

"네?"

'이랑이 말이다. 훈련을 잘 받았는지 궁금하구나.'

다행히 부인이 채근하지 않고 다시 물어준 덕에 이린은 정신을 차렸다.

"이랑이가 강아지들 대장이 되었습니다. 사람들과도 잘 어울리고 칭찬도 많이 들었습니다."

'좋았겠구나! 한데 이랑은 왜 저러고 있니?'

이랑은 부인이 녀석에게 제일 좋아하는 육포를 흔들어도 구석에서 같은 말만 되풀이하고 있었다.

「그놈이 손을 잡았어! 주인님 손을 잡았어! 그런데 주인님이 손을 내밀었어!」

이린은 얼굴이 붉어지려는 걸 간신히 진정시키며 말했다.

"전하가 무서웠던 모양입니다."

'그래? 음, 그럴 수도 있지.'

부인이 특별히 이상하게 여기는 눈치가 아니라 이린은 그저 다행일 뿐이었다.

「무섭다니요, 그게 아니라고요!」

꼬리를 벌떡 세우며 떨고 있는 녀석이 참도 용감하게 보였다. 이린은 모른 체해주었다.

그제야 부인의 손에 들린 육포를 봤는지 녀석이 다가오며 부인에게 아양을 떨었다.

'얄미운 녀석, 육포가 있어야만 오지? 그래도 사랑스럽구나 이랑아! 이랑이, 새삼 들어도 이름 참 예쁘게 잘 지었다. 이름에 무슨 뜻이 있더냐?'

이 순간, 부인이 여상스럽게 묻는 이 말에 그가 이를 갈고 갔음을 그녀가 상상이나 할 수 있었을까.

"별 뜻은 아닙니다. 그저 제 이름이 이린이라, 이린이 사랑하는 생명이란 의미로 지은 것입니다."

백화 부인의 눈이 새치름해지고 말았다. 별 뜻 아니라니, 이처럼 별 뜻일 수가 있나!

대공의 질투를 받는 짐승이 제 이름 뜻풀이에 배를 뒤집으며 기쁨을 표했다.

'저걸 어쩔꼬!'

그러나 대공에겐 미안하지만, 백화 부인의 눈이 자꾸만 휘어졌다.

덕분에 이린은 안심했다. 이제 들킬 일이 없으니 더는 놀랄 일도 없을 것이다.

정말 그런 줄 알았다.

모처럼 여희를 만나러 나온 길이었다. 어쩌다 여희 이야기를 했다가 백화 부인이 일부러 내보내 준 것이었다. 이번엔 이랑도 함께 올 수 있었다. 군견 훈련 덕분에 이랑의 영역은 크게 넓어져서 이린이 가는 곳 어디든 마음껏 따라다닐 수 있게 된 덕분이었다.

"언니!"

"여희 나인님, 아니 여희 나인!"

이린은 새치름하게 가늘어지는 여희의 눈매를 보며 얼른 말을 바꿨다. 어서 존대를 빼라고 하는 여희에게 이린은 다음을 기약했다.

"언니, 그런데 이 강아지는 뭐예요? 정말 잘생겼다!"

여희가 저를 보고 감탄하자 이랑이 새침한 척 고개를 돌렸다. 안 그래도 훈련장에서 높아진 콧대를 과시하는 모습이 가관이었지만 이린은 모르는 척 소개를 해주었다.

"이랑이라고 해요."

"아, 이름도 예뻐라! 근데 얘 마님 처소에서 키우는 개예요? 저기서부터 계속 언니를 따라오던데."

「마님이 아니고 우리 주인님이 키우시는 거야. 개는 아니고.」

"네, 마님께서도 좋아하세요."

"와! 마님께서 달라지셨다더니 정말 그런가 봐요! 그런데 언니를 참 잘 따르나 봐요? 다시 봐도 너 참 잘생겼다!"

「응, 내가 좀 잘생겼어. 뭘 좀 볼 줄 아네! 너, 맛난 거 잘 주던 인간이지? 반가워!」

여희가 이린의 눈치를 보며 살짝 손을 내밀자 이랑은 바로 배를 뒤집어 보여주었다.

"아우! 어쩜 좋아! 애교도 많네? 아무나 다 이렇게 애교 부리다 누가 데려가면 어쩌니?"

「흥? 별걱정을 다 해? 나한텐 우리 주인님밖에 없는걸? 그런데 네 주머니에 든 건 뭐야?」

여희는 뒤집힌 채로 허우적거리면서 자신의 주머니에 대고 킁킁거리는 녀석이 귀여워 어쩔 줄 몰라 했다. 그녀는 얼른 주머니를 뒤져 안의 내용물을 내밀었다.

"아흐……. 언니, 어쩜 이런 녀석이 다 있대요!"

게걸스럽게 말린 과일을 받아먹는 이랑을 보는 여희의 눈이 탐욕스럽게 빛났다. 와락 끌어안는 여희를 반사적으로 피하려던 이랑은 이린의 고갯짓에 할 수 없이 얌전히 붙잡혀 주었다.

여희는 한참이나 이랑을 꼭 안은 채 쓰다듬기를 반복했다. 이랑은 여희의 손에 마지막 곶감이 사라진 순간 그녀의 품을 벗어나 버렸다.

"아…… 저런! 이랑아!"

그러나 이랑은 다시 여희의 부름에 응답해 주지 않았다. 무안함은 이린의 몫이었다.

"재가 저래요. 미안해요."

"그래도 귀여워요! 다음엔 육포를 가져올게요!"

「어, 그럴 거야? 담에 말고 오늘은? 나 육포 정말 좋아해!」

맹렬히 꼬리를 흔드는 이랑의 모습에 이린은 얼굴을 감싸며 변명했다.

"이 녀석이 육포란 말을 알아들어요."

"아, 똑똑하기까지! 참! 얼마 전에 훈련원 안에서 개를 훈련시키기로 했다고 들었어요! 혹시 얘도 거기 가요?”

“가긴 가는데…… 어떻게 알았어요?”

“우리 오라버니가 거기서 일하게 됐거든요! 우와, 잘됐다!”

“네?”

“이랑이가 가면 언니도 거기 가요? 언제 가요? 내가 언제 시간이 되더라…….”

여희는 혼자 중얼거리다가 기어이 그녀가 훈련장으로 가는 시간을 맞춰서 같이 가겠다며 약속을 잡았다.

어찌 됐든 여희와 보내는 시간은 매우 즐거웠다. 여희의 수다를 듣는 것만으로 금세 작별인사를 하게 되었다.

“언니, 그럼 내일 봐요!”

“그래요, 내일 봐요, 여희 나인.”

여희를 만나는 건 분명 반가운 일이었는데 헤어지기 전 여희의 묘한 웃음이 조금 마음에 걸렸다. 그리고 다음 날, 이린은 그 웃음의 정체를 알게 되었다.

훈련장 입구에는 여희와 키가 6척쯤 되는 훈련원 병사 한 사람이 같이 있었다. 그녀를 발견한 여희가 손을 흔들면서 반겼다.

“언니, 어서 와요!”

“먼저 나왔네요, 여희 나인.”

“급하게 시간 맞춰 와서 빨리 소주방에 가봐야 해요. 연홍이가 또 난리 칠 거라.”

“그럼 다음에 또 보면 되는데요.”

“아, 저 때문이 아니라요. 보세요! 이쪽이 우리 오라버니예요.”

여희가 장한을 잡아끌면서 급히 소개를 이었다.

"오라버니, 이쪽은 이린 언니. 내가 지난번에 말했지요?"

"어? 어……."

지난번 흘려들었던 자신의 오라비를 소개해 준다는 이야기가 정말이었던 모양이다. 당황한 그의 표정을 보자니 그도 여희가 꾸민 일을 모르는 눈치였다.

"이쪽이 바로 이랑이에요!"

여희는 진짜 목적이 이랑이었던 것처럼 녀석에게 달려들어 안고 쓰다듬었다.

"오라버니는 겨우 십장이지만 얘는 대장이라고! 그러니 잘 보여요!"

여희는 덩치가 산만 한 오라비를 잡아당겨 기어이 이랑의 앞에 쭈그려 앉게 했다. 제 몸집의 반이나 될까 한 여동생에게 잡아끌리는 병사의 모습이 이린의 눈엔 꽤 다정해 보였다.

여희의 오라비에게도 도도한 척하던 이랑은 여희의 품에서 나온 육포 하나에 넘어가고 말았다.

육포를 다 뜯기 전에 고개를 든 이랑이 귀를 쫑긋하며 말했다.

「어? 차복이다!」

버릇없는 이랑의 말을 고치기도 전에 벌써 다가온 차복이 먼저 인사를 건넸다.

"벌써 오셨습니까?"

"오셨어요?"

"부부장님, 오셨습니까!"

"안녕하십니까, 심 부부장님."

여희 남매가 인사하는 모습에 이린은 차복의 직급이 생각보다 높다는 걸 새삼 깨달았다. 그런데 여희를 보는 차복의 눈이 매우 차가웠다. 친근했던 그의 얼굴이 무척 낯설게 보이는 순간이었다.

“동 십장, 이쪽은 누구신가?”

“백화궁의 나인인데 제 여동생입니다.”

“훈련장에 누가 제 식솔을 데려오라 했던가!”

“잘못했습니다!”

갑자기 무릎을 꿇는 두 남매 때문에 이린은 가슴이 철렁해지고 말았다.

“제 잘못입니다! 제가 여희 나인에게 여기서 만나자고 했어요.”

“응? 시녀님이요?”

이린이 덩달아 무릎을 꿇기 직전, 표정이 돌변한 차복이 여희 오라비를 일으키더니 평소처럼 웃으며 말했다.

“시녀님 손님인 걸 제가 모르고요, 하하. 그래도 나인을 안에 들이는 건 곤란한데.”

“아닙니다! 사실 소인은 지금 가려고 했습니다.”

“응? 나 때문에 빨리 갈 필요는 없어. 괜찮습니다, 시녀님. 인사 나누시고 천천히 들어오세요.”

차복이 다시 이랑을 향해 손을 내밀었지만 방금도 낯선 이의 앞에 육포 하나에 배를 뒤집던 녀석은 그만은 본 체도 하지 않았다. 시무룩해진 차복은 여희의 오라비만 데리고 먼저 훈련장으로 들어갔다.

그가 보이지 않을 때까지 있다가 여희를 데리고 뚝 떨어져 나온 이린은 한숨을 쉬며 말했다.

"심 부부장님 때문에 많이 놀랐지요?"

"아녜요, 외성도 아니고 내성에서 당연하죠. 제가 잘못했어요. 오히려 저 때문에 언니가 더 놀란 것 같아요. 다음엔 백화궁에서 만나요, 언니!"

씩씩한 여희는 외려 그녀에게 위로를 건네더니 돌아서다 말고 말했다.

"참, 우리 오라버니 어때요?"

"네?"

"허우대는 괜찮죠? 제가 누이라서 하는 말이 아니라, 성격 순하고 다정한 사람이에요. 보다시피 개도 좋아하고요."

"어. 여희 나인……."

"당장 어쩌란 건 아니에요. 하여간 이제 자주 볼 테니, 히히! 저 이만 가요!"

뒤늦게 여희의 말을 알아들은 이랑이 난리를 부렸다.

「뭐야, 너! 감히 저 어벙한 놈을 뭐 어째!」

"응? 여희 오라버니가 어때서? 나는 착하고 다정해 보여서 괜찮던데."

이린이 짐짓 웃어 보이자 이랑의 꼬리가 말려 들어갔다.

「정말요? 그럼 저 사내에게 시집가실 거예요?」

여기서 좀 더 하다간 이랑이 아예 울 것만 같았다. 하지만 그래도 생각해 본다고 말해볼까?

그러나 이랑을 놀리는 데 취했던 그녀는 제 웃음이 다른 누군가를 불태웠을 줄은 정말 몰랐다.

"내가 경쟁하는 건 이 맹랑한 짐승 하나로 족하다! 다른 놈이라니! 죽이고 싶은가?"

"우리 주인들께서 말씀 끝날 때까지 넌 나와 있자."

머리 위로 들린 음성에 미처 돌아보기도 전에 이랑은 까무룩 정신을 잃고 말았다.

의신은 주민이 이랑을 데리고 사라진 반대 방향으로 그녀의 손을 잡고 이끌었다.

그에게 손이 잡힌 순간, 이린은 생각했다. 머릿속이 새하얘지는 것도 익숙해질 수 있는가 보다고. 그리고 얼마나 간 건지, 어디로 가는 건지 알 수 없었다.

어느 순간 대공이 멈췄다. 하지만 그는 그대로 돌아선 채 아무 말도 하지 않았다. 말도 안 될 상상이지만 그렇게 등을 보이고 서 있는 대공의 어깨가 왠지 초조해 보였다.

그 상태가 계속되자 생각이라는 것이 슬금슬금 움직이기 시작했다.

왜 날 데려온 걸까? 그건 무슨 말이었지? 경쟁? 누구를, 왜 죽인다는 걸까?

숱한 의문이 둥둥 떠다녔지만 알 수 있는 건 하나도 없었다. 대답해 줄 이는 여전히 뒤돌아선 채 등만 보이고 있었다.

답답했다. 갑자기 화가 나서 따지고 싶었다. 왜냐고! 내가 무슨 잘못을 했느냐고!

놀라는 데 익숙해지다 보니 간이 배 밖으로 나올 모양이다. 상상 속의 자신이 그에게 소리치고 있었다.

"그대는 아직도 모르는구려……."

"헉!"

어느새 뒤돌아선 그가 아직 공상에 허우적거리던 저를 바라보고 있었다.

"전하!"

"그대에게 아직 난 대공일 뿐이겠지?"

또다. 또 그의 미소가 그녀를 혼란하게 했다. 그의 미소는 씁쓸하면서 부드러웠다. 감히 대공과 눈을 마주하고 있다니, 고개를 숙여야 했지만 그의 눈빛에 사로잡혀 움직일 수가 없었다.

'설마?'

그의 미소 속에 전해지는 눈빛이 이제야 선명히 보였다.

'설마, 설마……?'

두 눈이 휘둥그레진 이린은 제 착각을 떨치려 마구 고개를 저었다. 한데 그가 웃으며 말했다.

"이제야 알아챘나 보구려!"

아니다! 그럴 리가 없다. 그가 누군가? 그리고 저는? 누굴 누구에게 비길까?

그러나 고개를 젓는 그녀에게 그가 쐐기를 박았다.

"내가 허용할 수 있는 건 그 맹랑한 짐승이오. 그놈이 그대에게 어떤 의미인지 알기 때문이지. 싫지만, 기꺼이 경쟁하기로 했소. 하지만 다른 놈은 안 돼!"

순간, 폭사하는 기운에 그녀는 파랗게 질리고 말았다. 하지만 곧 자신보다 더 어쩔 줄 몰라 하는 그가 보였다.

"미안하오. 어떤 일이 있어도, 내가 그대를 해할 일은 없을 것이오. 맹세하오!"

손을 내밀다가 거둔 그가 한숨을 쉬며 말했다.

"이전의 일은 잊어주오. 사과는 하지 않겠소. 사과로 덮을 일은 아니란 걸 알기 때문이오. 대신 미래를 생각해 주오!"

"미래…… 라니요?"

"그대와 나의!"

"말도 안 됩니다!"

"되오!"

그가 고개를 젓는 그녀를 꼭 붙잡고 말했다.

"한 가지만 기억하오. 나는 그대 '취향'의 남자가 될 거라는 걸!"

세상이 정지했다. 사방의 온갖 기운이 멈추더니 오직 그와 자신만 남은 것 같았다.

그가 몇 번이고 손을 내밀다가 주저했다. 망설이고 두려워하는 그의 모습이 꼭 자신을 비춘 것만 같았다.

그가 왜? 취향? 정말 그가 그런 말을 했던가? 나의 취향? 그게 뭔데?

"……기다리겠소."

그가 무슨 말을 한 것 같았다. 한데 다시 묻기도 전에 그의 모습이 보이지 않았다.

그가 사라진 자리에 태내관이 와 있었다. 시간이 다시 흐르기 시작했다.

「주인님, 주인님, 주인님! 으앙!」

태내관의 옆에 있던 이랑이 뛰어오더니 그녀의 발치에 매달려 울기 시작했다.

「주인님이 없어졌어요. 내가, 내가 못 지켜드렸어요.」

"이랑아, 이랑아?"

「제가 덜 자라서 그래요. 다 자라기만 하면 그런 일 따윈 안 당하는 건데. 으아앙!」

"괜찮아, 이랑아, 응? 괜찮아."

한데 사실은 괜찮지 않은 것 같았다.

갑자기 나타난 백화궁을 보니 기억 자루에 난 구멍이 무척이나 큰 것 같았다. 돌아오는 길과 함께 기억에서 같이 사라졌던 태내관이 부인의 앞에서 인사를 하고 있었다.

"오늘은 여기까지만 모시겠습니다. 공방이 거의 완성되었으니 다음에 또 모시러 오겠습니다."

태내관이 온 것만으로 부인은 사정을 짐작했다. 그녀가 다가오게 하겠다던 대공의 다짐이 오늘부로 깨지고 만 것이다.

'그럼 이제 훈련장은 가지 않게 된 거니?'

"네? 네. 훈련장……. 네, 가지 말라고……. 네, 가지 않게 되었습니다."

그 횡설수설한 대답만으로도 부인은 알아들었다. 대공이 '직접' 가지 말라고 했다는 걸. 무슨 일이 있었던 건지 정말 알고 싶었지만 추궁하려 하기엔 이린은 넋을 빼고 있었다. 궁금증을 풀어줄 태내관은 벌써 도망쳐 버렸으니 천생 이린이 정신을 차리길 기다릴 밖에.

'태내관도 공방 일에도 관여하실 모양이구나.'

"그러하신 것…… 같습니다."

사실은 모른다. 아직 그녀의 정신은 멈춘 시간 속에서 부유 중이었다.

'태내관은 대공의 모후께서 혼인할 때 함께 오신 무장이지. 내성에 있는 모든 이들이 어떤 식으로든 세족들과 끈이 있지만 태내관만은 아니니라. 그런 그가 네 하는 일에 관심을 보인다니 나는 이토록 마음이 든든하구나.'

"아……!"

알수록 대단한 사람이었다. 하지만 그런 사람이 오늘 백화궁까지 온 이유가 겨우 자신을 데려다주기 위함이었다. 또 다음에 '모시러' 오겠다고 하지 않았던가!

이제야 그녀는 깨달았다. 자신은 무려 태내관의 호위를 받으며 오가게 된 것이었다.

"전하."

"왔는가."

"공방이 완성되면 모시러 가기로 하였습니다."

"……알았다."

의신은 주민을 물리고 빈주먹을 꽉 움켜쥐었다.

아직도 손안에 떨고 있던 그녀의 느낌이 남아 있었다. 놀라서 벌어지던 눈동자, 떨리던 입술, 말 대신 모든 걸 답하던 그 눈빛이 그릴 듯 망막 안으로 잡혔다. 그 가는 목덜미에 입술을 파묻고 싶은 걸 간신히 참았다.

이토록 인내할 일이 또 있었던가? 그러나 보답을 받을 길이 올 것이다. 반드시.

그러나 더는 오래 기다릴 수가 없었다. 반년을 잡아둔 기한에서 벌써 한 달이 지났다. 그런데 그 짧은 시간마저 위협하는 존재의 등장에 저도 모르게 광기에 휘말릴 뻔했다.

이린이 다른 사내를 보며 웃는 걸 보는 순간 맹렬한 살기가 끓어올랐다. 광기를 경계함에, 평소에 분노하는 것조차 자제하던 것 따윈 한순간에 날려 버릴 만큼 극렬한 감정이었다. 주민이 몸을 막아 말리지 않았다면 참담한 꼴을 보일 수도 있었다.

다정하고 착해 보인다…… 라니.

놈은 가장 흉악한 세 야만족을 합친 것보다 위험했다.

"주민!"

"네, 전하."

주민이 부르길 알고 있었던 것처럼 곧장 나타났다.

"놈은 누구더냐!"

"이름은 동배희라 하옵고, 봉비단 휘하의 십장 무사입니다. 혼인했었지만 상처한 지 2년이 되어가고 아이는 없습니다. 이린님과 연이 있는 백화궁 소주방의 여희라는 나인이 그의 여동생입니다."

여희, 들은 적이 있는 이름이었다. 이린이 동무라던 여인. 덕분에 동배희는 화를 피할 수 있었다.

주민이 알아서 그 뒤를 읊었다.

"아무리 가족이라고는 하나 훈련원 이야기를 함부로 흘림을 용서할 수는 없는 바, 동배희는 내일부로 봉비단 동군이 주둔한 우찬 주(周)에 보내기로 했습니다."

우찬 주는 적영에서 말로 달려도 이틀 거리였다. 다시 적영에 돌아올 일은 없을 터이니, 이린과 만날 일도 없을 것이다.

사사로이 벌을 내린 것 같았지만 그 의미는 분명했다. 훈련원의 아무리 사소한 일도 흘림에 경계할 것이요, 군견 훈련에 대공의 관심의 무게가 무거움을 알게 될 것이다.

"알았느니."

주민은 생각에 잠기는 그를 보며 조용히 물러났다. 주민이 알현하러 온 희관도 함께 물린 덕에 의신은 저를 돌아볼 시간을 얻을 수 있었다.

전전긍긍한 자신의 모양새가 참으로 우스운 꼴이었다. 한 여자에게 이토록 쉽게 빠질 줄 누가 알았으랴. 밀실에 아무리 들어도 날로, 날로 허기는 커져만 갔다. 자제력이 언제까지 이어질 수 있을지 장담하기 어려웠다. 그러나 맹세했다. 기다리겠다고. 하지만 그냥 기다리진 않을 것이다.

이린이 가져온 두루마리는 고모님이 바꿔치기하며 설명을 곁들여 놓으셨다. 고무에 대한 화두를 던져 놓고 무척 즐거워했다고. 그 짓궂은 열정에 당연히 화답이 있어야 했다.

오라, 반드시 스스로 오게 해주리라!

"태내관이 여인을?"

"그러하옵니다."

"뉘더냐?"

"백화궁의 시녀라 하옵니다."

"백화궁, 다시 백화궁이라……."

잠시 수염을 쓸던 백추성이 입을 열었다.

"특이사항은?"

"그 시녀가 개를 데리고 다녔다고 하옵니다. 훈련원에 개를 데리고 며칠 다녔었는데 그날을 마지막으로 다시 백화궁 밖으로 출입한 적이 없습니다."

"시녀에 대해서는 알아보았느냐?"

"나이는 스물한 살에 이름은 서이린이라고 하고, 백화궁에 들어간 지는 몇 달 되지 않았다고 하옵니다. 그런데도 일전에 백화부인의 외유에 함께 갔던 여자입니다. 애초에 적영에 적(籍)을 둔 이가 아니라 천무단 심차복이 데려온 여인이라고 하는데 정황을 보아선 대공 전하의 순행에서 데려온 여인일 수 있습니다. 그 이전의 행적에 대해선 아직 조사해 보지 않았습니다."

'알아볼까요?'라는 질문을 삼킨 수하에게 백추성은 잠시 더 수염을 쓸다가 대답했다.

"좀 더 자세히 알아오너라."

"명을 받들겠습니다."

수하가 나간 후에도 백추성은 수염에서 손을 떼지 않은 채 골똘히 생각에 잠겼다. 왠지 그 시녀가 지난번 비은당에 다녀간 시녀와 같은 사람일 거란 생각이 들었다. 백화궁의 사람이야 한정되었으니 오가는 사람이 한 사람일 수는 있는데……. 감히 시녀 따위가 '그' 비은당에 들었다는 것을 생각하지 않을 수 없었다.

"설마, 아닐 테지? 그럴 리가."

말도 안 되는 상상이 떠올랐다 가라앉았다. 정말 말이 안 되는 상상이었다. 그렇다면 굳이 사람을 보내 알아볼 필요까지는 없을지 모르나 명령을 번복할 마음이 들지는 않았다.

"백화궁, 백화궁이라……. 그런데 화연이 이 아이는 여태 뭘 하는 게야!"

백추성은 곧 화연을 부르라 했다. 얼마 후, 화연이 처소에 없다는 대답이 왔지만 백추성은 웃으며 고개를 끄덕였다.

화연은 백화궁에 있었다.

화연이 먼저 인사를 올렸다.

"소녀, 임록의 기 가 화연이라 하옵니다. 이전부터 부인을 뵙고 싶었지만 누가 될까 차마 용기를 낼 수가 없었습니다. 그러던 차에 지난번 부인께서 외유하셨음을 알고 이제야 용기를 내어 찾아뵙게 되었습니다. 소녀의 인사가 늦었음을 용서하여 주십시오."

"소녀, 백원의 최 가 보명입니다."

"소녀는 인동의 유 가, 향정입니다."

[어서 오시오. 입을 닫고 사는 늙은이를 이리들 찾아준 것만으로도 고맙소.]

"부인께서 자수를 즐기신다고 들어 자그마한 선물을 준비해 보았습니다. 이것은 사유(沙流) 지역에서만 난다는 색실이온데 모쪼록 마음에 드셨으면 좋겠습니다."

화연의 눈짓에 시녀가 붉은색 비단 보자기에 쌓인 갑(匣)을 내밀었다. 정옥이 받아 뚜껑을 열자 그 귀하다는 금사와 은사가 섞인 색색의 실들이 한가득 광채를 빛내고 있었다. 사유는 서제(西諸)가 다스리는 영토로, 그곳의 비단과 금은 연해국에서 최고로 취급되는 것이었다.

[나를 보러 와준 것만으로도 고마운데 선물까지 마련해 주다니 참으로 고맙소.]

부인이 느릿느릿 석판에 쓴 답을 기다리던 화연이 수줍은 듯 볼을 붉히며 미소 지었다.

"약소하지만 소녀의 것도 받아주소서."

"소녀도 정말 약소한 것을 마련하였사옵니다."

보명은 비단을, 향정은 서역에서 건너온 시화집을 가져왔다. 모두 부인의 취미를 고려해 준비한 선물들로, 전갈도 없이 대뜸 찾아와 비싼 선물로 생색만 내다가 간 유경과는 다른 방문이었다.

석판으로 대화를 하자니 자연 대화는 끊기고 느려졌다. 지겨울 만도 하련만 영애들의 얼굴에선 웃음이 떠나지 않았다.

부인은 속으로 혀를 차며 웃었다.

'노력은 가상하나, 이린이 여인은 저 말곤 아무도 안 된단다.'

저 한 사람만 오롯한 배우자이고자 하는 건 이린이나 대공이나 마찬가지, 서로 천생연분이다. 아직 방향이 안 맞아서 조금 아쉽긴 하지만 그거야 대공이 곧 해결할 일이었다.

화연이 그 소용없는 노력을 계속했다.

"부인의 수놓는 솜씨가 가히 따를 자가 없다고 들었사옵니다. 소녀가 부인의 솜씨를 견식해도 되려는지요?"

[그리 대단한 솜씨는 아니라오. 고운 영애들의 눈을 버릴까 두려워 보이기 부끄럽소.]

보명이 말했다.

"소녀도 운비 부인께 부인의 솜씨를 들었사옵니다."

운비 부인은 내성에 남아 있는 전 대공 부인 중 세가 가장 큰 이였다. 보명은 저가 줄을 댄 이의 위세를 보이려 했음이나 백화 부인은 그들 중 아무도 좋아하지 않으니 실패한 방법이다. 설사 통할 방법이었다 해도 소용없긴 마찬가지지만.

"저도 궁금합니다."

향정도 한마디 거들자 부인은 못 이긴 체 고개를 끄덕였다.

잠시 후, 정옥이 그녀들의 앞에 푸른빛이 도는 까만 비단을 펼쳐 보였다.

"……!"

입에 발린 칭찬이라도 잔뜩 할 준비를 했던 처자들은 동시에 말문이 막히고 말았다.

붉은 늑대가 하늘을 가르고 있었다. 붉게 빛나는 달을 잡기라도 하려는 양 도약하는 늑대의 눈빛이 강렬하도록 생생했다.

아름다웠다. 붉은 털 하나하나가 올올이 살아 밤의 하늘을 날고 있는 늑대의 모습은 선뜩하면서 매혹적이었다.

"대공…… 전하시군요."

화연이 먼저 입을 열었다. 보명과 향정도 꿈에서 깬 듯 찬탄을 마지않았다.

그 순간이었다. 그녀들 사이를 비집고 들어온 존재가 입을 삐죽이며 속삭였다.

「아닌데? 그거 나거든? 저 요상한 거 그린다고 내가 며칠이나 펄쩍펄쩍 뛰어다녔게?」

"꺄악!"

보명은 당장 습격받은 사람처럼 비명을 지르며 향정의 뒤로 숨었다. 보명이 그러든 말든 어슬렁거리며 다가온 이랑은 백화 부인에게 초롱초롱한 눈빛을 해보였다.

'녀석, 손님이 이렇게 많은데도 간식을 달라고 온 게냐? 네 주인은 어쩌고?'

그러면서도 부인은 어느새 간식 주머니를 뒤지고 있었다.

"저런! 이랑아! 손님들이 계시니 좀 이따가 오련!"

놀란 정옥이 사색이 된 보명을 보며 녀석을 내보내려 했지만, 벌써 간식을 꺼내드는 부인의 손에 정신이 팔린 이랑은 꼬리를 흔드느라 바빴다.

「고마워요. 집주인! 우리 주인님은 너무 바빠! 맨날 이상한 그림만 그리느라 날 안 봐줘요. 차라리 훈련장에나 갈 걸 그랬어요. 꼬맹이들이 나 잊어버리기 전에 한 번 봐줘야 하는데.」

"꺄악!"

"저런, 최 영애께서 너무 무서워하세요!"

정옥의 말에 백화 부인은 어쩔 수 없이 녀석에게 고개를 저었다.

'어쩌누. 이 손님들 가고 나서 다시 오련?'

「어쩌겠어요. 그러죠, 뭐.」

알아듣기라도 한 양 이랑은 발을 구르곤 물러났다.

녀석은 사실 이린이 안 봐주는 바람에 심심한 나머지 영역을 침범한 낯선 인간들을 구경하러 온 것이었다. 그런데 어제나 오늘이나 냄새만 독한 여자들이라 볼 것이 없었다.

한데 그 별 볼 일 없는 여자들 때문에 이랑은 인간에게 살의를 느끼는 첫 번째 경험을 하게 되었다.

뉘냐! ……뵈옵니다. 서라!

웅성웅성, 지정석에서 낮잠을 청하던 이랑이 소란에 고개를 들었다.

귀찮은 여자들, 간식도 얻어먹지 못하게 하더니 이제야 가는 모양이었다. 그런데 웅성대는 음성 사이로 주인의 목소리가 함께 들린 듯했다. 엉덩이가 갑자기 가벼워졌다.

가까이 다가가자 저에게 소리 지르던 여자가 또 목청을 높이고 있었다.

"네가 부인의 개를 돌보는 시녀더냐?"

"그렇사옵니다."

「주인님!」

'이랑아?'

아무도 보지 못한 사이로 이린과 이랑의 눈이 마주쳤다.

'이랑아, 잠시 저리 가 있어!'

그리고 순식간이었다.

"그따위 개 한 마리 통제할 줄도 몰라 우리를 놀라게 하다니, 네 본분을 망각한 죄를 알렷다!"

짝 소리와 함께 이린의 몸이 넘어갔다. 바닥에 철퍼덕 넘어진 이린의 입가에서 한 줄기 핏물이 흘렀다.

크헝!

"안 돼! 이랑!"

"뭐냐, 저 개가 또?"

"꺄악, 물 것 같습니다!"

"감히 개가 사람을 공격하게도 한단 말이더냐! 여봐라, 이년을 당장 묶어라!"

영애들의 하녀들이 이린에게 달려들었다. 그 순간 이랑이 뛰어들며 포효했다.

「죽인다!」

'안 돼, 참아! 나를 위해서 제발!'

크헝!

"앗, 아가씨!"

이랑의 포효에 놀라기라도 한 듯 누군가가 쓰러졌다. 이린을 때려 넘어뜨렸던 여인, 향정이었다. 집중된 이랑의 기세에 저도 모르게 다리가 풀려 넘어진 것이다.

"이년, 무슨 사술을 부린 게냐!"

하녀들이 조그만 이랑 때문에 덤벼들지는 못하며 고함을 질러댔다. 그때 그들의 뒤로 딸랑거리는 소리가 울렸다.

뜬금없는 종소리에 돌아본 영애들과 하녀들이 놀라며 고개를 숙였다. 종을 흔들고 있는 이가 바로 백화 부인이었기 때문이다.

"무슨 일입니까!"

부인의 뒤에서 정옥이 소리치며 달려왔다.

백화 부인이 점점 가까이 올수록 영애들의 얼굴엔 당혹감이 서리기 시작했다. 부인의 얼굴엔 차가운 분노가 서려 있었다.

그녀들이 백화 부인을 방문한 이유가 무엇이던가? 이곳은 아직 백화궁의 마당 안, 가볍든 무겁든 이런 소란을 벌인 자체가 매우 어리석은 짓이었다. 어쩌면 유경보다도 못했다.

「주인님, 주인님, 주인님……」

모두 부인의 눈치를 보느라 바닥에 나동그라진 터라 이린이 일어나려고 애쓰는 걸 보는 이가 없었다. 아니 봤어도 도우려는 이가 없었다.

머리가 제대로 흔들린 것 같았다. 아무리 일어나려 해도 이린은 자꾸만 힘이 빠지는 몸을 혼자 일으킬 수 없었다. 이랑이 주둥이로 그녀의 등을 떠밀어주려 했지만 주인의 무릎에나 닿는 크기의 녀석은 아직 힘이 부족했다.

그 순간 그녀를 일으켜 주는 강한 손길이 있었다.

"고맙습…… 앗!"

"저, 전하!"

"전하!"

"전하를 뵈옵니다."

여인들이 일제히 허리를 굽혀 인사했다. 원래 백화궁에 왔던 목적이 대공의 눈에 들고자 한 것, 하나 때가 너무 공교로웠다. 영애들은 당혹감과 질시 어린 얼굴로 대공이 시녀를 감싼 모습에 어금니를 물었다.

"내기(內氣)를 실어 때렸군."

대공이 작게 읊조린 말이 뜰에 있던 모두의 귓가에 박히듯 들려왔다. 백화 부인의 표정이 차갑게 굳어짐에 보명과 화연이 원망스러운 눈으로 향정을 바라봤다.

대공이 이린을 번쩍 안아 들며 몸을 틀었다. 대공이 일개 시녀를 들어 안은 것에 다들 눈이 튀어나올 듯 놀랐다. 이랑도 그런 대공을 쳐다만 보고 있었다.

"소녀가 한 짓입니다."

향정이 그대로 지나치려는 대공의 앞에 무릎을 꿇으며 소리쳤다.

"감히 부인의 처소에서 소란을 피운 점, 백번 잘못하였사옵니다. 소녀를 벌하여 주십시오."

보명도 그 옆에 같이 무릎을 꿇고 고했다.

"소, 소녀 때문입니다. 소녀가 개를 보고 너무 놀라서……."

한데 보명의 말에 대공이 의외로 반응을 보였다. 보명이 아닌 이린에게.

"앞으로 손님이 들면 개를 묶도록 하라."

이린이 무슨 대답을 하기도 전에 대공은 부인에게 인사를 하고는 안으로 들어가 버렸다.

부인도 정옥에게 손짓 한 번으로 뒤를 맡기고 곧 대공을 따라갔다.

「캬악, 뭐야, 뭐야!」

뒤늦게 대공의 말을 알아듣고 난리 치는 이랑을 정옥이 달래서 데리고 들어가고, 뒤에는 그 안쪽 문을 다시 넘기 어려워진 영애들만 남았다.

잠시 정적이 흐르고, 가장 먼저 화연이 입을 열었다.

"향정 영애. 영애가 그런 무공을 지닌 줄은 몰랐군요. 제가 조금 놀라서 그런데 영애께서 내 처소까지 좀 데려다 줄 수 있을까요?"

화연은 웃고 있었지만 그 얼굴에 내려앉은 서리의 기운을 느끼지 못할 이가 없었다.

오늘 이 자리에 동행을 제의한 이가 화연이었다. 한데 자신이 망친 것이 사실이니 향정은 고개를 끄덕였다.

"……그러지요."

"저도 함께 갈까요?"

눈치를 보던 보명이 끼어들었지만 화연이 고개를 저었다.

그리고 화연의 처소.

짝!

향정의 고개가 돌아갔다.

"무슨 짓이오!"

"너는 무슨 짓이냐! 나는 은혜를 베풀었건만 너는 원수로 갚아? 유경 그년이 시킨 짓이더냐?"

평소의 우아하고 온유한 모습을 벗어던진 화연의 눈은 불똥이라도 떨어질 듯 활활 타오르고 있었다. 향정은 피식 웃고 말았다.

"웃어?"

"왜 내가 그대의 손찌검을 받아야 하지? 사실 먼저 그 시녀를 넘어뜨린 건 그대 아니었나? 나 혼자 한 일이 되었으니, 오히려 내게 감사해야 하지 않소?"

"뭐, 뭐라!"

"은혜라 하였소? 그대 들러리 노릇 하는 것도 은혜라 하오? 흥, 이 한 번은 용서해 주리다. 생각지도 못하게 전하를 뵈었으니 당황해서 그런 거라 여기겠소."

"누가 누굴 용서해!"

다시 손목을 휘두르려는 화연의 팔목을 낚아챈 향정이 속삭였다.

"너! 벌써 대공비가 된 양 우쭐대지 마라. 네가 가장 똑똑하다 여길 테지? 어리석은 것!"

화연을 휙 떨쳐낸 향정이 곱게 읍하며 말했다.

"오늘 일로 나의 부덕이 드러났음이니 이는 내가 책임질 것이오. 부디…… 바라는 바를 얻으시길."

'안 될 테지만.'

향정은 그녀에게 말보다 더 분명한 의미가 담긴 웃음으로 작별을 고했다.

"아악, 아악!"

화연이 비명을 지르기 시작했다.

그리고 누군가는 문 뒤에서 몰래 웃었다.

의신은 이린을 들어 안은 채 곧장 그녀의 방으로 향했다. 그녀를 침소에 눕히고 엉망으로 부어오른 볼을 보는 그의 눈에선 아무런 표정도 읽을 수 없었다.

"전하……."

"말, 하지 마오. 지금은, 아무 말도."

'죽인다!'

그 눈이 이랑과 똑같았다.

"하지, 하지 마세요!"

저도 모르게 크게 입을 열었던 이린은 입안이 찢어진 상처에 신음을 삼켜야 했다.

"제발……!"

의신은 제 소매를 잡은 그녀의 손을 보며 잠시 말이 없었다. 무의식중에, 비록 남을 위한 것이라지만 처음 그녀가 그를 잡아준 손이었다.

"알았소. 그러나 다신……."

그가 눈을 감았다. 그리고 다시 열린 그의 눈은 방금까지 일렁이던 붉은빛이 가라앉은 듯 온화함을 띠었다.

'대공!'

금세 뒤따라온 백화 부인은 문간에서 차마 들어가지 못하고 두 사람을 지켜보기만 했다.

조금씩 손을 내밀던 그가 붉게 부풀어 오른 볼에 손을 얹었다.

"조금만 더 빨리 올 것을……."

안타까움이 뚝뚝 묻어났다.

이린은 무언가가 명치를 마구 찌르는 듯했다. 심장이 간질거리며 가슴이 찌르르했다.

"아프겠소."

흡! 가슴이 뛰었다.

"이걸 내게 가져오면 좋겠소."

대공은 주술도 쓸 줄 알았구나!

고통이 가시는 느낌은 상상만은 아니었다. 그가 손댄 곳이 타오르기 시작한 볼을 식혀주고 있었다. 조금만 더 이대로 있었으면 좋겠다.

맙소사!

두근두근, 가슴이 터져 버릴 것 같았다. 그의 눈이, 그의 손이, 그의 숨결이 닿을 듯 곁에 있다는 것이 심장에 새겨질 듯 느껴졌다.

"그대 취향의 남자가 될 것이오!"

이 사람이 그런 말을 했다고? 정말? 그게 진심이었어? 아니, 내가 이 사람을 가져도 되는 걸까? 될까? 될까?

허억!

온 줄도 몰랐던 태내관이 흥분한 이랑을 맡아준 덕에 뒤늦게 달려온 정옥의 눈이 휘둥그렇게 변했다.

'쉿!'

부인은 놀라는 정옥에게 이린에게 주려던 손수건을 흔들며 물에 짜는 시늉을 했다.

대공 말고는 아무것도 보이지 않던 이린에게 그제야 주변이 보였다. 이린이 기함한 정옥을 발견하고 주춤거리자 의신의 이마가 찌푸려졌다.

'안 되겠다, 가자!'

백화 부인이 아예 정옥을 데리고 나가려 했지만 의외로 대공이 불쑥 나가 버렸다.

순간 느껴진 허탈함에 이린은 흠칫했다. 말도 안 된다. 정말 그 말을 믿겠다고!

두근두근.

심장이 제멋대로 춤을 춘다. 심장이 뛰는 소리가 귓가로 옮겨 갔다.

펑펑펑!

무언가 터지는 소리가 들리는데 무언지는 알 수가 없다. 피잉, 울리는 이명이 사라지지 않았다.

맙소사, 말이 안 되잖아, 그가 누군데! 그가 누군데!

또 넋을 놓았는지 어느새 의원이 그녀의 상처를 살피고 말했다.

"괜찮습니다. 크게 상한 곳은 없으니 붓기만 가라앉으면 곧 나을 것입니다."

의원은 어혈을 풀어주는 약을 지어주고 돌아갔다.

'내력에 당한 상처는 흉터나 후유증이 남을 수 있는데, 정말 운이 좋았구나!'

부인의 말에 이린은 알았다. 그건 '운'이 아니었다. 그가 정말 무언가 한 것이다.

'어찌 된 일이냐! 어찌 그것들이 너를 찾아내어 그런 짓을 한 게야!'

이린이 치료를 마치고 이제야 경황을 찾은 부인이 분노했다.

"수차(水車)를 막 다 그린 터라 이랑을 찾으러 나왔었습니다. 손님들이 계신 줄 모르고 이랑을 부르다가 문 앞에서 마주치고 말았습니다. 그래서……."

수차는 요 며칠 이린이 온 신경을 써서 기억을 복원하려던 것이었다. 제가 가진 지식이 생활 전반에 획기적이고 엄청난 도움을 줄 수 있다는 걸 알기에 그녀는 기억나는 무엇이든 되살리려 애쓰고 있었다.

'그것들을……, 그것들을 다신 들이지 않을 것이야! 나를 무시하지 않고서야 어찌 그런 짓을 한단 말이더냐!'

"전하의 말씀처럼 개를 묶지 않은 탓입니다."

'하! 네가 정녕 그렇게 믿는 게냐?'

기함하는 부인에게 이린도 정말 그렇다고 대답하지는 못했다. 그의 그런 눈을 보고도 그리 믿는다면 해태 눈이 아니고 뭐겠는가!

하지만 그의 마음이 설령 그렇다 해도 말이 안 되는 건 안 되는 거다.

백화 부인은 속으로 혀를 찼다. 이럴 땐 무슨 말을 해도 들리지 않을 것이다. 그래도 한마디는 해주어야 했다.

'내가 무슨 말을 해도 믿기 어렵겠지만 대공의 마음은 진심이니라.'

"네에?"

'대공께서 직접 하실 말이니 나는 더는 말하지 않으련다. 하니 몸을 잘 보중하거라.'

까무룩 잠이 든 그녀의 귓가에 누군가 속삭이고 있었다.

"미안하오……."

그의 손이 와 닿는 느낌이 들었다.

"아까는 누구든 베어버리고 싶을 정도로 화가 났소. 하지만 그대를 위해서라도 참아야 했기에 칼질만 수천 번 했더랬소. 그래도 소용없었지만. 미안하오. 미안하오."

전하께서 사과하실 일이 아니옵니다.

생각은 그리 말하는데 목소리가 나오지 않았다. 왠지 가슴이 울컥해지는 것 같았다.

괜찮다, 괜찮다고만 했다. 그런데 사실은 괜찮지 않았다. 그가 사과하면서 손을 떼어버린 곳이 갑자기 화끈거리더니 미칠 듯이 아팠다.

부인이 달려오지 않았다면 그대로 끌려가 무슨 치도곤을 당했을지 모른다. 서러웠다. 억울하고 비참했다. 어쩌면 가장 서러웠던 건 대공 때문이었는지도 모른다. 아니 대공 때문이었다.

"아, 울지 마오!"

이상했다. 방울방울 흐르는 무언가가 자꾸만 머리를 적시고 있었다.

“어?”

눈을 뜬 이린은 저가 정말 울고 있는 걸 발견했다. 울 생각은 없었는데……. 한데 멈추려 해도 눈물이 의지에 반해 계속 떨어져 내렸다.

“미안, 미안하오. 미안하오.”

눈물을 훔치는 그의 손가락이 떨리는 것 같았다.

“나의 잘못이오. 모두 내가 잘못했소.”

“아아아!”

거센 흐느낌이 새어나왔다.

서러움이 북받치는 것 같았다. 그치지 않던 눈물이 이제는 아예 펑펑 쏟아지기 시작했다.

어느새 그녀는 그의 품에 안겨 울고 있었다.

“용서하오. 나를 용서하오.”

토닥이는 손길에 그녀의 흐느낌은 더 거세지기만 했다. 그런데 눈물이 흐를수록 무언가가 함께 빠져나가는 것 같았다.

“부디……. 제발…….”

간간이 들리는 음성과 함께 천천히 흐느낌이 잦아들기 시작했다.

퍼뜩, 정신이 든 이린은 그의 가슴에 기댄 제 모양새를 깨닫고 말았다.

“앗!”

그를 거의 떠밀다시피 하여 품을 벗어난 이린은 침상 끝까지 물러나 앉으며 엎드렸다.

"소, 소인이 감히……. 망극하옵니다. 전하."

허전해진 체온에 의신은 씁쓸한 웃음을 감추며 손을 거두었다.

"이린."

"하명하소서."

"나는 그대 앞에서 대공이 아니오. 나는…… 사내요. 그대에게는 나는 사내이고만 싶소."

"……!"

"부디, 나를 보아주오!"

안 된다! 시선이 마주치기만 하면 몸을 움직일 수가 없다. 아니, 지금도 움직일 수가 없긴 매한가지지만. 아무리, 주제도 모르고 그를 욕심낼까! 백화 부인도 받아들이란 눈치로 말했지만 어디 가당키나 해야 말인가?

순간 부인이 했던 은밀한 이야기 중 하나가 번개같이 떠올랐다.

"하지만 소인은 처녀가 아니옵니다."

"고모님께서 말씀해 주셨구려."

"그러하옵니다."

"그러나 그대는 예외요."

"……?"

"예외일 뿐 아니라 그대만이 나를 구원해 줄 유일한 여인이오."

"……!"

"들어주겠소?"

또다. 어느새 홀려 버려 고개를 든 그녀의 눈은 다시 그에게 사로잡혀 버렸다. 홀려 버린 이린은 '네'라고 답할 수밖에 없었다.

"300년 전, 우리 혈족의 조상은 남의 것을 탐했소. 잔인한 방법으로 빼앗고 힘을 독차지하기 위해 제 핏줄까지 없애고 말았소. 그 결과로 힘은 가졌지만 빼앗은 힘은 그대로 저주가 되고 말았소."

그의 첫마디에 왠지 불길함이 솟았다. 이미 알고 있는 비밀의 장소를 다른 길로 찾아가는 느낌, 이대로 몰랐으면 싶었다.

"혈족은 대대로 핏줄에 저주를 물려받았소. 저주의 다른 이름은 광기라 하오. 큰 힘을 가질수록 더 큰 광기에 시달려야 했소. 이성을 잃고 피를 봐야 했고 살기를 주체하지 못해 혈겁을 일으켰소. 그 혈겁에 제 수하나 제 아내, 자식까지 죽인 대공들도 있었소. 그게 적토의 대공들이 가졌던 힘의 정체요."

그래도 그걸 힘이라 불렀다. 그것으로 야만족을 치고 지킨다는 명분으로 형제와 백성들을 치고 혼자 우뚝 섰다.

"저주는 광기 말고도 다른 작용도 했소. 저 말고 다른 기운과 섞인 이와 관계하면 독을 뿜어버렸소. 처녀라 해도 단 하나의 아이만 허용했지. 해서 대대로 혈족 모두가 이복형제가 아니고선 형제가 생길 수 없게 되었소."

"……."

"이기적이고 잔인한 혈족답게 그 피는 계속 이어져 오고 있었소. 광기의 저주 또한 오롯이 이어져 내려오고 있었지. 나는 그 피를 가장 짙게 물려받은 이요."

그의 고백을 듣는 동안 숨도 쉬지 못하던 이린이 크게 숨을 몰아쉬었다. 그의 고백을 듣던 내내 그려지던 것은 붉은 대공, 바로 그를 처음 보았을 때의 모습이었다. 그녀는 곧 왜 그가 했던 첫마디가 낯설지 않은지 떠올릴 수 있었다.

'이래도 용서해야 하느냐!'

'……이젠 네 몫이니까.'

왜? 그것이 무슨 연관이 있다고!

순간, 이린의 얼굴에 핏기가 가셨다. 그걸 오해한 의신이 급히 설명을 이었다.

"하지만 그대는 아니오. 독을 준다 하지 않았소? 그대의 목숨을 걸고 그런 모험 같은 건 하지 않소. 이유는 있지만 지금 말하지는 않겠소. 다만 나를 믿어주시오. 그리고 만일 그대가 끝까지 내게 올 수 없겠다면, 나는 그대를 놓아…… 줄 것이오. 기다리리다."

놓아줄 거라 말하는 그 목소리엔 고통이 스며 있었다.

저 품 안에서 서럽게 울었다. 부드럽게 토닥이는 그 순간을 다시 맛보고 싶었다. 무심해 보이는 그가 저에게만 미소 짓는다는 것도 좋았다.

욕심이 일었다. 한 걸음만 더, 한 번만, 믿어도…… 될까?

— 흥, 같은 실수를 반복하려고?

'아악!'

하마터면 비명을 지를 뻔했다. 찰나 간에 덮친 목소리에 식은 땀이 주르르 흘렀다. 머리를 울리는 비웃음이 가슴까지 시리게 했다.

"이린, 괜찮소? 이린!"

갑자기 부르르 떠는 그녀 때문에 그도 놀란 얼굴이었다. 그와 함께 그의 눈에 어린 걱정이 보였다. 가끔씩 붉은빛이 어른거리는 그의 눈이 무척이나 따뜻하게 보였다.

실수면 또 어떻겠는가? 불확실한 미래에 대한 두려움보다는 그 따뜻함이 더 절실했다.

"정말…… 기다리실 겁니까?"

말하고서 스스로도 놀란 질문에 갑자기 그의 얼굴에서 그늘이 걷히는 것 같았다.

"기다리리다! 고맙소!"

저가 뭐라고. 한순간 적토를 떨게 하는 붉은 사신이 제 손안에 있는 느낌이었다.

손을 내밀다가 멈칫한 그가 그예 몸을 일으켰다.

"오늘은 이만 가리다. 기다릴 것이오. 그대가 올 때까지!"

문이 닫혔다. 정말 가버린 걸까? 창밖을 내다봤지만 그의 그림자 대신 높이 떠오른 달만 보였다.

"손은 잡아줬어도 되었는데……."

달이 싱긋 웃는 것 같았다.

대전, 적영의 모든 관료를 모은 대공이 새로운 칙령을 공포했다.

"모두 들어라, 적토의 전 지역에 퇴비장을 만들라! 2개 도(道)와 3개 부(部), 4개 주(周), 그 아래 현(縣)에 이르는 작은 마을까지 예외는 없다. 자세한 기준과 크기는 따로 첨부하노라!"

황실에서 올린 세수 문제가 아직 해결되지 못했기에 바싹 긴장했던 관료들은 새 칙령 내용에 허탈함을 감추지 못했다. 칙령으로 고작 사람과 짐승의 똥오줌을 한 군데 모으라니, 어떤 이는 무엄하게도 대공이 자신들을 모아 장난을 친 건지 의심하는 이도 있었다. 한데 이를 어길 시 최고 태형을 내린다는 덧붙임에 관료들은 그 진지함을 깨달을 수밖에 없었다.

운정당에 모인 이들이 다시 입을 모아 떠들기 시작했다.

"대체 이게 무슨 일이오? 그런 하찮은 일을 법으로 만드시다니!"

"황당하오. 황당하오!"

"나는 솔직히 몇 년 만에 칙령 발표를 하신다기에 무척 걱정했었소. 하지만 전장을 준비하라는 것도, 큰 공사를 하거나 세족의 세율을 높이라는 말도 아니질 않소? 그것만으로도 한시름 놓았소."

"어흠!"

"커흠, 나도 그렇소!"

"쯧쯧쯧."

위기감에서 마음을 놓으려던 관료들은 백추성이 혀를 차는 소리에 모두 입을 다물었다.

대표격으로 혜오명이 물었다.

"백 총관께서는 무슨 다른 생각이 있으신 모양이오?"

"전하께서는 길들이기를 하신 거요."

"네? 그게 무슨 말입니까?"

"지난번 세율 인상 건으로 대공 전하의 눈이 내정을 향했다는 말이오. 새로운 농법이라며 직접 시범을 보이는 걸 보면 모르겠소?"

"모두 자중하라는 말씀이시었군."

혜오명이 고개를 끄덕임에 모두 비슷한 얼굴로 서로 수군거렸다.

최근 대공의 직영지에서는 일대 변란이 일어나고 있었다. 백화부인의 밭에서 했던 것처럼 황소들이 대거 투입되어 밭을 갈았고 소가 모자라 그 귀한 말이 투입된 곳도 있었다. 비록 전장에서 더는 달리지 못할 말이라고는 하나 군마였던 말이 밭에 있다는 자체로 관료들은 충격을 받았다.

또 당장 씨를 뿌려야 할 시간에 멀쩡한 밭을 줄을 그어 반듯하게 만드는 작업으로 며칠을 소요하질 않나, 밀 대신 어디서 듣도 보도 못한 씨앗과 뿌리를 심는다는 말도 있었다. 대공의 직영지 소출이 적영에서 생산되는 양의 1할은 차지하는 터, 농사를 망치면 작년에 이어 극심한 기근에 시달려야 한다. 관료들과 세족들은 그 실패를 자신들이 떠안아야 할까 전전긍긍하고 있었던 것이다.

하나 누구든 대공의 의도를 점치려 하지 않고 직접 물어보았다면 이런 답을 들을 수 있었으리라.

퇴비는 농작물 생장에 크게 도움이 되는 것이다. 하나 발효에 시간이 걸리므로 당장 쓸 수는 없지만 오물을 한곳에 모으는 것만으로도 위생 환경이 나아져 백성이 병마에 덜 시달릴 수 있다.

그렇지만 묻는 이는 아무도 없었고 아마 답을 들었다 해도 백추성이 한 말만이 그들의 생각을 지배했을 것이다.

운정당도 파하고 자신의 집무실에 홀로 남은 백추성이 중얼거렸다.

"무슨 의도이시오……. 하나 호락호락 당하진 않을 것입니다."

길들이기니 뭐니 말하긴 했으나 사실 백추성 자신도 확신하지 못해 혼란스러운 상태였다.

사나운 짐승은 바깥을 지키는 덴 효용이 있으나 안에서 함께 머물기는 부담스러운 법. 더구나 이번 세대엔 가느다란 고삐조차 없었다. 전 대공과는 다르게 너무나 철저히 여인을 가리는 현 대공은 조련이 어려운 맹수였다.

백화궁에서 대공이 영애들과 마주쳤다는 일은 이미 알고 있었다.

쯧, 다시 혀를 찬 백추성이 수하를 불렀다.

"여봐라!"

"네!"

"고운 아이들을 데려오너라. 이번엔 최대한 많이……."

"알겠습니다."

의문 따윈 없었다. 물론 처녀여야 한다. 일족이 아님에도 몇몇 이들은 대공의 비밀에 근접해 있었던 것이다.

"틈을 보이셨으니 때를 놓쳐서야 되겠는가……."

대공은 최근 밀실에 더 자주 든다고 했다. 꼭 정혼녀의 몸에서 고삐를 생산할 필요가 있겠는가. 딸이 죽은 이상 화연이 아니라 누구든 상관없었다.

'대공이 할 일은 적토를 지키는 것뿐이오.'

그리고 그 고삐의 손잡이는 자신이 쥐게 될 것이다. 그것이 고삐인 양, 백추성은 제 수염을 꽉 움켜쥐었다.

관료들이 물러난 자리엔 희관이 반가운 소식을 가지고 왔다.

"전하, 공방이 완공되었습니다."

"드디어! 이른 진척을 이루느라 고생하였다!"

"모두 전하의 성은입니다. 공방을 이루는 마을 전체 백성에게 새로 살 곳과 일자리를 주기로 한 덕분에 참여하지 않는 이가 없었습니다. 하나 전하께서 내어주신 내탕금을 모두 소진하고 말았습니다."

"쓰라고 준 것이니 써야지. 씨를 뿌리지 못하고 공사에 매달린 백성들의 생계는 보장해 줘야 하지 않겠는가? 잘하였다! 그럼 행차 준비를 하라!"

"전하, 하오면 3총관이나 관료들도 대동하시는 것입니까?"

"그들 중 내 직영지에서 일어나는 일에 진정 관심을 보이는 이가 있던가?"

힘센 황소가 깊게 땅을 갈고 이랑을 만든 밭에선 무럭무럭 새싹이 올라오며 김매기가 한창이었다. 처음 신기한 일이 벌어짐에 기웃거린 이들은 있어도 그것이 어떤 식으로 땅에 작용하고, 퇴보하는지 나아지는지 관심을 보이는 이는 없었다. 그런 이들에게 그보다 더한 자금과 인력이 들어간 공방이라고 한들 다른 관심이 있을까?

아니, 자금 쪽이라면 관심을 보이긴 하겠지만.

"어리석은 질문이었습니다, 전하."

희관이 길게 읍했다.

며칠 후, 대공이 소풍에 나섰다.

처음 있는 대공의 소풍도 그렇지만, 대동한 이가 백화 부인뿐이란 사실은 시사하는 바가 매우 컸다. 칩거를 끝낸 백화 부인의 두 번째 회동에 대공이 확실한 힘을 실어줌으로써 내성에 있는 전 대공 부인들은 허수아비 신세가 되고 만 것이다.

이에 가장 땅을 치는 이들은 화연과 보명이었다. 향정이 떠난 덕에 경쟁자는 줄었지만 백화궁에서의 일로 밉보였을 것이 분명했기 때문이다. 더욱 신경이 쓰이는 일은 그 동행에 이린이 함께라는 것이었다.

하지만 그런 건 소소한 일이었을 뿐, 대공이 소풍을 간 곳에 대해 알려지면서 관료들은 혼란에 빠지고 말았다.

장소 자체는 풍광이 좋다는 소룡 마을이라 이상할 것 없었지만 그곳에 대공이 대규모 공사를 벌이고 있다는 소식이 전해진 것이다. 뒤늦게 관료들이 부랴부랴 마을에 대해 알아보려 했지만, 마을 전체가 돌연 대공의 비밀 영지로서 병사들의 통제를 받는 곳이 된지라 함부로 조사할 수 없는 곳이 되고 말았다.

3총관 이하 관료들은 어떻게 그리 큰 공사를 하는데 모를 수 있었느냐, 서로를 추궁했지만 이제 와서 너무 늦은 논의였다. 변명이라면 국고가 아닌 대공의 개인 재산을 사용한 것이라 몰랐다는 것인데, 그렇다 해도 야만족 소탕 말고는 관심 없던 대공의 달라진 모습은 그들에게 부담이 될 수밖에 없었다.

제 밥그릇만 보듬는 그들에겐 아직 변화의 바람이 보이지 않았다.

처음 종이 공장 하나로 시작하려던 공방은 이린의 기록이 추가될수록 함께 커지며 거대 마을로 바뀌어 있었다. 아직 가동하는 곳은 종이 공장 말곤 없었으나 한옆에는 대장간을 비롯해 산더미같이 쌓인 목재가 하나둘 건물로 변해가고 있었다.

의신과 주민, 백화 부인과 이린이 맨 먼저 보게 된 곳은 단연 종이 작업장이었다. 작업장과 생산공, 한쪽 옆에 쌓인 말린 종이들을 본 이들은 누구랄 것도 없는 탄성을 흘렸다.

"……!"

"대단합니다!"

'이린아!'

"정말…… 되네요!"

그중 이린의 감동이 가장 크다고 하면 과장일까? 기뻐하며 손을 내민 부인과 마주 꼭 쥔 그 손에서 감격이 흘러나왔다.

"훌륭합니다, 정말 훌륭해요!"

이린은 종이를 뜨는 이들 중 한 사람을 알아보며 감탄을 금치 못했다. 그는 이린이 시범을 보인 것을 몇 번 따라 해봤던 이였다. 사실 이린도 그 이상 알려줄 것이 없었기에 나머지는 그와 그 옆에 있는 이들이 해냈다고 보아도 옳았다.

"보셨소?"

의신이 말했다. 그가 감격으로 말을 잊은 이린에게 웃어 보였다.

"제가 알려드린 것은 아주 기초적인 것뿐이었는데……. 정말 훌륭합니다! 도구도 처음 만들었던 것과 생김새가 조금 달라 보입니다. 그새 편리하게 고쳐서 만든 것 같습니다. 앞으로도 계속 저분들의 손에 달라지고 나아질 것이 보입니다."

"그리할 것이라 하지 않았소! 발전에 관한 한 그대는 신경 쓸 필요가 없소. 나와 백성들이 그대가 꿈꾸던 것들을 천천히 모두 이뤄나갈 것이오!"

벅찬 감동에 이린의 눈이 반짝였다. 그의 앞에선 눈도 잘 들지 못하던 그녀가 종이 공장에 들어선 순간부터 날아갈 듯 생기가 돌았다. 그것은 고무적인 사실이나 백화 부인은 자신은 까맣게 잊은 것처럼 보이는 대공에게 곱게 눈을 흘겼다.

딸랑딸랑!

이랑을 부르기 위해 만들었던 종이 이래저래 무척 유용한 물건임이 확실했다. 그제야 의신이 헛기침을 하며 고개를 돌렸다.

"고모님!"

'내가 보이긴 하시오?'

눈빛만으로 대공은 알아듣는 눈치였다. 무안해하는 그의 얼굴에 부인은 부러 더 웃어주었다.

슬그머니 끼어든 주민이 세부적인 설명을 이었다.

"종이를 만드는 데 물의 수급이 중요하다는 설명에 이곳에 입지를 잡았습니다. 공방 뒤편의 소룡 폭포에서는 1년 내내 얼지 않는 물이 흐르고 수질 또한 최상이라 할 수 있습니다. 또한 울창한 숲과 바위가 천혜의 재료를 수급해 주는 곳이기도 합니다."

무안한 주인을 구하기 위한 거란 게 뻔히 보였지만 백화 부인은 모른 척 고개를 끄덕여 주었다.

“아직 시설이 다 갖춰지지 않아 사람들이 많진 않지만 곧 가족 단위로 이주하게 할 겁니다. 그리고 저 아래 터에는 이곳에서 그들이 살 집들이 지어지고 있습니다.”

주민이 가리키는 방향의 구릉 아래 민가가 될 새집들이 세워지고 있었다. 본래 초원이었던 곳이라 집을 헐어야 했던 이들은 얼마 되지 않지만 마을이 완공되면 모두 이전할 계획이라고 했다.

“마을이 반듯반듯해 보입니다. 모두 온돌로 난방을 하는 집입니까?”

“물론입니다. 공사하는 이들이 대부분 자신의 집을 짓고 있는 이들이라 이주할 백성들은 연신 꿈에 부풀어 공사에 참여하고 있습니다. 황실과 이웃 나라에서도 가장 먼저 따라 하고 싶은 그런 마을로 만들 것입니다. 혹여 잘못된 것이 있으면 말씀해 주십시오.”

“소, 송구하옵니다! 태내관님!”

‘호호호, 이제 와서 내외하면 태내관이 삐칠 것이야. 하니 맘껏 물어보거라.’

“무엇이든 말하시오. 부족한 것은 보충할 것이오, 틀린 것은 바로잡으리다. 지금 말하지 않으면 나중에 더 힘들어지지 않겠소? 이곳은 그대가 알려준 지식을 꽃피울 곳이오. 하니 그대의 뜻이 가장 중요하오.”

“소, 소인은…….”

‘이런, 이곳이 세워진 것은 너 하나만을 위한 것이 아니니라. 하니 지금은 물러날 때가 아니야.’

"제가 아는 건 도로와 상하수도가 건물보다 먼저 지어져야 한다는 것밖엔……. 송구합니다!"

이미 건물이 서고 있는 때 너무 늦은 말이었다. 하지만 주민이 안심시켜 주었다.

"이린 님이 기록에 언급하신 말씀 아닙니까? 다시 한 번 꼼꼼히 확인하게 하겠습니다!"

"모두 그대 덕분이오. 이곳에서 종이 기술자를 양성하여 적토의 전 영토에 같은 시설을 지을 계획이오."

'하실 수 있을 것이오. 반드시 될 것이오.'

부인이 힘차게 고개를 끄덕여 보였다.

'그런데 대공! 이 아이, 이젠 제발 일 좀 그만하게 해주시오. 뭐 하느냐? 석판이 없지 않으냐? 그러니 네가 말을 전해줘야지?'

"마, 마님!"

"무슨 말씀이시오?"

"마님……."

이린이 난처해하는 걸 보면서도 부인은 짐짓 엄한 척 고개를 저었다.

'어서!'

이린은 눈을 꾹 감고 말했다.

"소인이…… 일을 많이 한다고 하십니다."

「맞아요! 우리 주인님 잠 좀 주무시라고 해줘요! 요즘 저랑도 안 놀아주시고!」

종이 공장의 냄새가 싫다며 주위를 돌아본다던 이랑이 어느새 돌아와 혀를 빼물고 참견했다.

최근 그녀가 일을 많이 한 건 사실이다.

기다림을 약속한 그에게 어떤 답도 해줄 수가 없이 시간만 흘러가고 있었다. 사실 그가 바라는 대답은 하나요, 그의 품에서 울었던 순간부터 이미 자신의 마음도 기울어졌음을 알고 있었다. 하나 그렇다고 해서 그러마 하고 대답할 수 없는 것이 현실 아니던가?

눈을 감아도 떠도 자꾸만 기억나는 그의 음성을 덮는 방도는 일을 하는 것뿐이었다.

지금 이걸 해내면 다음 것이 편해지고, 그것이 편해지면 수확이 늘 것이고, 그리하면 나라가 부강해지니 그의 시름이 덜어질 테고…….

끝닿는 생각이 그에게 정착되는 건 어이없는 일이었지만 그래도 일할 때만은 그가 기다리고 있음을 잊을 수 있어서 마음을 덜 졸였다.

한데 음성뿐 아니라 생생한 그의 온기와 숨결이 느껴지는 지금 정신이 울렁거려 마음의 갈피를 잡을 수 없었다. 그나마 다행인 건 그가 다시 답을 달라고 하지 않는 것이다.

"그렇군. 그대의 얼굴이 그래서 상한 것이구려! 앞으로 일 금지요!"

"하오나, 전하……."

"면경을 보면 알 거요. 고모님의 걱정이 보이지도 않소? 저 짐승까지 같은 말을 하는 듯한데!"

「흥!」

의신은 코웃음 치는 이랑조차 귀엽게 볼 수 있었다. 자신의 여인이 곁에 함께 있으니.

"걱정되오. 무척이나. 하니 그대 몸을 챙기시오. 부탁이오."

"저, 전하……."

주민이 입을 떡 벌렸다가 다물었다.

백화 부인은 눈물이 찔끔 흐를 정도로 터지는 웃음을 막느라 입을 가렸다.

뭔가 매우 거슬리긴 했지만 쉬겠다는 약속을 하는 주인의 말에 이랑도 만족스러워했다.

조금 떨어진 곳에서 희관이 네 사람이 담소를 나누는 공간을 지키고 있었다.

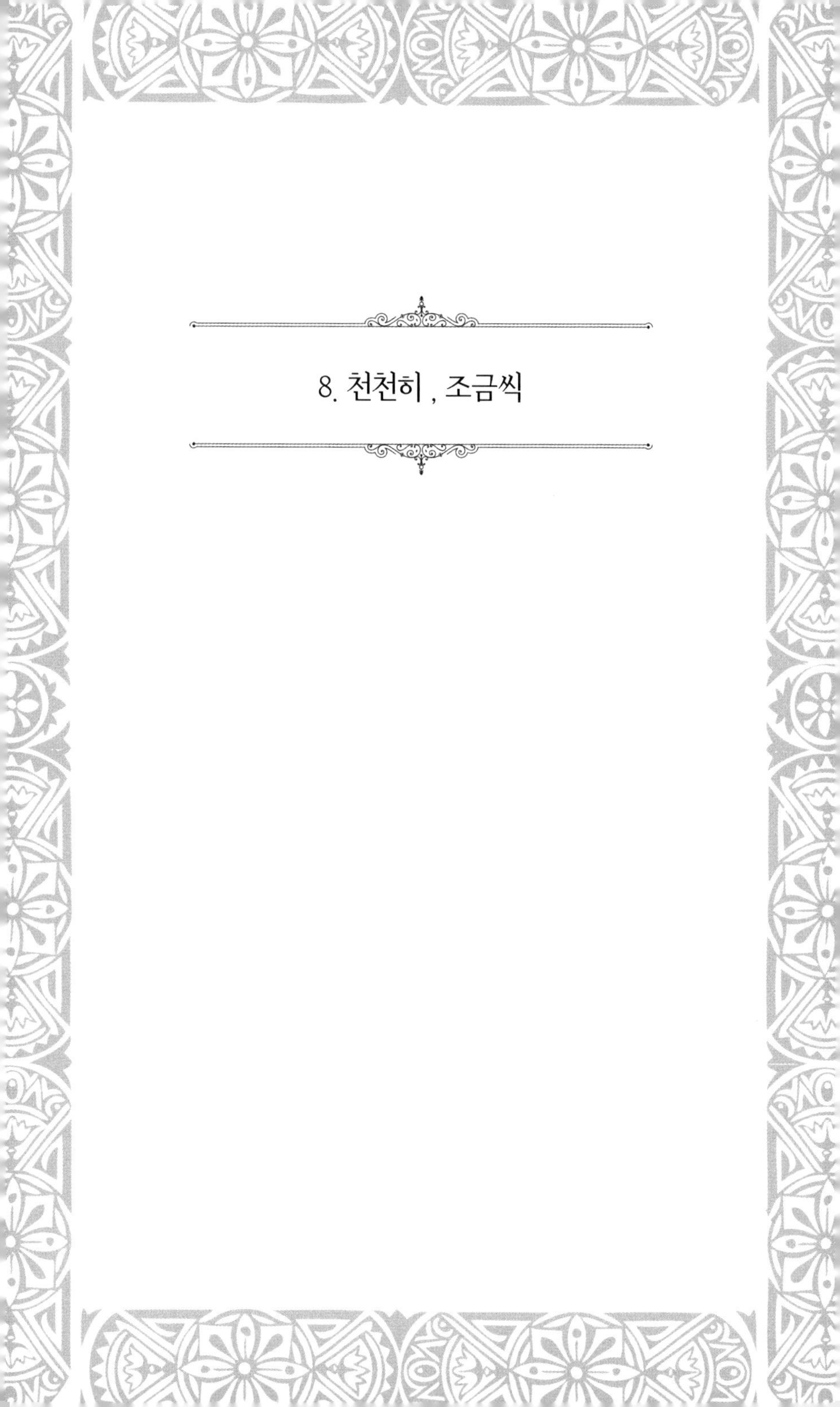

8. 천천히 , 조금씩

공방 마을에 다녀오고도 열흘, 일을 줄이기로 약속했던 이린의 생활은 그리 달라진 것이 없었다. 이린이 책상에 고개를 파묻으며 한탄을 토해냈다.

"제가 아는 것이 너무 부족합니다. 기본적인 산수 말고는 간단한 방정식조차 기억하지 못합니다. 이전에 당연하게 누리던 것들의 원리를 아는 것이 없습니다. 하다못해 고등학교라도 졸업했더라면……."

책상엔 언제나처럼 널브러진 면포와 종이, 먹과 붓이 한가득이었다. 이전과 조금 달라진 점이 있다면 종이가 첨가된 것, 그리고 연필로 보이는 것이 몇 자루 굴러다니고 있다는 것이다.

'네가 그런 소릴 하면 어떡하누. 네가 말하는 하나하나가 다 얼마나 신기한데!'

"하지만 부족합니다, 부족합니다! 증기 기관이 무언지만 알았다면 이곳에서도 산업혁명을 일으킬 수 있었을 텐데. 그럼 맨 먼저 기차를 만들어낼 테고 운송이 대량화 될 수 있고 그 모든 것이 그야말로 문화가 혁명처럼 번지는……."

'얘야, 이린아. 날 보거라!'

이린이 고개를 들었다. 꺼칠한 안색에 푹 꺼져 버린 눈이 얼마나 저 자신을 닦달했는지 보여주는 얼굴이었다.

'이런, 이런. 이 고운 얼굴이 이게 뭐니. 욕심내지 마라. 네가 할 일은 다 가르쳐 주는 것이 아니다. 너도 말하지 않았니? 기계란 것은 너의 전생에서도 석학들이 몇 세대에 걸쳐 만들어냈다고. 네 역할은 그런 것이 있다는 것을 알려주기만 하면 되는 것이야. 그것만으로도 이곳 사람들에게는 충격이고 혁명이란다.'

"……!"

'왜 그렇게 서두르느냐? 그 연필이라는 것을 보아라. 그것을 며칠이나 안고 기뻐하던 것은 생각나지 않니? 또 넌 두레 없이 땅 위에서 물을 뽑아내는 기적을 보였다. 그 감동이 벌써 사라진 게야?'

얼마 전 대공이 고무를 구해왔다. 그걸 본 순간 이린은 펌프를 떠올렸다. 전생의 그녀가 살던 마을의 오래된 우물 옆에 수동 펌프가 있었기에 자연스레 생각난 것이었다. 어차피 고무바퀴를 사용하려면 도로가 우선이라 당장 쓸모가 없었다. 하지만 펌프는 어디든 물길만 찾으면 설치할 수 있고 꼭 고무가 아니어도 대체할 재료를 찾을 수 있을 것이란 생각이 들었던 것이다. 고무를 가공하는 방법 따윈 몰랐지만 그런 건 그녀의 몫이 아니었다. 대략의 원리와 그림만 그려 공방으로 보냈다. 대공이 모은 공방 기술자들은 천재들임이 틀림없었다. 그녀의 어설픈 그림과 설명만으로 펌프가 완성되기까지 닷새가 걸렸다. 펌프는 소(小)우물이라는 이름으로 공방의 생산 목록에 올랐다.

또한 그들은 그녀가 만든 미완성의 엉성한 수차 모형만으로 제 기능을 하는 방아를 만들어냈다. 물레방아에 성공한 그들은 풍차에도 도전하고 있었다. 하나를 알려주면 열, 스물을 더 할 수 있는 이들이었다. 하지만 그럼에도 그런 이들에게 제대로 된 길을 열어주지 못하는 저에게 이린은 한계를 느꼈던 것이다.

"죄송합니다."

이린이 고개를 푹 꺾고 말았다. 부인의 말이 틀린 것이 없었다. 펌프가, 아니 소우물이 작동됨에 기뻐하던 것이 며칠이나 지났다고 조급증을 일으킴은 어불성설이다.

'혹, 너도 소문을 들은 게야?'

"네? 그게……."

'역시 그랬구나. 그리 대공이 염려스러웠더냐?'

대공의 공방 마을 행차 후 소문이 돌기 시작했다. 대공이 춘궁기 빈민 구제할 돈을 털어 넣었다는 것부터 해서, 듣도 보도 못한 해괴한 일이 벌어진다는 것이 가장 가벼운 이야기였고, 백성들을 잡아 가둬 오가지도 못한다는 둥, 비밀스러운 주술을 연구한다는 둥 온갖 억측과 비난이 쏟아지기 시작한 것이다. 이는 종이를 본 세족들이 돈 냄새를 맡으면서 자신들을 끼워주지 않은 것에 대한 불평과 불만을 표출한 것이었다.

"농사는 수확할 때까지 그 결과를 알 수 없습니다. 퇴비는 아직 효과를 볼 정도가 아니었고 더구나 새 작물의 작황은 그야말로 하늘에 기댈 일입니다. 공방 마을은 시범 도시라 할 수 있기에 반드시 성공해야 합니다. 한데 뒤늦게 벽돌 같은 걸 생각해 내서, 진척조차 더뎌지고 말았지 않습니까."

이린이 다시 책상에 얼굴을 파묻기 직전이었다.

벽돌은 의외의 복병이었다. 적당한 강도와 내성을 가진 벽돌을 만드는 자체가 어려워 이제 막 생산을 시작했다. 백성들이 살 마을은 본래대로 지어 끝나가고 있지만 공장이 될 건물들은 벽돌을 기다리느라 이제야 공사를 재개한다고 들었다.

'이린아, 또……!'

"송구합니다, 마님."

'아휴, 요즘 내가 너를 말리는 게 최대 과제니라!'

"송구……."

'이린!'

어느덧 완연한 봄이었다.

의신이 신료들에게 약속한 기일이 벌써 반이 지나갔지만 이린과 대공의 거리는 여전한 것만 같아 지켜보는 부인은 애가 타고 있었다. 그렇다고 대공 본인만 할까? 분명 대공의 속은 더 시커멀 것이다.

그래도 한 가지 다행이라면 이제 이린을 보니 대공 혼자만의 일방적인 외사랑은 아닌 듯 보인다는 것이나. 상처와 두려움을 이기고 그를 바라기까지 굳세게 일어난 이린은 진정 강한 여인이었다.

하지만 이린이 마음은 이미 갔으나 제 처지 때문에 망설임이 뻔히 보였다. 그거야 이린이 마음만 먹으면 해결해 줄 일. 풀이 죽은 이린을 토닥이며 부인은 야릇한 미소를 흘렸다.

「집주인이 또 음흉하게 웃었어요!」

이랑이 냉큼 일렀다. 그러나 또 못되게 말한다고 야단만 맞았다. 너무 위기감 없는 주인 때문에 이랑도 애가 탔다.

「내가 얼른 커야 하는데…….」

이린이 동동거리는 저를 쓰다듬어 주자 이랑의 입가가 그새 헤, 벌어졌다. 녀석의 꼬리질에 이린은 잠시 평화로움을 만끽했다.

그때 공방 마을로 들어서는 일단의 무리가 있었다.

“여기가 어디냐? 여기가 네 고향이라 하지 않았더냐?”

수염 허연 사내가 뒤따르던 제자를 돌아보며 물었다. 제자 또한 눈앞에 펼쳐진 기이한 풍경에 잠시 말을 잃었다가 뒤늦게 대답했다.

“저 뒤에 흐르는 물을 보니 소룡 마을이 분명 맞사온데……. 여기가 왜 이렇게 된 거지요?”

되레 되묻는 국언의 머리를 몇몇 비슷한 또래의 제자들이 쥐어박았다.

마을엔 긴 방책이 둘려 있었다. 마을 어귀에선 괴상한 물건이 반듯한 돌을 실어 올리고 있었고 그 아래 인부들이 돌을 받아 건물에 흙을 바르고 있었다. 또 곳곳에 파헤친 곳으로 물줄기가 따라 흐르고 있었고, 다시 넓적한 돌로 그 위를 막아 흙을 덮는 작업을 하고 있었다.

“변괴로고!”

스승의 말에 말을 잃은 모두가 똑같이 고개를 끄덕였다.

열다섯 명에 이르는 무리가 마을로 접근하자 병사가 다가와 경계하며 물었다.

“뉘시오? 여긴 대공 전하의 땅이오. 허가된 사람이 아니면 오지 못합니다!"

"대공 전하께서? 아…… 나는 육자문이라 하오. 적영에 가는 길에 머물 곳을 찾아 들렀는데 고향이 이곳이라는 제자도 몰라보지 않겠소!"

"육, 정말 육자문 선생이십니까?"

병사가 놀라며 소리쳤다. 그의 목소리를 들은 몇몇 병사들과 인부들이 그들의 주위로 몰려들었다.

"육 선생이시래."

"정말?"

"엇! 맞아! 육 선생이시다!"

인부들과 마을 사람들이 달려들었다. 그런 사람들의 반응이 익숙한 듯 제자들이 나서며 몰려드는 사람들에게서 스승을 둘러쌌다.

그새 달려온 병사들의 우두머리가 육자문과 일행을 환대하며 안으로 맞아들였다.

"상장 강진대라고 합니다. 육 선생을 뵙습니다. 어서 오십시오."

육자문은 적토에서 가장 유명한 주술사이며 많은 주술사를 키워낸 대스승이었다. 육자문이 이토록 환대받는 것은 그가 땅의 기운을 북돋는 주술사이기 때문이다. 농지를 일궈 먹고 사는 백성들에게 땅의 주술사는 그야말로 하늘이 내린 선인이다.

주술사는 신비한 힘을 발휘하곤 했지만 대부분 그 능력이 국한적이고 미약했다. 그러나 육자문은 달랐다. 그가 힘을 쓴 땅에서는 어떤 곳이든 그해 풍년을 장담할 수 있었다. 더구나 그는 부자 세족들이 아닌 힘없고 가난한 백성들을 위해 가진 힘을 쓰는 이였다. 신선이 백성을 위해 내려온 이라 할 만큼 백성들 사이에서 그의 존재는 절대적이었다. 때문에 일하다가도 그에게 인사를 하고 돌아가는 사람들의 시선에는 선망과 존경이 가득했다.

마을 안으로 들어간 육자문과 제자들은 그 어느 곳에서도 볼 수 없었던 진기한 광경에 눈을 떼지 못했다. 그러다 마을 꼭대기의 한 건물 벽에 거대한 날개 네 개를 붙이고 있는 장면을 목격하게 되었다.

"강 상장! 저것이 무엇이오? 무얼 하는 게요?"

"저것은 풍차라고 합니다. 곡식을 빻을 때 쓰는 기구입니다."

"뭐라? 저런 것으로 어찌 곡식을 빻을 수 있소?"

"직접 보시면 아시겠지만 지금 당장 저곳으로 모실 수는 없습니다. 이 마을은 태내관께서 허락하신 분이 아니면 출입을 금하고 있습니다. 물론 육 선생이라면 허락하시겠지만 당장은 어렵습니다. 오늘은 묵어가는 곳만 살펴 드릴 수 있습니다."

"어허!"

육자문은 끓어 넘치는 호기심에 미련을 떨치지 못한 채 안내해 주는 곳으로 향했다. 하지만 숙소에 앉아서도 멀리 보이는 풍차라는 것에서 눈을 떼지 못한 것은 당연했다.

"내가 이것을 보려고 돌아온 게야! 천기가 나를 이끌었음이니!"

"제가 오자고 하지 않았습니까!"

국언이 종알거리는 소리를 무시한 육자문의 노인답지 않게 형형한 눈빛은 탐구심으로 활활 타고 있었다.

수발을 들던 제자들은 풍차와 스승을 번갈아 보다가 서로 눈이 마주치자 어깨를 으쓱했다. 그들은 예감했다. 머지않아 이곳으로 돌아와 머물러야 할 거라고.

“그 계집이 요즘은 두문불출한다고?”

“그렇습니다, 아씨.”

“전하께선 다시 오시지 않았느냐?”

“나흘 전에 오신 적은 있사온데 마님만 뵙고 금방 가셨습니다.”

“그래? ……알았다. 잘했느니.”

유경의 입술이 슬쩍 비틀어졌다가 미소를 머금었다.

유경이 내미는 작은 옥 조각을 품에 넣은 온혜는 사방을 살피며 몰래 그녀의 처소를 빠져나갔다.

“보이는 것이 그뿐인 걸까? 아니면…… 정말 그 계집을 품기라도 하시려는 걸까?”

“계집을 품든 아니든 무슨 상관이오?”

“뉘냐!”

갑작스레 들린 목소리에 펄 듯이 놀란 유경의 앞에서 보명이 생글거리며 웃고 있었다.

“그대들은 뭔가 잘못 생각하고 있어요. 전하께서 백화 부인을 자주 찾으신다고? 그래서 백화궁에 사람을 심고 계속 기웃거리지요? 그래봤자 전하께서 눈이나 깜빡하셨나요?”

“무슨 소릴 하려는 게요!”

“어차피 다 소용없다는 말이에요. 그리고 그런 노력이 없어도 전하께선 정혼을 영 마다할 수는 없다는 이야기예요. 정혼은 미뤄졌을 뿐, 약조한 시간만 되면 우린 전하의 부인이나 비가 될 것입니다. 서로 날을 세우지 말자고요.”

"전하께서 그 계집을 총애하면 어쩔 것이오!"

"그러면 어때요? 우리가 대공의 마음을 얻고자 하는 것은 아니잖아요? 누가 아들을 낳느냐가 중요하지. 우리 중 아들을 낳는 이가 없으면 전하께선 부인을 더 얻으실 테고 말이에요. 그렇게 골치 아프게 서로 각을 세울 필요가 없다는 말씀입니다."

보명이 싸늘하게 웃었다.

그동안 소심하고 여린 모습을 보이던 것은 모두 거짓인 양 보명의 표정은 차갑고 잔인했다. 자신의 처소 안까지 소리도 없이 들어온 것만 봐도 숨겨진 무언가가 있었다.

유경은 경박하긴 해도 눈치는 빨랐다.

'향정이 떠난 데 수작을 부린 것이 보명이었구나!'

또한, 가장 경계해야 할 이는 화연이 아니라 보명이었다는 것도 알았다.

"그 계집에게 손을 써서 대공의 눈 밖에 날 일을 만들지 말라는 말을 하려고 온 것입니다. 지금은 그냥 계세요. 거슬리더라도 나중을 기약하는 게 낫지 않겠어요?"

"왜 그런 말을 내게 하는 거지요?"

"지금이 딱 좋아요. 그대까지 나가게 되면 관료들이 들고 일어나 적토의 전 지역에서 영애들을 끌어 모을 거예요. 그럼 우리 자리도 위태로워질 테니, 자중하시라고요."

"이이!"

"정혼할 때까지만 참으세요. 그 이후는 안 말릴 테니까."

그 말을 끝으로 보명은 고개를 까닥하고는 왔던 것처럼 소리 없이 유경의 방을 빠져나갔다.

"이, 이이!"

"아씨!"

보명이 나가고 나서야 하녀가 뛰어들어 왔다.

짝!

"너는 어찌 저 계집이 들어오는 것도 알리지 않았느냐!"

제가 명해 자리를 비운 것이지만 유경이 분풀이를 할 이는 하녀밖에 없었다. 그 후 유경의 방에선 한참이나 때리고 부수는 소리가 새어나왔다.

백화 부인의 다독거림에도 이린의 조급증은 쉽게 사라지지 않았다. 하녀들이 수군대는 소리, 가끔 여희를 만나면 들을 수 있는 소문은 대공에 관해 결코 호의적이지 않았다. 춘궁기에 다시 거세어진 야만족의 발호가 산발적으로 일어나는 것조차 모두 대공의 탓이었다. 최근 타패족과의 전투를 치르고 돌아온 대공이 오늘 흉족의 발호 소식에 지 장군만 보낸 것을 못마땅해하는 이도 있다고 했다.

당장 보이는 결과물은 없고 대공에 대한 불만만 거세어지니 이린의 속은 타들어 갔다. 그럼에도 저가 왜 속이 타는지는 눈을 감았다.

또 불이 꺼지지 않는 그녀의 작업실, 이랑이 갑자기 문 쪽으로 이를 드러내며 경계했다.

「누가 와요!」

"응? 누가?"

이랑이 미처 대답하기 전에 문이 열리며 그가 왔다.

"너무 늦게까지 못 자는 것 아니오?"

"전하!"

놀란 이린이 재빨리 탁자를 치우려 했지만 갖가지 그림과 낙서들로 빼곡한 그곳은 몇 번의 손짓으로 정리될 곳이 아니었다.

"그만, 그만하오."

의신은 그중 방금까지 그녀가 머리를 싸매던 그림을 가리키며 물었다.

"이것은 무엇이오?"

"이건 전구라는 물건을 그린 것입니다. 전구는 유리 안에 전기로 만든 빛을 밝히는 기구입니다. 어둠을 밝히는 일대 혁신이라 불리는 발명품이기도 합니다."

"이전에 듣기로, 전기라는 것이 벼락 같은 것이라 하지 않았소?"

"맞습니다. '그곳'에선 전기가 없는 삶을 상상할 수 없을 정도로 일상에 매우 밀접하게 쓰던 것입니다. 하지만 전 쓰는 방법만 알지, 전기를 생산하여 가두는 법은 알지 못하나이다."

"그래서 얼굴이 이렇게 어두운 것이오?"

"그게……."

"전기란 건 얼마나 많은 사람들이 연구한 것이오?"

"잘 모릅니다."

"그럼 사용한 시기는 어느 정도요?"

"대략 이백에서 삼백 년 정도일 것입니다."

"그렇다면 사용한 기간에다 몇 곱을 하면 발견한 때부터 연구한 기간이 나올 거요. 그렇지 않소?"

"그렇습니다."

"그대는 이미 그 과정을 몇 분지 일로 단축할 단초를 주었소. 그대가 말하지 않았소. 우리에게도 매우 우수한 인재들이 있소. 그대가 쓰던 것이 당장 만들어지지 않는다고 안타까워하거나 조급해하지 마시오. 나는 그대가 알려준 길로 차근차근 나갈 것이오. 그리고 결국 우리도 할 수 있을 것이오. 내 세대엔 안 되더라도 우리 아들이, 아니면 우리 손자가 해낼 것이오."

"아……!"

"또 그대가 말하지 않았소? 물질문명이 발전한다고 다 좋은 것만은 아니라고. 많은 이들을 풍요롭고 이롭게 하고 싶은 그대의 마음은 아오. 우리, 차근차근 해나갑시다. 나는 풍요로운 미래보다 그대와 함께하는 미래를 더 바란다오. 부디 몸을 보중하시오."

"전하."

「야아아! 누구 맘대로! 누구 맘대로 우리야!」

캬아악!

이랑이 이빨을 드러내며 팔딱팔딱 뛰었다. 그럼에도 대공과 힘의 절대 격차를 알아서인지 감히 그에게 덤비지는 않고 캬웅캬웅 소리만 질러댔다.

"이랑, 그만둬!"

날카로운 주인의 명령에 이랑은 입을 다물긴 했지만 대신 몸을 바싹 웅크린 채 의신을 쏘아보기 시작했다. 그러나 의신은 웃으며 녀석의 앞에 앉았다.

"나는 네가 싫지 않다. 가끔 쫓아내고 싶긴 해도."

「나는 싫어! 싫어! 싫어! 쫓아내? 누굴! 쫓겨나는 건 너, 아니, 대공, 당신이거든!」

"네가 무슨 말을 하는지 다 알 것 같구나."

번개 같은 손놀림에 이랑은 의신에게 뒷덜미를 허용하고 말았다. 의신은 쓰다듬어 준 것이었지만 녀석은 모욕이라도 당한 양 기겁하며 난리도 아니었다.

"이랑아……."

거의 광란의 몸부림에 울기 직전의 녀석을 이린이 끌어안아 달래줄 수밖에 없었다.

"역시 마음에 들지 않소."

"네?"

"……이름."

무슨 말인지 이젠 그녀도 안다. 불쑥불쑥 정면으로 치고 들어오는 의신 때문에 이린은 정말 어째야 할지 몰랐다.

하지만 그렇다 해도 자신이 그에게 허용되는 사람은 아니었다.

「뭐? 무슨 이름? 뭐!」

그녀의 손길에 여전히 그를 경계하며 갸르릉거리던 녀석의 몸에서 점점 긴장이 풀리고 있었다.

"오늘은 그대에게 알려줄 것이 있어 왔소."

"……?"

「흥, 핑계는! 너, 아니 대공! 어제도 왔지? 엊그제도 왔었지!」

이린은 볼을 붉히며 그가 이랑의 말을 알아듣지 못함을 감사히 여겼다.

"따라오시오."

의신을 뒤따른 이린은 그가 보여주는 것에 놀라움을 감추지 못했다. 살면서도 몰랐다. 백화 부인의 처소 뒤편에 이런 문이 숨겨져 있다는 걸 뉘가 알았을까? 아마 백화 부인은 알지도 모른다.

"이곳은 비은당으로 통하는 문이오. 급히 날 찾을 일이 있을 때 이곳을 통해 오시오. 무언가 생각날 때, 오늘처럼 끙끙 앓지 말고 꼭."

"……네."

이린은 대답하면서도 과연 그 문을 이용할 날이 있을지 모르겠다고 생각했다. 하지만 의신은 그녀가 금세 이 문을 지나올 날이 올 거라 믿었다.

이랑은 저에게 묘한 웃음을 보이던 대공을 삼키고 감쪽같이 담으로 변한 그 문이 왠지 마음에 들지 않아 '왕' 하고 짖었다.

햇볕 따뜻한 봄날, 이린은 모처럼 쉬는 짬을 내어 여희를 만나러 나왔다.

의신이 다녀간 뒤로 그녀는 드디어 조급증을 버릴 수 있었다. 어차피 그녀가 아는 한정적인 지식으로 이 세계를 바꿀 혁신을 꿈꾸는 자체가 미련이었다. 할 수 있는 만큼, 그리고 오늘보다 조금 더 나은 미래를 물려주는 것이 그녀가 할 일이었다. 머리론 알면서 그가 와서 말하고 나서야 마음속으로도 받아들일 수 있었던 것이다.

저가 주인을 지켜야 한다며 앞장선 이랑의 엉덩이가 춤을 추고 있었다.

"어? 이랑아!"

지나가다가 이랑을 본 차복이 연인을 본 양 달려왔다.

「어, 이 냄새 나는 인간이 또!」

'이랑아!'

"이랑아, 네가 요즘 훈련장에도 잘 안 와서 아쉬웠는데 이렇게 보니 정말 반갑다!"

「흥, 난 너 싫어, 안 반가워! 왜 자꾸 달려드는 거야!」

"안녕하세요, 심 부부장님?"

"안녕하세요, 이린 시녀님, 이랑이부터 보여서요. 하하. 오늘 지 장군께서 계신 곳에 후발대로 가게 되었는데 출발 전에 이 녀석을 봤으니 행운이 오려나 봅니다."

전장에 간다면서도 차복의 표정은 해맑기만 했다.

"무사 귀환하셔요, 심 부부장님!"

"그야 당연하지요!"

차복이 환하게 웃으며 이랑에게 다시 손을 내밀었다. 하지만 이랑은 여전히 질색하고 피하기만 하니 이린은 민망하고 미안할 따름이었다.

"차복아, 서둘러!"

인결과 밀영이 멈춰 서서 그를 부르고 있었다.

"네, 갑니다!"

모처럼 만난 이랑을 만져보지도 못한 차복은 어깨를 늘어뜨린 채 뛰어갔다.

「아휴, 싫은 냄새 나는 인간이 왜 저렇게 달려드는지 원!」

"대체 무슨 냄새가 난다는 거니?"

「있어요, 아주 싫은 냄새. 그 대공이란 인간 냄새가 제일 싫어요! 차복이란 인간도 비슷하게 싫고, 비슷한 냄새 나는 인간들이 몇 되는 것 같아요. 집주인은 암컷이라 좀 참을 만한데 재들은 아니에요.」

백화 부인까지 풍긴다는 냄새에 이린은 무언가 어렴풋이 알 것 같았다. 그렇다면 차복이 설마?

하지만 그건 오로지 추측일 뿐, 확인할 방법도 없었고 입 밖에 낼 일도 아니었다.

「근데 좀 얼게 나는 인간도 있네요?」

이랑이 차복이 가는 쪽을 돌아보며 말했다.

"응? 또 누가 있어?"

「차복이 오른쪽에 있는 인간이요!」

하지만 이린이 돌아봤을 때 이미 천무단원들은 보이지 않았다. 사실 이린은 차복 말고는 아직 그들의 얼굴이 다 거기서 거기라 누군지 잘 구분하지도 못했다.

이린은 마음 불편한 추측을 털어버리려 고개를 저었다.

다시 걸음을 옮기는 이랑이 엉덩이를 실룩거렸다. 이미 차복 따위는 잊은 듯 보였다.

「주인님, 주인님, 주인님!」

"우리 이랑이, 굉장히 기분이 좋아 보이네?"

「아버지가 다녀가셨어요.」

"그랬구나! 나도 만나보고 싶은데 아직 때가 아니라고 그랬지? 음, 무슨 때인지 알려줄 수 있겠니?"

「그게…….」

갑자기 이랑이 입을 꾹 다물었다. 말할까 말까, 망설이는 눈빛이었다.

"괜찮아. 말해 봐!"

「사실은 우리 일족은 주인님께 끌릴 수밖에 없어서……. 그래서 아버지와 만나게 되면 아버지도 주인님 곁에 머물고 싶을 거래요. 하지만 아버지의 자리는 팔모산에 있거든요. 아버지는 그곳의 지배자이시니까.」

그녀에게 이랑의 아버지의 정체는 왠지 그리 놀랍지 않았다. 어느 하나 평범한 것 없는 이랑이니 그 아버지도 그 정도는 될 것 같았다. 하니 이랑의 아버지와도 당연히 통할 것이었고, 생각해 보면 수백 마을에서 멀리 배웅하던 목소리를 들은 것도 같았다.

"와! 엄청난데? 나 그렇게 매력적이니?"

이린은 장난처럼 대답했지만 이랑은 진지했다.

「그래서 만나시게 되면 아마도 주인님을 모셔갈 수밖에 없을 거래요.」

"정말?"

이랑이 워낙 진지해서인지 왠지 이랑의 아버지가 당장 나타나 가자고 한다면 선뜻 따라나설지도 모른다는 생각이 들었다. 하지만 동시에 좌절할 그가 떠올랐다.

'내가 가면 그는 어쩌지?'

놀랍다, 저 하나 없다고 그가 좌절할 거란 망상은 어디서 난 걸까?

「네, 하지만 몹쓸 혈족의 어미가 치성을 드렸으니 단 한 번 더 관용을 베풀어 기회를 준다고 하셨는데 그건 무슨 말씀인지 모르겠어요.」

"어머니? 관용이라니?"

「그건 무슨 말인지 저도 잘 모르겠어요.」

뭔가 의미심장한 느낌에 가슴이 두근두근했다. 하지만 이랑도 모르는 데다 녀석의 말은 아직 끝나지 않았다.

「제가 아직 제 몫을 다 하는 성체가 못 되어서 그런 거래요. 만일 제가 성체인 채로 주인님 곁에 있다면 아버지도 그렇지는 않을 거래요. 그리고 주인님도 저절로 성체에 마음이 더 끌리게 될 테니 저보다 아버지가……」

"으응?"

말은 다 못 하고 자꾸 땅을 파고들 듯 눈을 가리는 녀석의 모습에 그 말이 이해되었다. 그녀가 저 대신 아버지를 더 좋아할까 걱정된 것이다.

이린은 너무나 귀여운 녀석의 머리를 헝클 듯 마구 쓰다듬어주며 물었다.

"이랑아! 네 이름이 뭐라고?"

「네? 아! 주인님이 사랑하는 이랑이요!」

"그래, 넌 내가 사랑하는 이랑이야! 그러니 어서어서 자라기나 하렴!"

「네! 전 형들보다 더 빨리 클 거라니까요! 아버지보다 더 크게 자랄 거예요!」

이린은 그 정도 크기면 조금 곤란하지 않을까 잠시 고민했지만 금세 원기를 찾은 녀석의 꼬리가 춤을 추었다. 이랑이 다시 엉덩이를 흔들며 그녀의 앞으로 종종 뛰어나갔다.

그들이 지나던 길목의 그림자 속에서 옅은 중얼거림이 흘러나왔다.

"역시, 저 이름은 맘에 안 들어……."

육자문은 공방 마을을 떠나자마자 곧장 적영으로 향했다.

본래 육자문은 백성들의 원(願)에 따라 천천히 떠돌길 즐기고 왕이나 권력가들과는 그리 가까이하지 않았다. 하지만 이번엔 적영에 오자마자 스스로 대공을 찾아왔다.

육자문은 명망도 드높았지만 의신의 모후가 살아생전 존경하고 자주 찾던 사람이기도 했다. 의신은 그의 배알 요청을 흔쾌히 받아들였다.

"대공 전하를 뵙…… 습니다."

의신과 인사하며 도중에 말을 흐린 육자문은 급히 놀라움을 감추었다.

"내게 무슨 변화가 있는 게로군. 맞소?"

"……."

"물어도 천기라 말할 수 없다고 할 테지. 굳이 묻지는 않으리다. 하지만 좋은 쪽일 테지? 아니 그렇소?"

자신의 운명을 알고 있는 자와 마주해서 덤덤할 수 있는 사람이 몇이나 될까? 한데 의신은 벌거벗겨진 듯 보여도 상관없는 듯 여유 가득한 미소를 짓고 있었다.

"전하께서는 언제부터 알고 계셨사옵니까?"

의신의 미래엔 자식이 없었다. 아니, 뱃속의 아이를 포함한다면 모두 일찍 잃을 운명이었다.

"모후께서 돌아가신 다음이었소. 구체적인 말은 아니었지만 나를 걱정하신 글을 발견하였소."

"그때부터……!"

"그때엔 그저 의심만 했었소. 한데 얼마 전 꿈이 보여준 미래에 혼란스러워하다가 확실히 깨닫게 되었소."

그 깨달음에 담긴 짙은 씁쓸함이 육자문을 뜨끔하게 했다.

그 내용까진 몰라도 아마도 그 꿈은 가끔 허락된 천기로 자신이 훔쳐본 대공의 운명과 그리 다르지 않을 것이다. 적토를 다스리는 지존의 자리라 우러름을 받긴 하지만 그가 짊어진 삶의 업은 너무도 무겁고 가혹했다. 하면 주변의 가장 가까운 누군가도 배신자가 된 모습을 봤을 수도 있다. 그러나 이미 달라진 미래를 받아들인 이답게 대공은 그에 휘둘리지 않고 그 모진 무게를 벗어버린 것 같았다.

“이 기적적인 축복을 감축드립니다.”

“아직은 아니오.”

“그렇습니다. 아직은 아닙니다. 노력이 필요하십니다.”

“알고 있소.”

조금은 쓰게, 조금은 민망하게 웃는 대공이 감히 평범한 사람처럼 보였다. 그러면서 한편으론 안타까웠다.

‘이런 전하의 모습을 그분이 생전에 볼 수 있었다면!’

의신의 운명에 관한 비밀을 알고 있는 이는 육자문 자신과 작고한 대공의 모후뿐이었다. 그런 사실을 알게 된 어미는 그것을 그냥 두고 볼 수가 없었다. 하나 사람의 미래를 엿보고 그 운명을 바꾸려는 건 천기를 거스르는 것, 그녀는 아들의 업과 미래를 위해 자신의 목숨을 바쳤다. 그것도 그저 가능성을 열어준 것만으로.

그 모정에 감복함인지 다행히 대공은 모후가 바라는 대로 미래를 찾아가고 있는 듯했다. 그러나 걸림돌은 하나만 있는 것이 아니다. 그 위기를 넘기지 못한다면 그의 미래는 이전의 바뀌기 전보다 빠르게 지고 말 것이다.

그러나 그 또한 말할 수 없는 범주의 것이었다. 그가 대공에게 해줄 수 있는 말은 단 하나였다.

"노력하고 또 노력하십시오. 안간힘을 다해 지키십시오."

"고맙소!"

자신의 뼈 있는 말을 대공은 알아들은 것 같아, 육자문은 그걸로 족했다.

"자, 그럼, 풍차라 하였습니까? 이 늙은이를 놀라게 한 그 마을을 제게 열어주시는 것이지요?"

"하하하, 그새 그것을 보고 왔소?"

육자문의 눈은 신기한 장난감을 처음 본 어린아이의 것과도 같았다. 웃음을 터뜨리며 이야기하는 의신을 보며 육자문도 함께 미소 지었다.

"태내관의 허락이 필요하다기에 여기 온 것입니다. 그렇지 않았으면 아예 그곳에 눌러앉았을 것입니다."

"오시기 잘하셨소. 그것 말고도 보여 드릴 것이 있다오."

"무엇입니까?"

"가보시면 아오."

의신은 더는 말을 아낀 채 육자문을 새 농작물들이 자라는 직영지로 안내했다.

직영지에서 자라는 작물들을 본 육자문은 다짜고짜 온 기운을 짜내어 땅에 축복을 퍼부었다. 그건 아마도 그의 칠십 평생 처음 권력자의 땅에 축복을 내린 일이 될 것이었다.

"난 당분간 여기 머물 것이야!"

스승의 선언에 제자들은 공방 마을에서의 예감이 빗나간 것에 고개를 갸우뚱했다.

대공의 직영지를 둘러보는 스승의 눈은 공방 마을에서 본 것보다 더 형형하게 빛나고 있었다.

“언니, 언니! 내성에 주술사들이 온 거 알아요?”

“주술사요?”

“그것도 육 선생 휘하의 제자들이라고 해요! 다들 얼마나 훤칠하시고 잘나신 분들이신지……!”

꿈꾸듯 눈을 감은 여희가 두 손을 모으며 누군가를 그리는 듯했다.

“여희 나인은 주술을 본 적이 있어요? 정말 허공에서 물을 쏟기도 하고 불을 일으키기도 하는 거예요?”

여희는 그 순진한 질문에 까르르 웃었다.

“언니는 주술사를 한 번도 보신 적이 없는 거예요?”

“네, 제가 살던 곳은 외진 곳이라 평생 보지 못하고 산 사람들이 더 많아요.”

“아, 미안해요. 언니를 비웃으려던 건 아니었어요.”

“알아요.”

이린이 웃는 걸 보며 여희는 안도하면서 내심 한탄했다. 난데없이 오라비의 부임지가 바뀌는 바람에 이 고운 여인을 올케로 삼으려던 기회가 멀리 날아가 버렸기 때문이다.

설마 저가 훈련장에 찾아가서 그런 건 아닌지 걱정스럽다가도, 저는 아무 일 없는 걸 보면 그건 아닌 것 같아 무슨 사달을 낸 것이 틀림없는 오라비만 원망했다.

그 사달이 누구 때문인지 여희도 알 날이 있을 것이다.

“그게 음, 언니 말대로 물을 쏟고 불을 일으키는 건 맞아요. 하지만 무척 힘들어요. 주술로 그런 걸 하느니 차라리 우물에서 물 한 동이 퍼오는 게 더 빠르고 장작에 불을 지피는 게 더 나아요."

"그래요? 그럼 주술사들은 어떤 걸 해요?"

"대개 축복이나 저주를 해요."

"네? 어떤 식으로요?"

"음, 예를 들어 이걸 보세요. 여기 꽃이 있어요."

여희가 담 밑에 핀 꽃을 꺾어 보이며 말했다.

"이걸 보세요. 이러면 이 꽃은 한 시진도 되지 않아 시들겠죠? 그런데 축복을 받으면 내일, 혹은 이레까지도 싱싱해요. 본래 이렇게 꺾지 않았을 때처럼 비슷하게 살아 있을 수 있어요."

"와!"

"저주는 그 반대지요? 순식간에 이 꽃을 말라 버리게 하고 썩게도 해요."

"썩는다……."

순간 무언가 머릿속을 번쩍 지나가는 것 같았다. 잘만 이용하면 퇴비에 도움이 될 것 같아서였다. 다행히 그녀가 공상에 빠지기 전 여희가 설명을 더했다.

"또 빛과 열을 머물게도 하고 열을 빼앗기도 해요. 보통 귀족 나리들의 집에 머물면서 그런 일을 한대요. 그래서 주술사들은 일반 백성들이 보기가 어려워요."

"그렇군요!"

"맞다, 공간과 공간을 잇는 진을 만든 주술사도 있대요!"

"네?"

"하지만 위험하대요. 불완전해서 그 진에 빠지면 뭐든 반 토막

난다고도 하고, 어디로 떨어질지도 모른대요. 그걸 이용해서 귀족 가문의 물건을 도둑질했다나, 아니면 진에 넘어진 사람의 하반신만 발견했다나, 그런데 소문만 무성해서 확실친 않아요."

"……!"

여희는 어깨를 으쓱했지만 이린에겐 충격이었다. 그 말이 사실이라면 그건 순간이동이었다. 일대 혁신이란 바로 이런 걸 두고 한 말이었다. 그러나 그 위험성을 생각하면 쓸 수 있는 목록에 넣을 수는 없었다. 하지만 다른 용도로 활용한다면?

심장이 다시 쿵쾅거리며 울리기 시작했다. 머릿속에 수많은 생각이 깜빡거렸다. 어쩌면 주술력을 사용하면 기계를 대신할 방법을 찾지 않을까? 이 생각을 정리할 수 있다면…….

"너의 몫은 다 하는 것이 아니니라."

"조급해하지 마오."

그렇다, 정리는 자신의 몫이 아니었다. 자신의 역할은 고민을 던져주는 것, 덕분에 즐거운 상상을 이을 수 있었다. 처음 고무바퀴를 상상하며 화두를 던져주는 상상을 할 때의 그 느낌으로.

그러고 보니 혼자 도저히 해결할 수 없는 일은 혼자 끙끙거리는 대신 바로 알려주기로 약속했었다.

"미안해요, 나 갑자기 일이 생각났어요!"

급히 돌아선 이린은 그대로 달리기 시작했다.

"언니, 언니 또!"

여희가 고개를 저었다. 이린이 이러는 건 처음이 아니었다.

이랑이 곁에서 여희와 똑같이 고개를 내젓더니 멀어지는 주인을 따라 뛰었다.

금비단원은 최근 이린과 영애들의 주변을 살피는 데 주력을 쏟고 있었다. 그중 영애들을 살피던 금비단원 하나가 은밀히 비은당에 들었다.

이미 이린의 존재는 그들에게 표적이 된 상태였다. 아직 의신이 마음껏 마음을 드러내지 못했는데도 이린이 그의 주변에 있다는 자체로 물어뜯을 준비를 하고 있다는 것이다.

의신은 금비단원을 내보내고도 한참 뒤에야 입을 열었다.

"주민, 누구일까?"

꿈에 이린을 위험천만한 진(陳)에 빠뜨린 이는 빈청의 영애 중에 있는 게 틀림없었다. 이미 떠나 버린 향정이 그랬을 수도 있지만 이린의 안전을 그런 낮은 가능성에 기대할 수는 없었다.

그리고 남은 세 여자의 행보가 모두 위험했다. 경망함이든 감춰진 비수든 교묘한 술수든 현재의 이린에겐 무조건 치명적이기 때문이다.

"소신도 잘 모르겠습니다. 한데 현재로선 누구도 배제할 수 없어 보입니다."

"생각 같아선 모두 다 쫓아내고 싶다."

이린을 쓰러뜨렸던 향정이 다음 날 바로 떠나지 않았다면 그의 분노는 그녀의 집안에까지 이르렀을 것이다. 지금도 향정의 아비 유지암은 대공의 크나큰 분노에 영문을 모른 채 떨고 있었다.

"그러나 전하께서는 이미 그들이 머무는 걸 허락하지 않으셨습니까."

"그래서가 아니다. 그들 중 이린을 해할 것을 가진 이를 이대로 보낼 수 없기 때문이다. 나중에라도 후환이 될 터이니."

"……."

"금비단의 호위를 더 늘려라. 이젠 이린이 전면에 드러나는 것도 상관없다."

기다리기로 하지 않았나. 그녀를 압박하는 부담을 하지 않으려 한 것 때문에 보호도 몰래 할 수밖에 없었다. 하지만 그보다 그녀의 안전이 더 중요했다.

"명을 받들겠습니다!"

물러나는 주민을 일별하며 의신은 다시 꿈의 단편을 떠올리고 있었다.

아마 꿈에서 진행된 현재 상황은 지금과 전혀 달랐을 것이다. 정혼은 그대로 진행되었을 것이고 그러면서도 이린에게 하염없이 끌리는 마음을 어쩌지 못하고 우유부단하게 굴었을 것이다. 어차피 이룰 수 없는 인연, 놓아줘야 한다는 생각에 죽을 듯이 무시하려 애를 썼겠지? 그럼에도 이기지 못한 갈증에 그녀를 찾았을 테고, 용화를 품게 했을 것이다.

많이 원망했을 것이다. 증오했을지도 모른다. 꿈에서 느꼈던 좌절감이 다시 한 번 심장을 파고들었다.

두근두근.

심장 소리가 귓가에서 울리고 있었다. 밀실에 들었다 나온 지 이레밖에 되지 않았는데도 다시 머리가 웅웅 울렸다. 스멀거리는 광기가 느껴졌다.

이린을 두고 치미는 욕망과 분노, 좌절과 고통을 너무 억눌렀다. 항상 발산할 때를 찾는 악독한 광기가 이때를 놓칠 리가 없었다.

어서 그녀가 와주었으면 싶었다. 그러나 밀실에 드는 시간을 미룰수록 광기를 다스리기만 어려워질 뿐, 완연히 붉어진 눈으로 그가 막 밀실을 향하는 입구의 문에 손을 올렸을 때였다.

그르릉, 비밀 문이 열리는 소리가 들렸다. 통로를 안다고 해서 아무나 들어올 수 없는, 그가 허락한 사람이 아니고선 열리지 않는 문이 열리는 소리였다. 최근 그가 그 문을 허락해 준 이는 단 한 사람이었다.

"전하, 전하!"

기다리던 이의 목소리, 숨이 찬 음성이었다.

밀실은 잊었다. 그는 날듯이 달렸다.

몇 걸음 걷지 않아 보인 이린의 모습은 찰나간 상상한 위험과는 전혀 거리가 멀었다. 붉게 달아오른 그녀의 볼은 달려와서라기보다는 들떠서인 것처럼 보였다.

"이린?"

"전하! 주술입니다! 주술이 도움이 될 것입니다! 농사에도, 동력이 필요한 매개체가 되는 것에도! 당장은 아닙니다! 하지만 전하의 말씀처럼 우리 후대에선 저 하늘을 날아다닐 수도 있는 세상이 올 것입니다!"

이린이 아직 숨도 고르지 못한 목소리로 소리쳤다. 열망과 기대에 차 반짝이는 웃음이 그녀를 더욱 환하게 만들어주었다. 아름다웠다. 사랑스러웠다. 간신이 눌러놓았던 욕망이 해일처럼 몰려들었다.

"맞소, 우리 후대가 할 것이오."

"……!"

"고맙소, 와줘서. 그대가 내게 온 것이오!"

기다림은 끝났다.

그는 그대로 그녀의 입술을 덮었다. 뜨거운 열기가 밀려들었다. 상상만 하던, 아니 상상 이상의 정염이 숨을 앗아갔다. 멈추지 않을 것 같았다. 이대로 숨이 멎을 것 같다는 생각이 들었다.

그 순간 그가 입술을 떼었다.

그녀는 숨을 쉬어야 한다는 것조차 잊은 채 그를 바라보았다. 붉은 눈이 번뜩였다. 위험했다. 본능적으로 알았다. 하지만 피하고 싶지 않았다.

그가 천천히 입술을 열었다.

"나를! 나를, 받아주시오. 부디……."

왠지 그가 연약해 보였다. 붉은 사신으로 마주쳤던 그가 이 순간만큼은 자신의 손안에 든 작은 생명체가 된 것 같았다.

그럼에도 스스로 붉은 사신임을 잊지 못하도록 번쩍이는 붉은 눈빛이 그녀를 강렬하게 쏘아보고 있었다.

"이린……."

"저는, 두려워요."

"다시는, 다시는 두렵게 하지 않겠소!"

"아니요. 전하가 아니라……. 전하를 뺀 모든 것이요."

그가 싱긋 웃었다. 처음 보는 싱그러운 웃음에 그녀가 홀리는 줄도 모른 채 그는 이를 보이며 자신감을 드러냈다.

"그런 거라면 상관없소. 나를 믿어주면 되오. 내가 가장 강하다오."

그가 또 웃었다. 이번엔 '내가 제일 세!'라고 부르짖는 악동의 미소였다. 하지만 다음 순간 그의 눈은 다시 사내로 돌아섰다.

그가 손가락으로 천천히 그녀의 입술을 훑었다. 목덜미를 쓸며 내려간 그의 손이 봉긋 솟은 가슴을 살며시 쥐었다.

흠칫 몸이 굳었다. 순간 잊었던 무언가가 생각났다. 이 장면을 보았다면 당장 난동을 부릴 이랑이 곁에 없었다. 그녀가 비밀 문을 넘은 순간 이랑은 뒤따르지 못했던 것이다.

이랑이 왜?

그 생각도 잠시, 돌아보았던 눈에 제 몸에 묻은 먼지가 보였다. 뛰어오느라 흐트러진 제 모습이 떠오르며 순간 부끄러워졌다.

"이, 이렇게는 아닙니다."

"미안하오! 정식으로 그대를 맞은 다음이어야 하는 건데……."

흐려진 그의 눈이 너무나 아파 보였다. 결코 그에게 어울리지 않은 연약함과 거부 받은 상처에 이린은 저도 모르게 급히 대답했다.

"그, 그게 아니라. 씻고…… 싶어서."

다음 순간 그녀의 몸이 공중에 떴다. 그가 성큼성큼 걸어가 그녀를 내려준 곳에는 천혜의 욕실이 펼쳐져 있었다.

"이곳이 마음에 들 것이오."

뒤뜰이 보일 거로 생각했던 문 너머에는 작은 폭포와 연못이 있었다. 그 옆에 있는 작은 돌 욕조에서는 모락모락 김이 솟아오르는 물이 찰랑거렸다. 하지만 절로 감탄이 터질 그곳을 길게 감상할 여유 따윈 없었다.

"오래 기다리진 못할 것 같소."

그의 눈이 다시 붉게 일렁였다.

순간 마지막 망설임이 그녀를 잡아매었다. 여기까지 와서 돌아설 수 없다는 건 알아도, 아니 돌아서면 그가 놔줄 것 같기 했지만, 몽글몽글 솟은 생각이 자꾸만 마지막 발길을 잡았다. 투기 따윈 접어두고 넓은 마음으로 여러 부인을 허용해야 하는 그런 영광 같은 건 바라지 않았다.

욕심일까? 하지만 아무리 생각해도…… 싫어!

그가 정말 약속을 지킬까? 그럴 수 있을까? 나 하나로 그가 만족할 수 있을까? 아니 상황이 허락하지 않는다면?

그녀의 생각을 읽기라도 한 듯 그가 말했다.

"맹세하오, 오직 그대만이 나의 반려요, 나의 여인일 것이오. 내 생이 다할 때까지."

"……!"

"그대도, 그대도 맹세해 주시오!"

"저, 저도. 전하만의 반려일 것입니다. 저의 생이 다할 때까지."

언제 이 사람이 이렇게 마음을 파고들었던 걸까? 무섭고 두렵고 원망도 했었던 그가 이미 마음 가득 들어차 있었다. 이제부터는 그가 바라서가 아니라 자신도 바라기에 그에게 다가가고 싶었다.

"더는……."

그의 눈이 다시 깊어졌다. 그가 달아나듯 가버리고 나자 이린은 정신이 확 깨는 듯했다.

허겁지겁 옷을 벗고 돌 욕조에 들자 보이는 것처럼 따뜻한 물이 그녀를 반겼다. 조금은 뜨끈한, 기분 좋은 온기에 온몸이 녹아내리는 듯했다. 할 수 있다면 찰박거리며 종일이라도 머물 수 있을 것 같았다. 그러나 그가 초조하게 기다리고 있다는 걸 잊지는 않았다.

그녀가 서둘러 옷을 걸치고 문을 열자 그도 청량한 물 내음과 함께 그녀에게 손을 내밀고 있었다.

그의 눈에 일렁이는 붉은빛이 왠지 저를 잡아달라 속삭이는 기분이 들었다. 이제 더는 망설이지 않고 그의 손을 마주 잡았다.

다음 순간 그와 입술이 겹쳤다. 부드럽지는 않지만 거칠지도 않은 입맞춤에 이린은 다시 한 번 정신이 쏙 빠지고 말았다. 그녀가 눈을 떴을 때는 어느새 금침이 깔린 보료 위에 누워 있었다.

"오늘, 놓아주지 않을 것이오."

이전의 밤도 그랬다. 하지만 오늘은 이전과 비교할 밤이 아니었다. 아니, 오늘이 그들의 첫날밤이었다.

앞섶이 열리며 그의 가슴이 보이는 것에 놀라 흠칫 고개를 돌리는 것도 잠시, 다음 순간 그녀의 가슴도 드러나고 말았다.

옷이 벗겨지는 가운데 아득히 백화 부인과 이랑의 생각이 언뜻 떠올랐던 것도 같다. 하지만 새어나오는 신음을 삼키는 그에게 금세 정신을 빼앗겼다.

밤은…… 길었다.

몽(夢) - 사라진 미래

“애가 왜 안 돌아오는 거지?”

걱정스레 산 너머를 바라보는 이린의 눈에 눈물이 맺혔다.

아침 일찍 사냥 다녀오겠다는 아들이 해가 뉘엿뉘엿 지는데도 돌아오지 않고 있었다. 노심초사, 걱정스러운 맘에 자꾸 눈물만 났다.

남편마저 곁에 없으니 더욱 불안감이 커지는 것 같았다. 노산에 산달이 다가오는 그녀의 곁을 항시 지키던 남편이었는데 자신이 전전긍긍하는 모습을 보다 못해 아들을 찾으러 간 모양이었다.

“용화야…….”

이제는 장성한 아들이건만 언제나 품 안의 아기 같은 아들이다. 그런데 오늘따라 아들의 부재가 유독 불안하고 가슴이 두근거렸다.

번뜩, 무언가가 생각난 그녀는 궤 안쪽을 마구 뒤졌다. 역시나 대공의 인장이 보이지 않았다.

용화가 자주 들고 다니긴 하지만 설마…….

결국 불안감을 이기지 못한 그녀는 동구 밖까지 마중을 나가기로 했다.

돌아올 테지. 돌아올 것이다. 하지만 사방에 느껴지는 어수선한 기운에 마음이 불안해 가만있을 수가 없었다.

그녀가 초롱을 들고 나서자 백구 한 마리가 따라나섰다. 이랑처럼 말이 통하거나 특별히 똑똑한 건 아니지만 주인을 지키려는 충성심 하나만큼은 이랑을 닮은 녀석이었다. 녀석의 머리를 쓰다듬다가 이린은 작게 한숨을 쉬었다.

이랑이 살아 있었다면 아직 곁에 있었을까? 본래 수명이 긴 녀석이니 살아만 있었다면 당연히 같이 있었을 것이다. 그러나 이랑은 그녀가 진에 휘말리던 순간 제 몸을 방패 삼아 날아오는 화살을 막았다.

사람이든 사물이든 반 토막을 내버린다는 진으로 이동하고도 그녀는 온전히 목숨을 건졌지만 이랑은 화살에 꿰인 채 이동하느라 진의 충격을 이겨내지 못했다.

이랑은 그녀의 품에서 숨을 거뒀다.

문득 떠오른 녀석의 생각에 이린은 저절로 흐르는 눈물을 훔치며 발걸음을 재촉했다.

아직 밖은 훤해서 초롱을 켜진 않았지만 부디 이 불을 켜기 전에 두 사람이 다 돌아왔으면 싶었다.

올봄 그녀의 가족은 남편의 뜻에 따라 적영으로 이사 왔다. 용화도 내심 바라는 것 같아 오긴 했지만 그녀는 사실 용화와 단둘이 이름 모를 산골짜기에서 살 때가 더 마음 편했다. 아마도 그 불안감은 갖고 있어서는 안 될 물건을 지니고 있기 때문일 것이다.

정말 용화가 인장을 가져간 걸까? 그에게 돌려주겠다고? 하지만 어떻게 무사히 돌려줄 수 있을까?

인장은 그녀와 용화 둘만이 알고 있는 비밀이다. 용화에게도 인장에 대해 말해준 건 아기 때 일이었다. 한데 말을 배우기 시작한 아들이 저가 인장을 돌려줄 거란 말을 해 기겁했던 걸 생각하면 지금도 아찔했다. 그리고 입 밖으로 낸 적은 없었지만 용화는 아마도 제 아버지가 누구인지 아는 듯했다.

돌려준다는 건 핑계이고 아마도 아버지를 보고 싶었던 게 아닐까? 어떻게 생겼는지, 목소리는 어떤지 얼마나 궁금했을까? 곧 아비 있는 동생까지 보자니 더욱 한이 맺혔을 수도 있다. 가슴이 시렸다. 미안하고, 미안하고 또 미안했다.

제발, 무사히 돌아오기만을!

산 아래가 길이 보이는 곳에 오른 이린은 아들을 기다리기 시작했다.

잠시 후, 그녀를 종일 짓누르던 불안감과 걱정을 한순간에 날려 버릴 아들이 보였다. 그 뒤로 몇 걸음 뒤로 남편도 보이는 걸 보면 두 사람이 만나 함께 오는 것 같았다. 아, 이제야 마음이 놓인다.

"용화……!"

아들의 이름을 외쳐 부르던 그녀는 입을 막고 말았다.

남편이, 용화를, 찔렀다.

용화의 가슴에서 피가 솟구쳤다.

"꺄아아악!"

그녀의 비명에 흘금 올려다본 남편이란 자의 얼굴에 낭패감이 스치는 듯했다. 그러나 그는 금세 용화의 가슴에 박은 칼을 비틀며 미소를 머금었다.

"아, 안돼, 안 돼, 용화야, 용화야!"

아니다, 이건 사실이 아니야!

"용, 용화야!"

아들을 봐야 했다. 그녀는 달렸다. 그러나 부푼 배로 비탈길을 달리던 그녀는 기어이 넘어지고 말았다.

"안 돼!"

넘어지는 그녀의 모습에 남편의 표정이 사납게 변하며 달려오려 했다. 하지만 바로 그때 그에게 달려든 누군가와 칼을 부딪치기 시작했다.

몸을 일으킨 그녀는 다시 달렸다.

"아악!"

비명과 함께 남편이라 부르던 작자의 목이 허공을 날았지만 보이는 건 오로지 아들뿐이었다.

그녀가 갈 때까지 용화는 살아 있었다. 머리를 일으키는 그녀에게 아들은 마지막 힘을 내어 손을 내밀었다.

"용화야, 용화야!"

"어, 어머……."

그 이름조차 마저 부르지 못한 용화는 끝내 손을 떨어뜨리고 말았다.

"안 돼, 아아아악!"

비명과 개 짖는 소리, 칼 부딪치는 소리와 함께 그녀의 치마 아래로 붉은 물이 번지고 있었다.

9. 암투

"용화야, 아아아악!"

의신은 긴 비명과 함께 몸부림치는 이린을 끌어안았다.

"이린, 이린!"

"아악, 아, 안 돼!"

"이린!"

"그가, 그가!"

"……!"

"어흑, 아아……."

이린은 오열했다. 그 끔찍한 장면을 도저히 받아들일 수가 없었다. 울면서 꿈이란 걸 깨달았는데도 눈물이 그치지 않았다.

"꿈이오, 이린! 괜찮소. 이린! 괜찮아……."

의신은 아무것도 묻지 않은 채 이린을 품에 안고 가만히 토닥여주었다.

그런 의신의 눈은 차갑게 빛나고 있었다. 이린이 용화의 이름을 길게 부르며 비명을 지르던 순간, 그도 자신을 괴롭히며 기억나지 않던 꿈이 생각난 것이다.

그가 밀실에서 나왔을 때 희관이 역도들을 잡아 모두 무릎 꿇린 뒤였다.

반역의 성공 여부는 천무단이 오기 전 대공을 죽이는 것에 달렸다고 해도 과언이 아니었다. 하나 마지막 절호의 기회를 놓치고 그가 밀실에 든 순간 반역은 실패했다고 봐야 했다.

그는 피가 뚝뚝 흐르는 칼을 들고 읍하는 희관에게 잔당을 모두 잡으란 말만 남긴 채 그대로 달렸다.

용화, 그 아이를 찾아야 했다. 이미 자취는 사라졌을 테지만 용화가 밀실에 들어왔던 덕분에 그에겐 뒤를 쫓을 방도가 있었다. 밀실에 들었던 자를 추적할 수 있는 주술 도구가 있었던 것이다. 작은 판 위의 깃털이 밀실에 들었던 이들의 방향을 알려주는 것으로, 본래 목적은 배신자나 경쟁자를 추적하기 위한 것이었지만 용화는 배신자나 경쟁자보다 더 간절히, 반드시 찾아야 하는 인물이었다. 너무 멀어지거나 시간이 지체되어 주술의 힘이 약해지기 전 서둘러야 했다.

"전하!"

그는 뒤를 쫓는 희관의 목소리도 무시한 채 가장 가까이에 있는 말을 잡아타고 깃털이 가리키는 방향으로 달렸다.

얼마 달리지 않아 깃털이 격렬하게 몸을 떨어댔다. 하지만 용화는 보이지 않았다. 아마도 용화가 방금까지 머물렀으리라 보이는 그곳은 성이 훤히 보이는 곳이었다. 이렇게 가까이에서 멈춰 있었다면 분명 반역의 무리가 진압되는 걸 지켜보다 간 것이리라.

그런 것이야 나중에 확인하면 그만, 당장 그 아이를 다시 보고 싶었다. 그는 다시 깃털이 가리키는 방향으로 말을 재촉했다.

얼마 지나지 않아 가파르고 좁은 산길이 나타나며 그는 말을 버리고 달려가기 시작했다. 깃털이 더욱 몸을 격렬히 떠는 걸 보면 가까이 있는 것 같았다. 수풀이 우거진 험한 길이었지만 그는 날듯이 달렸다.

그리고 잠시 후, 정말 저만치 용화가 보이는 것 같았다. 한데 다음 순간 한 사내가 칼을 빼들어 용화의 심장을 찔렀다. 눈 깜짝할 새에 벌어진 일에 그는 손을 쓸 수가 없었다.

"아악!"

비명이 울렸다. 언덕 위에 서 있는 그녀가 보였다.

이린!

그녀에게 달려가는 놈에게 달려들었다.

꿈은 그렇게 끝났다.

"흐윽, 흑……."

이린의 눈물이 잦아지는 동안 그의 머리는 점점 차가워지고 있었다.

꿈은 그걸 어떻게 잊을 수 있었는지 의심스러울 만치 끔찍하고 고통스러웠으며 치명적이었다.

흐느낌이 점점 가늘어지며 이린이 천천히 숨을 고르는 것이 느껴졌다.

"이제 괜찮소?"

"저, 전하."

이린이 살짝 고개를 들었다 내리며 민망한 듯 고개를 푹 꺾었다. 눈은 발갛게 충혈되어 있었지만 이제는 진정된 듯했다. 하지만 다시 고개를 들지 못하는 모습을 보자니 초야를 맞고 난 다음 날 불길한 꿈으로 깨어난 것 때문에 불안해하는 것으로 보였다. 걱정은 그녀의 몫이 아니었다. 다행히도 그는 이린의 주의를 돌릴 방법을 알고 있었다.

그의 손가락이 살살 등을 쓰다듬다가 점점 아래를 지분거리자 드디어 이린이 얽혀 있는 맨몸을 의식한 듯했다. 순식간에 볼을 확 붉힌 이린이 더듬더듬 입을 열었다.

"전하, 날이 밝았습니다."

"해가 뜨면 아니 되오?"

그의 손이 다시 그녀의 가슴을 살그머니 쥐었다. 머리는 여전히 차가웠지만 욕망은 별개였다. 그러나 욕심을 채울 시간도 아니었다. 우선 알아볼 것이 있었다.

그녀의 하얀 몸에는 정사의 흔적이 역력히 남았다. 낙인처럼 새겨진 울긋불긋한 자국이 햇살에 선연히 드러나 남성 본연의 만족감을 자극했다. 하나 그 흔적은 서서히, 그러면서도 눈에 띄게 사라지고 있었다.

그는 잠시 눈을 감고 자신의 몸도 관조해 보았다.

달랐다. 밀실에 들었다가 나와서도 아랫배 깊숙이에서 잔류하던 허기와 갈증이 느껴지지 않았다. 드러나게 차이 나는 것은 아니나 알고서 비교하니 느껴지는 것이었다.

이로써 더욱 확실해졌다. 그에게는 힘과 광기였던 그것이 이린에게는 본연의 힘이 되어 돌아가기 시작한 것이다. 아니면 이린은 자신을 견디지 못했을 것이다. 이린은 부끄러움 말고는 힘든 기색은 없었다.

그가 주의를 돌린 것도 잠시, 그새 이린의 얼굴은 다시 어두워지고 말았다.

이린의 꿈이 자신이 잊었다가 기억해 낸 꿈과 같다면, 아니 분명 그래 보이지만, 이린이 쉽게 떨치지 못하는 것은 당연했다. 동요를 감추기 위해서라도 그는 이린을 다시 품에 감싸 안았다.

"내 탓이오. 내가 부덕함이오!"

"전하?"

쿵쿵, 심장 울리는 소리가 전해졌다.

허망하게 놓쳤던 그녀가 여기 이렇게, 따뜻한 온기를 나눠주고 있었다. 파르라니 귀화가 일던 눈이 서서히 진정하기 시작했다.

그가 다시 이린과 눈을 마주쳤을 땐 온화한 빛만 감돌고 있었다. 그 따뜻한 빛이 끔찍하게 저며졌던 그녀의 마음을 다독여 주었다.

"내가 어찌 정혼을 물렸는지는 알고 있소?"

"……모르옵니다."

"소문이 파다한데. 이젠 나에게 관심을 가져주오."

"소, 송구하옵니다, 전하!"

잠시 장난기를 드러냈던 그의 눈은 꿈을 돌이키며 또다시 깊게 가라앉기 시작했다.

"꿈을 꾸었다오. 용화라는 아이가 날 찾아왔던 꿈이었소……."

용화, 자신의 꿈속 아들과 같은 이름. 이린은 숨조차 멈춘 채 그의 이야기에 귀를 기울였다.

'용화'가 인장을 가지고 나타난 그날 반역이 일어난 것, 용화 덕분에 밀실로 피신할 수 있었던 것, 인장을 돌려주고 떠난 용화를 찾으러 갔었던 것. 그리고…….

"아마도 난 그놈의 목을 쳐버렸던 것 같소. 꿈은 거기까지였소."

의신은 다시 창백하게 질린 그녀의 손을 잡으며 자신과 눈을 마주치게 했다.

"두려워하지 마오! 절대 그 꿈대로 되진 않을 거요!"

"하, 하지만 그 꿈, 끝이 같습니다. 제 꿈도 바로 그랬습니다. 하면 그건 미래일 수도 있지 않습니까?"

"이린, 그건 미래가 아니오. 한 가지만 기억하오. 내가 그대를 다시 놓칠 것 같소?"

"……."

그녀의 눈에 빛이 돌아오기 시작했다. 이미 그와의 시작점이 달라졌다. 절대 그 끔찍한 일을 미래로 맞지 않으리라.

"꿈이 보여준 미래에서 나는 그대와 함께한 기억이 없소. 아마도 그땐 정혼녀들을 들이고 이후로 또 많은 부인을 들였겠지."

그는 자신의 말에 움찔하는 이린을 보며 싱긋 웃었다. 순하게만 보이던 여인의 눈이 파르르 타오르고 있었다. 애초에 부인이 여럿인 남자는 싫다던 여자다. 이린이 저에게 보이는 독점욕에 이제야 그녀의 남자가 된 것 같았다.

그는 밉보이기 전에 얼른 재확인해 주었다.

"하지만 맹세를 하였으니 이제 나는 오롯이 그대의 남자요. 음?"

이 여자 앞에서는 평생 약할 것 같은 자신의 미래가 그려졌지만 그는 행복했다. 그리고 자신은 이린의 평생 하나뿐인 남자가 될 것이다. 꿈이라 해도 그녀의 곁에 다른 누군가가 있었다는 자체를 용납할 수가 없었다.

"저는 오롯이 전하의 여인이옵니다."

"당연하오!"

그가 의기양양하게 선언했다.

잡힐 듯한 그의 마음에 이린은 가만히 웃으며 그의 어깨에 머리를 기대었다.

짝을 찾는 새 지저귀는 소리, 완연한 봄기운의 따사로운 햇살, 나긋나긋하고 부드러운 그녀의 몸이 다시 그를 유혹했다.

하나 그 달콤한 순간은 밖에서 들리는 목소리에 깨어지고 말았다.

"전하! 소신 주민이옵니다. 고할 것이 있나이다."

의신이 누구와 있는지, 간밤에 치러진 일에 이 시간이 얼마나 애틋할지 모를 주민이 아니다. 한데 그가 방해할 정도라면 무슨 일이 생겼음이 틀림없었다.

주민의 목소리가 들리자마자 펄쩍 놀란 이린이 튕기듯 일어나 옷을 챙겨 입으려 했다. 하나 이린이 입으려던 제 옷은 의신이 급히 벗기며 던져 버린 모습 그대로라 마구 구겨진 채였다. 설상가상, 누군가를 부르려 해도 비은당 안채는 수발을 드는 시녀가 없는 곳이었다.

난감해하는 이린에게 의신은 자신의 단령을 걸치게 하고 문을 열었다.

직접 문을 열며 안쪽을 슬쩍 가리는 의신에게 주민이 읍하며 용서를 구했다.

“망극하옵니다, 전하. 우선 이것을 이린님께 드리소서.”

주민이 내미는 보따리엔 이린의 옷이 들어 있었다. 눈치 빠른 주민이 이것부터 챙겨온 것이었다. 아마 급한 일이 아니었다면 주민은 옷과 식사만 챙겨두고 어떻게든 대공의 하루를 비워두었을 것이다. 이린의 존재가 드러나기 전, 온전한 하루의 여유도 즐길 수 없는 것이 안타까운 순간이었다.

이린이 다시 옷을 갖춰 입고 나올 때까지 기다린 주민은 차기 대공비께 가장 먼저 인사를 올리는 영광을 누렸다.

“감축드립니다. 이린님을 비 마마라 부르는 순간이 어서 오길 고대하겠습니다.”

“황송합니다, 태내관님!”

“감히 두 분의 소중한 시간을 방해한 늙은이의 무례를 용서해 주십시오.”

“희관에게 무슨 일이 생겼나?”

“지 장군은 무사합니다. 그런데 천무단원의 피해가 있었습니다. 두 명이 중상을 입었고 한 명이 사망했습니다.”

전장이란 당연히 목숨을 걸고 싸우는 것이 일이라지만 작은 소요를 진정시킴에 천무단에서 사망자가 나오는 것은 드문 일이었다. 한데 더 놀라운 건 그에 의신이 언급한 이의 이름이었다.

“뭐라! 설마, 차복이냐?”

"차복은 중상을 입었습니다. 복부에 칼을 맞았는데 사경을 헤매고 있습니다."

의신의 어깨가 움찔하며 잠시 숨을 멈추는 것처럼 느껴졌다.

이린에게 차복은 이랑에게 계속 차이면서도 구애를 멈추지 않는 이였다. 그런 차복이 그가 이토록 특별히 걱정할 정도로 중요한 사람이었나? 태내관이 직접 달려와 급히 아뢸 만큼?

전의 그 추측이 사실이었을까?

"그리고?"

"밀영이 다리 하나를 잃었고, 성덕이 절은애에서 떨어졌다고 하옵니다."

"하면 사망자가?"

"네, 성덕입니다."

절은애(絕嗯崖)는 사시사철 짙게 낀 연무가 소리조차 삼킨다는 깊은 벼랑이었다. 나무도 없는 기암괴석 벼랑이라 일단 떨어지면 살아날 확률도 없을 뿐더러 타패족의 영역 안이라 시신을 찾을 수도 없었을 것이다.

순간 의신의 얼굴에 복잡한 표정이 스쳤다. 순식간에 너무나 많은 감정이 스쳤다가 금세 무표정이 되어버리는 그의 모습이 더 안타까워 이린은 저도 모르게 그의 손을 잡았다. 주민을 의식해 금세 놓아버렸지만 아무래도 들킨 것 같았다. 이린은 붉게 타오르는 고개를 숙이며 한 걸음 물러나고 말았다.

"귀환하는 이들은 지금 어디까지 왔는가?"

"적영에 들어섰으니 반나절 안에 귀환할 것입니다. 하나 관료들은 개선이라며 좋아할 업적도 함께 가져왔습니다. 지 장군이 타패족 족장의 목을 가져오고 있다고 하옵니다."

"알겠다. 병상을 꾸리고 병사들을 맞을 준비를 하라."

"명, 받들겠사옵니다!"

주민이 물러나고도 그는 말을 잊은 듯 잠시 그냥 앉아 있었다. 그러다 곧 그녀의 손을 잡아주며 말했다.

"미안하오. 처소에 가 계시오. 내가 곧 가리다."

그에게서 짙은 외로움이 번져 나오고 있었다.

이린은 '내가 곁에 있다!' 외치고 싶었지만 아직 그런 거리를 좁힐 정도는 아닌 모양이었다. 그녀는 왠지 서운함과 허전함이 느껴지는 마음으로 돌아서려 했다.

"이대로 가려는 거요?"

"네?"

"매정하오."

외려 억울한 소릴 들은 이린이 눈만 깜빡이자 그는 그녀의 손을 잡고 방을 나가 그녀가 왔던 비밀 문을 열어주었다.

"곧 가겠소."

그가 다시 말했다. 당장 만날 수 없다는 말처럼 들려서 더 가슴이 아렸다.

"보중하소서."

이린은 그의 손을 두 손으로 꼭 쥐었다 놓아주고 문 안으로 들어섰다.

그러나 다음 순간, 그녀는 어느새 그의 품에 갇힌 채 그와 입맞춤을 하고 있었다. 잠시 후, 그녀가 다시 문 안으로 부드럽게 밀려들어 가며 문이 닫혔다.

넋을 빼는 요괴가 있다면 분명 대공의 탈을 쓰고 나타난 것이리라. 온몸이 화끈거리고 이상하고 민망한 상태로 반쯤 혼이 나간 그녀는 반대편 문을 열고서야 잠시 잊었던 현실을 마주할 수 있었다.

「주인님, 얼마나 기다렸……. 아악! 악, 그 나쁜 놈! 나쁜 놈, 나쁜 놈!」

뒤집어진 이랑이 바닥을 구르며 목 놓아 대공을 욕하기 시작했다.

차복의 상세는 매우 위중했다. 하나 살 운명이었는지 마침 적영에 와 있던 육자문이 그의 목숨을 살렸다. 육자문은 의원은 아니었지만 대지에 내리는 축복은 사람에게도 통했던 것이다.

차복은 무사히 위기를 벗어났으나 성덕의 사망 소식이 그 기쁨을 덮어버렸다. 다리를 잃은 밀영도 그렇지만 아예 시신조차 찾을 수 없게 된 성덕의 빈자리가 크게 드러났다.

성덕의 전사 소식에 적영의 많은 여인네들이 통곡했지만 실제로 그의 장례를 치러줄 가족은 없었다. 단 한 분, 가족이었던 홀어머니가 일찌감치 돌아가셨기 때문에 성덕은 그야말로 혈혈단신, 그의 마지막 가는 길을 지키는 이들은 천무단원들 뿐이었다. 하나 그들의 수장 격인 희관은 대공의 은밀한 명을 수행하느라 성덕의 마지막 길을 지켜주지 못했다.

이번 전장에서 타패족 족장의 목을 베어온 이는 희관이나, 족장을 유인한 결정적인 역할을 한 것이 바로 성덕이라고 했다. 밀영도 그 와중에 다리를 잃었다는 것이다.

발호가 심한 세 야만족 중 타패족이 가장 포악하고 가장 자주 약탈을 일삼는 부족이었다. 전면전도 아닌데 타패족 족장이 나선 것이 이상한 일이었다. 그자와 맞닥뜨릴 줄 알았다면 의신은 반드시 참전했을 것이다.

이 일로 족장이 바뀔 테니 당연히 알아볼 일이지만 타패족 내부에서 무슨 일이 생겼는지도 알아볼 필요가 있었다. 이기고 돌아왔으니 조용하지만 만일 이번 전투에서 희관이 상하거나 병력이 크게 꺾였다면 관료들은 전장 대신 직영지나 공방에 힘을 쏟는 대공을 성토하느라 열을 올렸을 것이다.

그러나 정작 공을 세운 성덕은 돌아오지 못했고, 빈 관으로 보내야 했다. 하지만 미래는 산 자들의 것, 장례가 끝나자마자 전공을 치하하는 행사가 이루어졌다.

모든 일이 정리되자 의신은 육자문을 불러 독대했다.

"차복을 살려주어 감사하오."

"부부장님을 살린 건 내궁의 의원이시지요."

"의원은 이미 환자의 원기가 상했다며 고개를 저었었소."

"저의 도움이 있었다고 해도 그조차 무사님의 운이십니다."

"고맙소."

"많이 아끼시는군요."

"내 수하요."

"그것만이 아님을 이 늙은이에게까지 굳이 감추지 않으셔도 됩니다."

"……."

차복은 전 대공이 그의 모후와 한 약속을 어긴 증거였다.

그의 모후 요녕 공주는 혼인하기 전, 남편이 될 전 대공과 한

가지 약조를 맺었다. 자신이 아들을 낳으면 다시는 다른 여인과 후대를 갖지 않기로.

황제의 가장 큰 사랑을 받는 공주와 혼인함에 그의 아버지는 쉽게 약조했다. 제 몸에서 태어난 아들의 지위를 보전하기 위해 그런 약조는 당연하기도 했다. 그에겐 이미 여러 여인들에게서 본 딸들 말고도 정식으로 인정하지 않았지만 희관 등 아들들이 많았으니 아쉬울 것도 없었다.

그러나 요녕 공주는 사실 아들 때문만이 아니라 진정 남편을 바랐기에 그런 조건을 들인 것이었다. 하지만 전 대공은 너무나 쉽게 그녀의 마음을 저버리고 말았고, 의신의 배다른 동생은 한 손으로 꼽을 수 없을 만큼 태어났다.

그렇게 태어난 이복동생 중, 딸들은 시집을 가거나 어릴 때 죽어서 아무도 남아 있지 않지만 아들들은 의신에게 잠재적인 위협이었다. 그들 중엔 의신의 손으로 직접 베어버린 이도 있었다. 의신을 암습하던 이들 중엔 그들도 포함되어 있었던 것이다.

그러나 차복에 대해 아는 이는 거의 없었다. 차복은 저가 누구의 자손인지도 모르는 채로 크다가 의신이 천무단에 영입한 이였다. 모후를 생각하면 멀리할 이들이었지만 사실 그들의 뒤를 봐주기 시작한 이가 바로 모후였다.

그들이 지금까지 무사했던 건 자신의 태생을 모르기에 가능한 일이었다. 대공의 이복형제는 출생을 알게 된 순간 잠재적인 반역자로서 숙청당하거나 축출되므로.

하지만 의신은 얼마 전 그들에 대해 자신이 다 아는 건 아니란 걸 알게 되었다. 성덕도 그중 하나였기에. 무심코 성덕이 아비에 대해 말을 흘린 순간 의신은 그가 자신의 출생을 안다는 걸 알았다.

그런 성덕이 절은애 밑으로 사라졌으니 의신의 심경은 복잡할 수밖에 없었다. 이린마저 도닥일 수 없었던 외로움은 바로 이것 때문이었다.

그 치부를 모두는 아니어도 거의 아는 이가 육자문이다. 권력을 가진 사람일수록 가장 경계할 이였지만 의신은 여전히 그를 존중하고 아껴주었다.

“내 직영지에 주로 머문다고 들었소. 돌아본 일은 어떻소?”

“오, 이제야 이 늙은이의 가슴을 틔워주실 작정이시군요!”

순간 육자문의 얼굴에 광채가 이는 듯했다. 기다렸던 것처럼 생생해지는 그의 얼굴은 방금까지 의신과 나누던 이야기조차 잊은 듯 보일 정도였다.

“전하, 쟁기란 걸 보았습니다. 대체 어떻게 그런 걸 황소에게 씌울 생각을 할 수 있었단 말입니까? 그리고 듣도 보도 못한 그런 작물은 어디서 가져오신 것입니까? 아직 다 자라지 않았는데도 여문 모습이 기대되어 이 늙은이가 밤잠을 설쳤습니다! 또 외발수레라니요? 바퀴 하나짜리를 무에 쓰느냐 웃었던 이 늙은이가 무척 창피하였습니다. 그건 뉘가 만든 것입니까? 또 소우물이라니요, 소우물이라니요! 고무라 하였습니까? 그건 어디서 가져오신 겁니까? 아니, 종이도 만든다고 하셨지요! 참, 공방도 다시 가봐야 하는데. 풍차는 진정 괴물입니다! 전하, 대체 어디서 신인(神人)을 모셔온 것입니까? 소인의 눈이 이토록 아둔하고 좁다는 걸 눈뜨게 한 그분이 분명 계시겠지요?”

질문할 거리를 미리 잔뜩 짊어지고 있었던 모양이다. 순식간에 쏟아지는 질문들 속에 마지막 질문에 대한 대답은 없다면 만들어라도 와야 할 기세였다.

"그건 직접 만나서 이야기하는 게 좋을 것이오. 곧 그이를 만나게 해주리다."

"네? 그것이 한 사람의 생각이란 말씀이십니까?"

"그렇소."

"허어!"

이린을 본다면 숫제 달려들어 독점할 기세였다. 문득 의신은 그가 이랑에 이어 다른 의미로 경계해야 할 인물일 수도 있다는 생각이 들었다. 의심은 곧 확신이 되었다.

"아! 그걸 빼면 안 되지요! 똥을 모으라 하셨다지요! 혹시, 그것도 그분의 생각이었습니까?"

"……그렇소."

"오오! 똥이 땅에 이롭다는 것은 이 늙은이도 알고 있었지만 귀담아듣는 이들이 없었습니다. 높으신 관료들은 물론 이 늙은이를 환대하는 백성들도 똥 이야기는 들어주질 않았습니다. 세상은 돌고 도는 것, 식물이 잘 자라는 양분을 주는 것이 똥이라는 걸 우리는 알고 있었지만 다들 더럽다 외면했었지요. 지력을 살리는 것이 바로 그 똥임을 알아야 함인데!"

멀찍이 서서도 유난히 잘 들리는 '똥' 소리에 제자가 민망함으로 사색이 될 정도로 육자문은 한참이나 더 똥에 대한 찬양을 이었다.

"그분은 진정 이 몸과 온 나라의 고정된 틀을 깨주실 분이십니다! 어서 만나고 싶습니다. 허락만 하신다면 이 몸의 얼마 남지 않은 여생을 그분 곁에서 보낼 것입니다!"

순간, 의신은 허락하지 않는다고 답할 뻔했다.

그러나 눈꼬리를 휜 그의 웃음에 의신은 육자문이 이미 '그분'이 누구인지 알고 있음을 알 수 있었다. 은근히 감추려는 것까지도 아는 것 같으니, 놀리려는 이는 아무래도 이쪽이 아니었던 듯했다.

"나를 놀리니 좋으시오? 못 만나게 하는 수도 있소?"

"하하하, 늙은이를 어여삐 여겨 부디 용서해 주십시오."

"어찌 알았소?"

"전하, 지난번 뵈었을 때와 또 달라지셨습니다. 많이 노력하신 것 같습니다."

"……."

"한데 좀 더 노력하셔야지요. 노력하실수록 전하께서는 더 좋으시겠지만요."

엄청난 지식욕과 세상을 풍요롭게 살찌게 하는 것 말고 욕심이 없는 노인에게 어찌 당하겠는가?

잠시 후, 대공의 응접실에서 커다란 웃음소리가 울렸다. 처음으로 울린 대공의 호탕하고 만족스러운 웃음소리에 사람들은 육자문의 놀라운 신기(神技)에 한 가지를 더 추가했다.

'이린아, 또, 또!'

이린을 찾아 소공방에 들어서던 백화 부인이 혀를 찼다.

이린은 저가 쓸 종이는 저가 만든다며 종이 틀을 붙들고 있었다. 이린의 공방은 소규모이긴 하지만 일을 사서 하기엔 문제없는 곳이라 부인은 최근 공방을 만들어준 것을 조금 후회하는 중이었다.

"마님!"

'이제 그 마님 소리도 듣기 싫구나. 언제나 되어서야 네게서 고모님 소리를 들을꼬?'

"……!"

백화 부인은 겨우 그 한마디에 볼을 물들이는 이린을 사랑스럽게 바라보았다.

사흘 전, 이랑이 후원으로 자신을 끌고 온 적이 있었다. 처음 제 주인을 이끌어 올 때 말고는 그녀에게 먼저 다가와 친한 척을 하지 않던 녀석이 웬일로 먼저 가까이 왔다 했더니 역시 제 주인 때문이었다.

녀석은 그녀의 치맛자락을 끌고 후원까지 와서는 안절부절못하며 담벼락만 쳐다보았다. 그 장소를 알아본 부인은 무슨 일인지 알 것 같았다.

'네 주인이 저 벽 안으로 사라졌느냐?'

그리 묻고 싶어도 말은 못하니 그저 손가락만 가리켰지만 녀석은 알아들은 것처럼 고개를 주억거리며 벽을 박박 긁어댔다.

이랑이 무작정 주인마님을 끌어가는 것에 대경한 정옥이 따라왔었지만 그 문은 위치를 안다 해도 아무나 열 수 있는 것이 아니었다. 더구나 지금은 백화 부인도 열 수 없는 곳이 되었다. 원래 그 문은 한 번에 한 사람에게만 허락된 곳이다. 이전엔 백화 부인의 출입을 위한 통로였지만 이린에게 허락했으니 주인이 바뀐 셈이었다.

'대공, 왠지 섭섭…… 해야 하는데 섭섭하지 않군요!'

백화 부인은 주인과 떨어져서 사색이 된 녀석을 어떻게 달랠지 생각하면서도 한편으로는 이린과 대공이 무얼 하는지 궁금해 미칠 것 같았다.

그때 부인을 급히 찾아온 이가 있었다. 태내관이 보낸 사람이었다. 그가 가져온 서찰에는 부인의 궁금증에 대한 답이 있었다. 혹시나 하던 짐작보다 더한 진척에 그녀는 왈칵 눈물을 지을 뻔했다.

백화 부인이 기뻐하는 것과는 별개로 이랑은 할 수 있다면 벽을 파고들 기세였다. 녀석을 달래서 데려가야 했지만 이랑과의 의사소통이 난제였다. 부인은 말을 못 하고 이랑은 글을 읽지 못한다.

정옥을 통해 주인은 '오늘 오지 못하니 오늘은 그냥 네 집에서 자라'고 전하긴 했어도 녀석은 아예 알아듣지 못하는 척 벽 앞에서 떠날 줄을 몰랐다.

그런다고 대공을 방해할 수는 없는 일, 녀석이 조금 안쓰럽긴 했지만 부인은 부인대로 준비할 것이 있었다. 급히 이린의 새 옷을 준비해 비은당으로 보낸 부인은 그날 딸을 시집보낸 것처럼 두근거리며 설레는 밤을 보냈다.

다음 날 이린이 다시 그 문을 통해 돌아왔을 때 벌어진 소동은 미안하지만, 참 재미있었다. 그렇게 걱정하며 돌아오기만 기다리던 주인의 앞에서 이랑이 배를 뒤집은 채 바닥을 헤집는 모습은 참 볼만했다. 근엄함이 몸에 밴 정옥조차 참지 못하고 쿡쿡 웃을 정도였다.

'너도 이젠 귀한 몸이시니 네 일도 아랫사람들에게 나눠줘야 할 때가 왔다는 걸 좀 알려무나.'

"그게……."

'왜, 또! 아직은 아니라 하려고? 내, 당장 대공에게 달려가 물어볼까?'

"마님!"

'그 마님 소리부터 좀!'

"하지만……."

'우리 둘만 있을 때라도 안 되겠니? 한 번이라도 들어보자.'

"……고모님."

이린의 볼이 또 발그레해졌다.

다행스럽게도 이번엔 두 여인 사이를 돌아보며 또 무슨 비밀 이야기를 하느냐 따져 물을 이랑이 곁에 없었다. 이린에게 정말 그 싫은 인간과 짝짓기를 한 거냐 따져 묻던 이랑은 오늘까지 제 우리에서 꼼짝도 하지 않았다. 이린의 몸에서 대공의 냄새가 빠지지 않았기 때문이란다.

'앞으로 더 익숙해져야 하는데 어쩌누?'

녀석이 단단히 삐친 이유를 들은 부인이 한 첫말이었다. 직접 말할 길은 없고 말을 전할 이린은 숫제 불타오르니 천생 녀석이 혼자 터득할 일이다. 암, 익숙해지고말고.

'내가 할미가 된단 말이지?'

벌써 백 번쯤은 한 것 같은 말이다.

한없이 짓궂어지는 부인에게 이린은 첫날밤의 자세한 이야기를 해주는 대신 대공과 자신의 꿈에서 본 이야기를 해주었다. 물론 가장 나중의 끔찍한 이야기는 생략하고서. 그러나 그 때문에 있지도 않은 아이에 대한 기대감을 심어준 것 같아 이린은 덜컥 걱정스러웠다.

"말씀드렸다시피 이미 현실은 꿈과는 달라졌는지라……."

'달라져도 용화는 태어날 테지. 그렇지 않느냐?'

아니라 하기엔 이린 자신도 기대하는 바이기에 꿀 먹은 벙어리가 될 수밖에 없었다.

'아, 그런데 왜 용화라 지었느냐?'

"네? 그게……."

이린도 알 까닭이 없다. 꿈은 단편적인 미래를 보여준 것이지, 모든 걸 알려준 건 아니기 때문이다. 난감해하는 이린을 보면서도 부인의 흡족한 웃음은 점점 짙어지기만 했다.

'용화, 용화란 말이지? 첫째는 무조건 용화라 불러야겠구나!'

부인은 뜰 구석에 머리를 파묻고 꼬리까지 만 엉덩이를 보면서도 웃었다.

'이랑이 녀석이 지금은 삐쳐 있어도 용화를 보면 단박에 살아날 거란다. 하니 어서 용화부터 낳거라.'

훙얼훙얼, 품에 아기를 어르는 시늉까지 하는 부인을 보면 정말 생기지도 않은 아이가 이미 존재하는 착각이 일 정도였다.

"무슨 담소를 그리들 즐겁게 나누고 계십니까?"

"전하!"

'대공!'

갑자기 끼어든 목소리에 두 여인이 부리나케 몸을 돌리며 그를 반겼다.

엿새 만이었다. 이린은 왈칵 밀려드는 감정에 제 마음을 새삼 확인했다. 보고 싶었다. 그래, 그가 보고 싶었다. 하지만 마음과는 다르게 그녀는 고개 숙여 인사밖에 하지 못했다.

'이런, 내가 피해줘야 하는 건가?'

의신은 장난스레 눈을 빛내는 백화 부인에게 당황하지도 않고 나가는 길을 열어주었다.

'대공께서 날 노골적으로 쫓아내시는구나! 섭섭하다고 전해다오. 호호호!'

이린의 손을 토닥이는 부인의 손이 다정했다. 소리를 낼 수 없어 웃음조차 머릿속으로 전해지는 소리로 듣는 것이 새삼 안타깝다는 생각을 잠시 했지만 그런 생각은 부인이 나가면서 문이 닫히는 순간 날아가고 말았다.

"보고 싶었소."

'네, 저도…….'

이린의 화답이 나오기도 전, 날듯이 다가온 의신이 그녀를 품에 안으며 입을 맞췄다. 갈구하는 입술과 입술이 만나 지난 며칠의 안타까움을 서로에게 전했다.

한참이나 지나서야 입술을 뗀 이린이 급히 숨을 몰아쉬었다.

"이런!"

의신은 그녀를 가만히 안은 채 토닥여 주고는 이번엔 천천히 중간중간 숨을 쉬도록 쉬어가며 다시 입을 맞췄다. 그리고 또다시 한참 지나 몸을 떼었을 때, 이린은 한 꺼풀밖에 남지 않은 상반신에 화들짝 놀랐다. 음욕이 스치는 눈과 마주친 이린은 얼어

붙은 듯 꼼짝도 할 수 없었다.

"이건 사과하지 않으리다."

의신은 그녀의 몸을 더 당겨 안았다. 이린을 품에 안자 드디어 편히 숨을 쉴 수 있게 된 것 같았다.

셋만 남은 정혼녀 후보들은 장례와 전장의 공을 축하하는 걸 기회로 틈만 나면 그의 곁을 맴돌았다. 때문에 그는 요 며칠 내내 침전에 들기 전 세 여인들을 한 번씩 마주쳐야 했다. 물론 단순한 마주침이 아닌 노골적인 유혹이었다. 새침한 척하던 화연까지 매혹의 주술을 쏟은 장식을 걸치고 그의 몸과 마음을 움직이려 안간힘을 썼다. 더욱 대담해진 그녀들의 자태는 목석이 아닌 이상 사내라면 누구라도 아찔할 만큼 강렬한 유혹이었다. 아마 이린과 정을 나누지 않았다면 혹했을 만치 세 여인이 뿜어내는 매혹은 강렬했다.

이린의 향취를 깊게 들이쉬며 느껴지는 흥분이 그녀들에게서 느껴지던 끈끈하고 불쾌한 감각을 날려 버렸다. 이 여인의 냄새가 그리웠다.

슬금슬금 솟아오른 욕심에 주변을 둘러보던 그의 얼굴이 살짝 찌푸려졌다. 아무리 일하는 공간이라지만 앉을 곳, 잠시 몸을 뉠 곳은 있는 법이었다. 하지만 의자도 탁자도 침상 대신 가져다 둔 긴 의자에도 온통 종이가 널려 있었다.

"장소가 마땅치 않군!"

이런 여자를 육자문과 만나게 해주겠다는 약속을 한 건 아무래도 실수가 아닌가 싶었다. 눈코 뜰 새 없이 일을 하고 정리되자마자 달려왔더니 이린은 그동안 또 일에 빠져 있었던 모양이다.

이린이 초조하게 자신만 기다리고 있을 거라 여기진 않았지만 그래도 자신이 없어도 아쉽지 않을 모습은 그리 반갑지 않았다. 그는 저가 이린의 반가움마저 삼켜 버릴 만큼 조급했음을 인식하지 못했다.

그때 이린이 그의 몸에 살짝 기대어오며 가만히 속삭였다.

"많이 힘드셨사옵니까? 얼굴이 축나 보이십니다. 걱정했습니다."

"나를 생각했소?"

"매일, 매 순간 떠올렸습니다. 보고 싶었습니다."

드디어 말했다. 겨우 그 한마디를 하고서 부끄러움을 감추지 못한 이린이 그의 가슴에 얼굴을 파묻었다.

"한발 늦었소!"

"……?"

"보고 싶다 말한 건 나였으니 그대는 다른 말을 해주오!"

이 순간 그가 이랑과 겹쳐 보인다고 하면 무엄한 생각일까? 근엄하고 무섭게만 보이던 대공이 이리도 가슴 설레는 밀어를 속삭일 줄 안다고 누가 생각이나 했을까.

의신은 키득키득 웃기만 하는 그녀의 입술을 덮치는 걸로 답을 받아냈다.

사방이 일감으로 널려 있어도, 아직 해결해야 할 일이 산 넘어 산이라 해도 두 사람이 함께하는 시간은 달콤하기만 했다. 의신이 직접 종이를 겹쳐 치우고는 이린을 당겨 앉게 했다. 반쯤 벗겨지다 만 옷을 챙겨 입은 이린은 그에 놀랄 새도 없이 긴 의자에 마주 앉게 되었다.

가만히 그녀를 바라보고 있는 그의 얼굴은 웃고 있었지만 서글퍼 보이기도 했다.

"심 부부장님은 괜찮으신 겁니까?"

"괜찮을 거요. 본래 명줄을 타고난 녀석이라오."

"장례를 치르셨다고 들었습니다."

"전장에서 돌아와 장례를 치르지 않는 것이 드문 일이오."

그가 아무리 담담한 척해도 이린은 상심했을 그의 마음 대신 손을 매만져 주었다.

"……고맙소."

말보다 더한 위로에 의신은 미소 지었다.

이제 끊어진 자신들의 이야기를 이을 순간이었다. 더는 꿈에서 보여준 미래의 교차점은 찾지 못하더라도 잊을 수도, 용서할 수도 없는 자가 남았다.

"물어볼 것이 있소."

"네."

"떠올리기 힘들 테지만 꿈속 그자의 얼굴을 기억하오? 이름은?"

순간 그의 눈에 다시 파르라니 귀화가 스쳤다.

다시 그 꿈을 떠올리는 것만으로 오싹해진 몸을 웅크렸다가 고개를 든 이린은 자신에게만은 온화한 그의 눈에 힘을 얻었다.

하지만 역시나 그 순간을 떠올리면 숨이 막혔다. 이린은 그가 토닥여 주는 손길을 느끼며 그 끔찍한 순간을 제외하고 곰곰이 되새겨 보았다. 하지만 꿈은 꿈, 단편만 보여주는 그것은 너무나 불친절했다. 이랑을 닮은 백구의 눈짓이나 발걸음까지 세세히 기억나는데 정작 그자에 대해선 이름은 고사하고 모습도 희미했기 때문이다.

“이름은 모르겠어요. 하지만 보면 바로 알 것 같은데…….”

혼란스러운 와중에 자꾸만 그가 아들을 찌르고 웃던 모습이 떠올라 이린은 참을 수 없이 몸이 떨렸다.

의신은 그녀를 꼭 안고 다시 토닥여 주었다.

“미안하오. 생각하기 싫은 걸 떠올리게 해서. 하면 혹시 당신이 본 적이 있는 사람인 건 아닌지 그것만 생각해 보오.”

잠시 숨 쉬는 것조차 멈추었던 이린은 결국 고개를 젓고 말았다.

“다리를 절었던 것도 같은데…… 모르겠어요. 기억할 수 없어요.”

“괜찮소. 괴롭혀서 미안하오. 우리, 이제 다신 그 꿈을 떠올리지 맙시다.”

“……네, 전하. 네…….”

그녀의 멍한 대답은 그 짧은 순간 얼마나 심력을 쏟았는지 알게 해주었다.

어쩌면 기억할 수 없는 것이 맞는 것 같았다. 그의 꿈에서도 반역자들은 먼 미래에 만날 이들이라 아무도 잡을 수 있는 이들이 없었다. 하니 이린도 마찬가지이리라. 그러나 마음 한편에 남는 찜찜함은 어쩔 수 없었다.

“다시 한 번 말하지만 꿈은 절대 미래가 아니오. 이것이 그 증표요.”

의신이 내미는 걸 본 이린의 눈이 휘둥그렇게 변했다. 꿈에서 봤던, 아니 아들의 행방을 확인하게 한 바로 그 물건이었다. 꿈속 물건이 생생하게 현실에서 보임에 이린은 다시 한 번 소름이 돋아났다.

"이건 인장이 아닙니까!"

그는 이린이 이동의 진에서 무사할 수 있었던 이유를 이 인장으로 생각했다. 다시 이린이 그 몹쓸 것에 휩쓸릴 일은 만들지 않겠지만 일종의 증표였다. 그리고 밀실의 또 다른 열쇠 역할을 하는 만큼 각종 주술이 걸려 있는 인장은 어떤 식으로든 이린에게 도움을 줄 것이라 믿었다.

"맞소, 꿈에선 누군가 그대에게 누명을 씌울 도구로 훔쳤던 것이지. 그러나 누구든 애초에 훔칠 수 없게 아예 그대에게 주려는 거요. 하지만 그대가 항상 보관하기엔 좀 거추장스러울 거요. 해서 가장 잘 보관할 수 있는 녀석에게 맡기려 하는데, 어떻소?"

"녀석이요?"

"지금 이 방 밖에서 이를 갈고 있는 녀석 말이오. 들어와라!"

"……!"

그 말이 끝나기 무섭게 이랑이 문을 밀고 들어왔다. 의신이 이린과 끝까지 가지 않은 건 장소보다도 녀석이 밖에서 웅크리고 있다는 걸 알고 있기 때문이었다.

「나쁜 놈!」

"이랑아……."

"하하, 여전히 내가 싫은 게냐?"

「싫어! 나쁜 냄새가……. 응?」

고개를 갸웃거리는 이랑에게 의신이 손을 내밀었다.

"이게 네 주인을 지켜줄지도 모르니 네게 부탁한다."

이랑은 여전히 불퉁한 표정으로 의신을 노려보았지만 그가 내미는 인장을 거부하진 않았다.

그는 이랑의 목에 인장을 목걸이처럼 묶어주었다. 인장의 겉은 꿈에서 본 것처럼 거친 면포로 싸매어서 누구도 그것이 인장임을 알아보지 못할 모양새였다.

"나는 이제부터 네 주인과 한 몸이니 앞으로 우리 잘 지내보자 꾸나."

「흥, 하는 거 봐서!」

이랑은 새침한 척 고개를 돌렸다.

이린은 입술을 깨물다가 도저히 웃음을 참지 못하고 이랑의 머리를 마구 쓰다듬었다.

"착해, 우리 이랑이!"

이랑이 으쓱했다.

이번엔 의신의 표정이 잠시 오묘해지다가 금세 사그라졌다. 조만간 그도 이 맹랑한 녀석의 이름을 제대로 불러줄 날이 올 것 같았다.

"오늘 곧장 그 계집을 보러 가셨다지?"

"그래, 계집의 작업장에서 한참 있다 나오셨다더라."

"계집을 그냥 두고 볼 거야?"

"그럼, 별수가 있어?"

언젠가부터 화연과 보명은 경어를 생략한 채 대화를 이어가고 있었다. 덕분에 격식과 함께 허울을 벗어던진 듯 조금씩 서로 본

성을 보이고 있었다.

"유경이에게 맡기는 게 제일 나아 보이는데?"

입술을 자근자근 깨물던 화연이 유경을 언급하자 보명은 피식 웃었다. 화연이 그 말을 왜 안 하나 했다. 온갖 치졸한 수는 다 쓰지만 저는 고고한 척하는 이가 화연이 아니던가? 그리고 화연의 말처럼 유경은 그런 역할에 딱 어울렸다.

"오늘 대공의 행차만 알리면 당장 백화 부인의 처소로 달려갈 걸?"

"그렇겠지?"

보명은 입맛을 다셨다. 제법 무력을 갖춘 향정이 있었다면 좀 더 확실한 수를 쓸 수 있었겠지만 그만한 일을 하는 건 향정이 아니어도 누구든 충분했다.

보명은 순간적이나마 사람의 이지(理智)를 조절할 수 있었다. 향정이 백화 부인의 처소에서 과하게 손을 쓴 것도 바로 그녀가 힘을 쓴 덕분이었다. 하나 그때는 그 시녀가 대공의 여자인 줄은 몰랐다. 그랬다면…….

절호의 기회를 그리 놓친 것이 보명은 너무나 애석했다.

"어찌해?"

"머리는 화연이 네가 더 잘 쓰지 않니?"

화연은 입술을 비틀었다. 그 말은 언뜻 칭찬 같기도 하지만 엄연히 일을 떠넘기려는 수작이었다.

보명이 향정을 어찌 조종했는지 알게 되면서 화연은 보명을 볼 때마다 섬뜩했다. 두려운 나머지 외숙부께조차 그런 말은 할 수 없었다. 다만 보명의 능력을 알아서인지, 아니면 보명이 자제하는 것인지 자신에게 주술을 쓰는 기미는 보이지 않았다.

아니다, 어쩌면 지금도 자신을 조종하는 것인지도 모른다.

퍼뜩 정신을 차린 화연이 눈을 부릅뜨자 보명이 싹 웃어 보이며 말했다.

"널 조종할 거였으면 내 능력을 말해주지도 않았어. 나보다는 계집에게 집중해야지? 계집이 회임하지 못하도록 해야 해. 그게 우선이야."

"벌써 회임했으면?"

화연의 눈이 붉게 타올랐다. 보명은 대공의 여인이라는 것으로 족할지 모르나 그녀는 대공의 마음도 욕심이 났다. 다른 여인을 품는 그를 생각하면 가슴을 후벼 파는 것 같았다. 그런데 그 여인이 고작 시녀라니, 당장 후려치고 때리고 싶은 마음을 억누르는 것만으로 인내심을 쥐어짜야 했다.

"당연한 걸 왜 말해? 어찌할지나 생각해."

역시나 보명은 침착했다. 보명과 손을 잡기를 잘한 것인지는 모르지만 지금은 보명이 한편에 서 있는 것이 나았다.

"그렇지, 당연한 일을……."

비록 시녀라 하나 다른 여인의 몸에서 먼저 아들을 낳는 꼴을 두고 보랴!

화연이 입술을 깨무는 모습을 뒤로하고 돌아선 보명은 유경을 찾아갔다.

잠시 후, 빨갛게 달아오른 유경이 자신의 처소에서 뛰쳐나가는 모습에 보명은 깔깔 웃었다.

모처, 그림자 속에 숨은 이들이 은밀한 대화를 진행했다.

"윤성덕이 죽은 건 확실합니까?"

"절은애에 떨어졌다지 않습니까? 그 가슴에 화살을 꽂았다고 자랑하는 타패족 애송이를 날려 버리지 않으려 애써야 했습니다."

"이러면 대업에 지장이 있는 것 아닙니까?"

"그간 들인 공이 아깝습니다!"

"아직 넘어온 건 아니지 않았습니까? 그리고 패는 아직 남았습니다."

넘어온 것이 아니었다라, 그런 자가 제 출생을 알자마자 대공을 암습했을까? 그러나 그들의 수장은 굳이 그런 내막은 밝히지 않은 채 손을 들어 좌중을 진정시켰다.

"조용!"

웅성거리던 공간이 순식간에 조용해졌다.

"대업은 계획대로 갈 것이오."

"네? 설마……."

"아까 말씀하시지 않았소. 패는 많소. 그것이 미덕임을 현 대공께서는 모르시니 그게 탈이 아니겠소?"

"맞습니다, 수장님!"

"뜻대로 되실 것입니다."

"흥, 타패족 늙은이, 살던 대로 살 것이지. 죽을 때가 가까우니 실성한 것이 아니겠소? 난데없이 화친이라니!"

"그리하니 자식 손에 죽은 것이 아니겠습니까?"

"훕족과 발흥족 쪽은 어떻소?"

수장의 질문에 즉각 대답이 떨어졌다.

“계획대로 되어가고 있습니다. 한데 얼마 전 스할가가 은밀히 사람을 보내왔다 하옵니다. 해서 이번에 대공이 전장에 나서지 않은 것 같습니다.”

“뭐? 스할가 주변엔 사람을 심지 않았나?”

“우피카 부족은 규모가 작아 세작을 들이기가 어려웠습니다. 전령으로 온 자가 스할가의 오른팔이라고 합니다. 하나 남은 아들이 이쪽에 있으니 아무래도 스할가가 대공에게 손을 내밀지 않았을까 싶습니다.”

“아들이 사라지면 그런 마음도 사라지겠지.”

“그렇죠, 어딜 가나 아들이 문제지요.”

같은 이득을 따르는 이들이니 이런 사소한 건 굳이 어찌 처리할지 논의하지 않아도 되었다. 수장에게 뒤를 맡긴 이들은 모두 물러났다.

모처에서 나오던 이가 문득 하늘을 올려다보았다. 하늘을 꽉 막았던 구름이 달무리를 지며 언뜻 붉은 늑대 형상을 하고서 그를 내려다보고 있었다.

“흥! 다 보이는 것 같소? 어림없소! 그 날카로운 발톱을 가진 맹수가 토끼의 심장을 지닌 줄 뉘가 알았겠소! 야만족 한둘이 엎드린다고 그 오랜 원한이 사라질 것 같소? 피는 피로 갚는 법이오!”

그가 소리치는 사이 어느새 늑대는 사라지고 없었다. 그는 늑대를 감춘 달을 노려보다 돌아섰다.

담벼락을 두드리기 전 문득 하늘을 올려다본 이린은 달에 안기는 붉은 늑대를 보았다.

순간 이린의 눈에서 광채가 솟았다. 차가운 듯 뜨거운 듯 그녀의 눈에 파르라니 솟았던 빛이 스르르 걷히는 순간 구름의 모양도 이지러지며 흩어지고 말았다.

「주인님?」

"내일 아침에 올게. 그때 여기로 오련?"

「주인님……」

이린은 끙끙거리는 이랑을 한 번 더 쓰다듬어 준 후 비은당으로 통하는 문을 열었다. 이번엔 그가 이미 문 앞에서 기다리고 있었다.

그가 내민 손을 잡는 순간 입술이 맞닿았다. 두근두근 화끈한 기운이 퍼지며 머릿속에서 생각이 흩어지기 시작했다.

붉은 사신, 그녀의 생을 구한 동시에 비참한 나락으로 떨어뜨린 사람. 어느 순간 그가 마음에 들어온 건지 알 수가 없었다. 스스럼없이 저 문을 넘어온 자신은 분명 뭐에 씐지도 모른다.

뭐에 씐 걸까? 누구? 이 사람? 아니면 살라고 하던 그 염원?

— 네 차례야……!

잊고 있다가도 문득문득 '그녀'의 경고가 심장을 찔렀다.

어쩌면 그에 대한 의혹이나 의심을 품을 때마다 그녀의 목소리가 들리는 듯했다.

"나는 여기 있는데 그대는 다른 생각을 하는 거요?"

"흐읍!"

그가 다시 그녀의 입술을 깊게 탐하기 시작했다. 그 입맞춤이 사납고 다급했다면 오히려 생각의 끝을 붙잡을 수 있었겠지만 그는 탐욕스러움도 부드럽게 포장할 줄 알았다. 내게 집중하라, 항의하는 듯 집요한 입맞춤에 그녀는 속절없이 빠져들 수밖에 없었다.

"밤이 짧소."

어느덧 그녀를 침상에 앉힌 그가 옷을 벗기고 있었다.

— 실수를 반복할 것이냐!

아득히 그런 소리가 울린 것 같았지만 온몸이 화끈거리는 열정에 불이 붙은 그녀는 들을 수 없었다.

그들이 서로를 사르는 동안, 하늘의 달무리는 수십 번 모양을 바꾸었다. 마지막엔 하얗게 변한 늑대가 새벽을 밝히는 햇빛에 스르르 흩어졌다.

끄응.

이랑은 주인이 사라진 문 앞에서 얼굴을 파묻고 엎드렸다. 저 요망한 문으로 주인이 다시 돌아올 것이니 기다릴 수 있었다.

비록 주인이 대공의 냄새를 묻히고 돌아왔던 날엔 조금 뒹굴긴 했지만 그렇다고 모두 나쁘기만 한 건 아니었다. 돌아온 주인은 달라진 기를 품고 있었다. 그것은 본래 주인에게서 느껴지는 친밀함에 더해진 더욱 강대하면서 위험한 무언가였다. 하지만 분명 주인에게 유리한 것이었다.

한데 그것이 주인이 그 가장 싫은 인간과 함께여야 한다는 사실이 분할 뿐이었다.

냄새나는, 아니 이상하게도 그 밤 이후 그 싫은 냄새가 씻은 듯이 사라지긴 했지만 그래도 싫은 것만은 어쩔 수 없는 그를 본능에 새겨진 무언가가 끝까지 경계하라 했다.

순간 이랑은 고개를 번쩍 들었다. 꼭 이곳에서 기다릴 필요는 없다. 저만 뱉어내는 요망한 문을 굳이 통하지 않더라도 저가 주인을 찾아가면 그만이다.

되도록 주인과 거리를 벌리지 않는 것이 빨리 성체가 되는 길이었다. 그러니 주인을 쫓아가는 것이다. 왠지 분해서가 아니라!

이랑은 담을 훌쩍 넘었다. 하지만 주인이 있는 방향과 조금 다른 방향에서 쇠 냄새와 피 냄새를 맡았다. 이 기분 나쁜 인간의 집에선 유독 그 비릿한 냄새를 자주 풍기곤 했지만 그 냄새를 풍기는 곳이 강아지들이 있는 곳이라 왠지 불길했다.

어차피 주인님은 아침에나 볼 수 있을 터. 오랜만에 꼬맹이들을 살펴보고 가도 늦지 않을 것이다. 이랑은 방향을 바꿔 담을 넘었다.

캬웅!

훈련장 담을 넘은 이랑은 곧바로 포효했다. 날붙이를 든 시커먼 인영이 개들을 도륙하고 있었다. 그리고 그 뒤로 개들이 보호하던 소년이 막대기 하나만 들고 그 인영에 덤비고 있었다.

"크윽!"

이랑의 갑작스러운 포효에 몸이 살짝 굳었던 인영이 소년의 막

대기에 얻어맞고 신음을 흘렸다. 하지만 동시에 휘두른 칼은 결국 소년의 몸을 베고 말았다.

"끄아악!"

소년의 비명이 들림과 동시에 뛰어든 이랑이 놈의 다리를 꽉 물었다. 놈이 다시 이랑에게 칼을 휘두르려는 순간 아직 살아남은 개들이 달려들어 같이 놈의 다리와 팔뚝을 물었다.

"누구냐!"

훈련장 안의 소란을 들은 병사가 달려오며 소리쳤다. 동시에 놈이 격렬히 저항하며 마구 칼을 휘두르는 통에 이랑도 놈을 놓치고 말았다.

"율비우!"

쓰러진 소년을 발견한 병사가 크게 소리치며 다른 이들에게도 암습자가 있음을 알렸다.

"의원을 불러! 어서!"

병사들이 달려들어 쓰러진 소년을 안고 달려갔다. 횃불로 밝힌 훈련장에는 소년을 지키려 함께 저항하던 개들이 사방에 쓰러져 있었다.

「내 꼬맹이들이!」

살아남은 개들이 흥분을 숨기지 못한 채 암습자가 사라진 담을 향해 짖었다.

이랑은 곧바로 몸을 날려 담을 넘었다. 하지만 순간 코를 마비시키는 강렬한 냄새에 이랑은 바닥을 굴러야 했다.

이제 생각나는 건 오직 주인뿐이었다. 이랑은 곧장 주인을 향해 달렸다.

그러나 비은당 입구에서 이랑을 맞은 건 바로 태내관 주민이었다. 대공보다 더 껄끄러운 인간이었지만 이랑은 힘껏 소리쳤다.

「주인님께 말해 줘요, 꼬맹이들을 해친 놈이 있다고요!」

"기다려라, 응? 네 주인은 내일 뵙게 해주마."

「캬웅, 캬웅! 건방진 꼬마도 다쳤어요! 그런데 놈이 달아났다고요!」

이랑이 아무리 울부짖어도 알아듣지 못하는 주민은 길을 열어주지 않았다. 그때 누군가 달려와 주민의 귀에 무언가 속삭였다. 방금 훈련장에서 있었던 일을 보고하는 것이었다.

그제야 주민은 이 영특한 짐승이 왜 왔는지 알게 되었다.

"혹시, 암습자를 추적해 줄 수 있겠느냐?"

이랑은 결국 외성 담벼락에서 다시 암습자의 냄새를 찾아냈다. 그리고 밤새도록 추적을 이은 이랑은 아침이 오기 전 어느 집 앞에서 다시 그 끔찍한 냄새에 땅을 뒹굴어야 했다. 그곳은 적영의 누구든 아는 집이었다.

"백추성 총관……."

주민은 다시 그 집 담을 넘으려는 이랑을 데리고 성으로 돌아왔다.

아침은 그렇게 밝았다.

공교롭게도 두 사람이 밤을 보낼 때마다 방해하는 역할이 되고만 주민은 면구스러움을 숨기지 못하고 있었다.

"백추성의 집이라……."

가만히 탁자만 두드리던 의신이 그에게 명했다.

"지금 당장 백 총관을 들라 하라!"

"전하?"

"걱정하지 마라. 그동안 내가 적영에서 피를 보기를 자제하였더니 나의 본모습을 잊은 게지."

순간 주민은 흠칫 몸을 떨었다. 피를 예고하는 차가운 웃음을 머금은 의신은 주민이라 해도 감히 눈을 마주할 수 없었다. 하지만 주민과 같은 한기를 느끼지는 못한 이린은 여전히 걱정스럽기만 한 표정으로 의신을 지켜보고 있었다.

"뜻대로 놀아나는 것처럼 보여주는 것도 좋겠지. 하니 백 총관을 불러라!"

"알겠사옵니다, 전하!"

주민이 읍하며 물러나자 의신은 걱정을 지우지 못하는 이린에게 손을 내밀며 말했다.

"그리 염려하지 않아도 되오. 궁금한 건 말해보오."

"백 총관께서 정말 그런 짓을 한 것입니까?"

"이번 일은 그가 저지른 것이 아닐 게요."

"……?"

"백추성은 이토록 허술하게 꼬리를 밟힐 흔적을 남기지는 않을 인물이오. 추적을 염두에 두고 짐승의 후각을 마비시키는 약까지 쓰는 용의주도한 자가 제 주인의 집 앞에서 다시 그 약을 썼을 리가 없소. 어쩌면 그런 정황까지 다 계산한 행동일 수도 있지만 백추성 그자가 벌인 일이라고 보기엔 여러 가지로 미흡하오. 당장 내게 반기를 들어 유리할 것이 없으니까."

"하면 누군가 백 총관께 누명을 씌운 것이란 말씀이십니까?"

"그렇기도 하고 아니기도 하오. 백 총관은 내가 야만족을 품는 것에 가장 반대하는 사람이니."

"백 총관께서는 적토의 내정을 맡는 우두머리가 아닙니까? 한데 그런 이가 전하의 뜻에 반하다니요? 다른 세족과 관료들은요? 그들은 전쟁을 하고자 하는 것입니까?"

"그들은 전쟁도 원하지 않소. 대규모 전쟁이 벌어진다면 자신들의 곳간과 사람을 내주어야 하니 말이오. 지금대로라면 상하는 건 일반 백성들과 병사들뿐이니 현 체제를 유지하길 바라는 것이오."

"어찌, 어찌 그런 이들을 그냥 두고 보신 것입니까!"

"잘못하였소. 하지만 이제는 안 그러려 하오. 이전의 나는 막연히 나의 백성들이 가여워 야만족들을 끌어안아 품으려 하였지만 내정까지 다스릴 의지는 없었소. 딱히 내 집을 다스릴 필요를 느끼지 못했기 때문이오. 한데 이젠 필요하게 되었소."

의신이 분개하는 이린의 주먹을 가만히 감싸 쥐며 말했다. 졸지에 대공을 나무란 꼴에 이린은 몸 둘 바를 몰라 했지만 손을 매만지던 그가 천천히 입술을 만지며 얼굴을 가까이하자 눈을 감았다.

「뭐야! 떨어져! 떨어져!」

두 사람 다 깜빡 잊었다. 아직 녀석이 곁을 지키고 있었다는 것을. 이린의 품으로 파고드는 녀석 때문에 두 사람은 저절로 몸을 뗄 수밖에 없었다.

"이, 이랑아!"

이린은 지켜보는 눈이 있다는 것조차 잊었다는 황당함과 민망함으로 볼을 붉혔고, 의신은 잠시 녀석을 노려보다가 피식 웃고 말았다. 이 맹랑한 짐승이 팔모산의 영물일지는 모르나 그에겐 이린을 수호할 짐승이자 한낱 방해꾼이었다.

"이제 나는 대전으로 돌아가야 하오. 하지만 알아둘 것이 있소. 오늘부터 그대는 정식으로 나의 여인으로 알려질 것이오. 당장 혼인하여 그대를 떳떳이 내 옆에 두고 싶지만 아직은 어쩔 수가 없소. 하지만 그대가 회임하기만 하면 모든 것이 달라질 것이오!"

저주가 풀리면 후대는 혼인 전에 아이부터 생산해야 하는 종마 노릇에서 벗어날 것이다. 다른 이들처럼 평범하게 혼인하고 평범하게 자손을 볼 수도 있게 된다. 하지만 그 모든 것이 이린이 낳는 아이부터 비롯되는 것이다.

육자문에게서 희망적인 이야기를 듣긴 했지만 아직 확신할 수는 없는 일. 확정적인 일이 되기까지 이린을 더 철저히 감추고 보호해야 했다.

의신이 이번엔 이랑을 향해 말했다.

"너의 역할이 더 중요하게 되었다. 나는 이제 너에게 기척을 숨기지 않을 것이다. 하니 너 몰래 네 주인에게 다가가려는 모든 이를 적으로 간주하면 된다. 알겠느냐?"

「흥!」

이랑은 콧방귀를 뀌었지만 비스듬히 고개를 꺾은 채 꼬리를 흔들었다.

"오늘은 이만 일어서야 할 것 같소."

의신은 이린을 비밀 통로의 문 앞까지 배웅했다. 그런데 문 안에 들어서기 직전 이랑이 의신을 몇 번이고 돌아보며 끙끙거리기 시작했다.

"왜 이러는 거요?"

"이랑아, 왜 그러니?"

하지만 이린에게도 말하지 않고 그저 앓기만 하는 녀석의 의중을 의신이 먼저 알아채고 말했다.

"너도 이곳으로 같이 가고 싶은 것이냐?"

"이랑아, 하지만 이 문으로는 한 사람만 들어갈 수 있대."

단숨에 풀이 죽는 이랑을 의신이 구해주었다.

"사람은 안 되지만 이 녀석이라면 방법이 있소."

그 말에 맹렬히 꼬리를 흔드는 이랑에게 의신은 먼저 약속을 하게 했다.

"나와 네 주인이 함께 있을 때는 절대 방해하지 않는다는 약속부터 하여라."

이랑은 대답은 않은 채 꼬리를 세우고 의신을 째려보기만 했다. 그러다 결국 또 비스듬히 돌아서서 꼬리를 흔들었다.

녀석과 이린이 문 안으로 사라지자 의신은 참았던 웃음을 터뜨렸다.

사실 그 맹랑한 짐승에겐 안 그래도 문을 허락해 주려 했었다. 이린의 근처에 금비단을 붙여두긴 했지만 그녀를 가장 가까이 지킬 수 있는 것은 녀석이기 때문이었다. 영악한 영물이니 곧 사실을 알아차릴지도 모르지만 그 전에 이린이 아이를 낳는다면 아무 문제 없으리라.

이제 백추성을 만날 때였다. 그러자 언제 웃었느냐는 양 의신의 얼굴은 다시 무표정으로 굳어졌다.

"부르셨습니까, 전하."

"간밤에 있었던 일을 아시오?"

순간 대공과 눈을 마주쳤던 백추성은 폐부에 스미는 차가움으로 몸을 떨어야 했다.

"듣기는 하였사오나 소신도 자세한 일은 모르옵니다."

백씨 가문은 대대로 진실을 보는 자들이라 알려졌다. 하지만 진실을 보는 대가는 진실을 말함이라는 건 알려지지 않은 사실이다. 대공이 원하면 그들은 무조건 진실을 말해야 함이니, 정녕 족쇄를 찬 이가 누구겠는가?

"백 총관, 그대는 알 것이오. 내가 내정을 돌아보지 않은 건 할 수 없어서가 아니라는 것을. 하나 나의 의지에 정면으로 반하는 것까지 두고 보아주지는 않을 것이오."

"저, 전하, 소신은 아니옵니다. 진정 소신이 아니옵니다!"

"백 총관. 나는 이제 더는 썩은 가지를 품고 가지 않을 작정이오. 어리고 약해도 건강하고 튼실한 열매를 맺을 가능성이 있는 새싹을 키우는 것이 더 낫다는 생각이오. 남는 가지가 될 것인지 도려내지는 쪽이 될 것인지는 그대의 선택에 달렸소."

"……!"

백추성은 침음을 삼켰다. 그도 대공이 핏빛 눈을 한 채 사람을 베어 넘기는 광경을 목격한 이였다.

'이제는 안으로 칼을 빼들 작정이신가?'

최악의 가정이었다.

"소신이 이 불명예를 벗기 위해서라도 반드시 그 범인을 찾아

낼 것입니다!"

"백 총관."

"네, 전하!"

"아무것도 하지 마시오."

"네?"

"그대의 조카 하나로 부족해 보였소? 모두 거둬가시는 것이 좋겠소."

"저, 전하!"

"근신하시오. 나중에 또 부르리다."

"소신, 자중하고 물러가겠나이다."

나중에 또. 그 말을 믿어도 될까?

하나 대공이 눈앞에 보이지 않자 공포에 무뎌졌던 분기가 슬그머니 솟았다가 사라졌다.

'국구(國舅)가 될 뻔한 몸이었소! 한데 이토록 수모를 주시다니요!'

하루가 지나지 않아 백추성의 근신이 널리 알려졌다.

의신은 예감했었다. 이린과 육자문이 만나면 어떤 일이 생길지.

그날이 오늘이었다. 의신과 함께 대공의 직영지를 돌아보는 이린의 얼굴에 활짝 웃음꽃이 폈다.

"생각대로 사탕무가 잘 자라네요. 어머, 벌써 감자 꽃이 폈네! 감자는 구황작물이라 이게 잘되기를 가장 바랐어요! 한데 이제부터 꽃을 따줘야 뿌리가 더 튼실해져요. 감자 캘 때도 와서 보고 싫어요! 아, 옥수수가! 추워서 싹이 안 날까 봐 걱정했더니 이렇게 자랐네, 어쩜! 옥수수도 씨알은 구황 작물이 되고 대는 사료로 쓸 수도 있어요.”

적토의 기온과 토지에 맞춰 새 작물들을 추천하긴 했었지만 이린은 몇몇은 실패할 거라 예상했었다. 한데 모두 싱싱하게 줄기를 뻗어 나가고 있는 푸른 들판이 펼쳐져 있으니 그녀의 기쁨은 이루 말할 수 없을 정도였다. 아직은 그녀가 육자문의 축복을 알지 못하고 있을 때였다.

이린이 이보다 더 큰 규모의 푸른 들판으로 만들 청사진을 꿈꾸고 있을 때 누군가 그들 앞으로 다가와 고개를 숙였다.

“전하를 뵙습니다. 전하, 귀인께 인사를 올려도 되올는지요?”

“어서 오시오, 육 선생. 이린, 이쪽은 육자문 선생이시오. 육 선생, 이 여인이 나의 배필이오.”

적토의 사람치고 육자문을 모르는 이가 드물 것이다. 한데 그런 그에게 배필이라 소개되니 이린은 당황하면서 감격스런 마음으로 그에게 인사를 했다.

“소녀, 서 가, 이린이라 합니다.”

“귀한 이름을 알려주셔서 감사합니다. 저는 육자문이라 합니다.”

“고명하신 선생께서 제게 말씀을 그리 올리시니 송구합니다.”

“허허, 귀인께서 그런 말씀을 하시면 제가 곤란합니다. 그나저나 전하, 이렇게 직접 뵈니…… 정말 확실하군요. 감축드립니다!”

“하하하!”

대공의 큰 웃음소리에 호위하던 무사들이 눈을 휘둥그렇게 떴다. 하지만 누가 보든 말든 의신의 얼굴에선 미소가 떠나지 않았다. 또한 여인을 대동한 것도 모자라 손수 여인을 부축해 마차에서 내리게 하고 가는 곳곳마다 정답게 이야기를 나누는 모습부터가 놀랍지 않을 수 없었다.

다른 이들이야 놀라든 말든 육자문은 인사를 하자마자 벼르던 것부터 쏟아내기 시작했다.

"한데 여쭐 것이 있습니다. 아까부터 전하께 이 작물들에 대해 무언가 설명하시는 듯한데, 혹여 귀인께서 잘 아시는 것입니까?"

대답 대신 이린이 의신을 쳐다보자 그는 고개를 끄덕였다.

육자문은 쾌재를 불렀다. 드디어 궁금하던 것을 풀 때가 온 것이다.

"하면 이것부터 묻겠습니다. 이것의 이름이 감자라 하였습니까? 이것은 어떻게 생긴 것이며 어떤 조리법으로 먹는 것이 좋습니까? 수확은 언제, 어느 정도 되는 겁니까? 아니 그보다, 이것들을 다 어찌 아시고 심을 수 있게 하신 겁니까? 똥! 똥을 모으라 한 것도 귀인이십니까?"

다른 건 그렇다 치고 기어이 나온 똥 이야기에 뒤따르던 그의 제자 국언이 고개를 파묻고 말았다.

하지만 다시 의신을 쳐다본 이린은 무언의 허락에 웃으며 답을 해주었다.

"감자는 구황식물이라고도 부릅니다. 그만큼 공복감을 달래주는 식량이 된다는 말이지요. 작황이 좋으면 한 뿌리에 주먹 크기의 알이 대여섯 개 정도 달리며, 굽거나 쪄서 먹으면 됩니다. 또 땅마다 작황이 다르기에 아직은 수확량을 가늠할 수가 없습니다.

인분이나 짐승의 분뇨를 그대로 식물에 뿌리면 생장을 돕긴커녕 오히려 병충해에 시달리고 썩어버릴 수 있습니다. 사람과 짐승의 분뇨와 적당한 합성물을 섞어 발효시킨 것을 퇴비라 하며, 적절한 시비법은 앞으로 연구해 봐야 할 것입니다."

"과연!"

중간에 어찌 아는지에 대한 답은 생략해 버렸지만, 육자문도 되묻지는 않았다.

"퇴비도 퇴비지만 작물로서 땅이 비옥해지게 하는 것이 바로 콩입니다."

"네? 콩이라고 하셨습니까? 그것이 어떻게 도움이 되는 것입니까?"

"콩 뿌리를 보신 적이 있으십니까? 뿌리에 동글동글하게 열매처럼 맺혀 있는 것도요?"

"네, 본 적 있습니다."

"그렇게 뿌리에 기생해서 군데군데 뚱뚱한 주머니처럼 만드는 세균이 있습니다. 질소라고, 식물의 주요 구성 성분이 있는데, 그 세균이 콩과식물에 질소화합물을 공급하면 콩과식물은 세균에서 나오는 좋은 증식물질을 공급해서 땅을 비옥하게 합니다. 덕분에 지렁이도 모이게 하고 2모작, 3모작을 돕는 역할도 할 수 있습니다. 그리고 콩 자체에 영양이 풍부해서 식량으로도 훌륭하니 콩을 많이 심는 것이 좋습니다."

"어허!"

한 마디로 콩을 심으면 좋다는 이야기다. 한데 뭔지 모를 이야기가 섞이니 듣는 이는 어질어질하면서도 감탄만 나왔다.

"저도 육 선생께 질문을 드려도 되겠습니까?"

"당연합니다! 무엇이든 말씀해 주십시오!"

제 속을 다 뒤집어 보이고 싶다는 듯 웃어 보이는 스승 때문에 그의 제자는 또 고개를 숙였다. 하지만 이곳엔 그들만 있는 것이 아니었다.

"그만!"

"전하!"

"전하!"

"보아하니 두 사람 다 나를 까맣게 잊었구려. 육 선생, 질문은 우선 두어 가지만 허락한다고 하지 않았소?"

"하지만 귀인께서 직접 묻고 싶은 것이 있다고 하셨는데……."

"다음에 다시! 육 선생이 고모님께 청하면 이린을 만날 수 있는 시간을 정해주실 것이오!"

"질문 하나만 더 하면 아니 되겠습니까?"

"오늘만 보고 아니 볼 게요?"

육자문은 더는 조르지 못하고 이린을 떠나보냈다. 한데 마지막에 귀인이 질문하려던 것이 무언지 궁금하여 잠을 이루지 못한 그는 다음 날 새벽부터 백화 부인을 찾아가 이린과 만나게 해달라 떼를 쓰려 했다.

하지만 바로 그날, 서북 최단의 호령성에서 날아온 급보에 적영은 발칵 뒤집어졌다.

급보는 타패족의 새 족장 이물티르가 죽은 아버지의 복수를 한다며 호령성을 점거했다는 소식이었다. 호령성은 타패족과 흉족을 가장 자주 맞닥뜨리는 곳으로 그만큼 충성스럽고 용맹한 장수들이 지키는 곳인데 그곳이 뚫린 것이다.

그 사안의 심각함에 의신은 천무단과 봉비단, 적영군의 반을 이끌고 곧바로 출정했다.

천무단의 수는 적지만 봉비단의 수는 2천, 적영군의 수는 1만에 달했다. 7천의 군사에다, 가는 길목의 도(道)와 부(部)에서 군사를 더하면 최소 2만 이상의 병력이 움직이게 될 것이다.

하지만 문제는 적영의 군사와 비교해 규모가 그만그만하던 타패족과 흉족이 서로 힘을 합쳤다는 것이다. 적토를 침탈하는 점은 똑같았지만 각자 물과 기름 같던 관계라 융합이 없던 야만족들이 병합한 순간부터 문제는 커지고 말았다. 1만의 수와 2만의 수는 대적 자체가 다르기 때문이다. 그리고 그들의 수는 그 이상이라는 소식이었다.

급보가 온 지도 이레, 대공은 이미 호령성에 도착했을 시간이었다. 의신을 전장에 보낸 이린은 마음의 갈피를 잡지 못하고 아무것도 할 수 없었다.

그런 그녀를 붙잡아준 이가 바로 육자문이었다.

"주술은 무조건 축복만 좋은 것으로 생각했었습니다. 세상에나, 부패라니. 아니 정확히는 발효지만, 그 시간을 주술로 당길 수 있다는 생각은 한 번도 해본 적이 없습니다. 과연 귀인이십니다!"

"저는 생각만 떠올리는 것입니다. 제대로 작용이 되는지는 직접 실험해 보지 않고서는 아직 모릅니다."

"발상 자체가 벌써 다르십니다. 이 늙은이의 눈을 정말 번쩍 뜨이게 하십니다!"

"주술에 갖가지 효능이 많으니 다방면에 쓰일 수 있다고 생각합니다. 당장 방충과 방습할 방법도 건축이나 식량 창고에 적용하면 어떻겠습니까?"

"옳거니!"

"하지만 육 선생 같은 분들은 드물지 않습니까? 아마도 선생과 제자 말고는 그런 일에 동참할 주술사는 아무도 없을 것입니다. 귀족의 비호와 큰 대접을 받고 있는 주술사들이 재주를 널리 쓸 수 있을지가 문제입니다."

"그거야 주술사인 제가 할 일입니다. 그것에 관한 계획을 세워 봐야겠습니다!"

"방법이 있으십니까?"

"없으면 만들어야지요, 그리고 가장 큰 지원을 해주시는 분이 계시지 않습니까!"

적토의 절대자가 뒤를 받쳐주고 있는데 무슨 고민이겠는가. 이참에 구체적인 사안까지 함께 논의하자, 입에 침을 바르는 육자문의 말을 끊고 들어오는 이가 있었다.

"송구합니다. 문을 두드렸는데 못 들으신 것 같아 결례를 저질렀습니다. 이린님, 마님께서 부르십니다."

이린이 대공과 함께 직영지에 다녀오면서 다른 이들에게도 그녀에 대해 공공연히 알려지기 시작했다. 그러자 이미 대공과의 관계를 알고 있던 정옥은 냉큼 그녀에 대한 존칭부터 바꿨고 주변인들도 그리 따라 부르기 시작했다.

"기다리고 계시니 어서요!"

정옥은 저를 노려보는 육 선생의 눈길을 모른 체하며 이린을 재촉했다.

"오늘도 선생께 많이 배웠습니다."

"배우긴 제가 귀인께 배웠지요! 제가 말씀드려야 할 건 아직 태산같이 많은데……."

"으흠, 흠!"

정옥의 작은 헛기침에 이린이 육자문에게 급히 작별 인사를 했다.

"저는 가봐야겠습니다. 육 선생께서도 살펴 가십시오."

적토의 모든 이가 서로 모시고자 하는 육자문이건만 백화궁에서 만큼은 불청객 신세가 되고 말았다.

하지만 이린은 매일 찾아와 자신이 가진 지식을 뽑아내려는 듯 붙들고 있는 육자문이 오히려 고마웠다. 그때만큼이라도 의신에 대한 걱정을 조금은 묻어둘 수 있기 때문이었다. 그에게 설명하다 보면 또다시 자신의 부족함이 안타깝게 여겨졌지만 이제 그녀는 더는 욕심을 부리지 않기로 했다. 그래서 공방은 견학한 것만으로 충분했고 자신의 작은 공방에서 종이를 만들고 가끔 떠오르는 기억들을 적는 것으로 만족하고 있었다.

부인이 급히 찾는다는 말에 달려간 이린을 반긴 건 형형색색의 비단들이었다. 부인은 이린을 보자마자 다짜고짜 여러 가지 비단을 내밀며 몸에 대보기 시작했다.

"마님!"

'어허!'

"고모님, 이게 무엇입니까?"

'이제 곧 너도 네 처소를 따로 받지 않겠느냐? 그 전에 내가 옷을 지어주련다. 어떠냐, 마음껏 골라보거라. 아니지, 네가 싫은 것만 골라봐라. 다 지어보자꾸나!'

"……!"

조금 과장을 보태 산더미 같이 쌓여 있는 비단을 보니 백화 부인이 그동안 갖고 있던 것을 몽땅 꺼내온 모양이었다. 평소 자신의 옷을 짓는 것에는 인색한 부인이었다. 한데 아낌없이 모두 베풀고자 하는 부인의 마음이 고맙고 황송하고 감격스러웠다.

"저는 이것으로 지어주시어요."

이린은 하얀 비단을 골랐다. 정옥은 눈치껏 빠져 있어서 스스럼없이 말할 수 있었다.

'너보고 고르라고 한 게 잘못이지, 그래도 제일 좋아하는 게 뭔지 알았으니 되었다.'

"아니요, 지금 한 번만 해주시고 아니 해주실 거예요? 앞으로 또 두고두고 지어주셔야죠."

'허, 네가 이리 욕심을 부릴 줄도 아는 게야?'

짐짓 노려보는 척하는 부인에게 이린은 한술 더 뜨기까지 했다.

"저는 여기에 고모님의 꽃을 갖고 싶어요. 가장 예쁜 꽃으로 수놓아 주실 거죠?"

모르는 이가 봤다면 이린이 대공의 총애를 위세로 방자해졌다고 할 것이다. 그러나 부인이 그 속을 모를 리가 없다. 스리슬쩍 받아주면 정말 저 하나로 끝내려는 것이다.

'이건 너 좋자고 하는 게 아니야. 대공의 체면이 있지! 하나뿐인 대공비께서 초라한 모습으로 사람들 앞에 나선다면 어찌 보겠느냐? 세족의 여인네들이 어찌 꾸미고 다니는지 모르느냐? 하긴, 내성에 있는 그 손님들을 보면 알겠지? 여기 펼쳐 놓은 정도는 턱도 없이 모자란다.'

"대공비라뇨, 아직은 아니지 않습니까."

다른 이야기는 아예 걸러 듣고 그 말만 들리는 모양이었다.

'요즘 네가 매일 어디서 잤는지 아는 이한테 그런 소릴 하누? 의뭉스럽기는!'

이린의 더욱 볼을 붉히며 고개를 푹 숙였다. 부인은 요즘 이린을 놀리는 낙이 가장 컸다.

'대공께서 오시면 이보다 더한 걸 내려주실 게야. 그러니 각오하렴!'

한데 그 말에 이린은 웃는 대신 안색을 흐렸다.

부인은 속으로 혀를 찼다. 아마도 적토의 사신이라 불리는 대공이 가는 것만으로도 빼앗긴 성은 당장 수복될 것이다. 하지만 전쟁으로 말미암아 어쩔 수 없이 따르는 스러질 인명과 시간이 안타까웠다. 이젠 대공도 친정을 접고 집을 지킬 때였다.

더구나 대공이 정혼을 미뤘던 기한이 얼마 남지 않았다. 때가 되자마자 관료들과 세족들이 다시 대공의 정혼을 들고 일어날 것이다. 이린에게 아직 소식은 없는지 묻고 싶지만 당장 드러나는 일이 아니라 부인은 애만 태우고 있었다.

한데 재미있는 건, 빈말이라도 이린은 절대 저가 두 번째 부인이 된다거나 다른 부인을 더 허용하겠다고 하지 않는 것이다. 하긴 어느 여인이 제 사내를 공유하길 원하겠느냐마는 앞으로 달려들 여인들에게서 이린이 대공을 어찌 수호할지 지켜보는 것이야말로 흥미진진할 것이다.

물론 그 뒤를 자신이 철저히 받쳐줄 것이다. 오늘도 쫓겨났을지언정 육자문도 이린의 다른 날개가 되어줄 것임을 부인은 믿고 있었다.

그러니 어서 오시오, 대공!

한데 그 순간, 이린이 비명과 함께 황급히 손을 움켜쥐었다.

"앗!"

'무슨 일이니!'

"비단 사이에 칼이 있었던 모양입니다."

'뭐라! 칼이 왜 거기에 있어!'

그때 붉은 피가 방울방울 흘러 이린이 골랐던 비단에 똑똑 떨어지기 시작했다.

"앗, 안 돼!"

이린이 급히 비단에서 손을 거뒀지만 떨어진 피가 벌써 흔적을 남기고 있었다.

'괜찮다! 그깟 천이 대수냐! 얼마나 다친 게야?'

상처는 가볍지 않았다. 이린이 꽉 움켜쥔 손에선 피가 몽글몽글 솟은 피가 자꾸만 새어나오고 있었다.

"그래도 제가 다쳐서 다행입니다."

'지금 이 와중에 그게 무슨 소리냐! 정옥이, 정옥이 게 있느냐! 어서, 어서!'

마음 급해진 백화 부인이 문을 열고 마구 종을 흔들었다.

그 순간, 이린의 눈에 흰 비단에 새겨진 모양이 눈에 들어왔다. 그녀의 피를 먹은 핏자국이 마치 짐승이 쓰러진 모양처럼 보였다.

'설마!'

가슴이 철렁했다. 심장이 빠르게 방망이질 치더니 눈앞이 아득해졌다.

'이런아, 이런아!'

부인이 부르는 소리가 아스라이 멀어져갔다.

비록 호령성을 빼앗기긴 했지만 장수들은 탈출하면서 군사와 백성, 식량 등 모든 것을 깡그리 비워서 빠져나왔다. 싸울 여력이 있음에도 성을 지키지 못한 것은 대적하기 어려울 만큼 엄청난 대군이 몰려든 때문이었다. 덕분에 앞에선 싸우는 척 시간을 끌고 모두 피신시킨 덕에 피해는 크지 않았다.

하나 그토록 많은 적이 모여 쳐들어올 때까지 몰랐다는 자체가 의심할 여지가 많은 일이었다.

설마 적토의 장수들이 성을 포기하고 달아날 줄 몰랐던 야만족들은 그야말로 빈 성을 차지한 것이나 다름없었다. 하니 보급로가 단 한 군데밖에 없는 성을 차지한 야만족들은 요지를 확보하고도 멀리 돌아 나와 식량을 보급해야 했다.

의신은 보급을 이끄는 야만족 무리를 기습했다. 번쩍이는 칼날에 말과 사람의 목이 튀었다. 비명과 병장기 부딪히는 소리에 붉은 피와 생명이 떨어졌다. 난입하자마자 타패족 지휘 장수 다섯의 목을 베면서 전장은 순식간에 그의 지배하에 놓이게 되었다.

빈 성에서 굶어 죽게 생긴 야만족들도 성을 나와 전투에 합류했다. 대공의 군사와 호령성에서 후퇴했던 군사들의 합세에 적토의 기세가 야만족을 압도했다. 이대로라면 야만족들을 단번에 휩쓸 수 있을 것 같았다.

그때였다. 뒤편에서 그를 노린 화살 하나가 날아갔다.

"대공을 위해 특별히 준비한 것이라오."

그 중얼거림을 들은 이는 아무도 없었다.

화살은 의신의 가슴을 꿰뚫었다.

10. 전장

백화궁이 발칵 뒤집혔다.

의원의 뒤로 태내관이 달려왔다.

혼란이 번졌다. 처소의 모든 이들이 마당에 무릎 꿇려졌다.

크아앙!

주인의 피를 본 짐승이 무릎 꿇은 인간들을 향해 포효했다. 그 작은 몸에서 내지른 소리가 대호 못지않았다. 아니, 이제 보니 작은 몸이 아니었다. 이린의 무릎 높이였던 이랑의 키가 어느새 그녀의 허리쯤에 닿을 정도로 커져 있었다. 이린이 정신을 잃고 있던 반 시진 동안 생긴 변화였다.

작정하고 내지른 녀석의 살기에 몇은 실금을 하거나 실신했다. 정옥도 실신한 이들 중 하나였다. 부인은 누구에게도 의심의 끈을 놓지 않았다.

다행히 이린은 치료를 마치자 깨어났다. 꿰매는 동안 실신해 있었던 게 다행일 정도로 그녀의 손바닥은 길고 깊게 베였다.

"이랑아!"

포효하는 소리를 들으며 깨어난 이린이 녀석을 불렀다. 누구든 당장에라도 물어뜯을 것 같던 녀석이 주인이 부르는 소리에 날듯이 달려왔다. 깨어난 그녀를 본 이랑이 조심스레 다가와 면포로 감싼 그녀의 손에 코를 갖다 대었다.

"이랑아, 너 몸이……?"

「주인님, 주인님, 주인님!」

이랑의 눈에 눈물이 그렁그렁 맺혔다.

'깨어났구나! 다행이다. 얼마나 걱정했는지 아느냐?'

주민도 안도하며 말했다.

"깨어나셔서 정말 다행입니다, 이린님! 마님, 심문할 이들을 모두 모았습니다."

'이린아, 쉬어라.'

"무슨, 아니, 뉘를 심문하신다는 겁니까?"

'네가 다친 건 보통 칼날이 아니었느니. 너나 나를 노린 것이었다.'

"네?"

숨겨져 있던 칼날은 주술까지 더해진 치명적인 흉기였다. 자칫했으면 손가락이나 손목이 잘릴 수도 있었다.

'너는 몸을 보중하고 기다려라.'

"아, 아닙니다. 저도 가겠습니다!"

백화 부인은 굳이 말리지 않고 함께 뜰로 나왔다.

금비단원들이 몇몇 실신한 이들을 깨우는 모습에 이린은 놀라고 말았다.

"정옥 시녀님!"

'지금은 아무 말도 하지 마라.'

주민이 그들을 향해 소리쳤다.

"범인은 당장 나오라! 아니면 끔찍한 고문 후에 실토를 하겠느냐?"

크아앙!

주민의 말에 맞춰 이랑이 다시 포효했다. 그에 간신히 깨어났던 이들이 또다시 눈이 돌아갈 뻔했다.

하지만 덕분에 범인은 의외로 싱겁게 찾을 수 있었다.

"사, 살려주십시오! 죽을죄를 지었습니다, 살려주십시오!"

온혜였다. 이랑이 다가가 앞발로 머리를 툭 치자 미친 듯 무릎으로 기어 태내관의 발에 머리를 숙인 온혜가 다시 살려달라며 외쳤다.

"이 이후론 제가 맡겠습니다."

주민은 곧장 온혜를 데려가 직접 심문했다.

암습의 대상은 확실히 이린이었다. 주술에 걸린 칼날은 정확히 이린을 찾아 예리함을 발하게 되어 있었다. 한데 온혜는 제가 한 짓은 자백했지만 시킨 자는 말하지 않았다. 아니, 말하지 않은 것이 아니라 말할 수가 없는 것이었다.

주민은 돌아와 부인에게 심문 결과를 알려주었다.

"온혜라는 계집에게서 주술의 흔적을 발견했습니다. 저가 저지른 짓은 생생히 기억하지만 배후는 알지 못했습니다. 그 부분만 깡그리 지운 상태라 역으로 주술을 걸었지만, 백치가 될 뿐이었습니다."

이대로라면 온혜라는 하녀 하나를 끝으로 몸통은 놓치는 것이었다.

[하면 이대로 묻자는 말이오!]

“송구하오나 전하께서 계시지 않는 때라 일을 크게 벌일 수가 없사옵니다. 아직 이린님에 대한 공식적인 언질이 없었기 때문에 되도록 관심이나 이목을 집중시키는 일을 삼가야 합니다. 아니면 이를 빌미로 이린님을 호출할 수도 있기 때문입니다.”

[뉘가 감히 대공의 여인을 오라 가라 부른단 말이오!]

“내성에는 전 대공 부인들이 계시지 않습니까.”

백화 부인은 그녀들을 사치만 일삼는 천박한 이들이라 욕했지만 태내관의 말처럼 그녀들이 칼자루를 쥔 상태였다. 이린이 그냥 하녀일 때는 백화 부인이 안 내놓으면 그만이지만 대공을 모신 몸이기에 그녀들에게 이린을 부를 명분이 생긴 것이다.

[아니라고 하면 그만이지!]

“네? 그것이 무슨 말씀이십니까?”

[이린이 대공을 모신 건 침전이 아니라 비은당이었소. 하니 목격자가 없다는 말이오.]

“……알겠습니다.”

하지만 이것은 임시방편일 뿐이었다.

“전하께서 돌아오시기만 하면 해결될 일입니다. 하니 너무 노여워 마소서.”

그리 말하는 주민도 의신의 귀환이 금방이라 장담하지 못했다. 이제 돌이킬 수 없게 된 야만족들과 결판을 지어야 했으니. 분했지만 이린을 노렸던 일은 조용히 수습하는 것으로 끝맺었다.

그날 밤, 주민에게 전서구가 날아들었다. 전서를 확인한 주민은 새벽이 되자마자 호령으로 내달렸다.

짱그랑!

그릇이 깨지며 날카로운 목소리가 울렸다.

"어째서 그년이 멀쩡한 것이지?"

"의원의 말로는 손을 제법 깊게 베였다고 들었습니다. 손가락을 쓸 수 있을지 없을지도 모른다고 했습니다."

"그게 아냐! 그 칼은 그저 손가락 하나 베고 마는 것이 아니야! 계집의 피를 내고 독을 심는 것이었어. 한데 어찌 계집이 아직 성한 것이야?"

"……!"

"이럴 수는 없어, 이상해! 아니다. 그를 다시 불러오라!"

"하지만 지금 보는 눈이 많사와……."

"흥, 뉘가 그를 의심하겠느냐? 하니 쓸데없는 소리 말고 다시 데려와!"

"네, 알겠습니다."

'흥, 네깟 것이 어디까지 버티는지 두고 보자!'

어여쁜 입술이 요사스럽게 비틀어졌다.

그리고 그 밤, 누군가도 주민이 받은 것과 같은 내용의 전서를 받았다.

화살이 날아오는 순간, 의신은 몸을 틀었다. 하나 이상하게도 그를 따라 함께 방향을 튼 화살이 그의 가슴을 꿰뚫었다. 한 치라도 비꼈다면 심장을 꿰뚫었을 치명적인 상처였다. 의신은 곧장 쓰러지지는 않았다. 그는 계속 달려드는 야만족 장수의 목을 치며 확실히 승기가 잡힐 때까지 버텨냈다.

하나 군센 정신도 생명력이 빠져나가는 몸을 끝까지 붙잡지는 못했다. 승기가 넘어간 것이 거의 확실해지던 순간, 그는 혈리의 등에서 떨어지고 말았다.

"전하!"

순간, 전장이 얼어붙었다. 희관과 천무단원들이 일제히 그에게 달려들었다.

살아남은 야만족 잔당들이 슬금슬금 도망치기 시작했다. 하나 적토의 군사들은 그들을 추격하지 못했다.

불패의 상징과도 같은 의신이 쓰러진 일은 그만큼 큰 충격이었다. 성을 되찾긴 했으나 그들은 승리의 함성을 지르지 못했다. 의신은 호령성으로 옮겨진 채 사경을 헤매었다. 성을 몇 개 잃는 것보다 더 최악의 상황이었다.

희관은 의신을 살피고 나오는 의원에게 소리쳤다.

"전하께서 왜 차도가 없으신가!"

"화살이 심장을 비껴가긴 했지만 상처가 너무 컸습니다. 게다가 피를 너무 많이 흘리셨습니다."

"이만한 상처쯤은 몇 번이고 털고 일어나신 분이시다! 이전보다 더한 상처에도 털고 일어나셨다. 한데 어찌 일어나지 못하신단 말인가?"

"그럴 리가요! 지금 살아 계신 것만 해도 다행입니다!"

"뭐라! 지금 그것이 의원이란 자가 할 소린가! 무조건 살리라,

무조건! 하지 못한다면 네 목을 치리라!"

"히익! 네, 네!"

희관이 의원을 닦달했지만 그런다고 뾰족한 수가 생기는 건 아니었다.

결국 뒤늦게 주민에게 전서구를 날린 희관은 점점 숨이 가늘어지는 의신을 지켜보며 속만 태울 수밖에 없었다.

희관이 의원에게 주장했던 말은 거짓이 아니었다. 정말 이보다 더한 상처에도 의신은 정신을 잃거나 목숨이 위태로웠던 적이 없었다.

'한데 이번엔 왜!'

적토의 대공은 대대로 생명줄이 짧았다. 아무리 강한 자라 할지라도 죽음 앞에선 무너질 수밖에 없다. 그래서 약해졌을 수도 있다.

하지만 그런 이유로 설명하기엔 의신은 아직 젊었다. 더구나 후계자도 없었으니 이대로 의신에게 변고가 생기면 적토엔 일대 혼란이 일어나고 만다.

'제발!'

희관은 깨어나지 못하는 의신의 손을 붙잡고 애원했다. 하나 주민이 도착할 때까지도 의신은 정신을 차리지 못했다.

주민은 전령이 나흘 걸리는 거리를 이틀 만에 주파했다. 말의 체력을 돕는 주술을 이용해 최대한 말을 덜 바꿔 타면서 달린 결과였다.

주민이 온다고 뾰족한 수가 있을까 싶지만 사실 주민에게는 비장의 비약이 있었다. 절체절명의 순간 목숨을 구할 수 있는 그 비약은 황실의 것으로, 황제의 정실 아들딸에게 단 하나씩만 내려지는 것이었다. 요녕 공주는 아들을 위해 그것을 주민에게 맡긴 것이다.

다행히도 너무 늦지 않게 도착한 주민이 의신에게 비약을 먹일 수 있었다. 보이진 않지만 의신의 생명력과 함께 붉은 기운이 서서히 새어나가고 있었다. 다행히 비약을 먹음과 동시에 기운이 빠져나가는 것이 멈추면서 의신의 정신도 돌아왔다.

"내가, 오래도록 정신을 잃고 있었나?"

"전하!"

"전하!"

의신은 다시 눈을 감았다가 떴다.

꿈을 꾼 것 같았다. 긴 꿈을. 꿈속에 이린이 나온 것 같긴 한데 아무것도 생각나지 않는 그런 꿈이었다.

핏발 선 눈에 안광이 쏟아질 듯한 희관과 적영을 지켜야 할 주민까지 와 있는 것을 보자 저가 많이 위중했음을 알았다.

"너희가 날 살렸구나."

"전하!"

의신이 혼자 일어나 앉는 모습에 희관은 무릎을 꿇고 말았다.

가슴 부위가 욱신거리긴 했지만 티를 내지 않을 정도는 되었다. 의신은 곧장 전황부터 확인했다.

"전황은 어찌 되었느냐?"

"우리 측은 이천의 군사가 상하였고, 이물티르는 반이 남은 잔당을 이끌고 도망쳤습니다. 송구스럽게도 저들이 달아나는 것을 추격하지 못했나이다."

"일만이 살아 도망쳤군. 화근이 될 것이야."

이만의 군사가 이만의 적과 싸워 반을 죽이고 물리쳤다. 결과만 보면 대승이지만, 도망친 야만족은 필시 세력을 다시 키워 되돌아오려 할 것이다. 물론 당장은 아니지만 몇 년, 혹은 십여 년이 지나서의 일이 될 수도 있으나 그때 또다시 백성들이 수난을 당해야 한다는 말이다.

"다시 출정한다!"

"전하!"

"전하, 훗날을 도모하소서! 지금은 몸을 먼저 낫게 하실 때이옵니다!"

희관과 주민이 거의 동시에 외쳤다. 하나 의신은 억지로 자리에서 일어났다. 그러느라 상처는 당기고 머릿속이 새까매질 정도로 지끈거렸다.

밀실이 아쉬운 순간이었다. 꿈속의 용화가 그를 눕혀주었던 밀실의 침상에 눕는다면 단 며칠이면 나을 수 있다. 그러나 지금은 전장을 떠날 때가 아니었다.

다른 방법이 있다면, 이린이었다. 그녀의 힘을 빌린다면 밀실에서보다 더 빨리 나을 수도 있다. 이전에 그가 이보다 더한 상처에도 나을 수 있었던 것은 몸에 품은 광기가 그만큼 컸기 때문이었다. 하나 지금은 아니었다. 이린과 잠자리를 할 때마다 광기는 줄어들고 있었다. 하니 이린이 곁에 있는 것만으로도 생명력을 요구하는 광기 대신 몸을 회복시켜 줄 수 있었다.

그러나 이 살벌한 전장에 이린을 데려온다는 건 말도 안 될 일이었다. 다른 수를 써서라도 최대한 상처를 빨리 낫게 해야 한다.

"며칠 몸을 추스르고 나설 것이니 그리 걱정하지 않아도 된다. 먼저 타패족의 본진을 쳐서 타패족을 지운다. 다음이 흉족이다. 그러나 발흉족이 이때를 노릴 수 있음이니 그들의 동태도 함께 살펴라."

의신의 의지는 이미 확고했다. 희관이나 주민은 고개 숙여 읍할 수밖에 없었다.

그 밤, 전서구가 다시 날았다. 전서구는 금비단의 누군가에게 전달되었고 다시 백화 부인에게 전해졌다.

전서를 확인한 백화 부인은 고민하다가 이린을 불렀다.

'이린아, 네가 호령으로 가주어야겠다!'

부인의 말을 들은 이린은 즉각 떠날 채비를 했다. 날이 밝자마자 떠나야 하지만 이린은 잠들 수가 없었다.

'대체 얼마나 다치신 걸까?'

백화 부인의 앞에선 제법 의연한 척했지만 타는 가슴은 한시도 자리에 눕지 못하게 했다. 그녀가 가장 좋아하는 여름을 시작하는 싱그러운 내음도 지금은 그녀의 마음을 달래주지 못했다. 창밖의 휘영청 밝은 달빛에 지금이라도 당장 달려가고 싶었다.

그때였다. 달이 커지는 것 같다는 느낌과 함께 무언가가 그녀의 방 앞에 사뿐히 내려섰다.

크허…… 엉?

이상하게 짖다가 만 이랑이 불쑥 나타난 침입자에게 달려들며 꼬리를 내저었다.

「아버지!」

이랑의 외침에 이린은 신발을 신는 것도 잊은 채 밖으로 나갔다.

처음엔 이랑의 아버지라기에 달려갔지만 가까이 갈수록 그게 아니었다. 이상했다. 저절로 이끌렸다. 이랑이 전에 한 말이 이런 것이었는지도 모른다.

백형의 장(長)에게 다가간 이린은 저도 모르게 손을 내밀며 물었다.

'나는 이린이라고 해요. 그대는 이름이 뭔가요?'

「저는 모운, 팔모산의 구름이라는 뜻입니다.」

'모운, 모운……'

몇 번이고 되뇌는 이린을 흡족하게 바라보던 모운이 다시 말했다.

「이린님을 오래, 참으로 오래 기다렸습니다.」

'나를요?'

「네, 이린님. 성녀님의 귀환에 팔모산의 영물들 모두가 기뻐하고 있습니다. 성녀님께서 힘을 써주시면 우리는 다시 성지를 꾸밀 수 있습니다. 우리 모두 그때를 고대하고 있습니다.」

'나는 반쪽이에요. 이런 나라도 괜찮아요?'

「반쪽이라니요! 결코 아닙니다!」

'하지만 나는, 나는 다른 곳에서 왔어요.'

「그곳에 계실 때부터 이미 이린님은 저희의 주인이셨습니다. 오셔야 할 길을 영영 잃으셨다가 이곳 주인 어미의 희생으로 다시 돌아오신 것입니다.」

'네? 그게 사실인가요!'

「네.」

전 대공비, 요녕 공주의 죽음에 대한 비밀이 처음 밝혀진 순간이었다. 하지만 그것을 들을 수 있는 이는 이린뿐이었다.

한데 모운이 그녀의 다친 손을 보며 으르렁댔다. 그에 이랑이 포효하던 것과는 비교도 안 되는 기세가 흘러나왔다.

「역시나 인간들은! 모셔가야겠습니다! 그곳에 가시면 더욱 빨리 나으실 것입니다. 다시는 이런 일을 겪게 하지도 않겠습니다!」

'하지만 그에게 한 번은 기회를 준다고 했다면서요?'

「네, 이곳 주인의 어미를 봐서였습니다. 그리고 그건 그가 주인님을 지킬 수 있을 때의 일입니다! 한 번의 기회는 이렇게 갔습니다.」

'이건 작은 사고였어요. 한 번만 더 지켜봐 주면 안 될까요. 나는, 그가 좋아요.'

이랑은 당장에라도 주인을 채갈 듯 사나운 아버지의 분위기에 꼬리를 말았지만 이린은 부드럽게 웃기만 했다. 모운은 그런 이린과 눈을 마주한 채 한참을 쳐다보다가 다시 말했다.

「하면 그에게서 힘을 모두 회수하소서. 그리해야 누구도 성녀님을 해하지 못할 것입니다.」

'그가 주면요. 그가 돌려주는 대로 받을 거예요.'

그녀의 천진한 대답에 눈을 일렁이던 모운은 한숨을 쉬고 말았다.

「그는 비열한 배신자의 후예입니다. 만약 그런 기미가 보이면 저는 강제로라도 성녀님을 모셔갈 것입니다.」

'그땐 말리지 않을게요. 위안이 될지는 모르지만, 나는 그녀가 아니에요. 그리고 내가 좋아하는 남자도 그가 아니에요. 만일 그런 일이 다시 생긴다 해도 난 그녀처럼 당하지 않을 테고, 세대를 뛰어넘어야 할 만큼 상처받지도 않을 거예요.'

「그건 지켜봐야 알 일이지요.」

'그러니까 지켜봐 줘요.'

「……네.」

이린은 탐탁지 않은 표정으로 답하는 모운에게 바싹 다가가 그 커다란 목을 감싸 안았다.

놀라다가 곧 풀어지는 모운의 표정과는 달리 눈에 불을 켠 이랑이 캬웅 캬웅 울부짖었다.

「내 주인님이에요, 내 주인님이라고요!」

바닥에 몸을 뒤집고 뒹구는 녀석은 이린이 처음 의신과 밤을 보내고 온 날과 그리 다르지 않았다.

「몸이 커져도 아직 애구나. 하긴, 성녀님의 피를 보고 강제로 반쯤 각성한 것일 뿐이니.」

'이랑이 각성한 거라고요?'

「반만입니다. 사실 반도 되지 않지만. 그래도 이젠 제법 호위 노릇을 할 만큼 커졌다 싶어 도움말이나 줄까 싶었더니 아직 멀었습니다. 아무래도 성녀님 곁을 지키는 건 성체인 내가 나을 것 같구나.」

「아니에요! 저 잘할게요! 잘할 수 있어요!」

「지켜보겠다.」

'이랑이는 이미 내게 가장 좋은 동무이자 보호자예요. 앞으로 더 잘할 거예요.'

이린의 아낌없는 칭찬에 이랑은 그녀의 손에 제 머리를 갖다 대며 비볐다. 물끄러미 그 모습을 지켜보던 모운이 말했다.

「이랑은 아마 우리 백형의 자손 중 가장 빨리 성체가 될 것 같습니다.」

'정말요? 역시 우리 이랑이에요!'

녀석이 특별해서가 아니라……. 그러나 굳이 그런 말을 해줄 필요는 없어 보여 모운은 입을 다물었다.

「다시 만나 뵙기를!」

이린은 짧게 인사하는 모운의 목을 다시 안아주었다. 모운은 도움말을 준다며 이랑을 데리고 사라졌다.

작은 소란은 여름을 향해 달리는 밤을 더 짧게 만들었다.

그에게로 가는 날이 밝아왔다.

어스름한 새벽, 아직 앞을 분간하기도 어려운 시각 외성을 빠져나오는 두 필의 말이 있었다. 금비단 두 명과 함께 호령으로 향하는 이린 일행이었다. 아무도 모르게 빠져나간 듯했지만 이린이 외성을 빠져나간 순간을 잡은 무리가 있었다.

"쫓아라!"

은밀히 그림자 다섯이 이린이 간 방향으로 따라붙었다.

한데 그들마저 모르는 일행이 하나 더 있었다. 그들보다 한발 늦게 이린을 쫓던 이랑이 은밀하게 주인을 쫓는 다섯 인영의 뒤를 따르기 시작했다.

이린 일행이 하루를 달려 여각에 들었을 때 이랑은 은밀한 추격자들을 제치고 주인의 방으로 찾아 들어갔다.

「주인님의 뒤를 쫓는 인간들이 있었어요!」

"역시 그랬구나. 몇 명이었니?"

「다섯이에요. 모두 말발굽에 솜을 두르고 있었어요!」

"알았다. 하면 우리는 이대로 출발하자!"

여각에 든 이린은 쉬고 있던 것이 아니라 그대로 떠날 채비를 하고 있었다. 이린 일행이 여각에 든 이유는 머물기 위한 것이 아니라 말을 바꾸고 이랑과 합류하기 위한 것이었다.

일부러 뒤늦게 따라온 이랑은 훌륭한 정탐꾼이 되어주었다. 백화 부인이 경고했었지만 설마 했던 불순한 무리가 정말 그녀를 쫓고 있었다.

"더 서둘러야겠습니다. 추격자가 있습니다."

이린은 마침 말을 교체했다고 알리러 온 홍아에게 정황을 알렸다. 홍아는 금비단원 중 드문 여성이었고, 다른 한 사람은 청아라 했다. 자신들의 손에 이린의 안전과 목숨이 달려 있기에 두 사람의 얼굴에선 긴장이 떠나지 않았다.

먼 거리를 서둘러 가야 하는 것도 큰일이었는데 혹시나 의심했던 추격자의 등장은 목적지까지의 험난함을 예고하고 있었다. 하나 고무적인 사실이 하나 있다면 이런 험한 여정을 견딜까 걱정스러웠던 이린이 무리 없이 따라온다는 것이다. 또 하나, 마침 보름달에 가까워져서 어느 정도 야행이 가능해졌다.

첫날, 그들은 가장 멀리 이동했다. 금비단원인 그들도 지칠 정도로 달렸지만 이린은 놀라울 정도로 버텨주었다. 이대로라면 사흘 안에 도착할 수도 있을 것이다.

하나 둘째 날 문제가 생겼다.

멀리서 늑대 우는 소리가 들리더니 나란히 달리던 이랑이 돌연 말의 앞길을 막으며 말했다.

「주인님! 앞에 보이는 계곡에 병장기를 든 인간들 서른이 숨어 있답니다!」

"뭐?"

"무슨 일이십니까?"

말을 세우는 이랑 때문에 놀란 홍아에게 이린은 상황을 알려주었다. 홍아는 그걸 어찌 아냐 묻는 대신 청아에게 신호를 보내 그도 멈추게 했다.

이린이 바싹 경계하는 이랑을 보며 물었다.

'이랑아! 방금 들린 소리, 네 아버지니?'

「네! 지금 저들을 흩어버리신다고 하세요!」

'위험해! 우리가 다른 길로 돌아가면 되잖아!'

「돌아가더라도 한번 혼쭐을 내줘야지요. 형들과 누나가 직접 움직이고 있대요. 형들은 저보다 크고 힘도 세요. 그리고 직접 싸우거나 하진 않을 테니 걱정하지 않으셔도 돼요.」

'고맙다고 전해 드리렴.'

우우우!

이랑이 허공을 향해 길게 울부짖자 곧 화답하는 소리가 들려왔다.

홍아와 청아에게 이야기를 전하자 그들은 다른 방향으로 말머리를 틀었다.

이미 저들의 목적은 확실해졌다. 어떻게든 그녀의 목숨을 노리리라.

멀리서 늑대 우는 소리와 사람들이 내지르는 고함과 비명을 들으며 이린은 눈을 꾹 감았다.

"서둘러 줘요!"

"네!"

암습자들을 피해 가파른 산길을 오르면서도 그들은 갈 길을 늦추지 않았다. 중간에 말을 두 번 바꿔 타고 달리자 다시 해가 저물었다. 짧게 자고 달리고 다시 하루를 더 달렸다.

그들의 이동속도는 꽤 빨랐지만 암습자는 처음 매복했던 서른 명이 다가 아니었다. 곳곳에 매복한 암습자들 때문에 길을 점점 돌아가야 해서 처음 예상했던 사흘보다 하루가 더 늦춰지게 되었다.

"이린님! 하루, 아니 한나절만 더 달리면 호령성에 당도합니다!"

"고마워요, 홍아!"

'고마워요, 모운!'

이린은 근처 어디엔가 있을 모운에게도 인사했다. 모운의 무리가 따르는 덕에 여태 한 번도 적과 마주치지 않고 여기까지 올 수 있었고, 짧게 자는 잠이나마 달게 잘 수 있었다.

"홍아, 오늘은 더 속도를 내도록 해요."

"네, 그렇게 하겠습니다!"

홍아의 뒤에 올라탄 이린은 그녀의 허리를 꽉 잡았다.

"이랏!"

바람을 가르는 소리를 들으며 이린은 마음속으로 기원했다.

'전하, 조금만 기다리시면 제가 곧 가요! 부디 무사하세요!'

"뭐라! 늑대?"

"네, 길목을 점거하여 기다리던 곳마다 늑대 무리가 나타났다 합니다!"

"개를 훈련시킨다 하더니, 그것이었나?"

거의 혼자 중얼거리다시피 한 주인의 말에 수하가 답했다.

"아닙니다! 개가 아니라 확실히 늑대였습니다! 크기가 일반 늑대들의 배는 되어 보여 모두 혼비백산하는 바람에 제대로 대응하지도 못하고 도망치기 바빴다 합니다."

"흥! 그래봐야 짐승이다! 그깟 짐승이 무서워 도망쳐? 제 모자람을 변명하는 말이로다!"

보고하는 수하는 보통 늑대가 아님을 토로하고 싶었지만 들어주지 않을 주인의 표정에 말을 삼킬 수밖에 없었다. 주인은 다시 호통을 쳤다.

"계집이 대공을 무사히 만나서는 절대 아니 된다. 어차피 마지막 관문을 지나야 할 것이다. 늑대든 개든 그가 준 부적을 모두 쓰더라도 계집을 반드시 처치해라!"

겨우 짐승에게 귀한 부적을 쓰기엔 아깝지만 계집이 '그'가 흘린 정체가 맞는다면 반드시 없애야 했다.

"네!"

그림자 속에 숨은 그는 홀로 중얼거렸다.

"계집, 너는 다시는 이곳에 돌아오지 못한다. 설령 목숨이 살아 있다 해도 성한 몸은 아니리라!"

"고생하셨습니다, 이린님. 이 언덕만 지나면 호령성이 보일 것입니다!"

"드디어!"

우우우!

그때 멀리서 들리는 심상치 않은 늑대 울음소리가 다시 일행을 긴장하게 했다. 이랑이 전해주지 않아도 이린은 그 울음소리를 알아들을 것만 같았다.

"맙소사, 이랑아!"

크아앙!

이랑이 크게 포효하더니 그 울음소리를 따라 길게 울었다. 그 구슬픈 울음소리에 이린도 저절로 따라 울기 시작했다.

"앗, 이린님!"

홍아와 과묵한 청아까지 이린의 눈물에 놀라 외치자 이린은 쓸쓸히 말해주었다.

"이랑의 형제 둘이…… 죽었어요."

"……!"

"네?"

이린은 더 할 말을 찾지 못한 채 이랑의 목을 쓸어주기만 했다. 절절히 전해지는 슬픔에 이린의 가슴도 찢어질 듯 아팠다.

한데 직접 적과 마주치는 일 없이 그저 혼란스럽게만 한 팔모산의 늑대들이 당한 연유를 알 수 없었다. 무엇보다 모운이 저들의 기습을 허용했다는 자체가 이상한 일이었다.

"하면 이 앞은 더욱 위험할 수도 있겠습니다."

청아의 말을 생각해 보기도 전에 어디선가 화살이 날아왔다. 여태 한 번도 적과 마주치지 않고 왔던 이린 일행이 처음 공격을 받은 것이다. 하지만 이린을 향해 날아오던 화살은 다행히도 청아의 칼에 빗겨 날아갔다.

"엎드리십시오!"

이린이 바닥을 구르자마자 방금까지 섰던 자리에 화살이 박혔다. 청아가 그 앞을 막고 있는 새 홍아는 작은 바위를 엄폐물 삼아 이린을 이끌었다.

"달아나!"

청아가 소리쳤다.

"엄폐물이 없어서 불가능합니다. 여긴 낮은 구릉이라 금세 따라잡힐 겁니다."

청아와 홍아의 설전을 비웃듯 적들은 아예 몸을 드러낸 채 다가오기 시작했다. 달아날 시도를 하려다간 열이 넘는 궁수의 화살에 바로 몸이 꿰이고 말 것이다.

'이제야 내가 이 세상에 온 이유를 알았는데! 이제야 나의 삶이 외롭지 않게 이어질 수 있게 되었는데!'

이렇게 끝나기엔 너무나 허망했다. 저를 잃으면 다시 그 끝없는 저주에 파묻혀야 할 그를 생각하면 더욱 가슴이 찢어지는 것 같았다.

"으윽!"

그 순간, 청아의 비명이 울렸다.

"청아님!"

비범함을 넘어선 청아였지만 다가오는 적과 화살을 동시에 대적하기엔 상대가 너무 많았다. 기어이 오른쪽 어깨를 화살 하나에 관통당한 그의 앞으로 홍아가 비명을 지르며 뛰어들었다.

"쳐라!"

화살은 멎었지만 이미 다가온 적이 너무 많았다. 왼손으로 칼을 고쳐 잡은 청아가 다시 그들 몇을 베어 넘겼지만 그들 뒤로 숨어온 한 사람은 놓치고 말았다.

"계집이 여기 있다!"

이린이 엎드려 있던 얕은 구덩이 위로 뛰어오른 사내가 거칠게 외치며 칼을 높이 치켜드는 순간, 이랑이 사내에게 뛰어들었다. 동시에 이린을 내려치려던 칼이 이랑의 몸을 스치고 지나갔다.

"이랑아!"

꿈에서 본 그 장면이 다시 반복되고 있었다. 그녀를 살리기 위해 뛰어든 녀석의 하얀 털에 피가 번졌다.

이린은 비명과 함께 이랑의 몸을 감싸 안았다.

그 순간 이랑의 몸이 눈에 띄게 부풀기 시작했다. 며칠 전 머리 하나만큼 더 큰 것과는 차원이 다르게 이랑의 몸이 커지고 있었던 것이다. 이것이 바로 이랑이 성체로 거듭나는 변이(變異)였다. 그러나 눈앞의 적은 녀석의 변이를 기다려 주지 않았다.

"죽어랏!"

"안 돼!"

이린은 이랑을 몸으로 가린 채 눈을 감았다. 하지만 금세 다가올 것 같았던 칼날의 고통 대신 끄르륵 하는 신음이 들려왔다.

이린이 고개를 들자 자신을 베려던 사내의 목에 화살이 관통해 있었다. 그리고 사방에서 날리는 화살에 홍아와 청아를 둘러싼 적들이 하나씩 꿰이고 있었다.

"이린!"

그다! 그가 자신을 부르는 목소리가 들렸다.

상황은 순식간에 역전되었다.

이린 일행을 덮친 적들은 사방으로 흩어져 도망갔지만 의신과 병사들의 화살에 대부분 꼬치가 되어 쓰러졌다. 거의 쉰 명에 이르던 적들 중 도망친 건 채 다섯도 되지 않았다.

그런데 의신이 모습을 보이자 당장 목숨을 잃지 않았던 이들까지 입에 거품을 물며 죽었다. 포로를 남기지 않는 악랄한 주술의 결과였다. 잔혹하게도 의신에겐 익숙한 장면이었다.

한데 정말 문제가 되는 것은 다섯이든 하나든 도망친 이가 있다는 것이다. 의신이 잔당을 쫓고자 했다면 하나라도 놓칠 리가 없기 때문이었다. 의신의 몸이 성하지 않다는 방증이었다. 그런 사실까진 알 수 없었던 이린은 그저 그가 온전한 모습으로 서 있는 것이 반가울 뿐이었다.

"이린!"

"전하!"

감격스럽게 외치면서도 이린은 그에게 바로 뛰어가지 못했다. 아직 이랑의 변이가 끝나지 않았다. 이린은 본능적으로 변이가 끝날 때까지 이랑의 몸에서 떨어지면 안 된다고 느끼고 있었다.

'조금만, 조금만 더!'

그가 가까이 다가올수록 그의 모습을 더 빨리 담지 못해 애가 탔다.

성큼성큼 걸어온 의신이 구덩이 속에서 움직일 줄 모르는 그녀의 손을 꼭 잡았다.

"다친 덴 없소?"

"네, 저는 괜찮습니다. 전하께서 다치셨다고 들었습니다. 해서 급히 달려온 길입니다."

"누가 그대에게 알린 것이오?"

그의 목소리는 더없이 나긋하여 이린은 그 안에 든 차가운 예기를 느낄 수 없었다.

"금비단에서 전서구를 받아 고모님께서 알려주셨습니다. 앗, 청아와 홍아는요?"

"군의가 달려가 보고 있을 것이오. 한데 그대는 왜 일어서지 못하는 거……."

의신은 이린이 웅크린 채 감싼 녀석의 모습에 입을 다물었다. 이 혼란스러운 곳에서 이랑은 태평스럽게 잠자는 것처럼 보였다. 몸을 물들였던 붉은 피는 흔적도 없이 사라지고 더욱 눈부신 흰색 털을 자랑하는 녀석은 팔모산에서 보았던 그곳 주인과 비슷해 보였다.

"아직 크기는 작군."

"좀 더 자랄 거예요."

다른 누군가가 이 대화를 들었다면 기가 찼을 것이다. 이랑의 크기는 녀석의 본래 몸을 세 배는 부풀려 놓은 크기로 훌쩍 커져 있었다.

그때 제 말을 하는 걸 아는 것처럼 이랑이 번쩍 눈을 떴다.

"이랑아!"

이랑은 벌떡 일어나더니 허공을 향해 크게 울부짖었다.

크허엉!

벌판이 떨리고 멀리 산이 울리는 듯했다.

곧 그에 화답하는 긴 울음소리가 들려오자 병사들의 얼굴에 긴장이 서리기 시작했다. 하지만 평온한 모습으로 지켜보기만 하는 대공을 보며 모두 자리를 지키고 있었다.

포효가 그치자 이린은 녀석의 목덜미를 쓰다듬으며 눈물을 흘렸다.

"무슨 일이 있는 거요?"

"팔모산 식구들이 여럿 상했어요."

의신은 말없이 이랑의 머리를 한 번 쓰다듬어 주었다. 녀석은 그의 손길을 처음으로 거부하지 않고 그 말없는 위로를 받아들였다. 하나 이곳은 대화를 나누기엔 여의치 않았다.

"성으로 갑시다."

"네."

의신이 이린과 함께 혈리에 오르자 이랑이 그녀에게 말했다.

「저는 다녀오겠습니다.」

'그래.'

이랑은 거대해진 몸집에도 바람을 탄 듯 소리 없이 달려갔다. 의신은 이랑의 모습이 작게 사라지는 걸 지켜보다가 출발했다. 호령 성의 마지막 관문은 그렇게 적들의 피만 적신 채 지나가게 되었다.

그리고 잠시 후, 병사들이 시체를 모두 치워 흔적만 남은 그 자리에 나타나 둘러보는 이가 있었다.

"역시 보통 계집이 아니었군."

작게 읊조린 이는 다음 순간 사라졌다.

"전하!"

의신이 호령 성에 이르자 주민이 혼비백산한 얼굴로 뛰어왔다.

비록 의신이 비약의 힘을 빌어 깨어나긴 했지만 목숨만 건졌을 뿐이었다. 몸을 회복하는 것이 급선무인데도 타패족을 치기로 한 터라 걱정이 이만저만이 아닌데 아침나절까지 잠들어 있던 의신이 홀연히 사라진 것이다.

희관도 적들의 동태를 직접 살피러 가서 자리를 비운 터라 주민은 돌아오는 의신을 보기까지 간을 졸이고 있었다.

"전하! 아니, 이린님?"

그는 의신의 등 뒤 같이 말을 타고 오는 이린을 보곤 눈을 휘둥그렇게 떴다. 그런 주민의 얼굴을 살피던 의신이 단조로운 어조로 물었다.

"너인가?"

"네? 어인 말씀이십니까?"

"네가 이린을 불렀느냐?"

"아니, 아닙니다! 이 위험한 곳까지 어이 이린님을 모시겠습니까!"

"아니면 되었다. 하나 뉘가 나도 너도 모르게 이린을 예로 불렀다. 금비단이 전서를 받았다 하는구나."

"……!"

"이야기는 안에 들어가서 마저 하지."

은밀히 나누는 이야기라 엿들을 이들은 없었지만 그래도 바깥에서 할 이야기는 아니었다. 하지만 바로 뒤에서 듣고 있던 이린은 서서히 불안해지기 시작했다.

'태내관께서 부르신 게 아니야?'

금비단을 부릴 수 있는 이는 태내관 주민뿐이었다. 전서도 그의 이름을 빌어서 온 것이다.

정말 자신을 노린 함정이었을까? 그녀가 오는 길 내내 암습자가 기다리고 있었던 것을 생각하면 그렇게밖에 생각할 수 없었다.

금비단이 뚫리다니, 이는 보통 일이 아니었다. 하나 함정이었든 어떻든, 그녀가 의신과 만난 순간부터 그들 사이엔 남들에겐 보이지 않는 두 줄기의 기운이 휘감아 돌고 있었다. 생명력이 새는 듯 그의 몸에서 흘러나오던 붉은 기운이 이린의 풀빛 기운에 힘을 받아 색을 되찾으며 그의 몸으로 되돌아가고 있었다. 더불어 들끓던 열이 떨어지고 피와 함께 빠져나간 기운이 점점 살아나기 시작했다. 의신은 그 변화를 바로 느끼고 있었다. 이렇게만 있다면 이틀 안에 기력을 거의 되찾을 수 있을 것 같았다.

타패족을 치기로 한 날이 이틀 후다. 이린이 온 덕분에 그는 다시 전장을 지배할 수 있을 것이다. 하나 품 안에 있을 적의 존재가 발톱을 찌르는 가시처럼 남게 되었다.

"주민, 출전 전까지 나는 나가지 못할 것이다. 하니 전서에 관해선 희관과 함께 논의하라!"

"네, 전하."

주민이 나가고 나서야 이린이 입을 열었다.

"전하, 몸은 어떠십니까? 얼굴이 많이 상하셨습니다. 얼마나 걱정했는지 모릅니다. 한데 전하, 침상에 계셔야 하는데 일어나신 것입니까?"

의신은 쉬지도 않고 말하는 이린을 와락 끌어당겨 안았다.

"이야기는 나중에 합시다."

그토록 걱정했던 그가 꼭 안아주고 있었다. 이제야 진짜 안도감이 들었다. 이린은 눈을 감았다.

"걱정했습니다."

"나도 그대가 온다는 걸 알고 걱정했소."

"알고 계셨습니까?"

"그건 아니오. 아까 주민과 이야기했듯이 전서가 갔다는 것조차 몰랐소. 한데 그대가 가까이 있다는 건 알 수 있었소. 해서 마중을 나간 것이오."

의신이 마중을 오지 않았다면 아마도 그녀는 죽었을 것이다. 그 섬뜩한 순간을 되새긴 이린은 무의식적으로 그의 품을 파고들었다.

"아무도 그대에게 위해를 가하지 못하게 할 것이오. 절대로."

"네! 네, 전하."

그윽한 눈빛이 마주치더니 순식간에 타오르기 시작했다.

입술이 마주쳤다. 떨어져 있던 시간보다 갑절로 커진 그리움이 두 사람을 집어삼켰다. 탐해도 탐해도 모자랐다. 이 소중한 이를, 단 하나뿐인 연인을 영영 잃을 뻔했다는 것이 애달프기만 했다.

단지 입술만 겹친 것으론 모자랐다. 저린 욕망이 타올랐다. 단숨에 젖혀진 맨 살갗에 입술이 닿았다. 사락사락, 천천히 벗겨진 옷들 위로 숨결이 따라왔다. 비약으로 아물긴 했지만 시뻘겋게 남은 흉터에 눈물이 떨어졌다. 다시 떨어지려는 눈물을 먹어치우며 그예 입술도 삼켜 버렸다. 애욕이 두려움과 걱정을 밀고 들어왔다.

조금 더, 조금만 더!

서로를 그리던 그리움이 욕망으로 뿜어져 나왔다.

잠시 후.

정점에서 노닐던 애욕을 토해낸 두 사람은 서로의 심장에 기대어 숨을 골랐다. 이대로 시간이 멈추었으면 싶은 그때 의신이 몸을 일으켰다.

"전하?"

"바깥이 어수선한 걸 보니 희관이 돌아왔나 보오. 아마 보고를 하러 올 거요."

그제야 이린도 해가 지고 있는 창 아래 횃불들이 어지러이 흔들리고 있는 걸 볼 수 있었다.

"앗, 잠시만 기다리소서!"

의신은 수발을 들기 위해 일어나려는 그녀를 잡고 고개를 저었다.

"주민에게 이른 말이 있으니 곧장 오진 못할 것이오. 서두르지 마오."

의신은 쿡쿡 웃으며 그녀를 침상에 가뒀다. 하지만 돌아서는 그의 어깨가 굳어 있다고 느낀 것은 혹시 착각일까?

그의 어두워진 안색에 이린은 뒤늦게 그가 무리한 건 아닐지 걱정되었다.

맙소사, 사지에서 이제 갓 헤어난 사람과 방금 무얼 했던가!

이 순간 그녀는 생각할 수 없었다. 사랑을 나누며 기의 혼합이 더욱 원활해지면서 그가 더 빨리 원기를 회복하고 있다는 걸. 그들은 사랑을 나누었지, 치료를 한 것이 아니니까. 때문에 계속 욱신거리던 자신의 손도 거의 나았음을 아직은 알지 못했다.

순식간에 새빨개진 이린은 침상에 고개를 파묻었다.

'태내관님도 질색하셨을 거야. 더구나 지 장군은 나를 어찌 생각할까?'

희관을 생각하면 그녀는 의기소침해졌다.

차복이나 백화 부인이 제일 까다롭다 하던 주민보다 그녀는 희관이 더 어려웠다. 아마도 그와의 첫 만남이 결코 좋았던 인연이라 말할 수 없어서인지도 몰랐다. 하나 그가 의신에게 주민만큼이나 소중한 사람이기에 어떻게든 첫 만남은 잊는 게 좋았다.

"전하!"

닫힌 문 사이로 희관의 음성이 들려왔다.

이린은 아무것도 못 듣는 체 이불 속에 고개를 파묻었다.

"전하, 정말 출전하실 것입니까?"

"희관, 내가 가지 않으면 기껏 잡은 승기도 놓치게 된다, 모르느냐?"

적과 아군이 모두 의신이 쓰러진 것을 목격했다. 의신의 말대로 지금 그가 건재하다는 것을 보이지 않는다면 아군의 사기는 꺾이고 반대로 야만족은 기세등등해질 것이다. 의신의 건재 여부가 결과를 좌우하게 될 것이다.

"하오나 전하, 아직 상처가 다 낫지 않으셨습니다!"

"주민에게 들었겠지? 이린이 왔다. 나는 그 어느 때보다 더 나아진다."

"정녕, 이린님이 '그분'이라 믿으시는 것입니까?"

"믿는 게 아니라 사실이다. 내 몸으로 보여줄 터이니 의심하거나 걱정하지 마라."

"……알겠습니다."

"하나, 이 일로 커다란 구멍이 생겼음을 알았다."

"반드시 잡아내겠습니다!"

"믿겠다."

"……전하, 하면 제가 선봉에 서도록 허락해 주십시오!"

"그리하라."

"감사합니다, 전하!"

희관이 읍하며 물러났다. 결국 대공의 출전을 막지 못하고 돌아서는 그의 어깨가 착잡하게 굳어져 있었다.

"출전 명령을 내려라!"

"네, 전하!"

쿵!

북이 울렸다.

쿵!

성문이 열렸다.

두두두!

수천의 말들이 초원을 달리기 시작했다.

두두두두!

간밤에 내린 비가 말발굽에 이는 먼지와 발걸음 소리를 죽이며 출전하는 장수들의 무운을 비는 듯했다.

이채롭게도 출전하는 대공의 등 뒤에 왜소한 체격의 병사 하나가 매달려 있었다.

끼리릭, 성문이 닫혔다.

출격한 군사들은 반이 갈려 나뉘었다. 서쪽으론 대공이 포함된 본진이 타패족을 치기 위해, 동쪽으론 주민과 인결이 흉족을 치기 위해 달려갔다.

영악하게도 다음 차례가 자신들인 줄 아는 흉족이 동시에 쳐들어온 것이다. 겨우 목숨만 부지해 달아났던 타패족 족장 이물티르가 다시 끌어 모은 군세도 처음 호령을 점령한 숫자와 거의 비등할 정도였다.

정오가 되기 전, 두 군(軍), 아니 네 무리의 군사가 맞붙었다.

“돌격하라!”

와아아아아아!

퍽! 끄악! 이히잉!

챙, 챙! 으윽, 끄악!

“죽어라!”

전장의 소리, 생명이 지는 소리가 시작되었다.

그 전장의 한가운데, 이린은 그의 등 뒤에 꼭 붙어 눈을 감고 있었다.

태앵!

빗발치는 화살이 날아왔지만 그의 신들린 칼 놀림은 등 뒤에도 눈이 달린 듯 어느 하나 용납하지 않았다. 품 안에 적이 있는 걸 알고서도 이린을 두고 올 수는 없었다. 가장 위험하지만 또 가장 안전한 곳이 의신의 곁이었다. 무엇보다도 그녀가 곁에 있는 한, 그는 다시는 쓰러지거나 지치지 않을 수 있었다.

“하압!”

칼이 부딪쳤다. 피가 튀고, 팔다리가 날아다니고, 목이 굴렀다. 창과 칼과 화살에 맞은 짐승과 사람의 비명이 아우성을 일으켰다.

타앗!

동시에 덤비던 타패족 전사 둘이 목을 잃고, 뒤이어 창을 지르려던 전사는 떨어지며 혈리의 발굽에 머리가 으스러졌다. 전장의 광기가 그의 몸 안의 광기를 일깨우려 달려들었다. 하나 의신은 그 어느 때보다도 냉정하게 전장을 지배했다.

그때 선봉에서 적을 베던 희관이 화살에 빗겨 맞으며 말에서 떨어졌다. 곧바로 희관의 목을 베려 타패족 부족장이 달려들었다.

퍽!

그러나 목숨을 잃은 건 의신이 날린 화살을 머리에 꽂은 부족장이었다.

"부족장!"

뒤늦은 비명과 함께 타패족 전사 서넛이 의신에게 동시에 달려들었다. 발악하듯 달려들고 있었지만 그들의 눈엔 패색이 짙게 깔려 있었다.

전장의 승세는 이미 기울어지고 있었다. 호령성에서 물러날 때부터, 아니 의신이 타패족을 쓸어버리기로 마음먹은 순간 타패족의 끝은 이미 결정된 것이나 다름없었다. 아마 멀리 달아났더라면 후일을 기약할 수도 있었으련만, 의신이 쓰러진 것에 호기를 부린 결정이 이런 결과를 낳고 만 것이다.

아니, 마지막에 믿는 것이 하나 더 있었다. 흉족과는 달리 끝까지 저울질을 하며 썩은 고기를 낚아채기 위해 기다리는 그들!

그때였다. 함성이 울리며 수천은 넘을 듯한 군사들이 구릉 옆에서 뛰쳐나왔다.

선두에 선 자가 든 것은 발흉족의 깃발이었다.

"나는 발흉족 대전사, 우파웅이다! 오늘 붉은 대공의 목을 취하러 왔다!"

"와아아아아!"

잡아가던 승기가 순식간에 역전되는 듯 보였다. 타패족을 에워싼 진영이 뚫리며 발흉족 전사들이 적토의 군사들을 도륙하기 시작했다.

"하아!"

거대한 고함에 한순간 정적이 일었다. 적을 짓누르는 함성을 지른 의신이 우파웅에게로 곧장 질주했다. 그 순간에도 이린은 그의 등에 단단히 붙어 있었다.

"쳐, 쳐라! 함께 대공을 죽여!"

이물티르가 악을 썼다.

타패족과 발흉족의 전사 수십이 한꺼번에 그의 앞을 막아섰다. 그러나 의신의 질주를 막지는 못했다.

기어이 대공과 마주하게 된 우파웅이 그와 칼을 부딪쳤다. 차복과 대광이 달려와 우파웅의 친위대와 맞붙었다. 지켜보기만 하던 이물티르가 다시 악을 썼다.

"계집이다! 대공이 계집을 태우고 있다! 계집부터 떨어뜨려!"

이젠 누구도 감히 칼로 대공과 대적할 생각을 하지 못했다. 타패족 전사 셋이 동시에 창을 내질렀다.

"으아아!"

"아악!"

단말마의 비명은 모두 창을 든 자들의 것이었다. 번개같이 몸을 튼 의신이 창 하나를 빼앗아 나머지 둘을 엮으며 베어버렸다.

그 순간의 빈틈을 노리며 다가온 이물티르에게 창을 던지며 동시에 우파웅의 말머리를 쳤다.

혈리가 놈의 머리를 밟으려 했지만 천무단원들이 놓친 친위대가 우파웅을 낚아채 구해갔다. 한 번 반전된 승기는 잘 잡히지 않았다. 발흉족의 가세로 적의 수가 배가 되어버린 것 자체가 난전을 이어가게 했다.

발흉족의 동태를 미처 알 수 없었던 건 처음부터 놈들이 타패족 뒤에 숨어 대기하고 있었기 때문이었다. 애초에 이 전쟁은 타패족과 흉족의 연합이 아니라 세 부족의 연합이었던 것이다.

아무리 베어도 의신을 에워싼 야만족 전사들의 층이 점점 두터워지고 있었다.

그때 다시 변화가 일었다.

“으악!”

“크아악!”

이히힝, 히잉!

“늑대다!”

“아니, 개야!”

인마의 비명이 섞이며 사이사이 으르렁거리는 소리와 함께 날렵하게 말들 사이를 헤집고 다니는 존재들이 있었다. 직접 사람을 공격하는 것이 아니라 말의 엉덩이를 물거나 목덜미를 물고 말발굽을 요리조리 피하는 존재들은 각각 독특한 장식을 목에 두른 개들이었다.

“으악!”

“우, 우피카 부족이다!”

누군가 소리치는 방향으로 천이 넘는 인마가 나타났다.

적인가, 아군인가?

누구랄 것도 없이 모두 동시에 한 생각이다.

의문은 금세 풀렸다. 개들이 헤집어 공격하는 건 정확히 발흉족의 말들뿐이었다.

“아악, 스할가! 배신이냐? 초원의 전사의 긍지를 버리고 붉은 대공에게 구걸하기로 한 것이야?”

“배신이라니! 너희와 우리가 무슨 관계인데 배신이라는 말을 하는 것이냐! 네놈의 손에 내 아들이 죽었음을 그새 잊은 것이냐!”

“크악!”

“으아악!”

난전에 들리는 비명은 이제 반대가 되었다. 적토의 군사들은 기세를 몰아 발흉족과 달아나려는 타패족을 몰아붙이기 시작했다.

“네놈의 목을 쳐서 아들의 원수를 갚으리라!”

스할가가 우파웅에게 달려들었다.

“전하!”

드디어 희관이 의신의 곁까지 달려왔다. 교묘하게 발흉족 전사들이 탄 말만 공격하는 개들 덕분에 길이 뚫린 덕분이었다.

그럼에도 의신에게 달려드는 적의 수는 여전히 많았다.

야만족 전사들은 제 몸의 안전을 도외시하고 창을 날렸다. 같은 편이 맞는 것도 아랑곳않고 화살을 재어 의신의 등을 노렸다. 의신이 이미 스물이 넘게 죽였지만 그를 에워싼 적은 아직도 그 이상으로 많았다.

“죽어!”

혈리의 엉덩이에 창살이 스쳐 지나갔다. 혈리가 움찔하는 사이 또다시 창이 날아들었다. 의신의 어깨에서 피가 터져 나왔다.

그에 고양된 이물티르가 발악하듯 소리쳤다.

“대공만 죽이면 된다! 우리가 이긴다! 어서, 어서!”

“전하!”

희관이 미친 듯 창잡이들을 베어 넘겼다.

기어이 우파웅의 목을 벤 스할가는 개들을 철수시키고 관망하기 시작했다.

그때 다시 비명이 울렸다.

“으아아!”

“늑대다!”

“으악!”

다른 개들의 두세 배는 되어 보이는 거대한 덩치의 하얀 늑대가 마구 달려오고 있었다. 의신을 향해 똑바로 내디디는 중에 걸리는 것은 사람이든 짐승이든 그 발톱에 모두 튕겨 나가고 있었다.

그 모습을 보던 누군가가 외쳤다.

“팔모산의 신령이다!”

그때 처음으로 의신의 등에서 눈을 뗀 이린이 고개를 들고 소리쳤다.

“이랑!”

그 외침을 들은 것처럼 이랑의 질주가 더 빨라졌다.

이물티르가 다시 악을 썼다.

“계집, 저 계집이 사술을 부린다! 쳐라! 저 계집을 없애!”

크허엉!

이린을 위협하던 창날들이 녀석의 포효에 얼어붙는 순간 의신의 칼에 하나둘 목이 날아갔다.

"이랑, 이랑, 이랑!"

이린은 목이 타도록 이랑을 불렀다.

녀석에 의해 드디어 포위망이 뚫리기 시작했다. 이제 몇 발자국만 달려오면 녀석이 날뛰는 공간만큼 더 확보하면서 의신과 그녀도 벗어날 수 있게 될 것이다.

그때였다.

"아악!"

이린의 비명이 울리며 다음 순간, 희관이 팔목과 함께 칼을 떨어뜨리고 말았다.

호기를 맞은 이물티르가 의신의 목을 노리고 칼을 휘둘렀다. 그러나 놈의 칼은 의신에게 막히면서 목덜미를 물어뜯겼다. 이랑이었다. 이랑의 포효에 말과 전사들이 다시 얼어붙었다. 곧이어 달려온 천무단원들이 의신을 포위했던 전사들을 도륙하기 시작했다.

죽기 직전이 된 이물티르는 차복이 재갈을 물려 묶었다.

"도, 도망쳐라!"

"도망쳐!"

처음 숫자에서 채 반의반도 남지 않은 야만족 연합 무리가 뿔뿔이 흩어지기 시작했다.

해가 지는 초원, 시신과 먼지, 피가 낭자한 곳의 중앙에서 의신이 외쳤다.

"이겼다!"

"와아아아!"

거대한 환성이 초원을 울렸다.

승리를 외치면서도 의신의 눈은 팔을 잃고 망연히 서 있는 희관에게서 떨어지지 않고 있었다.

위기의 순간도 있었지만 전쟁의 결과는 대승이었다. 흄족과 붙은 주민과 인결 쪽도 변수가 없었던 덕에 예상했던 승리를 거두고 돌아왔다. 이미 날이 완전히 기울어 한 치 앞도 안 보일 시각이건만 호령성은 불야성같이 불을 밝힌 채 승리하고 돌아온 군사들을 맞았다.

승리했다고 모두가 살아 돌아온 건 아니다. 내일은 죽은 전우를 가슴에 묻고 꾹꾹 울 것이다. 그렇지만 오늘 하룻밤이라도 기쁨을 누리기 위해 일부러 흥청거리는 분위기를 조장했다.

도망친 잔당이 있기에 완전히 경계를 풀 수는 없지만 그 외의 모든 이들에게 연회가 베풀어졌다. 그중엔 스할가도 초대되어 있었다.

하지만 연회의 주인공이 될 의신은 바로 그들에게 합류하지 못한 채 팔을 잃고 치료받고 있는 희관을 찾아갔다.

희관의 팔은 팔목까지 깨끗이 잘렸다. 단칼에 잘린 상처라 덧나는 것만 조심하면 목숨에는 지장이 없는 상처였다. 그러나 나라의 제1 장수가, 그것도 칼을 드는 오른팔을 잃었다. 단지 살아남은 것에 기뻐할 수가 없는 일이었다.

의원을 내보낸 의신은 면포에 감싸인 희관의 잘린 팔을 한참

동안 쳐다보기만 했다. 그러던 그의 입에서 괴로운 한숨이 터져 나왔다.

"어째서냐……."

의원이 나가자마자 무릎을 꿇은 희관은 대답 없이 고개만 숙였다.

"어째서냐! 어째서냐 묻지 않았느냐! 역심을 품은 것이냐!"

희관은 움찔하지도 않고 그대로 목을 빼었다.

"믿는다고 했다. 마지막까지 널 믿고 싶었다!"

하나 끝까지 믿지 못했기에 희관이 칼을 내지르는 순간 피했다. 하지만 완전히 피하지는 못해 이린은 등을 길게 베였다.

그에 죽을 때까지 입을 다물 것 같았던 희관이 드디어 입을 열었다.

"절, 믿지 않으실 줄 알았습니다. 믿지 않으셔서, 다행입니다."

의신은 알고 있었다. 희관이 금비단에 전서를 보내 이린을 부른 장본인이었다. 그 말고는 있을 수 없었다. 주민에게 그 일을 함께 논의해 보라 한 것도, 범인을 찾아내라 말한 것도, 모두 희관에게 고백할 기회를 주기 위해서였다.

희관도 그 사실을 알고 있었다. 그에 한탄은 있으나 후회는 없는 얼굴이었다.

"그 여자를 없앨 기회가 이때뿐이라 생각했습니다."

"뭐라?"

"그 여자는 전하께 독입니다. 사라져야 합니다!"

"그게 무슨 말이냐! 그녀는, 이린이 뉘인 줄 알고!"

"압니다. 알아서 그랬습니다."

"뭣이!"

"전하께서 약해지는 모습을 그냥 지켜볼 수는 없었습니다."

"그건 저주의 힘이다!"

"대대로 대공들께서 바로 그 힘으로 이 땅을 지켜내셨습니다. 비록 전하의 칼에 이 목이 달아난다 해도 저는 전하를 지키기 위해 애쓴 것을 후회하지는 않습니다."

"어리석은 것! 광기가 힘이더냐! 광기에 평생을 미쳐 날뛰다가 죽어 없어지는 것이 나의 운명이라 말할 터냐!"

"광기라 해도 그것이 힘입니다! 전하께선 그것을 한낱 여인에게 나눠주신 것입니다. 미래의 적토는 야만족들에게 유린될 것입니다!"

"광기가 왜 광기인 줄 아느냐? 그것은 남의 힘을 억지로 빼앗아 온 것이기 때문이다. 내가 그녀에게 나눠주었다고? 아니다! 본래의 자리로 돌아가는 것이다!"

"이미 수백 년 동안 지켜온 것이 어찌 남의 것입니까? 누가 그걸 돌려주라 한단 말입니까!"

"너는 내 아들이 약할 것이라고 단정 짓는구나. 내 아들은 숙명처럼 제 형제들의 피를 밟지 않아도 나보다 강한 통치자가 될 것이다! 내 아들로부터 이 땅의 광영이 시작될 것이야!"

"저는 후회하지 않습니다. 저는, 죽더라도 전하를 지키는 그림자입니다."

소용없었다. 희관의 눈은 이미 고집스럽게 감기고 말았다.

"희관, 그림자는 주인의 심장을 찌르지 않는다."

"……."

"죽지 마라, 희관. 그리고 여기에서 나의 미래, 나의 아들의 광영을 지켜보아라."

의신은 돌아섰다.

남겨진 자의 눈에서 한 줄기 뜨거운 눈물이 흘렀다.

스할가의 요구는 단순명료했다.

"아들을 돌려주시오!"

이제 그는 약탈을 자랑으로 삼던 자가 아니었다. 굽히고 들어온 것이 아니라 협상을 하고자 했다. 의신은 우방으로 돌아선 스할가와 술을 나눴다.

"당연히 돌려드리리다. 하나 당장은 곤란하오."

"그게 무슨 말씀이시오!"

짐짓 울컥하려는 스할가에게 의신이 말을 이었다.

"오늘 귀하의 개들의 활약에 매우 감명받았소. 한데 귀하의 아들이 내 개들을 훈련시키고 있소. 조금만 더 돕게 해주었으면 하오. 무엇보다 귀하의 아들과 개들이 서로 떨어질 시간을 줘야 하지 않을까 해서 말이오."

"……!"

포로가 된 아들이 적영에서 개를 돌본다는 건 스할가도 아는 사실이었다. 하지만 대수롭지 않게 여겼다. 개들이 전장에서 활약하도록 훈련시키는 건 오랜 경험과 지식이 함께해야 할 일, 아들의 일은 장난이나 다름없었다.

"우린 교역을 할 것이 없소이다!"

"왜 없소? 그대의 아들을 보면 알지 않소?"

"……!"

짐짓 대등한 척 허세를 부리던 스할가는 눈을 부릅떴다가 감았다. 한데 다시 눈을 뜬 스할가가 갑자기 제 옆에 있던 전사 하나를 툭 쳐서 의신의 앞으로 내밀며 말했다.

"녀석은 아직 멀었습니다. 오늘 저를 따르던 놈들처럼 하려면 최소한 이놈 정도는 되어야죠!"

스할가가 내민 이는 다름 아닌 자신의 오른팔이자 부족장인 동생이었다.

"훈련받은 개 한 마리에 양곡 스무 섬을 치면 어떻겠소? 개 훈련을 봐주는 사람 하나에는 반년에 백 섬을 쳐주겠소."

의신의 마지막 말은 스할가의 동생을 보며 한 것이었다.

스할가의 눈이 커다래졌다. 그리고 졸지에 대공에게 떠넘겨진 그의 동생, 므할라의 눈도 휙 벌어졌다.

양곡 스무 섬이면 쉰 명이 한 달은 먹을 양이었다. 백 섬이면, 전사들 스물은 죽어야 약탈할 수 있는 양이었다. 한데 개 사백 마리면 우피카족 모두가 한 달은 배를 곯지 않게 된다. 전사 이천도 할 수 없는 일이었다. 게다가 피 흘리지 않고, 서로 증오하지 않고.

침이 떨어질 듯 입을 벌렸던 스할가가 다시 돌변하며 말했다.

"하나 개들을 드리는 건 일시적이요, 더구나 사람을 보내 밑천이 털린 다음에는 우린 끝이 아니오!"

"나는 그대들이 교역할 수 있는 것들 중 하나만 일러준 거요. 그대들에겐 좋은 모피와 가죽이 많소. 또 그 외의 것은 그대들이 직접 생각해 봐야 할 것이오."

"……!"

스할가는 다시 말을 잃었다.

대공은 그들의 굴복을 바란 것이 아니었다. 진심으로 '교역'을 원한 것이었다.

"우리에겐 좋은 말이 있습니다. 초원을 누비는 말이지요! 또한, 적토에서 귀히 여기는 약초들도 많이 찾을 수 있습니다. 양은 좋은 털을 생산하고 맛 좋은 젖을 짤 수 있습니다."

진심으로 감복해 엎드린 스할가의 눈에는 희망이 가득했다.

스할가의 표정은 죽은 타패족 전 족장에게서도 볼 수 있었던 것이었다. 그도 교역에 관심을 보이고 있었다. 하지만 이제는 다 지나가 버린 일, 그는 스할가에게 다시 술을 권했다.

"기대해 보겠소."

야만족과의 첫 번째 동맹이 이루어지는 역사적인 날이었다.

의신이 스할가에게 작은 연회를 베풀던 그때 이린은 이랑과 함께 있었다.

그녀의 방 앞에는 천무단 셋이 철저히 지키고 있어 허락한 이가 아니면 아무도 들지 못했다. 허락한 이라 해도 의원과 시중을 드는 하녀, 둘이었지만 그마저도 거구의 이랑에게 기겁해 최소한의 시중만 들고 도망친 터라 그녀의 곁을 직접 지키는 건 이랑뿐이었다.

"미안해, 미안해, 이랑아!"

이린은 이랑의 머리를 쓰다듬으며 눈물지었다.

이랑의 형제들은 이린을 지키려다 죽은 것이다. 팔모산의 식구들은 사람을 해치려 한 것이 아니라 흩어버리기만 했었다. 하지만 암습자들에겐 너무나 성가시면서도 확실한 방해였다. 기어이 그녀를 죽이기 위해 그들은 먼저 방해꾼인 팔모산의 식구를 해쳤고, 이린도 당할 뻔했던 것이다.

「형들에게 성체가 된 모습을 자랑하고 싶었어요.」

이랑은 그 한마디로 슬픔을 축약했다.

「주인님 탓이 아니에요. 아버지가 그렇게 전하라 하셨어요.」

"아냐. 나 때문인걸. 너무 가슴이 아파."

그동안 이랑은 아버지와 함께 죽은 형제들을 팔모산에 데려다 주고 왔다고 했다. 그 먼 거리를 인간은 다닐 수 없는 길을 통과해 갔다가 곧바로 이린을 찾아왔던 것이다. 한데 그동안 주인을 위험에 빠뜨린 대공 때문에 이랑은 화가 나 있었다.

피를 쏟아 안정을 취해야 할 주인이 자꾸만 우는 모습에 이랑은 화를 가라앉히고 말했다.

「형들이 당한 건 보통 인간의 무기가 아니었대요. 아버지의 시야까지 가릴 정도의 이상한 힘이 작용했다고 해요. 아버지의 말씀으론 인간의 주술이 쓰인 것 같다고 하셨어요.」

"뭐? 주술이라고?"

인간보다 더한 영력을 가진 모운의 기감을 속이고 그 식구를 죽일 수 있는 주술이라면 보통 강력한 것이 아닐 것이다.

크르릉!

갑자기 이랑이 문을 향해 으르렁거리기 시작했다.

그다. 날듯이 공중을 뛰어 문을 가로막은 이랑이 문에 들어서려던 인영을 향해 이를 드러내며 위협했다.

"그러지 마, 이랑아!"

"네 마음을 이해한다. 하지만 네 주인을 위해서라도 날 들여보내 다오."

의신은 무섭게 노려보는 이랑에게 손을 내밀었다.

이랑은 본능적으로 의신의 말이 옳다는 걸 알고 있었다. 그가 전장에 이린과 함께 있으면서 아직 다 회복하지 못한 몸을 쓸 수 있었던 것처럼 이린도 그와 같이 있어야 더 빨리 나을 수 있었다.

이랑은 계속 그를 더 노려보다가 앞발로 그의 손을 홱 쳐버리곤 창문을 훌쩍 뛰어넘어 가버렸다. 거친 발톱에 긁힌 그의 손에 길게 생채기가 났지만 의신은 아랑곳하지 않고 이린에게 달려왔다.

"어찌 앉아 있는 것이오! 상처가 당기지는 않소? 내 탓이오! 미안하오, 미안하오!"

"지아비를 무안하게 하는 것은 여인의 덕이 아니라 들었습니다. 하니 그만 미안하다 하소서."

손을 마주 잡은 이린을 한참 바라보던 의신은 그녀의 이마에, 눈에, 콧등을 넘어 입술에 입을 맞췄다. 와락 더 깊게, 더 격렬히 안지 못하는 손이 아쉽게 떨고 있었다.

아무리 내부의 적을 조심한다고 한들 피가 끓는 전장에 이 귀한 사람을 데려가다니, 무엇에 홀리지 않았나 싶었다.

지나고 나서야 제 몸이 허한 틈을 이린이 파고들었던 듯싶었다. 저도 모르게 시나브로 속삭이는 그녀의 목소리에 응했던 것이다. 광기가 물러난 대신 그녀가 함께 있었기에 그가 그 많은 적에게서 버틸 수 있게 해준 것도 사실이었다.

그러나 이린이 위험에 처한 사실 만큼은 무슨 이유를 대든 저를 용서할 수가 없었다.

"다시는, 다시는 그러지 마오. 다시는!"

"제가 살고자 한 것입니다."

이린은 무얼 하지 말라는 건지 묻지도 않고 대답했다.

짐짓 새침하게 웃어 보이는 그녀의 모습이 그에게는 치명적으로 요염했다. 그러나 현재로선 그에게 고문일 뿐, 의신은 한숨을 토했다.

"나를 평생 쥐락펴락하는 건 상관없소. 하지만 그대를 위험하게는 하지 마오."

"전하께서 다치지만 않으시면 됩니다."

"정녕 하지 않겠다는 약속은 않는 게요?"

그녀는 대답하는 대신 잠든 척하며 눈을 감았다. 하지만 눈만 꾹 감은 채 입은 웃고 있었다.

그러나 의신은 굳이 약속을 강요하지는 않았다. 다만 더 굳게 지키리라 다시 다짐할 뿐.

하지만 수습은 이제부터였다. 최초로 교류와 협력을 선택한 우피카 부족과의 일만 잘 성사된다면 야만족과의 화친이 꿈이 아닌 현실이라는 걸 모두에게 보일 수 있다. 또한 기어이 침탈의 야욕을 버리지 못하고 최악을 선택한 세 부족에게는 확실한 응징을 보여야 했다.

그러나 그보다 앞서 해야 할 일이 있었다.

"모든 화를 자처한 것은 나요. 밖보다 안을 다스려야 했던 것이오. 더는 혈족의 피를 보기 싫다는 이유로 그들의 야욕을 방치한 것이 잘못이었소. 그러나 그 칼끝이 그대와 우리의 미래를 겨눈

이상 이제 용서란 없을 것이오!"

그의 눈에서 스산한 붉은빛이 뿜어져 나왔다. 붉은 대공, 피의 대공을 예고하는 모습이었다.

눈을 뜬 이린은 그와 똑바로 눈을 마주하며 말했다.

"저는 언제나 전하의 곁을 지킬 것입니다."

그 어느 것보다 그에게 힘이 되는 언약이었다.

침실의 불이 꺼졌다. 불이 꺼지고도 연인이 나누는 다정한 목소리가 계속 이어졌다. 두고 보라는 엄포와 작게 웃는 소리, 짧은 신음과 입을 맞추는 소리, 이랑의 이야기를 하다 다시 짧게 흐느끼는 소리가 흘러나왔다.

열린 창 아래서 이랑이 연인의 이야기를 밤새워 지키고 있었다.

11. 함정

적영의 성문 밖에 사람들이 쏟아져 나와 개선하는 대공을 맞았다.

대규모 전쟁이 벌어짐에 백성들은 마음을 졸이며 기다렸다. 한데 채 한 달도 되지 않아 전해지는 대승 소식에 적영이 들썩였다. 더불어 우피카 부족과는 교류하기로 협상을 맺었다는 소문도 함께 돌았지만 그걸 믿는 이는 거의 없었다.

드디어 대공이 성문을 통과했다. 대공을 맞으러 나온 인사들이 축하 인사를 올리는 가운데 백성들은 그 뒤로 시선을 쏟으며 웅성대기 시작했다.

"저걸 봐! 저게 개야, 늑대야?"

"저게 어떻게 개로 보이냐? 딱 봐도 늑대지! 그래도 어떻게 저렇게 크지?"

"팔모산의 영물이다!"

"뭐?"

"팔모산 영물이래!"

"근데 누굴 태우고 있는데?"

"여자야!"

수군거리는 소리가 커지며 이랑과 이린을 더 자세히 보려는 사람들이 서로 밀치기까지 했다.

"뉘가 감히 전하의 행차를 가로막으려는 것이냐!"

병사들이 나서며 호통을 치고서야 사람들이 물러났다.

이랑의 정체를 소리친 이가 그의 병사라는 것을 눈치채는 이는 없었다.

오늘 내로 이랑이 마지막 순간 대공을 구한 공(公)이 소문날 것이다. 이랑의 정체가 팔모산의 영물임이 사실이라는 것도, 또한 그 주인이 이린이라는 것도 함께.

그의 개선 행렬 자체가 의신이 그녀를 모든 이들에게 알리기 위한 장치였다. 팔모산의 영물이 드러나며 아득한 옛날 그들의 사랑을 받았던 성녀의 존재를 기억해 내는 이도 있을 것이다. 이린은 신성함과 존귀함으로 각인될 것이다.

그리고 어쩌면 누군가는 반드시 죽여야 할 존재임을 재확인했을 터.

의신은 내성까지 함께 온 그녀에게 직접 손을 내밀어 내려주었다.

뒤따르던 여인 하나가 주먹 쥔 제 손을 깨물며 앙칼지게 돌아서 가버렸지만 대공의 시선을 끌지는 못했다.

이린의 존재를 만민에게 드러낸 첫날이었다.

백화 부인은 대공에겐 축하 인사를, 이린에겐 감사와 사과를 했다.

'이리 무사히 돌아와 줘서 고맙구나. 대공이 위독하다는 전갈에 내가 정신이 나갔었다. 너를 보내고 나서야 그 길이 얼마나 험난하고 위험할지 생각할 수 있게 되더구나. 미안하다, 미안해. 그리고 고맙구나!'

이린은 괜찮다는 말 대신 부인의 손을 마주 꼭 잡아주었다. 결국 백화 부인은 와락 울음을 터뜨리고 말았다.

이제 이린은 백화궁을 떠나게 되었다. 대공이 정식으로 제 여인이라 공표하면서 새 처소로 가야 했기 때문이다. 이린의 처소는 비은당과 대공의 침소 사이에 있는 전각으로, 그녀가 돌아오기 전에 이미 준비된 상태였다. 또한, 대공의 침전에서 가장 가까운 전각이었다.

처소를 배정받으며 수발을 들 시녀와 하녀들도 함께 들어왔는데 당연하게도 여희가 오게 되었다. 여희는 이린과 대공의 관계에 누구보다 놀랐지만, 또 누구보다 빨리 적응하고 진심으로 기뻐하기도 했다. 덕분에 여희는 시녀장으로 일약 신분상승을 하기도 했다.

'미안해, 오라버니.'

여희는 이제야 어렴풋이 왜 제 오라비가 쫓겨났는지 짐작하면서 속으로 사죄하고는 이린을 정성껏 모실 것을 다짐했다.

대공이 여인을 취하는 것은 흠도 참견할 여지도 없는 일이다. 하나 오매불망 대공의 여인이 되기 위해 기다리는 여인들이 있었다. 정혼녀를 정하기로 약속한 기한도 얼마 남지 않은 이때, 듣도 보도 못한 여인에게 처소까지 내어준다는 건 그녀들을 영 무시한 것이나 마찬가지였다.

하지만 약조는 정혼녀를 정할 시기일 뿐, 그녀들 중 정한다는 말은 없었다. 하니 그에 불만을 표할 수도 없거니와 다른 여러 가문에서도 그 후보에 끼이기 위해 자신들의 딸들을 준비시키기 시작했다.

이린이 팔모산의 성녀라는 소문이 돌기 시작했지만 그녀가 대공의 옆자리를 차지할 것이라 믿는 이들은 아무도 없었다. 한데 불만을 표할 수 없어도 다른 건 가능했다. 그에 예부상서가 나서서 간언을 올렸다.

"전하, 서 가의 여인이 전하의 여인으로 내성에 자리 잡았으니 전 대공 부인들께 인사드려야 옳습니다."

그에 관료들은 기다렸다는 듯 저마다 그것이 옳다며 예부상서의 말에 힘을 실어주었다. 이는 영애들의 가문에서 손을 쓴 결과였다. 이제 정혼녀가 정해지더라도 대공의 총애를 그러쥔 이린과 다시 경쟁해야 하는 처지에 놓이게 되었으니 그전에 이린을 찍소리 못하게 눌러놓을 심산이었다.

하나 그로 말미암아 전 대공 부인들에게는 날벼락이 떨어지고 말았다.

"전 대공께서 승하하시고 그 부인들이 내성에 머무는 것은 옳지 않다. 모두 외성 밖으로 따로 처소를 마련해 주도록 하라!"

애원도 간청도 소용없었다. 선을 넘는 순간 끝이 다가올 것을 예상하지 못한 결과였다. 대공이 그들에게 마지막으로 베푼 아량은 부리던 사람과 재물을 모두 보존해 준 것과 열흘의 말미를 준 것이었다.

얼마 후, 예부상서는 관직을 그만두고 적영을 떠나야 했다. 각자 대공 부인들에게 선을 대고 있던 관료들의 미움을 산 건 물론이고 태내관의 보이지 않는 압박을 견딜 수 없었기 때문이다. 저가 나서서 말하긴 했으나 세 총관과 관료들 모두의 의견을 수렴한 예부상서로서는 억울할 일이었다. 그 후 이린에 관해선 간 크게 언급할 인사는 다시없었다.

대공은 전쟁의 후속조치로 전쟁을 일으킨 세 부족을 잔당까지 모두 몰아낼 것과 세 부족 이외의 다른 야만족들과는 교류를 시작할 것을 천명했다.

벌레만도 못한 야만족과의 교류라니, 적토를 지배하는 세족들은 그것이 적토의 자긍심을 버리는 천한 일이라는 생각들을 버리지 못하고 있었다. 하나 개선해 돌아온 대공의 의지를 꺾을 명분이 그들에게는 없었다.

"폭군이 되어가시는 게요!"

오늘도 그에 반하는 이야기를 했다가 대공에게 호통을 듣고 쫓겨난 관료들이 운정당에서 저마다 목소리를 높이고 있었다.

광망이 번뜩이는 대공의 앞에서는 감히 반박 같은 건 입 밖에 내지 못하던 이들이, 대공이 눈앞에 보이지 않게 되자 없던 용기가 솟은 모양이었다.

"스할가는 이번 전쟁에 공이라도 있지만 다른 야만족들까지 인정하시겠다니 이는 말이 안 되오! 심지어 황제 폐하께 재가를 얻어 재나라와도 교역을 하시겠다 하지 않소!"

재나라는 적토의 서남쪽에 있는 신흥 소국이었다. 재나라 왕이 서남의 야만족 무리를 일통해 나라를 세운 지 수십 년이 되어가지만 세족들에게 그들은 아직도 약탈을 일삼는 야만족 무리일 뿐이었다. 하나 실제로는 사막과 빽빽한 밀림이 영토의 반을 차지하는 이상 지형을 지닌 곳이라 크게 이득 될 것이 없기에 신경을 쓰지 않는 것뿐이었다. 그렇지만 봄에 새 씨앗을 수급하면서 그곳 작물의 이점을 인식한 의신이 가장 중요하게 생각하는 교역 대상이었다.

"교역이라니, 그들의 배를 불려서 세력을 키우면 또다시 약탈을 할 것이오!"

"맞소! 이러다 야만족들이 뭉쳐서 또 나라를 만든다고 하면 어쩌란 말이오!"

"그러면 이런 소규모 전쟁 같은 건 비교도 안 될 큰일이 벌어질 것이오!"

"황제 폐하께서 재가하실 리가 없소!"

관료들의 눈이 백추성으로 향했다. 하지만 백추성은 고개만 젓고는 침묵을 택했다. 근신을 명 받았다가 전쟁 덕에 복귀했지만 이후로도 백추성의 행보는 영 주춤했다. 그러자 백추성 다음으로 발언권을 가진 혜오명 총관이 그 말을 받았다.

"아니오. 전하께서 전쟁에서 승리한 후 벌이시는 일에 황제 폐하께서 굳이 거부하실 리가 없소. 또한 사적으로 황제 폐하는 전하의 사촌이라는 걸 잊지 마시오."

혜오명의 말에 장로들과 여섯 상서들이 끙 소리와 함께 입을 다물었다. 지금에 와서 어떤 수를 써도 대공의 행보를 막을 길이 없었다.

더구나 정혼녀를 정하는 중대한 때에 난데없이 출신도 알 수 없는 여인에게 심처에 처소를 내어주다니, 모두 입이 쓸 수밖에 없었다. 물론 그 출신을 열렬히 파헤치는 중이었다.

"그것도 그것이지만 혜 총관께선 전하께서 그 서 가 여인을 총애하시는 건 어찌 보십니까? 곧 정혼녀를 정할 시기가 오지 않았소이까!"

"맞습니다. 정무만 끝나면 밤낮없이 서 가 여인의 침소에서 나오지 않으신다 합니다. 지금도 바로 서 가 여인의 처소로 납시셨다 합니다!"

"사내가 여인을 취하는 일을 어찌 말리리오. 분명한 사실은 그 여인의 존재가 대공비의 앞길에 누가 된다는 것이겠지요."

"그러니 이대로 두고 보면 안 되는 것이 아닙니까? 그래도 혜 총관이 말씀을 올리면 전하께서 영 물릴 수는 없지 않겠소이까?"

대공의 두 번째 정혼녀였던 혜오명의 딸은 뱃속에 아이를 품고 얼마 있지 않아 죽었다. 산고라도 겪었던 백추성의 딸과는 달리 어이없이 죽은 것이다. 그 때문에 독살설이 제기되기도 했지만 혜오명은 대공의 전정(前程)에 누가 된다 하여 덮은 인물이기도 했다. 또한 조카 화연을 다시 정혼녀로 내세운 백추성과는 다르게 그는 딱히 후원하는 영애가 없었다. 말하자면 중립이면서 반쯤 장인의 대접을 받을 수 있으니 그의 발언은 무게가 실릴 수 있었다.

그러나 혜오명은 침묵하는 백추성을 보다가 고개를 저었다.

"대공의 서 가 여인에 대한 총애가 보통이 아님을 못 보셨소?

전 대공 부인들을 외성도 아닌 그 밖으로 내치신 분이오. 이 늙은이가 무슨 힘이 있겠소. 나도 쫓겨나긴 싫소이다.”

그 말에 예부상서가 어떻게 떠난지를 상기한 이들은 모두 헛기침만 해야 했다.

“그런데 지 장군은 왜 그곳에 보낸 것이란 말이오! 아무리 스할가를 중히 여긴다 해도 지 장군을 감시 역으로 보낸다는 건 말이 안 되오!”

희관은 스할가에게 맡겨졌다. 그의 남은 왼손엔 칼 대신 개를 부르는 피리만을 들 수 있게 되었다. 실제로 감시 역은 희관이 아니라 스할가가 하는 것이다. 하나 그 사실을 아는 것은 스할가와 희관, 주민뿐이었다.

갑자기 목소리를 낮춘 천세희가 주변 눈치를 보며 속삭였다.

“실은 쉬쉬하고 있지만…….”

“뭡니까?”

“지 장군이 크게 다쳤다고 하오. 팔이 잘렸다는 것이오. 그래서 사기 문제로 두고 왔다는 것이오.”

“뭐요?”

“그게 사실이오?”

“허어!”

누군가는 혀를 차고 누군가는 장탄식을 터뜨렸으며 누군가는 비웃음을 흘렸다. 또 놀라움을 추스르는 누군가의 뒤에서는 회심의 미소가 스쳤다.

“으음, 전하, 전하……!”

의신은 신음을 삼키는 이린을 보며 더욱 짓궂게 그녀의 몸을 지분거렸다. 관료들의 말처럼 의신은 보란 듯 대낮부터 이린과 침소에 들어 있었다.

"흐읏, 제발!"

이린의 자지러지는 신음에 그녀의 안에 더욱 깊숙이 몸을 묻은 의신은 천천히, 그러다 더 빨리 움직였다.

"아아아!"

긴 비명을 끝으로 까무러치는 이린의 모습을 보는 건 언제나 그를 흡족하게 했다. 그는 몸과 마음이 충만한 채로 이린의 입술에 길게 입을 맞췄다.

크르릉!

멀리서 이랑의 으르렁거리는 소리가 들리는 듯했다.

한번은 이린과 사랑을 나누다가 문이 부서질 뻔한 적이 있었다. 절정의 순간 이린이 지르는 비명에 놀란 녀석이 제 주인을 구하려 달려온 것이었다. 비록 몸은 자랐으나 아직 짝짓기를 한 적 없는 미숙한 성체의 실수였다.

녀석도 이린도 많이 민망해한 이후로 두 사람이 열락(悅樂)을 취할 때면 녀석은 근처에서 꼼짝하지 않았다. 하지만 가끔 이린의 신음에 맞춰 으르렁거리는 소리를 내는 건 의신을 향한 심술이었다.

이랑은 아직 전장에 주인을 데려간 그를 용서하지 않았다. 이린의 몸이 의원이 놀랄 정도로 빨리 아물고 빠른 회복을 보였어도 이랑에게 그는 주인의 반려로서 미덥지 못한 존재였다. 아무리 적토를 다스리는 군주라 하나 의신은 한낱 짐승에게는 인정받지 못하고 있었던 것이다. 하나 다시는 그런 일은 생기지 않을 것이다.

희관의 판단은 틀렸다. 그때 그는 무아지경에 이성을 잃고 혈겁을 일으키지 않았을 뿐, 에워싼 적들을 압도하고 있었다. 자신과 이린을 향한 살의를 한 치도 허용하지 않았다.

희관만 아니었다면…….

어찌 됐든 이린이 다쳤다. 하나 마지막 순간까지 의심하고 싶지 않았다는 것조차 변명이다.

따뜻한 몸을 제 몸 위로 끌어올린 의신은 그녀의 등을 천천히 쓰다듬었다. 그 매끈한 등에 남은 긴 상처가 새삼 그의 분노를 일깨웠다. 매일 조금씩 옅어지고 있는 그녀의 상처보다 그의 분노와 영혼에 새겨진 상처가 더 깊었다.

"전하, 슬퍼하지 마셔요."

이린이 몸을 일으키며 말했다. 그녀는 위로의 말을 건네려 한 것일 테지만 그의 위에서 벌거벗은 채로 그의 몸을 만지는 모습은 매우 색정적이었다. 한데 그의 눈이 더욱 깊어진 것을 오해한 이린은 그를 달래듯 쓰다듬어 주었다. 불길에 기름을 퍼부었다.

"조금은 쉬게 해주려 했었소."

순식간에 몸이 뒤집혔다. 그제야 그윽한 그의 눈빛을 제대로 읽은 이린이 당황했지만 이미 그녀의 몸을 점령한 그에게서 벗어날 길은 없었다.

"전하, 잠시만요! 조금 있다 고모님께, 고모님께 가기로 했습니다!"

"고모님은 이해하실 거요."

"하지만!"

그녀의 앙큼한 항의는 그의 입술 사이로 먹히고 말았다. 남들은 총애라 부르고 그들은 신혼이라 부르는 한때였다. 비록 의도적으로 보여주기 위한 모습이긴 해도 두 사람이 함께하는 시간만큼은 진정 달콤했다.

어두운 밤, 매일 여인을 취하느라 꼼짝하지 않는다던 의신이 누군가를 몰래 방문했다. 기겁한 이가 밀서를 감추며 엎드리매, 의신은 그에게 무언가를 제안했다. 엎드린 자의 눈에선 갈등이 스쳤다.

몇 날 뒤, 의신은 또 그런 식으로 누군가를 찾았다. 이번에 만난 이는 아무 말도 하지 못한 채 펑펑 울기만 했다. 의신은 그가 생각에 몰두할 수 있는 작은 선물을 주고 물러났다.

또 어느 밤, 의신은 누군가를 몰래 불렀다. 그도 의신의 말에 꺼이꺼이 울었다. 그리고 곧 의신이 잡아주는 손에 대성통곡했다. 잠시 후, 붉게 충혈된 눈으로 주먹을 쥔 그는 바닥에 이마를 찧었다. 마지막으로 만난 그는 주민이 의원에게 끌고 갔다.

"어떻던가요, 대공은?"

"분명 달라졌습니다. 이제 대공은 계집과 떨어진 순간 보통 무인과 다르지 않습니다."

"그렇지, 그대가 확인하였으니 분명하겠지요?"

"그 화살에 맞은 것부터가 이를 증명하는 것입니다."

"그 주술을 다시 쓸 수는 없소?"

"탯줄로 만들 수 있는 건 하나뿐이라 하지 않았습니까? 대공의 피를 직접 구할 수 있다면 또 모를까요."

"'그'의 피로는 부족하오?"

"도움은 되지만 지금의 대공이라 해도 그 정도는 피할 수 있을 것입니다."

"흥, 되었소. 이젠 그 피를 몽땅 다 쏟게 해줄 터이니."

"한데, 두 번째 패가 될 '그'는 어찌 되었습니까?"

"어제 빼돌려 두었소이다."

"벌써 말입니까? 의심하거나 놀라진 않았습니까? 대공도 그를 주시하고 있을 텐데요."

"최근 그 계집의 치마폭 안에서 노느라 정신없지 않소? 성녀이면 뭐하나, 그 힘을 다 빼앗기는 것도 모르고. 하니 이번 판은 대공이 직접 깔아준 것이나 다름없소이다."

"하면, '그'는 어찌 되었습니까?"

대업의 앞이다. 어조만으로 좀 전과 다른 '그'들을 구분했다.

"그도 어젯밤 다녀갔소이다. 갈팡질팡했지만 이미 대세가 넘어온 것을 인정할 수밖에 없었음이지요. 야만족을 받아들이다니 가당키나 하오? 어디서 온지도 모를 천한 출신 여인의 몸에서 난 후대를 모실 수도 없음이지요."

방금 성녀라고 했던 건 깡그리 잊은 듯한 말이었다.

"그대의 작업은 잘 되어갑니까?"

"적토에서 저를 의심하고 경계할 이가 있습니까? 지 장군도 제게 맥을 못 추었습니다. 계집 하나를 물으십니까?"

물어보는 자체가 기분 나쁘다는 듯한 이에게 그림자의 수장은 웃었다.

“하면 이제 대업의 날만 잡으면 되는 것이로군요.”

“곧 나의 생일이 다가오는군. 초대장을 준비해야겠소.”

대공은 나날이 이린에 대한 총애를 노골적으로 보였다. 매일 그녀의 처소에서 머무는 건 물론이고 밤이고 낮이고 침소 밖으로 민망한 신음을 쏟아낸다는 소문까지 파다하게 번질 정도였다.

과거 두 번 정혼한 적이 있다지만 총애를 준 여인이 없던 대공이다. 하니 처음이라 그럴 수 있다 이해하는 이들도 있었지만 여인에 대한 총애의 정도가 보통이 아닌 것이 문제였다.

대공은 침소 밖에서도 여인의 손을 붙잡고 다니고 한시도 떼어 놓지 않으려 했다. 대공의 침전뿐 아니라 정무를 보는 편전에서도 대공이 여인과 입을 맞추는 장면을 본 이들이 한둘이 아니었다.

게다가 여인의 애완짐승도 문제였다. 팔모산의 영물이라는 말도 그저 지어낸 말로 들릴 뿐, 그들에겐 그저 커다란 짐승일 뿐이었다. 가끔 정무 중에 편전 마당에 나타난 거대한 늑대 때문에 혼비백산한 관료들이 한둘이 아니었다. 하지만 늑대 때문에 놀라 다쳤다는 호소에는 놀란 사람이 잘못이지, 사람을 해친 것도 아닌데 아무 문제없다는 대답만 돌아왔다.

곧 정혼녀를 정하는 것에 대해 논의를 다시 해야 한다는 장로들의 말에는 고모님이 계시니 문제없다는 말로 일축했다. 덕분에 사람들은 백화 부인이 새로운 실세가 되었음을 실감했다.

영애들은 대공의 얼굴 한 번 보기 어려웠다. 시간이 없다는 이유였는데 그 시간을 차지한 이는 단 한 사람이었다. 정혼녀의 신세가 뒷방 늙은이와 다를 바 없을 것임이 확실해지고 있었다.

그런데 영애들이 모처럼 대공을 볼 수 있는 시간이 생겼다. 수치스럽게도 대공이 이린과 소풍을 가는 데 따라가는 것이었다. 하지만 그렇게라도 얼굴을 마주할 수 있는 시간을 영애들은 아무도 거부하지 않았다.

하지만 소풍은 그들의 기대와는 다르게 대공과 한자리에 앉을 기회 같은 건 없었다. 소풍 장소가 문제였다. 대공의 직영지로 간 그들은 함께 앉을 공간이 없다는 이유로 뚝 떨어진 정자에 따로 자리를 잡고 앉아야 했다. 그나마 얼굴을 보고 대화를 나눌 정도의 가까운 거리이긴 했지만 이린이 자리 잡은 곳이 그녀를 위해 새로 지은 정자라는 것과 앙큼하게도 장소를 정한 이가 이린이라는 것에 영애들은 분노했다.

게다가 가장 큰 문제는 대공이 이린만 바라보느라 그녀들에게는 한 번도 눈길을 주지 않는 것이었다.

"여름이 금세 가네요!"

이린이 정자 안으로 불어오는 바람을 맞으며 말했다. 시원한 바람이 불어와 더운 공기를 쓸고 나가 여름 끝을 즐기기 좋은 날씨였다.

대공의 넓은 직영지에는 농작물 수확을 위한 커다란 창고가 군데군데 들어서 있는 것 말고는 휑했지만 정자는 운치 있고 멋스러웠다. 특히 이린을 위해 새로 지은 정자는 아담한 크기로 정말 한 식구가 소풍을 즐기기 좋은 곳이었다. 덕분에 함께 오를 수 있는 인원은 한정되어 있어서 육 선생 한 사람만 더 초대되었다.

영애들이 있는 정자 쪽에서 따가운 시선이 느껴졌지만 이린은 풀색 바다가 바람에 이지러지며 내는 소리와 이랑이 펄쩍거리며 뛰는 모습, 화덕에 걸린 솥에서 풍기는 냄새를 즐기고 있었다.

"아쉽소?"

"네?"

"여름이 가는 게 아쉬운 거요?"

"아! 아뇨. 여름을 제일 좋아하긴 하지만, 덕분에 수확의 계절이 다가온걸요? 조금 있으면 곡식을 수확하고 겨울엔 퇴비를 숙성시키고 다시 봄이 되면 밭을 갈고 씨를 뿌리고 여름엔 곡식이 영글어갈 것입니다. 어느 계절인들 다 좋아요!"

"그대다운 대답이오."

"정말 이린님다운 말씀이십니다."

의신과 육자문이 동시에 말하다가 미소를 나눴다.

그때 여희가 옥수수를 가지고 오자 이린이 반색하며 반겼다.

"아, 냄새 좋다! 전하, 갓 따서 찐 옥수수가 일미이옵니다. 드셔보소서."

이린이 의신에게 먼저 김이 모락모락 오르는 옥수수를 내밀었다. 그러곤 그가 어찌 먹는 것이냐 묻기도 전에 재빠르게 다른 하나를 들고 가운데를 베어 물고는 기쁨에 겨워 소리쳤다.

"아, 정말 맛있다!"

오물오물 베어 먹는 모습이 보는 이의 침을 넘어가게 했다.

그 행복한 모습에 의신도 이린을 따라 한입 베어 물었다. 톡톡 터지는 알갱이의 맛은 꽤 즐길 만했다. 아니, 맛보다는 이린의 행복한 웃음을 즐기기 좋았다.

"전하의 안목이 의심스럽네요. 어리지도, 예쁘지도 여자인데!"

"사내의 마음을 누가 다 이해하겠습니까? 저런 수수한 여자가 좋을 수도 있지요."

"두고 봐, 가만두지 않겠어!"

유경이 이린의 머리카락을 쓸어 넘기는 대공을 보며 입술을 비틀었다.

"가만두지 않으면 어쩌시게요. 총애가 극에 달했는데."

화연이 애써 위엄을 지키며 코웃음 쳤다. 하지만 그녀도 눈가가 파르르 떨리는 것은 참지 못했다.

"두 분 다 진정하세요. 어차피 우리 중 하나, 아니면 세 명 모두가 정혼녀가 될 수 있어요. 채 스무 날 정도밖에 남지 않았어요. 총애는, 영원하지 않아요."

보명이 부채로 한가롭게 얼굴을 부치며 두 여인의 말을 받았다.

"흥, 알아요!"

유경은 코웃음을 치고 화연은 대공과 이린을 노려보기만 했다. 보명은 부채로 얼굴을 가린 채 대공에게 연신 무어라 속삭이며 미소 짓는 계집의 입을 지져 놓겠다 다짐하고 있었다.

갑자기 화연이 혀를 차며 뾰족하게 소리쳤다.

"어찌 저런 망측한 짓을 하는 거죠? 전하께 손으로 음식을 드시게 하다니요! 야만족이 따로 없지 않습니까!"

"그러게요, 그래도 몰락 귀족 출신이라고 들었는데 역시 못 배운 티를 내는군요!"

그러나 유경이 어깃장을 놓았다.

"나는 한번 먹어보고 싶네요. 저쪽에서 풍기는 냄새가 꽤 근사한데요?"

"뭐예요? 영애는 저런 천한 짓을 하고 싶다는 건가요?"

"화연 영애, 지금 그 말은 전하를 가리켜 하신 말씀이신가요?"

"무슨 말씀이에요! 감히 누구를 빗대어서……!"

"전하께서 하시는 행동에 함부로 말하지 마세요!"

다른 이도 아닌 경솔하기 그지없는 유경에게 타박을 듣다니, 화연은 기가 차기 짝이 없었다. 하지만 반박할 수도 없어서 더욱 약이 올라 팔딱 뛰기 직전, 보명이 끼어들었다.

"그만들 두세요. 저렇게 나대는 것도 얼마나 남았습니까. 어차피 다음 달이면 처소에서나 지낼 수 있겠습니까? 그 바로 옆이 대공비의 처소인데요."

"흥!"

"……."

어느 순간, 아니 향정이 나가고부터 주도권을 빼앗긴 화연은 더 약이 올라 입술을 깨물었다. 그러나 결국 대공과 이린을 노려보는 것 말고는 할 수 있는 게 없었다. 아마 향정이 있었다면 그녀들의 대화에 기겁했을 것이다. 자신들은 소곤거리고 있다고 생각하지만 무인들의 기감을 무시한 처사였다.

대공은 그녀들이 떠드는 소리를 모두 듣고 있었다. 하지만 이린은 마음 편하게도 육자문과 여희에게도 옥수수를 권하고 그들의 평가를 기다리고 있었다.

"어때요, 맛있어요? 옥수수는 따자마자 바로 쪄먹는 맛이 제일 좋거든요!"

그들이 한 입 베어 물자마자 감상을 재촉하는 이린을 보며 의신은 피식 웃었다.

"네, 맛있습니다. 이린님!"

"좀 기다려 보십시오. 늙은이 체합니다!"

"앗, 죄송해요."

타박을 주는 듯했지만 여희보다 육자문의 감상이 구체적이었다.

"늙은이 이에 베어 물기가 좀 힘들긴 하지만 이만하면 정말 잘된 것 같습니다!"

"그렇죠? 맛있죠?"

"네, 맛있습니다."

기어이 맛있다는 대답을 얻어낸 이린이 생글거리며 말했다.

"씹기 어려우시면 좀 덜 여문 걸 드시면 되지만 그러면 알갱이 수확이 적어져요. 아주 영글게 한 후에 말리고 갈아서 죽을 끓이거나 국수나 전이나 떡 등 각종 음식 재료로 활용할 수 있습니다. 옥수수 대는 사료로 쓸 수 있고요."

"엊그제는 사탕무로 만든 엿을 먹어보았습니다. 이 늙은이가 웬만한 건 다 먹어봤다고 생각했는데 정말 새로운 맛이었습니다!"

"사탕무를 많이 재배하면 아이들이 겨우내 먹을 간식을 만들 수 있습니다."

"콩도 정말 잘 자랐습니다. 이만하면 수확량이 상당할 것 같습니다."

"네, 하지만 올해의 성공은 육 선생께서 도와주신 덕분이 아닙니까."

여태 생글거리던 이린의 얼굴이 바뀌며 금세 걱정이 서렸다. 원래 대공의 직영지는 기름진 곳인 데다 주술을 펴부은 땅이라 지력이 강성해 새 작물이 잘 자랐다 해도 반절의 성공이었다. 그녀의 목적은 거친 적토의 전 지역에 이곳에 심은 작물을 모두 재배하는 것이었으니 작물이 성공적으로 적응하는 것을 보려면 아직 멀어 보였던 것이다.

"이린님은 못 말리십니다, 정말!"

갓 딴 참외를 깎던 여희가 절레절레 고개를 흔들었다.

소풍은 즐거웠지만 사실 보이는 것처럼 소풍만이 목적이 아닌 일의 연장이라고 봐야 옳다. 밭을 돌아보며 작물의 영근 상태와 맛을 보면서 식량으로서의 가치를 가늠하고 있었던 것이다. 옥수수를 쪄서 맛을 본 것도 그 일환이었다.

크르릉!

"어맛, 깜짝이야!"

이랑이 갑자기 큰 주둥이를 들이미는 바람에 여희가 기겁하며 펄쩍 뛰었다.

「나도 줘!」

"여희야, 아직도 이랑이한테 그렇게 놀라는 거니?"

나중에 말을 놓는다는 이린의 말은 여희가 자신의 시녀장이 되면서 가능해졌다.

"아, 아닙니다!"

"호호, 이랑이가 저도 달래."

"아, 아? 네!"

여희가 떨리는 손으로 옥수수를 골라 이랑에게 내밀었다. 아직 이랑의 덩치에 흠칫흠칫 놀라면서도 그 와중에 후후 불어서 식혀 주는 걸 보면 곧 전처럼 가까워질 듯 보였다.

하지만 먹는 건 다른 문제. 이랑이 옥수수를 데굴데굴 굴리며 뜯어먹는 모습에 여희는 손뼉을 치며 환호했다.

"개도 이런 걸 잘 먹을 줄은 몰랐는데……."

「늑대다!」

정신없이 먹는 것 같으면서도 이랑은 육 선생이 중얼거리는 소리를 귀신같이 알아듣고 으르렁댔다.

의신이 흐뭇하게 웃고 있는 그녀에게 손을 내밀었다.

"저 앞에는 시원한 냇물이 흐른다오. 우리 그곳까지 잠시 산책하는 게 어떻소?"

"네, 전하."

두 사람이 함께하는 산책이야말로 진짜 소풍다운 소풍을 즐기는 행위일 것이다. 뜨거운 햇살에 의신이나 이린이나 개의치 않았다. 이린이 그의 손을 잡고 일어나 천천히 햇빛 아래를 거닐기 시작했다. 이랑도 두 사람의 뒤를 졸래졸래 따라갔다.

"심 부부장님도 함께 왔으면 좋았을 텐데요. 이젠 이랑도 냄새난다고 질색하지 않을 텐데."

그도 이린 덕분에 그 '냄새'에 대해 알게 되었다. 지금은 이랑이 다시 그 냄새를 좇지 못하게 되었지만 덕분에 안배 하나는 해둘 수 있었다.

"차복이가 사라져서 아쉽소?"

"이랑을 그리 귀여워했으니 지금이라도 친해졌으면 해서요."

「흥, 제멋대로 사라진 놈! 지금 와도 별로 예뻐해 주진 않을 거예요!」

불퉁한 이랑의 대꾸에 이린은 난처하게 웃기만 했다.

“아쉬워 마오. 그대가 아쉬워할 사내는 나 하나로 충분하오.”

아우우우우우!

이랑이 소름이 돋는다며 바닥을 굴렀다. 그 큰 몸으로 구르니 풀이 다 뭉개지며 먼지가 일었다.

뒷모습마저 즐거워 보이는 그들을 지켜보던 육자문이 여희에게 말을 건넸다.

“이린님과 인연이 있다고 들었네.”

“인연이라고 하기엔 민망할 정도입니다. 한솥밥 먹던 걸 인연이라면 인연이라고 할 수도 있겠지만요.”

“그렇게만 보기엔 이린님이 시녀님을 많이 신뢰하시는 듯한데? 하지만 시녀님이랑 길게 인연이 되진 못할 것 같으이.”

“네? 무슨 말씀이십니까, 육 선생님?”

“시녀님에게도 곧 좋은 인연이 생길 것 같거든.”

“정말입니까?”

순식간에 붉어지는 여희에게 육자문이 눈을 찡긋했다.

“뭘 모르는 척하시나? 어젯밤에도 찾아온 님이 계시지 않는가?”

“그게 무슨 말씀이십니까, 제가 남정네를 만나다니요!”

“음? 미안하네, 시녀님, 미안해. 비밀인 줄 모르고.”

“비밀이라니요! 그럼 더 사실 같지 않습니까? 아무리 육 선생께서 고명하신 분이라지만 아직 정결한 몸에 그런 말씀을 하시다니 너무하십니다!”

여희가 정색하며 방방 뛰었다. 본 대로 읊었다지만 남의 비밀을 발설한지라 육자문도 어색하게 사과를 했다.

"어, 미안하이."

그때였다. 참외를 깎던 날붙이를 벼락같이 틀어쥔 여희가 갑자기 육자문을 공격했다.

"으악!"

육자문의 비명과 함께 정자 아래에서 스승을 지키고 있던 국언이 달려들어 여희를 걷어차며 쓰러지는 스승을 붙잡았다.

"이년이 스승님을 찔렀소!"

국언이 달려오는 병사들을 향해 소리쳤다.

병사들에게 붙잡힌 여희는 칼을 쥔 채로 소리 질렀다.

"아냐, 아냐! 난 아니라고!"

난데없는 비명에 의신과 이린이 되돌아왔을 때는 병사가 광란하는 여희의 뒷목을 쳐서 기절시켰을 때였다.

"포박하라!"

대공의 호령이 울렸다.

명을 받든 천무단 무사들이 즉각 달려들었다. 하지만 놀랍게도 무사들이 포박한 이는 여희가 아닌 피 흘리는 제 스승을 붙들고 있던 국언이었다.

"전하, 어이하여 저를!"

국언은 억울함을 호소하며 저항했지만 의신은 일고의 여지없이 그를 무릎 꿇렸다.

"저자의 입도 함께 막아라!"

"네!"

그 뒤에선 이린이 육자문을 부축하며 애를 쓰고 있었다.

"육 선생님, 육 선생님! 정신을 잃지 마세요, 육 선생님!"

이린이 육자문의 상처를 감싸 피를 막으려 애썼지만 여의치 않았다. 육자문의 안색은 점점 파랗게 질려가고 있었다.

"대광! 선생의 상처를 누르라!"

대광이 육자문의 상처를 누르는 동안 대기하던 의원이 달려왔다.

의신이 다시 명령했다.

"호천, 저자의 소매를 뒤져보라."

호천이 소매를 뒤지려 하자 국언이 발작을 하듯 몸을 흔들었다. 하지만 결국 왼쪽 소매에서 무언가 발견한 호천이 소리쳤다.

"전하, 있습니다!"

호천이 국언의 소매에서 꺼낸 것을 조심스레 들고 와 의신에게 보였다.

그것은 손가락 한 마디 크기의 작은 침이었다. 잠시 침을 살펴본 의신이 말했다.

"인둥 가시로군."

"헉!"

호천이 놀란 숨을 들이켰다.

인둥 가시는 독가시였다. 독가시에 찔린다고 당장 사망하는 것은 아니지만 중독되면 마비가 일어나며 지혈이 잘 안 되기도 했다.

"의원에게 육 선생에게 가시가 박혀 있는지 살피도록 하라."

"네, 전하!"

의신의 눈이 차갑게 가라앉았다.

인둥 가시는 본래 적토에서는 나지 않는 것이었다. 하지만 호천도 이를 아는 이유는 이것을 화살촉 대신 사용하는 부족이 있었기 때문이다. 구와족, 지금은 재나라를 세운 이들이었다.

현재 재나라와는 교역을 위해 사신이 오가고 있었다. 육 선생이 인둥 가시에 당한 것이 밝혀지면 교역은 물 건너갈 것이며, 크게는 전쟁을 부르짖을 수도 있었다. 그것이 단지 재나라에서 나는 것이기에.

"전하, 피가 멎고 있다 하옵니다."

다행히 국언이 손을 쓰기 전이었던 듯했다. 하지만 육 선생의 안색은 여전히 파리한 것이 상태가 좋지 않아 보였다.

"알았다, 육 선생을 어서 성으로 뫼셔라."

"예, 전하!"

"으읍, 읍!"

국언은 제 스승이 들것에 실려가는 걸 보며 억눌린 비명을 질렀다.

그 순간 화살이 날아들었다.

"모두 엎드려!"

"꺄악!"

"엎드려!"

크헝!

후두두, 화살이 비처럼 쏟아지며 소풍 온 사람들을 무작위로 공격했다. 적들은 농작물 수확을 위해 지어놓은 창고들 뒤에 숨어 화살을 퍼붓고 있었다. 그 큰 창고들에서 끝도 없이 적이 쏟아져 나오는 듯했다.

여인들의 비명과 화살을 맞은 호위의 비명, 거기에 이랑의 포효가 겹치며 아수라장이 펼쳐졌다.

"전하!"

"전하를 보호하라!"

"전하, 괜찮으시옵니까?"

놀랍게도 옥수수 밭에서 방패를 든 병사들이 쏟아져 나오며 대공의 앞을 막아섰다. 뒤이어 나온 병사들의 숫자가 순식간에 적들을 압도하더니 암습자들을 향해 화살 비를 퍼부었다.

반격의 시작이었다.

이린이 물었다.

"괜찮소. 그대는?"

"괜찮습니다."

「흥! 내가 있는데 당연하지!」

흥분을 채 다스리지 못한 이랑이 콧김을 뿜으며 참견했다. 그 혼란 속에 의신은 내내 이린을 자신의 몸 뒤로 숨기고 있었지만 주인이 위험한 상황 자체가 맘에 들지 않는 것이었다. 그런 이랑에게 의신이 말했다.

"부탁이 있느니. 저기로 가서 이놈에게 화살을 쏜 자를 잡아다 주겠느냐?"

의신의 앞에는 천무단이 그의 앞을 감싸기 전에 먼저 날아온 화살 두 개가 부러져 나뒹굴고 있었다.

그 화살은 대공이 아닌 국언을 노린 것이었다.

크릉!

못마땅함을 표시하긴 했지만 이랑은 화살 깃에 코를 갖다 대고는 곧 하늘로 솟구치듯 펄쩍 뛰어올랐다.

"이랑아, 조심해!"

주인의 염려를 귓가에 담으며 적진으로 향하는 이랑의 위용은 용맹하기만 했다. 그래도 대공을 믿었기에 이랑은 마음껏 날뛸 수 있었다. 덕분에 화살을 날린 자들의 진영에서 금세 더 큰 비명이 터져 나왔다.

"으악!"

"늑대다!"

"화살을 날려!"

"아악!"

"악!"

한편 이쪽에서도 새된 비명이 울리고 있었다.

어디 귀한 영애가 이런 일을 겪을 일이 있었겠는가? 혼비백산한 영애들은 비명만 질러댔다. 자신들을 호위하던 병사들 서넛이 화살 비에 쓰러지는 걸 본 여인들은 기어이 정신을 잃고 말았다. 그 때문에 그녀들은 화살이 날리기 시작하자마자 홀연히 나타난 병사들이 자신들을 지키고 있었다는 것도 모르고 있었다.

그때 의신이 이랑이 축 늘어진 이를 입에 물고 돌아오는 모습을 포착하고는 명령했다.

"모두 쳐라!"

"와아아!"

병사들이 어느새 창고 주위를 에워싸며 적들을 압박했다.

"모두 투항하라! 투항하는 자는 목숨만은 구제해 주리라!"

"투항하라!"

"투항하면 살려준다, 투항하라!"

반역이다.

하지만 목숨을 보전해 준다는 말에 여기저기서 칼을 던지기 시작했다. 그러나 칼을 던지는 이들은 금세 비명을 지르며 쓰러졌다. 그들 사이에 숨어 있던 몇몇이 투항하는 이들을 가차 없이 베어버렸기 때문이다.

"저자들부터 잡아라!"

제 아군에게 칼을 휘두르는 이들에게 화살이 날아와 꽂혔다. 하지만 그들의 손에 투항한 이들 대다수가 이미 사망한 후였다. 더구나 살아남은 이들 중 상당수가 호령의 관문에서 봤던 것처럼 최후를 맞이했다. 그럼에도 수가 많았던 만큼 모두 죽지는 않았고, 살아남은 이들은 모두 포박되었다.

"모두 모였는가?"

"네!"

어느 순간 나타난 인결이 부복하며 읍했다.

암습자들이 창고에 숨어든 것보다 앞서 인결이 먼저 봉비단을 이끌고 옥수수 밭에 숨어 있었던 것이다.

"지금부터 반역자를 처단한다, 가자!"

"와아아아!"

때가 왔다.

그대로 달린 대공과 그의 군사가 으리으리한 저택 하나를 에워쌌다. 그러나 문 안에선 바깥의 위기를 모른다는 듯 감미로운 악기 소리와 여인들의 높은 웃음소리가 간간이 흘러나오고 있었다.

쾅쾅쾅!

"문을 열라! 열어라!"

요란하게 문 두드리는 소리에 안에서 들리던 소리가 뚝 끊기더니 누군가의 목소리가 들렸다.

"뉘시오?"

"천무단 부장 장인결이다! 대공 전하의 명을 받들어 죄인을 잡으러 왔도다! 어서 문을 열라!"

"죄, 죄인이라니 그 무슨……!"

대문 안에선 놀라는 듯한 목소리가 새어나왔지만 문을 열 기색은 없었다. 돌아보는 인결의 눈짓에 의신이 고개를 끄덕였다.

"하아아!"

아름드리 긴 통나무를 짊어진 병사들이 함성과 함께 돌진하며 대문을 두드렸다. 단번에 부서질 것이라 보였던 문은 바깥의 나무가 조금 부서지긴 했지만 그대로 서 있었다. 깨진 나무 안으로 쇠가 덧대어진 문은 성문과도 같았다. 아무리 적토에 셋밖에 없는 총관의 집이라지만 과한 방비였다.

"한 번 더!"

병사들이 물러났다가 다시 온 힘을 쏟아 대문을 부쉈다. 이번엔 문이 우그러졌다. 그러고도 두 번 더 때리고 나서야 문이 부서져 나갔다.

"어서 들라! 죄인을 찾으라!"

"와아아아아!"

병사들이 함성과 함께 저택 안으로 들어갔다. 그러나 뜻밖의 광경에 뜰 앞에서 멈춰서야 했다.

저택의 넓은 안마당엔 총관 셋과 장로를 비롯해 적영을 다스리는 관료들이 모두 모인 듯했다. 게다가 세 영애의 아버지인 장경 도독과 임록 부사, 백원 자사까지 모두 모여 있었다. 그들의 목에는 칼이 드리워진 채였다.

그 가운데에서 홀로 유유자적 술을 기울이던 이가 천천히 고개를 들며 말했다.

"생각보다 늦게 오셨소이다."

마치 초대에 늦은 이를 타박하는 듯한 어조였다. 하지만 고개를 든 그의 눈빛은 비수를 담은 듯 살기를 뿜어내고 있었다.

"오지 못할 뻔했소. 하나 그대의 탄일 축하연이라기에 늦게라도 와봐야 할 것 같아서 왔소. 한데 생각보다 매우 성대하구려. 오지 않았다면 후회하지 않았겠소, 혜 총관?"

의신이 칼날 아래 목숨이 위태로운 관료와 세족들의 모습을 훑었다.

의신과 눈이 마주친 몇몇의 눈에는 삶의 희망이 솟구친 듯했다. 하지만 각각 눕혀진 채 목젖에 와 닿은 칼날의 위협에 소리조차 내지 못하고 있었다.

"적토에서 이름 있는 분들은 죄다 모셨더니 제법 성대해졌사옵니다. 오늘 대업이 끝난 후엔 돌아가지 못할 분들도 계시겠지만요."

그에 무사들이 칼날을 지그시 누르며 몇몇 이들의 목덜미에서 핏줄기가 떨어졌다.

"살, 살려주십시오, 살려주오!"

여기저기 퍼지는 아우성에 혜오명은 한가롭게 술잔을 더 기울였다.

“손님이 너무 많지 않소, 혜 총관?”

“저도 그렇게 생각하옵니다. 본래는 계집 하나로 만족하려 했었는데 그 성가신 짐승이 원체 방해가 돼서 말입니다. 하지만 지금이라도 계집을 내주신다면 저들과 바꿀 용의는 있습니다.”

“혜 총관, 무슨 헛소리를 하는 게요!”

의신 대신 인결이 분기탱천하여 소리쳤지만 혜오명은 코웃음도 치지 않았다.

“하하, 역시 그러실 줄 알았습니다. 이들을 모두 합해도 전하께는 품 안의 그 계집보다 가치가 없겠지요. 하나, 그 때문에 저는 협력자를 얻을 수 있었지요.”

혜오명의 뒤로 그가 말한 협력자들이 모이기 시작했다. 이부와 공부를 제외한 6부의 상서들과 네 명의 장로, 혜오명을 따르는 관료들, 그리고 지방 자사들이 몇몇 섞여 있었다.

“많이도 모았군. 이런 이들을 모은다면 반역이 성공하리라 여겼는가!”

“반역, 후, 반역이라……. 반역은 바로 전하께서 저지른 것이오!”

“그게 무슨 얼토당토않은 헛소리냐!”

인결이 고함을 지르며 나서려는 것을 의신이 제지하며 말했다.

“말해보라. 그대의 말인즉, 내가 연해국과 황제 폐하를 해하는 짓을 했단 말인가?”

“야만족을 끌어들임은 적토를 망치고 장차 연해국을 몰락하게 하려는 수작이오!”

“정녕 그 궤변이 네가 반역을 저지른 명분이었더냐? 황제 폐하께서도 크게 기뻐하시며 관심을 보이시는 일을?”

“음, 명분으론 조금 부족하였습니까? 하지만 사실입니다. 카랑카랑하니 목에 힘주던 백 총관도 어느 날부터 비실거리더니 전하께서 하라는 대로만 따르고 있으니 속이 좀 답답해야 말이지요.”

천천히 일어난 혜오명이 쓰러져 있는 백추성의 앞으로 가서 비아냥거렸다.

“혜오명, 네 이놈!”

“하하, 내가 아직도 그대의 말이라면 뭐든 고분고분한 충견으로 보이나 보오.”

백추성에게 부드럽게 웃어 보이던 혜오명이 갑자기 발을 내질렀다. 무사가 백추성의 목에 드리우고 있던 칼등을 밟은 것이다.

“아악!”

단말마의 비명과 함께 백추성의 몸이 축 늘어졌다.

“명분이 부족하다 하였소? 이이는 그리 생각하더이다. 하니 이런 결과를 맞을 수밖에.”

혜오명은 죽은 백추성을 발로 차 떨어뜨리고는 자신의 뒤편을 팔로 가리켰다.

“하지만 다른 이들은 아니었소. 전하께서 저 문을 부수는 동안 이미 협력자들이 내 저택을 다시 둘러싸고 있었소이다.”

그때였다. 복면을 쓴 자들이 담과 지붕 위를 새까맣게 덮은 채 대공 쪽을 향해 화살 시위를 겨누었다.

“내가 모를 줄 알았소? 대공은 지금 반편이요. 그 계집! 대공은 그 계집에게 혈족의 힘을 다 넘겨주지 않았소! 전쟁에 이겼다고?

흥, 고작 야만족 세 개 무리를 치운 것도 이긴 것이오? 나머지를 상대할 힘이 없으니 화친을 하자는 것 아니오? 그것이 반역이오! 고작 계집 하나에 취해 적토를 수호할 혈족의 힘을 넘겨주다니 그것이 반역이 아니고 뭐요!"

혜오명의 뒤에 섰던 인사들이 조급하게 소리쳤다.

"너무 시간을 끌고 있소! 어서 치시오!"

"대공이 괴물이란 걸 모르오? 어서!"

"적토에 그 괴물이 있어야 하기에 반역을 도모했으면서 괴물을 상대하는 건 두려운 것이냐! 와라!"

"하하하! 그걸 도발이라고 하시오? 어디 와보시오! 그 선 안으로 한 발짝이라도 더 들어올 수 있소?"

혜오명이 바닥에 그려진 굵은 금빛 금을 가리키며 소리쳤다.

인결이 가장 먼저 뛰어들었다. 그러나 그는 허공에서 보이지 않는 무언가에 부딪힌 듯 나가떨어지고 말았다. 호천과 대광, 우경이 차례로 뛰어들었으나 그 금을 넘지는 못했다. 그리고 그 순간, 그들의 뒤로 중문이 갑자기 닫혔다. 안과 밖에서 병사들이 두드렸으나 되레 튕겨 나갈 뿐이었다.

앞으론 넘어갈 수 없고 뒤로는 봉쇄되었다. 갇힌 것이다.

혜오명은 자신의 저택을 몽땅 주술로 도배해 대공을 가두는 덫으로 준비했다. 이토록 강력한 주술을 펼칠 수 있는 강하고 야망이 큰 주술사를 손에 넣었지만 그럼에도 대공의 벽은 너무 높았다. 한데 대공이 전설로나 전해지는 계집에게 홀리면서 약해졌다. 덕분에 대업의 시기가 십여 년은 빨라질 수 있었다. 과연 하늘이 자신을 돕는 것이었다.

혜오명은 소리쳤다.

"하하하! 보시오. 걱정들 하지 마시오. 대공은 이미 반편이라 하지 않았소? 저 문을 넘은 이들은 결코 저 선을 넘지 못하오. 대공, 마지막으로 할 말이 있소?"

그에 의신은 혜오명의 뒤에 서 있는 이들을 보며 말했다.

"마지막으로 그대들에게 목숨을 구제할 기회를 주겠느니. 지금 그 자리에서 엎드리면 살려주겠다."

주위엔 천무단과 병사 몇 명, 반면에 수백 발의 화살이 겨누고 있음에도 태연자약하기만 한 대공의 모습에 몇몇이 동요하기 시작했다. 그에 혜오명이 급히 팔을 내저으며 소리쳤다.

"쳐라!"

화살이 시위를 떠나기 시작했다.

"으아악"

"아악! 아악!"

한순간이었다. 삶이 갈리는 비명이 울렸다.

제일 먼저 초청객들에게 칼을 겨누던 무사들이 심장과 목을 잡으며 쓰러져 나가고 다음엔 혜오명 뒤에 있던 이들이 쓰러져 나갔다.

"아악, 누구에게 쏘는 것이냐! 멈춰! 멈춰라!"

혜오명이 악을 쓰며 비명을 질렀지만 화살 비는 멈추지 않았다. 의신이 손을 들어 멈추게 하자 반역자 중에 혜오명 말고는 화살을 피한 이는 없었다.

그리고 다음 순간 혜오명은 저가 그토록 자신하던 금빛 금 너머 의신이 걸어 들어오는 것을 지켜봐야 했다.

"이, 이게 어떻게!"

"보다시피 주술 덫 같은 건 내게 아무 소용이 없소. 본인은 그대가 주장하는 반편이가 아니어서 말이오. 또 애석하게도 그대의 협력자들은 이미 모두 잡혔다오."

이린과 사랑을 나누면서 그의 몸은 조금씩 변하고 있었다. 처음엔 힘이 전이되고 있었다. 하지만 사랑을 나눌수록 어느 순간부터 힘이 되돌아오기 시작했다. 그는 이전보다 더 강해지고 있었다. 광기에서 해방된 채로.

본래 그 힘은 어느 한쪽이 일방적으로 주고 빼앗는 것이 아니라 두 사람이 나눔으로써 완전해지는 것이었다. 처음 성녀도 아마 그걸 원했을 것이다. 하나 배덕자인 조상이 그걸 알기 전에 모든 것을 망친 것이었다.

"이럴 수가 없어! 계집은, 계집이 힘을 다 잡아먹는다고 했었는데!"

"닥쳐라! 뉘를 그리 함부로 입에 담는 것이냐!"

의신은 혜오명을 후려쳐 넘어뜨렸다. 저에 대한 모욕은 웃으며 참아 넘겼지만 이린은 아니다. 저만치 뚝 떨어진 혜오명이 넋을 잃은 것처럼 중얼거렸다.

"아니야, 아니야! 이럴 순 없어! 이럴 순 없어! 내 딸이 죽었다. 품은 아이는 사내아이였다. 너도 그 아이와 함께 죽어야 했다!"

여기까지였으면 죽은 딸 때문에 원한을 풀려는 듯 보였을 것이다. 딸의 몸에서 죽은 태아를 꺼내어 대공을 죽일 주술 재료로 쓸 만큼. 하나 실패에 정신이 나간 혜오명은 진실마저 토해냈다.

"내가 대공의 외조부가 될 수 있었다! 목숨이 일찍 끊기는 대공보다 내가 더 오래 살 것이었어! 내가 적토의 주인이 될 수 있었다! 내가, 내가 주인이야!"

인결이 달려들어 광소를 터뜨리는 혜오명의 입에 재갈을 물렸다.

의신이 넘어가면서 금지의 주술은 파훼되어 방금까지 인결을 막았던 금은 아무 소용이 없어졌다. 인결에 이어 천무단원들 모두 금 안으로 들어오고 있었다.

"이 자리에 있는 모든 이들을 포박하라!"

"네, 전하!"

병사들이 우르르 달려들어 죽은 이를 제외한 모든 이들을 포박했다.

"저는 아닙니다!"

"전하, 저희는 아닙니다!"

칼날 아래 목숨을 맡겼던 이들이 억울함을 호소했지만 저들 중 반역자가 없다고 할 수는 없었다. 반역의 자리에 모인 것도 죄였다.

또한 화살 비를 맞고도 살아남은 이들은 미친 듯 용서를 빌었지만 그들도 인결이 직접 인술해 아예 입을 봉인해 버렸다.

바깥문을 봉쇄한 주술도 파훼된 듯 새까맣게 몰려든 군사들이 포박된 이들을 압송하기 시작했다.

그때 의신이 한 시체 앞에 멈춰 서서 말했다.

"백 총관, 그만 일어나라."

죽은 이에게 일어나라?

아무리 대공의 명이라 해도 너무했다. 그런데 다음 순간 놀라운 일이 벌어졌다. 눈을 까뒤집고 누워 있던 백추성이 칼날에 벌어진 목을 쓸더니 천천히 일어나는 것이었다.

“히익!”

마지막으로 끌려가던 혜오명이 그 장면을 보고 마구 버둥거렸다. 재갈이 물린 혜오명이 마구 고개를 젓는 앞에서 의신이 물었다.

“성덕은 어디 있는가?”

비록 흉한 몰골이 되었는데도 백추성은 자세를 정갈히 하며 읍했다.

“안채에 비밀 공간이 있는데 그곳에 있을 것입니다. 나가는 입구는 전하께서 주신 봉인부(封印符)로 막았으니 전하가 아니면 열지 못할 것입니다.”

“차라리 모습을 드러낸 채라면 도망칠 기회라도 있었을 텐데, 독 안에 든 쥐로군.”

“본래는 전하를 암살하는 데 성공하면 나타나기로 한 것입니다. 그 순간 제 혈통을 밝히고 묶여 있던 인질들의 마음을 단숨에 잡으려 했사옵니다.”

“목숨 건 도박에 성공하였소, 백 총관.”

“황송하옵니다. 모두 대공의 은덕이옵니다. 이 연회는 전하를 끌어들이는 함정인 동시에 반역에 동참하지 않을 이들을 모두 처단하는 장이 되었을 것이옵니다. 살아날 기회를 주셔서 그저 감읍하나이다!”

백추성이 깊게 고개를 숙여 인사했다.

노회한 구렁이다웠다. 피차 아는 사실을 일부러 크게 말한 것은 반역에 가담하지 않은 이들에게 저의 공을 알리며 제 입지를 다시 다지는 것이었다.

의신은 모르는 체 고개를 끄덕였다.

백추성이 허리를 펴며 목을 닦아냈다. 피처럼 보이는 붉은 안료를 닦아낸 아래로 보이는 그의 목은 깨끗했다. 본래 상처는 없었다. 사람의 눈을 현혹하는 주술이 더해져서 안료를 터뜨리자 목이 갈라진 것처럼 보였던 것이다.

백추성이 혜오명의 움직임을 모를 리가 없었다. 그럼에도 어느 쪽에도 서지 못한 듯 우유부단한 모습을 보이던 백추성은 마지막에 가서야 혜오명이 내미는 손을 잡았다.

뒤늦게 가담한 백추성은 혜오명과 새로 추대될 대공의 신임을 얻을 필요가 있었다. 그래서 반역자들 앞에서 그런 화려한 볼거리를 마련했던 것이다. 대업의 날, 혜오명의 말에 더욱 힘을 실어주면서 만약의 순간 대공의 뒤를 치는 역할도 맡기 위함이었다.

혜오명의 밀서를 받고 고민하는 모습을 대공에게 직접 들키지 않았다면 어떤 선택을 했을지 모른다. 아마도 의신이 반역자들을 장악하지 않았다면 계획대로 했을 수도 있다.

어찌 되었든 백추성이 목숨을 건 것은 사실이다. 혜오명이 후일 걸림돌이 될지도 모를 백추성을 정말 죽이고자 했다면 약속했던 목이 아니라 심장을 찔렀을 수도 있었으니.

“그대의 공이 크오. 그 속임수를 미리 알려준 덕분에 육 선생도 무사하오.”

“다행이옵니다.”

“으어어!”

혜오명이 짐승처럼 절규했다. 오랜 세월 숨죽여 키워온 야망과 인내가 한순간에 무너짐을 용납할 수 없었던 것이다.

"끌고 가라!"

"네!"

이제 남은 건 다음 대공의 자리를 넘봤던 성덕이었다. 절은애에 떨어져 사망했다던 성덕이 버젓이 살아 돌아와 반역의 주역이 되어 있었던 것이다.

백추성이 성덕이 숨은 곳을 안내했다. 안채의 가장 안쪽인 그곳엔 만일의 순간 밖으로 빠져나가는 비밀통로도 마련된 곳이었지만 백추성이 그곳을 봉인했다. 만일 안채로 나오려 했다면 이미 발각되었을 터, 더구나 안채로 통하는 곳엔 백추성이 미리 보낸 이들이 지키고 있었다. 그야말로 독 안에 든 쥐였다.

이 밀실을 알기 위해 그 굴욕적인 모습도 감수했다. 백추성이 의기양양한 표정으로 문 앞을 지키던 수하들에게 명했다.

"열어라!"

"앗!"

"어?"

수하들의 놀라는 비명은 반가운 것이 아니었다.

직접 밀실 안을 확인한 백추성도 같은 비명을 지를 수밖에 없었다.

"억!"

밀실은 텅 비어 있었다. 밖으로 나가는 비밀 문 앞에는 찢긴 봉인부 조각이 흩날리고 있었다.

"쫓아라!"

"네!"

인결과 그의 수하들이 밀실의 통로로 뛰어들었다.

의신은 되돌아 나와 곧장 혈리의 등에 올랐다.

"이랴!"

갑자기 홀로 내달리는 대공의 뒤로 천무단 무사들이 뒤따라 달렸지만 혈리의 속도를 따라잡지는 못했다.

성문을 지키던 병사가 문을 열어주는 것도 기다릴 수 없었던 의신은 문틈으로 빗장을 베어버리곤 그대로 뛰어들었다.

"아아악!"

지나가던 하녀와 시녀들이 비명을 질렀다.

"멈춰라!"

"내가 적토의 주인이니라, 비켜라!"

"전하!"

앞을 가로막으려다 뒤늦게 대공을 알아본 수비병들이 기함하며 비켜섰다.

"모두 비켜라! 하아!"

애꿎은 문들이 질주하는 혈리의 발굽 또는 의신이 내지른 칼에 부서져 나갔다.

"저, 전하!"

"……전하를 뫼셔라!"

"아앗!"

놀란 병사들이 허둥지둥 따랐다. 하녀들이 비명을 지르며 나동그라졌다.

그사이 의신은 또 하나의 문을 넘었다.

다 왔다. 의신은 비은당 뜰로 뛰어들며 소리쳤다.

"이린!"

그때 그의 뒤에서 문이 닫히며 두 사람의 목소리가 들려왔다.

"역시 여기일 줄 알았어."

"뭐야, 넌 밀실로 가면 어쩌나 했었잖아?"

"태내관이 거길 지키고 있어서 혹시나 한 거지. 늙은 할망구가 거기 있는 모양이지?"

"어차피 밀실은 후계나 대공 본인이 아니면 못 열어. 하니 여기밖에 없는 거지."

"흥! 계집에게 힘을 빼앗겼다더니 역시 예전만 못해. 아무것도 모르고 곧장 뛰어들기만 하네."

"맞아. 예전 같으면 언감생심이었는데."

태연하게 장난처럼 지껄이는 두 사람을 향해 의신은 노호를 질렀다.

"성덕! 밀영!"

"계집 대신 내가 나타나서 놀랐소, 대공?"

"하하하, 많이 놀란 얼굴이야!"

"맞아, 지 장군이 네 장례식은 제치고 널 찾아 절은애 밑바닥까지 뒤졌다지? 하지만 나에 대해선 꿈에도 몰랐던 모양이야!"

밀영이 펄럭이는 한쪽 다리를 대신한 지팡이에 기댄 채 이죽거렸다.

"봉인부가 찢겼으니 아마 차복이를 찾아 헤맸겠지. 어쩌나, 차복이가 어디에 있을까?"

"내 아버지가 누군지는 몰랐던 모양이오, 대공?"

밀영은 찢긴 봉인부 반편을 팔랑이며 크크 웃었다.

한가롭게 빈정거리는 성덕과 밀영은 자신들만 남았다는 불안감이 없어 보였다.

기호지세다. 혜오명이야 어찌 됐든, 의신만 없애면 끝난다. 대공의 위는 무조건 혈통을 중시했기 때문이다. 마지막만 이기면 모두를 얻는 것이다. 이런 식의 군위(君位) 찬탈은 적토의 역사에서 드문 일이 아니었다.

"밀영, 던져!"

성덕이 정색함과 동시에 밀영이 손에 들고 있던 작은 호리병을 비은당 벽을 향해 던졌다. 병이 깨지는 소리와 함께 비은당을 지키는 주술을 형성하던 그림들을 따라 불꽃이 올라가기 시작했다. 삽시간에 그림들을 지운 불꽃은 비은당을 불사르기 시작했다.

"안 돼!"

"안 되긴. 대공, 당신 상대는 나야!"

챙!

성덕이 달려들었다.

일격에 성덕의 공격을 튕겨내며 반격하려던 의신은 교묘하게 날아오는 암기를 피해야 했다. 밀영이 작은 대롱을 입에 물고 침을 발사하고 있었다. 함께 싸우지 못하는 대신 암기로 공격하는 것이다.

팅! 칼로 침을 막아낸 순간 성덕의 칼이 그의 목을 노렸다.

의신은 고개를 꺾으며 피했지만 성덕이 노린 것이 바로 그 순간이었다.

쾅!

심장께에 날아든 발차기에 의신은 멈칫했다. 그 빈틈으로 다시 침이 날아들었다. 몸을 뒤틀어 암기를 피한 의신의 이마로 다시 성덕이 칼을 찔러 왔다. 뒤로 반 보, 간신히 종이 한 장 간격으로 칼을 피한 의신의 머리끝이 잘렸다.

챙!

다시 부딪치고 튕겨낸다.

타닥!

발과 발이 부딪치며 바닥을 구르던 두 몸이 동시에 튀어 일어났다.

"하압!"

"아직은 버티네, 대공!"

"성덕, 너는 이미 남성을 잃었다. 네가 이 자리를 탐내어 무슨 소용이 있느냐!"

"것 봐, 알고 있었다고 했잖아?"

"이익, 으아! 너 때문이다, 너 때문!"

"멀쩡한 육신을 가진 성덕이 현 대공의 위를, 그 아래로는 내 자손이 잇는 것이지!"

괴성을 지르며 달려드는 성덕 대신 밀영이 받아 대답했다. 의신이 밀리는 형세에 한껏 고양된 모습이었다.

"네놈들, 이린을 죽여서는 너희야말로 반편이다!"

"누가 모를 줄 알고? 비은당을 불태워도 계집은 숨어 있을 테지. 이 불은 그 영악한 짐승을 죽이는 것이다! 계집은 내가 잘 먹어주지! 네가 버린 힘도 함께!"

마지막으로 이죽거린 밀영이 다시 대롱을 입에 물었다.

"그랬군!"

챙!

갑자기 의신의 움직임이 달라졌다.

챙, 챙, 챙!

여태 의신과 비등한 것 같던 성덕이 정신없이 밀리기 시작했다. 덩달아 마음이 급해진 밀영이 침을 마구 쏘았지만 한 번도 의신을 맞추지 못한 침은 튕겨 나가며 성덕의 팔을 스치고 지나갔다.

"흐억!"

칼날이 어깨를 베고 지나갔다.

"악!"

한 금, 팔에 실선이 그어졌다. 또 한 금, 이번엔 가슴에, 또 한 금, 이번엔 다리에.

얕은 금이 수없이 그려지더니 입고 있던 갑옷과 옷들이 너덜거리기 시작했다.

쨍그랑!

성덕의 칼이 날아가며 비은당 입구에 가서 떨어졌다.

"아악! 너, 너!"

비틀거리던 성덕이 뒤로 한 걸음 물러나며 악을 썼다. 그제야 의신이 저를 가지고 놀았다는 것을 깨달은 성덕의 얼굴에 경악이 스쳤다.

"으아악!"

비명이 울렸다. 목이 물린 밀영이 늘어지기 전 지른 비명이었다.

의신이 말했다.

"죽이진 마라."

의기양양하게 입에 문 밀영을 흔들고 서 있는 이랑은 코웃음을 치는 듯했다.

내성 문까지 부수며 달려간 대공과는 다르게 뒤따르던 천무단원들은 조급하게 움직이지 않았다. 그들은 천천히 비은당 주위를 에워싼 채 문이 열리길 기다렸다.

성덕이 믿는 것이 바로 그것이었다. 비은당 문은 열리지 않는다. 대공이 들어서는 순간 비은당은 봉쇄된 공간이 되었다. 혜오명의 집에서 만들어진 덫과 같은 것이었다.

그러나 덫이라고 여긴 것에 도리어 저희가 걸려든 것이라는 것만은 몰랐다.

"으아아!"

의신은 좌절의 비명을 길게 지르는 성덕의 목을 칼등으로 내려쳤다. 하얗게 눈을 뒤집고 기절한 성덕 옆에 이랑이 먼저 기절한 밀영을 던져 버렸다.

"수고했다. 장하다."

「흥!」

콧김을 불며 새침을 떠는 이랑의 입가가 부들거렸다. 본능적으로 흔들리는 꼬리를 움직이지 않으려고 꼿꼿이 세운 모습이 뻣뻣해 보였다.

의신은 먼저 문부터 열어 천무단원들을 불러들였다.

죽었다던 성덕을 보고도 놀라지 않던 천무단원들은 밀영을 보고는 분개했다. 다리가 잘린 밀영의 모습은 자신들의 미래일 수 있었다. 해서 더욱 각별한 정을 쏟던 이였기에 그 배신감은 이루 말할 수 없었다.

서둘러 둘을 묶으려는 천무단원들에게 의신이 다시 명했다.

"먼저 모두 벗겨라!"

"네!"

성덕과 밀영이 입었던 옷은 물론 속옷과 신발, 버선까지 모두 벗겨졌다. 버선과 신발 뒤축, 머리를 묶은 띠에서까지 각종 주술이 그려진 부적들이 나오기 시작했다.

으드득!

마지막으로 성덕과 밀영의 입안을 헤집어 이 사이에 끼인 작은 부적까지 찾아낸 인결이 이를 갈아붙였다. 대공을 암살하려다 살아남았던 이들이 자진하기 위해 물고 있던 그 악독한 것을 대공의 혈통이라는 자들이 물고 있었던 것이다.

"전하, 모두 찾았사옵니다!"

"하옥하라!"

"네!"

천무단원들이 모두 나가고 나서야 의신은 숨겨진 문을 열고 이린을 나오게 했다.

이린은 몰래 바깥을 살필 수 있는 곳에서 그가 싸우는 모습을 지켜보고 있었다. 이린은 달려나오며 그의 몸을 꽉 끌어안았다.

"걱정 마오. 나는 다친 곳이 없소."

한데 고개를 뗀 이린의 얼굴이 하얗게 질려 있었다. 무언가에 놀란 듯 텅 빈 눈동자가 심상치 않았다.

"괜찮소, 나는 아무렇지도 않소. 왜 이리 떨고 있는 게요"

"전하, 그였습니다, 그자가 그였습니다!"

"무슨 말이오?"

"꿈에서 본 그……."

"……!"

순간 반사적으로 달려가려던 의신은 아직 자신의 소매를 꼭 붙든 채 떨고 있는 이린의 모습에 멈춰야 했다.

"어느 쪽이오? 어느 놈이었소?"

"입에 대롱을 물고 있던……. 왜 그걸 잊었을까! 그 아이를, 용화를 찌르기 전 먼저 대롱을 불었는데!"

한탄하듯 소리친 이린이 다시 몸서리를 치며 몸을 떨었다.

하지만 얼굴도 기억할 수 없었던 이다. 하물며 밀영이 대롱을 쓴다는 걸 알 턱이 없다. 그럼에도 기억조차 못 하는 것에 죄책감이 남아 있었더랬다.

마지막 순간까지 떠벌리던 밀영은 이린을 취할 것처럼 말했었다. 힘을 빼앗기 위해.

모든 게 이어졌다.

꿈속의 미래에 그들은 대공의 핏줄이 있다는 걸 알았으리라. 그리고 자신들의 반역이 완전히 성공하기 위해선 그 핏줄을 없애고 힘을 앗아야 한다는 것도.

성덕을 가둔 봉인부는 이중의 함정이었다. 봉인부를 찢는 이는 혈족일 것이며 반역자였다. 그를 찾기 위함이었다. 그에 걸려든 이가 밀영이다. 한데 묻으려 했던 악연이 여기서 모습을 드러낸 것이다.

"잊자고 생각했습니다. 먼 미래의 일이니 다신 만날 일이 없을 거라 애써 지우려 했습니다. 그래도 가끔, 생각이 나서……."

억지로 울음을 참으려던 이린이 마른 눈으로 흐느꼈다.

"결국 만났어야 할 악연이었소. 그자를 잡지 않고선 끝난 것이 아니었던 게요. 하지만 이제 모든 게 끝났소!"

그가 선언했다. 그 말을 듣고서야 이린도 정말 끝이란 걸 느낄 수 있었다. 그의 품에서 길게 심호흡을 몇 번 하고 나자 그녀도 진정할 수 있었다.

"걱정하였사옵니다!"

"그래서 이랑을 내보낸 것이오?"

"아닙니다. 이랑이가 갑자기 뛰어들었습니다. 방해는 되지 않았는지요?"

"아니오, 녀석 덕분에 둘 다 생포했소."

"잘했어, 이랑아! 정말 잘했어!"

주인의 아낌없는 칭찬에 이랑은 아예 주둥이가 쓱 벌어지며 꼬리가 다시 섰다.

의신은 녀석을 덥석 안을 것 같이 보이는 이린을 슬쩍 끌어당겼다.

「다 봤어! 다 봤어!」

이랑이 으르렁대며 소리쳤다.

"뭘 봐, 이랑아?"

"고모님이 기다리실 거요."

"맞아요, 고모님! 아직 마음 졸이고 계실 것입니다!"

"어서 갑시다."

"네!"

「다 봤다니까요!」

그러나 얄미운 대공이 벌써 주인을 채어 저만치 가고 있었다.

"이랑아, 어서 와!"

이랑은 끙끙거리며 따라갈 수밖에 없었다. 하지만 곧 미래의 작은 주인을 해칠 흉수를 저가 잡았다는 것에 으스대며 다닐 것이다.

반역의 막이 내렸다.

추국장에선 연일 피와 살 타는 냄새가 흘렀다. 반역에 가담한 자들의 피로 추국장 전체가 붉은 꽃으로 뒤덮였다. 신음과 고함, 애원 속에 긴 비명이 울렸다.

"으아아아아!"

긴 비명과 함께 혜오명의 고개가 툭 꺾였다. 혜오명의 가족들은 이미 모두 그와 같은 모습으로 추국장에 남아 있거나 혹은 거적을 덮고 누운 상태였다. 반역이란 본래 그 징벌이 엄격하지만 이번엔 특히 더 철저한 심문과 도망자 색출이 이루어지고 있었다.

반역에 휩쓸린 자는 어마어마했다. 적영에서 힘깨나 쓰는 세족들 반이 포함되었고 변두리 자사와 도독들도 가세한 가히 최대 규모였다.

의신이 추국장 맨 위의 단상에 올라 소리쳤다.

"너희는 야만족을 토벌하는 것도, 교류하는 것도 거부하던 이들이다. 명분은 백성의 피를 아낀다는 것이었지만 이 결과는 무엇인가? 말하라! 너희가 진정 적토의 지배층이었더냐!"

고개를 드는 이는 없었다. 기를 쓰고 비명을 지르며 악다구니를 쏟아내던 혜오명이 기절한 추국장엔 감히 의신과 눈을 마주칠 수 있는 이도 없었다.

너무나 명백한 반역이기에 변명의 여지가 없었다. 더구나 백성들의 가장 큰 고난인 약탈을 일삼는 야만족들을 반역에 끌어들였으니, 역도들이 끌려올 때 돌을 던지지 않는 백성들이 없었다. 혜오명과 함께 고문을 받던 이들 사이엔 이물티르도 있었다. 그는 혜오명과 연합 관계를 이미 자백했다. 이제 가문의 도망친 후계나 잔당을 쫓는 일만 남았다.

의신은 추국을 끝내며 호령했다.

"역도들에게 용서의 여지는 없다. 모두 참수하라!"

"아하……."

"어흐흑!"

"참수하라!"

"참수하라!"

탄식과 환호가 엇갈렸다. 그때 추국장 뒤에서 죄인처럼 함께 무릎 꿇고 있던 이가 비틀거리며 쓰러졌다.

"스승님!"

"스승님!"

"제가 죄인입니다. 제가 죄인입니다!"

동동거리던 제자들이 쓰러지는 그를 재빨리 부축했지만 육자문은 그예 엎드린 채 통곡을 쏟아냈다. 그가 지켜보던 이가 기어이 병사들의 손에 이끌려 나가고 있었다.

눈물에 짓무른 노안에서 또 눈물이 흘러나왔다. 하나 국언은 끝까지 스승을 뒤돌아보지 않았다.

처형장이 그야말로 역도들의 피로 강이 되었을 무렵, 추국장에 최종으로 남은 이들이 있었다.

성덕과 밀영, 두 사람이었다. 다른 역도들은 추국을 당하느라 만신창이가 되었지만 그 둘은 의신에게 입은 부상 말고는 멀쩡한 모습이었다.

의신이 물었다.

"성덕, 할 말이 있느냐?"

한참이나 그를 마주 보던 성덕이 도리어 질문을 했다.

"언제부터 알고 계시었소?"

"네가 수백 마을 입구에서 나에게 화살을 날렸을 때부터."

"네에? 어찌 그런 말씀을 하지 않으셨습니까!"

주민이 펄쩍 뛰며 물었다.

"그걸로 포기했다면 용서하려 했었느니."

하나 성덕은 오히려 고래고래 고함을 질렀다.

"용서라니! 나를 이 꼴로 만들고 용서라고?"

성덕은 남성을 잃었다. 의신이 되돌려준 화살에 입은 상처를 숨기기 위해 소에 받치는 시늉을 하다 덧나면서 잘못되고 만 것이다. 자업자득이나 받아들일 순 없었다.

"왜! 왜 모든 것을 당신이 가져야 하지? 왜!"

주민은 끝까지 뉘우침 없는 성덕의 입을 걷어차 버렸다. 이제 그는 유언조차 남길 수 없게 되었다.

"밀영, 너는 할 말이 있느냐?"

"여태까지 나는 후레자식인 줄 알고 살았소. 한데 내 아비가 전 대공이라지 않소! 내가 대공의 아비가 될 수 있다는데 그 말에 솔깃하지 않을 수가 있겠소?"

꿈꿨던 미래에 아쉬움은 있을지언정 후회는 없었다. 하나 진실로 그의 것은 꿈에라도 없었다.

"봉인부는 분명 혈족에게 찢기는 것이었지. 하나 너는 전 대공의 자식이 아니야. 네 말마따나 후레자식이지."

"뭐, 뭐요?"

"그 약속 하나만 믿고 네 생다리를 잘라냈겠지만 정말 그 약속을 지킬 거로 생각했느냐? 혜오명은 누구보다 강한 혈통을 바라는 이다. 너는 반역이 끝나자마자 팽 당할 처지였겠지. 대공의 자식은 또 있으니까."

의신의 시선 끝에 사라졌다던 차복이 고개를 숙이고 있었다.

혜오명은 저가 차복을 빼돌린 줄 알았겠지만 그전에 차복은 의신의 앞에서 이마를 찧고 주민에게 업혀갔다. 차복은 저를 찾아내 키워준 대공을 절대 배반할 마음이 없었다. 더구나 사모해 마지않는 이랑의 주인이 주모인 마당에 더더욱.

아마도 차복은 의신이 형제로서 곁에 둘 유일한 사람이 될지도 모른다.

"아악, 그럴 리가 없어! 아니야! 나는 대공의 아비가 될 몸이었어!"

이번엔 인결이 고함을 지르는 그 턱을 부수었다.

결국 반역자 둘은 같은 모습으로 처형장의 마지막 손님이 되었다.

반역의 무리는 항상 그의 곁에 도사리고 있었다. 하나 그 그림자가 크고 짙음에 숨기고 있는 몸통을 드러낼 길이 없었다. 아마 그가 경계했더라면 혜오명이나 성덕은 더 숨죽여 엎드린 채 힘을 키웠을 것이다. 꿈속의 미래처럼.

그러나 그 오랜 세월 턱밑에 칼날을 드리운 채 살 수는 없었다. 소중한 이를 곁에 두었기에 더더욱.

의신은 스스로 반역을 주도하기로 했다. 이린을 드러내고 빈틈을 보이는 순간, 그들은 몸통을 드러냈다. 그것이 오늘이 되었다.

"쳐라!"

피비린내 짙은 혈족 둘의 목이 떨어졌다.

적토 최대의 반란이 마무리되었다.

고요한 대전, 성덕과 밀영의 처형식을 마치고 돌아온 의신은 대좌(大座)에 앉은 채 꼼짝하지 않고 있었다.

"전하, 이만 침소로 돌아가소서. 이린님께서 기다리고 계실 것입니다."

"이 몸에서 아직 형제들의 피 냄새가 난다."

"전하……."

주민의 얼굴에 언뜻 안쓰러움이 스쳤다가 사라졌다. 의신이 앉은 그 자리를 위해 흘린 피가 너무 많았다. 줄줄이 이어진 암습에 이어 반역 사건에 이르기까지 순탄치 않은 운명을 짊어진 대공의 어깨가 너무도 무거워 보였다. 하나 감히 주인에게 이런 마음을 품는 것도 불충이다. 주민은 죽은 이들에 대한 분노로 불충을 덮어버렸다.

"주민."

"네, 전하!"

"꿈에 나는 한 아내만 두겠다는 생각을 꺾었는지 별궁이 부인들의 처소로 빽빽했다. 그래서인지 자식이 여럿 있었다. 아내가 많은 덕에 아이도 많았지. 한데 그 아이들이 내 아이들이었을까?"

"어, 어인 말씀이십니까, 전하!"

"나는 강한 힘을 타고난 만큼 강한 독을 지니고 있었다. 내 정혼녀들, 그녀들이 죽은 이유는 내 아이를 품고 있을 수 없었기 때문이다. 하니 그녀들이 죽은 건 모두 내 탓이었겠지. 해서 예전에 육 선생이 그리 말했었어. 내겐 자식 운이 없다고."

그에게 직접 한 말은 아니었다. 어머니의 기록이었고 육선생의 말인 줄도 몰랐다. 한데 돌아온 육 선생이 그에게 '달라졌다'고 한 그때 알게 되었다.

"……!"

"한데도 미래엔 내 자식들이 그리 많았다. 어찌 된 것이라 보는가?"

"저, 전하?"

"혈족의 여인이 잉태하려면 처녀가 아니면 안 되지. 남의 기를 독으로 여기기 때문이다. 하지만 혈족이 같은 여인을 품으면 가능하다. 그 아이들은 나와 관계했다가 잉태하지 못한 여인들을 내 이복형제가 품어 태어난 것이다."

"……!"

망극함에 주민은 차마 입을 떼지 못했다.

하지만 어떻게?

성덕은 남성을 잃었다. 대공의 직계 손이 아닌 밀영은 의신의 기—독(毒)—를 품은 여인에게 아이를 품게 할 수 없다. 차복은 꿈속의 미래에 없었다고 했다. 하면 그 말고도 또 누가……?

주민의 눈이 더없이 벌어졌다.

"희관!"

하나 남은 이를 소리쳤던 주민은 경악하며 주먹으로 제 입을 막았다. 하나 의신의 쓸쓸한 표정은 이미 대답을 들려주고도 남았다.

그러나 의신은 고개를 저었다.

"아니다. 꿈은 꿈일 뿐이다. 일어나지 않은 일로 그를 책망할 일은 없다. 그는 이미 벌을 받고 있지 않으냐."

일어나지 않은 일, 그리고 앞으로 일어날 수도 없으니 정말 깨끗이 털어버리면 된다. 그러나 희관이 이린에게 저지른 일만큼은 용서할 수 없었다.

희관은 앞으로 영영 적영으로 돌아올 수 없다. 아마 평생 못 볼 수도 있으리라. 갑자기 그가 그리워졌다.

"누구냐!"

"멈춰라!"

"으악, 늑대다!"

소란의 주범은 마지막에 들린 한 단어만으로 알 일이었다.

"이랑이 온 모양이구나!"

"나가보겠습니다."

주민이 곧 한 여인을 데리고 들어왔다. 여희가 상기된 볼을 한 채 달려오더니 다짜고짜 절을 하며 외쳤다.

"전하, 경하드립니다. 경하드립니다!"

미소 띤 여희는 다시 숨차게 소리쳤다.

"이린님께서 회임하셨습니다. 경하드립니다, 전하!"

12. 축복

'용화'는 가장 기쁜 순간, 가장 행복한 형태로 부모에게 찾아왔다.

"경하드립니다, 전하!"

"경하드립니다!"

"경하드립니다, 이린님!"

"이린님, 경하드립니다!"

'경하드리오! 경하드리오! 오, 드디어! 고맙다, 고맙다, 이린아!'

의신이나 백화 부인, 주민까지도 모두 벌써 뱃속의 아이를 용화라 단정 짓고 있었다. 어찌 됐든 아이의 이름은 용화가 될 듯싶었다.

이린은 용화라는 이름을 어찌 지은 것인지 다시 묻는 의신 때문에 잠시 고민하기도 했지만 이랑의 난입으로 생각해 볼 여지도 사라졌다. 작은 주인의 탄생을 기대하며 방방 뛰는 녀석은 누구

못지않게 기쁨을 표했다.

이린과 의신에게 직접 축하하는 이는 주민과 백화 부인뿐이었지만 소문은 삽시간에 내성을 돌아 적영에까지 퍼졌다.

대공의 첫 자식이다. 반역을 처단하면서 찾아온 자손이기에 더욱 경사스럽고 보배 같은 소식이었다. 비록 정식 부인에게서 얻는 소생은 아니지만 대공의 유일한 자손의 잉태 소식에 백성들도 기뻐했다.

그러나 모두가 그 소식을 기뻐하는 건 아니었다.

짱그랑!

와르르르.

난장판이 된 방 안 한구석에서 하녀가 여섯 번째 날아오는 접시에 머리를 감쌌다.

짱그랑!

하녀를 비껴간 접시가 깨지면서 곧 비명이 울렸다.

"아악, 아아악!"

긴 비명 뒤에 이어지는 씩씩거리던 숨소리가 가라앉는 듯하자 하녀는 조심스레 눈을 떴다. 하지만 여전히 일그러진 얼굴로 발을 쿵쿵 구르던 주인이 이번엔 탁자를 밀어 엎어버렸다.

"아악!"

"아, 아가씨……."

하녀가 주인을 살피며 가까이 다가갔다. 아무리 무서워도 살피지 않을 수 없는 것이, 주인의 몸에서 피를 봤기 때문이었다.

"괘, 괜찮으셔요? 아가씨 손에서 피가 흐릅니다!"

"꺼져! 나가라고 했잖아! 나가, 나가!"

하녀는 던질 게 없자 제 몸에 꽂은 머리장식을 뽑아 던지는 주인을 피해 방을 나와 문간을 지켰다.

난동을 부리는 여인은 놀라울 것도 없이 유경이었다. 그리고 요란한 정도만 달랐지, 나머지 두 여인의 반응도 크게 다를 건 없었다. 각각 깨진 접시의 수가 하나와 두 개 정도였다는 것만 보면 두 여인은 어쩜 차분하게 보이기도 했다.

하나 그것이 다라면 그녀들의 욕망을 너무 섣불리 본 것이었다.

으드득!

아마 서로는 모르겠지만 동시라도 해도 좋을 만치 세 여인의 입술 사이로 이 가는 소리가 흘러나왔다. 그리고 같은 방향으로, 거의 비슷한 말을 읊조렸다.

"가만두지 않겠어!"

"이대로 두고 볼 줄 아느냐!"

"너는…… 끝이야!"

일그러진 꽃은 아름답지 못했다.

"전하, 감축드립니다."

"감축드립니다, 전하."

대전에 든 관료들이 제각각 대공에게 인사를 올렸다. 대전에 들 자격이 있는 이들이 이전의 반도 채 남지 않아 휑한 모습이었지만 울리는 목소리는 이전만 못할 것 없었다.

혜오명의 눈에 들지 않아서, 혹은 눈치가 없어서, 또는 반역이라는 자체에 거부감이 들어서 선을 넘지 않은 덕분에 이 자리를 지킬 수 있었던 이들이다.

위기는 기회다. 이렇게 많은 빈자리를 자신들이 채울 수 있기에 기대가 충만했다.

하나 백추성 총관이 버티고 선 자리만큼은 탐을 낼 수가 없었다. 이번 반역에서 그가 세운 공을 모두 목격했기 때문이다. 물론 가장 큰 공을 세운 이들은 모두 천무단원들과 그 휘하 봉비단이었고 또 대공이 은밀히 초빙한 지방 자사와 도독들이 있었지만 그들은 군부 세력이었다. 군은 본래 대공의 영역이었고 이 일로 대공의 힘이 얼마나 대단한지 새삼 깨달았기에 군부에 눈을 돌리는 이는 없었다. 다만 이전에 세 총관과 여섯 장로, 상서들이 쥐고 있던 내정만은 얼마든지 나눠 먹을 수 있게 된 것이다.

하나 그런 그들에게 청천벽력이 쏟아졌다.

“모두 반역의 여파로 조사를 받으면서도 제 일에, 다른 이들의 일까지 함께하느라 고생했다. 치하하노라! 그러나 이번 일로 제도 개편과 세제 개편이 부득이하게 되었다. 더구나 이제 추수철이 다가옴에 새로운 책임자가 더 필요하게 된 것을 모두 알 것이다. 해서, 나는 폐하께 청해 중정대와 주자감의 인재들을 한시적으로 빌리기로 하였다. 열흘 안에 도착하기로 하였으니 대접에 소홀함이 없도록 하라! 그러나 임시방편은 어디까지나 임시방편, 대대적인 인재 발굴을 위해 내년에 과거를 열기로 하였으니, 모두 그리 알라!”

“저, 전하!”

“폐하께서 벌써 허락하시고 사람을 보내신단 말씀이십니까?”

"대체 언제?"

"과거라니요?"

"적토에서 과거라니요?"

"과거를 직접 주관하신다는 말씀이십니까, 전하!"

"내년이면 언제를 말씀하시는 것입니까?"

대공은 그중 쓸모 있는 질문에만 답해 주었다.

"과거는 내가 직접 주관하며, 나의 아들 혹은 딸이 태어날 때, 내년 초여름 경에 치러질 것이다. 준비된 인재는 시일이 촉박하다 여기지 않을지니, 널리 알리라!"

"네, 전하!"

"알겠사옵니다, 전하!"

태내관과 이번에 장군으로 격상된 장인결 두 사람이 냉큼 대답하며 허리를 숙였다. 혼이 반쯤 나간 관료들은 가타부타 입을 열지도 못한 채 덩달아 고개를 숙였다.

다른 것도 아닌 반역으로 비워진 자리이다. 그 자리를 아예 새 사람으로 심겠다는 대공의 의지가 명확함에 아무도 반대란 생각할 수 없었다. 심지어 이번 반역에서 공을 세웠다는 백추성도 마찬가지였다.

그러나 그런 백추성에게도 패는 하나 남아 있었다.

"전하, 외람되오나 전하께서 반년 전 약조하신 때가 도래하였사옵니다. 다행스럽게도 세 영애의 아비 모두 반역과는 무관하다는 것이 밝혀졌으니 이제 정혼녀를 정하심이 옳으신 줄로 아옵니다."

"말씀 잘하였소, 백 총관. 나도 오늘 그 이야기를 하려 하오.

이번에 벌어진 참담한 일은 나의 안해와 후계가 굳건하지 않아 탐심을 지닌 자들이 벌인 일이 아니겠소!"

희미한 미소를 보이기까지 한 대공의 모습에 백추성은 불길한 예감으로 몸을 떨었다.

"설마 전하……."

'서 가 여인을 정혼녀로 삼으시려는 것은 아니겠지요?'

차마 입 밖에 낼 수 없어 하지 못한 말이건만 의신이 알아서 답해주었다.

"서 가 여인은 내 정혼녀가 되지 않을 것이오."

그럼 그렇지! 당연하다. 그러면 세 영애 중 뉘를……?

"정혼녀가 아닌 대공비가 될 것이오. 하니 다음 달 초에 가례를 올리도록 준비하시오."

"전하……!"

청천벽력은 한꺼번에 몰아서 오는 것이었다.

모를 땐 평소와 다를 바 없던 몸이건만 회임 사실을 확인한 순간부터 잠이 쏟아졌다. 백화 부인과 함께 새로 지을 옷감을 보고 있던 것 같은데 어느 순간 침실에 누워 있었다. 생각해 보니 잠결에 누군가 옮겨준 것 같기도 했다.

전하가 다녀가셨던 걸까? 속삭이는 목소리를 들었던 것도 같은데…….

— 얘야, 일어나 보거라.

자애로운 음성에 절로 눈이 떠졌다. 덩달아 가뿐해진 몸을 일으키자 곁에 고운 부인이 목소리만큼이나 자애로운 표정으로 그녀를 보고 있었다. 낯선 이가 내실 가장 깊은 곳에 있는데도 위화감을 느낄 수 없었다. 이상하게도 친근감이 드는 그녀에게 이린은 저도 모르게 일어나 공손히 인사했다.

"어서 오소서. 저는 서 가 이린이라고 하옵니다. 처음 뵙겠습니다."

– 처음은 아니지 않으냐?

"……?"

– 살아남아 줘서, 그리고 내 부탁을 들어줘서 고맙구나. 내, 그 인사를 하러 왔단다.

부탁?

이제야 생각났다. 그 마지막 말의 앞에 있었던 말이.

'나의 아들을 부탁하노라.'

"아……!"

– 너와 내 아들이 만나는 건 하늘이 정한 이치였다. 하나 본래 이 세상에 태어나야 할 인연을 다른 세상에 보내 버린 것도 그녀

였다. 연이 없는 곳에 튕겼으니 그곳에서 너의 삶도 오죽 힘들었을꼬. 한데 그것도 모자라 너희의 만남조차 처음부터 비틀어진 인연으로 만들어 노심초사하였단다. 하나 그걸 모두 이겨내고 기어이 내 아들을 끔찍한 굴레에서 해방시켜 주어서 정말 고맙구나.

“어…… 머님!”

— 고맙다, 나를 그리 불러주다니 이제 여한이 없구나!

“어머님!

— 이제 내게 허락된 시간은 모두 끝났다. 마지막으로 네게 하늘의 축복을 전하고 갈 수 있게 되어 기쁘구나!

어느새 다가온 부인이 이린의 배를 살며시 쓰다듬었다. 그 따뜻한 온기에 이린은 아직 형체도 잡히지 않은 아이의 심장이 함께 공명하는 느낌이 들었다.

— 적토의 땅이 붉은 이유는 두 마리의 용이 함께 승천하려다 한 마리가 밀려나 떨어지면서 흘린 피로 물들어서라고 한다. 적토에서 곡식과 사람이 많이 상하는 이유가 그 때문이다. 하지만 용의 피에서 꽃이 피는 날, 이 땅의 악기(惡氣)가 사라진다고 한다. 이 아이가 바로 용의 꽃이 될 것이니라.

"아…… 감사합니다, 어머님!"

— 오래도록, 아주 오래도록 잘 살아라!

여인은, 아니 의신의 어머니는 왔던 것처럼 느낄 수 없이 가버렸다. 가슴에 남은 축복에 이린은 벅찬 감동으로 눈물을 흘렸다. 그 눈물이 미처 다 떨어지기도 전 그녀의 어깨를 흔드는 손길이 있었다.

"이린, 어찌 된 일이오? 일어나 보시오!"

의신이 그녀의 어깨를 살며시 흔들며 깨우고 있었다.

눈을 뜬 이린은 그의 품에 고개를 파묻고 꿈을 음미했다.

"이린?"

"꿈을 꾸었습니다. 아주, 아주 행복한 꿈이었습니다."

"……."

"그리고 전하께서 궁금해하시는 걸 알게 되었습니다."

"무엇을 말이오?"

의신이 재차 물었지만 이린은 그의 목덜미에 고개를 더 파묻은 채 웃음을 깨물었다. 이 떨리는 감동을 아직은 조금만 더 갖고 있고 싶었다. 그가 깨운 이 달콤한 잠을 조금만 더 자고.

어느새 미소 지으며 다시 잠들어 버린 이린의 모습에 의신은 허탈한 웃음을 터뜨렸다. 행복한 웃음이었다.

원래는 두 사람의 연이 닿지 않을 수도 있었다는 것을, 그 연을 만들기 위해 요녕 공주가 목숨을 바쳐 이린을 이 세계에 불러

왔음은 묻혀 버린 진실이었다. 그것은 육자문이 죽음과 함께 덮을 일, 알든 모르든 의신과 이린이 앞으로 행복하게 사는 것이야말로 진정한 보답이었다.

조금 더 자고 일어난 이린은 의신에게 그토록 궁금해하던 용화의 이름에 대한 사연을 들려주었다. 적토의 대공들에게 내려온 몹쓸 저주보다 훨씬 오래된, 더 엄청난 이야기였다.

"하하하, 하하하하하!"

그날 밤, 대공의 침전에선 커다란 웃음소리가 한참이나 끊이지 않았다.

대공의 혼례 소식과 함께 그의 웃음소리도 바람을 타고 사람들 사이로 번져갔다.

적토의 안주인 자리는 오래도록 비워진 상태였다. 대공이 정혼녀도 아닌 대공비를 들임은 마땅히 경축할 일임에도 반기는 이는 없었다. 아니, 기함할 소식이었다. 내성에 둥지를 틀고 오매불망 기다리던 영애들에게는 특히 경천동지할 소식이었다.

"말도 안 됩니다! 이는 말도 안 돼요!"

화연은 맨 먼저 백추성을 찾아 달려가 매달렸다.

이린이 회임했다는 소식까지는 그러려니 했다. 대공비란 어차피 다른 여인을 허용할 수밖에 없는 자리니까. 하나 자신이 대공비일 때 이야기지, 일개 하녀였던 여자가 저의 상전이 됨은 절대 용납할 수 없었다.

"네가 안 된다고 해서 어쩌겠느냐? 전하께 아무도 반대의 말씀을 올리지 못했다."

"세상에!"

"그도 그럴 테지. 지금은 반역의 여파에 모두 숨을 죽이고 있을 때다."

"하지만 외숙부님께서는 큰 공을 세우셨지 않습니까!"

"너는 그것이 공이라고 생각하느냐?"

"무슨 말씀이신지 모르겠습니다."

"전하께서는 우리 모두를 흩어버리셔도 상관없으실 무력을 지니신 분이다. 우리, 문관들을 다 없앤다 해도 전하께는 그리 큰 문제가 아니었다."

'아니, 모두 지워 버리지 않으신 것을 감사해야지.'

대공이 혼례와 함께 과거를 천명하던 순간 백추성은 깨달았다. 대공은 정말 자신들을 모두 지워 버릴 수도 있다는 걸. 그리고 앞으로 자신의 자리는 없음을.

어차피 진실을 보는 눈이라는 것도 대공의 힘에 매인 알량한 것이었다. 버티려면 버티겠지만 혜오명의 꼴이 마지막이리라. 백추성은 물러날 때를 깨달았다.

"한 가지만 일러두마. 전하께서 정혼녀를 정하길 미루신 그때부터 어떤 가문과도 연을 맺을 생각이 없으셨다. 하니 너도 그만 집으로 돌아가거라."

하나 아직 어리고 자신에 차 있는 화연이 그런 깨달음을 어찌 이해할까?

"저는 그럴 수 없습니다! 절대로 이렇게 순순히 물러나진 않을 것입니다!"

"아무리 네 아비와 가문이 무사하다고는 하나 반역의 날, 수괴의 집에 함께 있었다는 사실만큼은 부인할 수 없다. 어찌 전하의 곁에 있을 수 있다 해도 그 일이 두고두고 발목을 죄게 될 것이니 이만 포기하는 것이 좋으리라."

"외숙부님!"

"물러나거라."

믿었던 외숙부에게서 축객령을 받은 화연은 아버지 기소을을 만나 떼를 썼다. 그러나 아버지에게서도 외숙부와 약속한 듯 똑같은 말만 듣고 물러나야 했다. 아니, 아버지는 이참에 아예 함께 집에 가자는 말까지 하는 바람에 화연은 달아나듯 내성의 처소로 돌아왔다.

"이대로는 안 가! 못 가! 겨우 하녀 따위가 대공비라고? 두고 봐, 두고 봐!"

"기화연, 고고한 척하더니 그렇게 무너지는구나."

보명은 화연의 동태를 알아온 하녀에게 남의 일인 양 읊조렸다.

유경은 지난번 난동에 이어 방을 아예 난장판으로 만들고 실신했다고 들었다. 화연이 유경보다 썩 나은 건 없었다.

"경솔한 홍유경이 먼저 움직일까, 겉으로만 차분한 기화연이 먼저 움직일까?

"아, 아가씨! 그냥 시녀가 아니지 않습니까? 만일 그 여인에게 변이 생기면 큰 사달이 날 것입니다!"

"사달? 흥, 넌 과거(科擧)를 본다는 것이 무슨 뜻인지 모르겠지?"

"네?"

"아니다, 네게 무슨 말을 하리."

보명은 자신 있었다. 징징거리는 둘과는 달리 저는 보는 눈이 있다고 자부했다. 이는 반역의 여파에 길들이기를 세게 하는 것이었다. 대공이 정말 그런 천한 출신의 여인을 바랄 리가 없었다. 어차피 대공비는 아들을 낳아야 될 수 있는 것.

"아이가 꼭 무사히 태어나리란 법은 없지……."

혼잣말처럼 중얼거리는 말을 들은 하녀가 하얗게 질리자 보명은 천진하게 웃어 보였다.

"이전의 두 정혼녀의 아이도 태어나지 못했어. 지금이라고 다를 게 뭐가 있어?"

"하, 하오면……."

"조용히 기다리거라. 지켜보는 재미가 쏠쏠하리라! 하하하하!"

호탕하게 웃던 보명이 갑자기 웃음을 뚝 멈췄다. 그 차가운 눈초리에 질린 하녀는 엎드린 채 고개를 숙였다.

덕분에 보명은 하얗게 틀어쥔 주먹이 떨리고 있음을 보이지 않을 수 있었다.

"꺄아아아악!"

긴 비명이 울리자마자 병사들이 몰려들었다.

움푹 파인 마당에는 세 여인이 나뒹굴고 있었다. 각각 찢어진 옷자락 사이로 피가 흐르는 것도 모자라 한 여인은 팔과 다리가 꺾일 수 없는 방향으로 꺾여 있었다.

그런 참담한 지경에 이른 그녀들에게 더욱 가혹한 명령이 떨어졌다.

"저 계집들을 모두 포박하라!"

"네, 전하!"

"아악!"

"으아악!"

병사들이 쓰러진 유경과 보명, 화연을 묶어 일으켰다. 그중 뼈가 부러진 고통에 기절했던 보명의 신음이 유독 크게 울렸지만 병사들의 손길에 자비는 없었다.

"저 무도한 계집이 정신을 차리면 저 흉물이 더 있는지, 출처가 어디인지 밝혀라!"

"네, 전하!"

이제야 막 피비린내가 걷히고 바야흐로 경사를 기다리는 중이었다. 그런 중에 벌어진 정혼녀 후보였던 영애들의 감금에 적영은 다시 술렁였다.

상황은 잠시 거슬러 올라가면 된다.

세 여인 모두 이린을 향해 이를 아득바득 갈았지만 감히 이린의 처소에 쳐들어갈 재주는 없었다. 전에는 유경이 내관의 도움으로 대공의 침소에까지 가본 적도 있지만 지금은 그때와 달랐다. 도무지 틈이 없었다.

그런데다 설상가상, 세 여인은 동시에 백화 부인에게서 같은 내용의 서신을 받았다.

[모월 모일 가례일이 정해진 바, 영애가 머무는 처소가 가례를 위한 준비 장소로 낙점되었소. 영애의 가문에서 보낸 가마가 닷새 후

올 것이오. 떠나는 길, 시녀들을 보내 정리해 드리리다.]

생각보다 이른, 노골적인 축객령이었다.

비록 혼례를 올린다 해도 기다리기만 하면 기회를 만들 수 있었다. 한데 이제 내성을 나가면 언제 기회가 올지 모른다. 후에 대공이 다시 부인을 얻는다 해도 그것이 자신들일 것이라 장담할 수 없었다. 기회는 지금이 마지막이었다.

떠나기 전 마지막 축하 인사를 하고 가겠다는 그녀들의 접견이 허락되었다.

"어서 오세요, 여러분."

뜰이 보이는 너른 응접실, 화려한 탁자를 두고 편안하게 앉은 이린이 세 여인을 맞았다. 아직 회임한 태가 나지 않을 때인데 그 자애로운 웃음 때문에라도 회임하여 행복한 여인네의 분위기가 그대로 풍기고 있었다.

이린은 풍성한 포 위에 금박 구름 장식이 덧대어진 반비를 입고 다시 그 위에 하얀 비단 운견을 걸치고 있었는데 그 모습은 단아하면서도 우아해 보였다. 그리고 고운 옷과 미소가 어우러진 그 모습이 고급스럽고 아름다워서 그녀들이 덕지덕지 장식한 보석들이 천박해 보일 지경이었다.

유경만이 저의 차림새가 더 화려한 것에 우쭐해서 어깨를 으쓱였지만 화연과 보명은 이마를 찌푸렸다.

"감축드립니다."

"감축드립니다, 부인."

"고맙습니다."

화연이 먼저 인사말을 건네자 유경이 떨떠름하게 따라 인사했다. 그러나 보명은 인사 대신 이린을 지키듯이 선 여희에게 시중을 부탁했다.

"시녀님, 저는 좀 더 뜨거운 차를 마시고 싶어서 그러니 뜨거운 물을 부탁해요."

우물쭈물하는 여희에게 이린은 고개를 끄덕였다. 여희가 나가자마자 유경은 단박에 본색을 드러냈다.

"흥, 비단을 걸친다고 지렁이가 용이 되던가요? 천한 출신에 감히 대공비 자리를 넘보다니 간덩이가 부었지!"

그녀들이 알기로 대공은 도성에서 온 인재들과 새로 편제를 논하기 위해 긴 회의 중이었다. 백화 부인도 추수제에 초대되어 내성에 없었다. 방해꾼이 될 가능성이 가장 컸던 커다란 짐승도 백화 부인을 따라갔다고 하니 그녀들을 맞는 이린은 그야말로 홀로였다.

이는 하늘이 주신 기회다!

그렇게 생각했다. 그렇게 생각할 수밖에 없었다.

"과연 정말 대공비가 될지, 된다 해도 얼마나 버틸지가 문제긴 하지요."

비웃음을 한껏 머금은 화연이 교소를 터뜨렸다.

이린의 얼굴에서도 미소가 사라질 수밖에 없었다.

"영애들, 축하하러 온 것은 아니로군요."

"축하라니, 누가 좋다고 축하!"

유경이 이죽거렸다.

"나 혼자라면 그냥 듣고 말겠지만 내 아기에게는 험하고 더러운 이야기를 들려주긴 싫답니다. 하니 물러가세요!"

"뭐, 뭐라! 더러워? 네가, 네가 정녕 귀한 몸이라도 된 줄 알고 그런 건방진 언사를 하는 게냐!"

의자를 걷어차고 일어난 유경이 고함을 질러댔다.

"감히 이 무슨 무례한 언사십니까! 저도 가만있지 않겠습니다!"

급히 돌아온 여희가 그 장면을 보고 달려들었다.

"어디 천한 것이 함부로 나서는 게야!"

짝 소리와 함께 유경에게 호되게 얻어맞은 여희가 탁자 아래로 넘어지고 말았다.

"그만, 그만하라! 내, 더는 용서치 않으리니!"

이린의 얼굴에도 찬 서리가 내려앉았다. 그 위엄에 흠칫했던 유경은 저가 밀렸다는 사실에 더욱 분노하여 이린을 내려칠 듯 다가섰다. 그런 유경의 발걸음을 막아선 건 화연이 한 말이었다.

"깔깔깔! 네깟 게 용서라는 말을 입에 담아? 네가 정녕 대공비가 될 거라 여긴 것이냐? 감히 반역자의 아내였던 네가?"

이린이 놀라 경직되었다. 그러자 화연이 다시 고소를 지으며 의기양양하게 소리쳤다.

"네년의 비루하고 천한 출신은 백화 부인의 은총에 어찌 가린다 해도 역도의 아내였음은 어떤 식으로든 덮을 수 없으리라! 네년이 발흥족과 내통한 부조(簿曹) 하태교의 아내였던 것을 누구도 모를 줄 알았더냐?"

"정말이에요?"

"그렇다니까요, 그러니 저렇게 아무 말도 못 하고 있는 것 아니겠어요?"

"하! 하하하! 정말! 너는 정말 끝이구나!"

유경과 화연, 두 여인이 주고받는 말을 들으며 보명은 태연히 여희가 가져온 주전자의 물을 부어 정말 차를 데워 마셨다. 덕분에 그녀는 방조자처럼 보였다.

그때였다, 태내관의 목소리가 들린 것은.

"이 무도한 것들! 감히 뉘 안전이라고 함부로 입을 놀리는 것이냐!"

이곳은 내실이었다. 여인 말고는 발을 디디지 못하는 곳에 들리는 목소리에 기겁했던 화연은 그가 대공이 아님에 금세 안색을 되찾을 수 있었다.

"하오나 사실입니다! 저 여인은 분명 하태교라는 역도의 아내였습니다! 소녀가 조사한 바로, 하태교라는 자는 발흉족을 끌어들여 약탈한 역도였습니다!"

"역도의 아내라니?"

"맞습니다! 어찌 역도의 아내가 대공비가 될 수 있단 말입니까! 이는 신료들은 물론, 백성들도 결코 받아들이지 않을 것입니다! 황제 폐하께서도 용납하시지 않을 것입니다!"

"과연. 감히 대공비께 그 험한 주둥이를 놀린 것이 그걸 믿고 그런 것이로구나! 그래, 하태교는 역도가 맞다! 하나 이린님은 역도의 아내가 아니다. 하태교와는 이혼했으니까!"

"네? 그, 그럴 리가! 귀, 귀족 여인네가 이, 이혼이라니요!"

"너! 이린님의 출신을 알면서도 천하니 뭐니 함부로 떠들었구나! 그 무도함을 내 절대 용서치 않으리니! 네년들은 물론, 네년들의 아비가 무릎을 꿇고 빈다 해도 절대 그냥 넘어가지 않을 것이다!"

"태, 태내관님!"

"꺄악!"

"뜨, 뜨거워!"

주민의 출현에 놀란 보명이 차를 쏟고 말았다. 뜨거운 것이 튀자 피하려던 유경이 넘어지면서 그 옆에 있던 이린을 잡고 함께 넘어뜨리려 했다.

"앗!"

주민이 얼른 이린을 붙잡아 일으켰다.

한데 유경이 넘어지면서 무언가를 몰래 이린의 포 아랫자락에 붙이는 건 아무도 보지 못한 것 같았다. 다음 순간, 이린의 주위로만 그림자가 지는 듯했다.

바로 그때였다.

보명이 사납게 내팽개쳐지며 나동그라졌다. 격하게 내던져진 보명은 문을 넘어 뜰까지 날아갔다. 그러나 보명이 내던져진 것보다 더 놀라운 것이 있었다.

보명을 내던진 이가 바로 의신이었던 것이다!

겉보기처럼 이린은 세 영애를 홀로 맞진 않았다. 망극하게도 의신은 그녀들이 망발을 지껄이던 탁자 아래에서 내내 같이 있었으니.

의신은 이린을 위협하는 어떤 위협도 용납할 생각이 없었다.

꿈에서 보여준 미래에 아직 끝나지 않은 일이 하나 있었다. 이린을 멀리 보냈던 위험천만한 주술 진, 그것을 쓴 이는 분명 세 여인 중 하나였다. 주술 진은 언제든 다시 돌아와 쓸 수도 있는 일, 누군지 모르고 내보낸다는 것은 화근을 남기는 것이었다.

백화 부인의 축객령, 접견 허락, 홀로 보이는 이린. 그녀들은 여지없이 걸려들었다.

보명은 제 손을 쓰지 않고 일을 벌일 만큼 교활했지만 미숙했다. 축객령에 마음이 급해진 것도, 기회를 다시 잡기 어렵다는 것도, 그리고 거짓말같이 완벽하게 이린이 홀로 자신들을 맞는 자리가 어색하다는 것도 느끼지 못했다. 또 이린만 사라진다면 저가 대신할 수 있을 것이란 근거 없는 자신감이 일을 벌일 원동력이 되어주었다.

그렇지만 설사 보명이 주술을 성공적으로 읊었다 해도 이린에게 붙인 이동 주술은 발동하지 못했을 것이다.

이전보다 더 강해진 의신의 힘 중 하나가 바로 주술을 파훼하는 것이었다. 그가 탁자 아래에서 몸을 숨긴 연유는 이린의 바로 곁에 있기 위해서였다. 불확실하게 믿었던 인장보다, 그가 곁에 있었기에 이린은 무조건 무사했을 것이다.

그럼에도 실제로 그 몹쓸 것이 이린의 몸에 붙는 걸 본 의신은 이성이 날아갈 정도로 화가 났다. 주술을 읊던 보명이 그나마 살아 있는 건 이린의 앞이었기 때문이다.

하나 그는 세 여인에게 추호의 자비도 베풀 생각이 없었다.

아직 가례 전이지만, 유경과 화연, 보명은 대공비를 암살하려고 한 죄로 감금되었다.

"저는 아닙니다! 저는 억울합니다!"

그녀들은 한 목소리로 외쳤다.

보명도 깨어나자마자 똑같이 외쳤지만 현장을 직접 목격한 이가 의신임에야 소용없었다.

고이 자란 영애들이 육체가 상하는 고통을 겪을 일이 있었겠는가? 그런 이들이 뼈가 부러지고 매섭게 내동댕이쳐져 다친 것도 모자라 고문까지 당하자 견딜 재간이 없었다. 그녀들은 곧 자신들이 한 짓을 토설했다.

하지만 실제로 이린을 직접 해칠 궁리를 한 것은 보명, 한 사람이었다. 화연은 대공비를 모욕하고 모함한 죄를 자백하고 울었다. 유경은 치명적인 이동 주술 진을 직접 이린의 옷자락에 붙였지만 자신이 한 짓을 기억하지도 못했다.

고문하는 과정에서 사람을 조종하는 보명의 능력이 밝혀졌다. 결국 예전에 온혜를 시켜 비단에 칼을 숨겨 이린을 다치게 한 것도 보명임이 밝혀졌다.

화연과 유경에겐 유배가, 보명에겐 사약이 선고되었다.

그녀들의 아비 장경 도독과 임록 부사는 각각 직위가 내려가 부사와 자사가 되었고 보명의 아비는 파면되었다. 딸자식을 잘못 둔 죄로 직위가 격하된 데다 재산의 반이 몰수되기까지 했다.

특히 이동 주술 진은 나라에서 금한 것이다. 이를 어기고 유통한 죄를 물어 보명의 가문이 대대적인 조사 대상이 되었다. 그런데 그녀의 집안에서 그것을 은밀히 연구하고 만들고 있었던 것이 밝혀지며 보명의 가문은 대역죄에 준한 죄목으로 풍비박산되고 말았다.

그러나 최종으로 영애들에게 형벌이 내려지기 전, 이린이 의신에게 간청했다.

"전하, 가례를 앞두고 피를 보고 싶지 않습니다."

"아무리 그대의 말이라 해도 난 절대 용서하지 않을 것이오!"

"전하, 저는 욕심이 많은 여자입니다. 절대 전하를 빼앗기거나 전하를 욕심내는 이를 봐줄 생각이 없습니다. 저도 용서해 주고 싶어서 그런 것이 아닙니다. 하나 이 아이에게는 붉은 티가 없는 깨끗한 요를 깔아주고 싶습니다. 용화의 의미를 아시지 않았습니까? 벌을 주지 말자는 것이 아닙니다. 그저 목숨만은 거두지 않았으면 합니다."

"……."

용화, 용의 피가 흐른 자리에서 난 꽃. 적토에 더는 피 흘리지 않고 풍족한 미래를 약속하는 생명의 이름이었다.

"하면 그대는 어쩌고 싶소?"

"네? 저 말입니까?"

"그렇소. 그대가 용화의 이름까지 들고 나서니 어쩌겠소? 그러니 새로 내리는 벌은 그대가 정하시오."

종일 매달릴 각오를 하고 왔던 이린은 생각보다 쉽게 응하는 의신 때문에 놀라고 말았다. 하지만 이린은 잠시 고민해 보고는 곧 대답했다.

"저는 내 남자를 탐하는 그녀들을 가까이 둘 생각은 추호도 없습니다. 모두 멀리 보내소서!"

보명이 목숨을 구함 받은 것 말고는 유경과 화연에게 내려진 벌은 달라질 게 없었다.

제법 새침해 보이는 이린의 대답을 듣는 의신의 입가가 당겨 올라갔다.

"……그리하리다."

물론 그는 처음부터 이렇게 될 줄 알았다.

세 영애가 벌인 일 때문에 아직 핏자국이 가시지 않은 처형장을 또 적실까 우려하는 목소리가 높았다. 당연히 그에 따른 구명의 목소리도 들려야 했지만 관료나 세족들은 괜히 잘못 말했다가 자신들도 끌려 들어갈까 몸을 움츠리고 있었다. 그의 마음을 돌릴 수 있는 이는 단 두 사람, 백화 부인과 이린뿐이었다.

그러나 백화 부인은 대공의 마음을 돌릴 수 있는 사람은 대공비뿐이며, 더구나 자비를 보일 수 있는 이도 직접 당한 당사자뿐이라며 물러나고 말았다. 하지만 아직 이린과의 접견은 막혀 있으니 사람들은 백화 부인에게 이린에게 애원해 달라 통사정했다.

백화 부인이 그들의 사정에 못 이긴 척 이린에게 말을 전하겠다고 한 다음 날, 의신은 세 영애에게 내려진 벌을 조금 낮춰 다시 명했다.

"홍씨 가문의 딸 유경은 적토의 북단 구평에, 기씨 가문의 딸 화연은 동북 해운산에 각각 3년간 유배형에 처한다. 가문의 지원을 받을 수 없으며 해마다 직접 짠 면포 세 필을 적영으로 보내야 한다. 보명은 재나라 왕실의 시녀로 가게 되며 20년간 돌아올 수 없다. 또한 세 여인 모두 적영에 평생 발을 들이지 못한다!"

처음 유배형 5년에 면포 다섯 필씩, 그리고 사약이 내려졌던 것에 비하면 확실히 관대해진 처사였다. 그러나 여전히 모진 고난이 약속된 벌이기도 했다.

지원도 없이 험한 노동을 감당하며 살아야 하는 두 영애도 암담했지만 보명은 차라리 사약을 받겠다 설쳤다. 물론 정말 죽을 용기 따윈 없었지만.

야만족의 나라라 멸시하던 재나라에서의 처지는 포로보다도 못할 게 뻔했다. 제 입맛대로 사람을 조종하는 능력부터 봉인된 보명이 유배형을 마치고 다시 적토의 땅을 밟을 수 있을지는 장담할 수 없으리라.

하지만 아무도 입도 벙긋하지 못한 일을 해결한 이린은 대공비가 되기도 전에 확실한 영향력을 과시했다. 이린이 진정한 대공비 자리를 차지하게 되었음을 사람들이 깨닫기 시작한 사건이었다.

대공의 가례는 이전의 대공들에 비하면 매우 소박하게 치러졌다. 반역의 여파와 아이를 가진 이린의 몸을 생각해서 작게 치른 것이다.

다만 백성들에게는 성대하게 베풀었다. 마을마다 음식과 곡식을 내리고 새로운 작물의 종자, 소와 말을 하사했으니 그 어느 때보다 엄청난 하례품이었다. 대공의 직영지와 수백 마을에서의 작황이 유례없이 좋았기에 가능한 일이었다.

소박하게 치러지는 가례를 두고 뾰족한 입들은 이린의 뒤를 받칠 가문의 세가 적어서라고 수군댔지만 백성들에게 베풀어지는 엄청난 물량에 입이 쑥 들어갈 수밖에 없었다. 그러고도 떠드는 이들은 백화 부인이 직접 나서서 정리했다.

그보다 놀라운 건 따로 있었다.

의신은 이린이 낳는 아이가 딸이든 아들이든 무조건 차기 대공이 될 것이라 천명했다. 다시는 적토의 대공의 위를 두고 이복형제가 피의 다툼을 하는 일을 허락하지 않을 것이라고.

이린의 출신을 업신여기고 여식들을 부인으로 들일 준비를 하던 가문들에게는 날벼락이나 다름없었다. 하지만 이번에도 대공에게 입을 벙긋할 용기를 지닌 자들은 없었다. 다만 대공의 마음이 바뀌기만을 기다릴 수밖에. 사내란, 특히 대공과 같은 절대자가 한 여인만을 부인으로 둘 리는 없을 테니 그것이 희망이었다.

그것이 이루어질 수 없는 꿈이라는 건 나중에, 아주 나중에야 알게 될 일.

소박하면서도 아름다운 대공의 가례가 끝났다.

화창한 오후, 문득 잠에서 깬 이린이 눈을 떴다. 그녀가 깨어날 걸 아는 것처럼 지켜보던 이랑과 눈이 마주치면서 이린은 손을 내밀어 녀석의 머리를 쓰다듬어 주었다. 덩치가 그녀의 몇 배는 커졌어도 이린에게 이랑은 여전히 빨래터에서 만난 작은 강아지였다.

이랑을 쓰다듬는 그녀의 입가에 행복한 미소가 맺혀 있었다. 정신없이 바쁜 와중에도 짬을 내어 그녀를 만나러 왔던 의신은 잠시 그들을 지켜보기만 했다.

하염없이 쓰다듬는 손길을 즐기던 이랑이 문득 그녀를 불렀다.

「주인님!」

"응, 이랑아?"

「저는 주인님이 사랑하는 이랑이지요?」

"그럼, 당연히 이린이 사랑하는 이랑이지!"

요 며칠 기운이 없어 보이던 이랑이다. 무언가 골똘히 생각에 잠기며 저를 빤히 쳐다보기만 하고 말이 없던 이랑이 이제야 평소의 모습을 되찾은 것처럼 보였다. 이린은 녀석의 두툼한 목을 끌어안으며 쓰다듬어 주었다. 그래서 이랑의 눈이 유례없이 쓸쓸하다는 걸 보지 못했다.

「그럼요! 저는 주인님이 사랑하는 이랑이에요. 그래서 이렇게 일찍 성체도 될 수 있었고요.」

"응? 오늘따라 우리 이랑이가 왜 이럴까? 혹시 아기가 태어나면 너를 덜 사랑할까 봐 걱정돼?"

「설마요! 제가 아직 아기인 줄 아세요!」

"아휴, 이 어리광쟁이! 몸은 커져도 아직 어린 내 강아지!"

사랑이 뚝뚝 흐르는 주인의 목소리에 이랑의 눈이 사르르 감겼다. 그러면서도 입을 삐죽이며 대답했다.

「주인님, 저는 늑대에요! 그것도 엄연한 성체라고요!」

말과는 달리 머리를 더 가까이 대며 비비는 녀석 때문에 이린의 눈은 더 접힐 수밖에 없었다.

"호호호, 그래, 그래. 다 컸지. 그래도 아직 모운만큼은 멀었다?"

「아, 아버지보다는……. 그래도 시간이 지나면 더 클 거예요.」

"걱정하지 마, 이랑아. 아기가 태어나면 너랑 보내는 시간은 조금 줄어들 수는 있겠지만 너를 사랑하는 사람이 더 늘어나는 거야. 응?"

「……네.」

평소보다 유달리 어리광을 부리는 이랑의 모습은 아직도 시무룩해 보였다.

"그래도 걱정돼? 응?"

「아니에요, 그런 게 아니라……」

이랑은 두 발로 머리를 감싸며 슬쩍 고개를 돌리더니 입을 떼었다.

「저번에 수백 마을에 다녀왔을 때요, 아버지를 만났어요.」

이린이 세 영애를 접견하던 날, 이랑은 백화 부인을 따라 수백 마을에 갔었다. 명목은 백화 부인의 호위 역할이었지만 실제론 덩치가 커진 이랑이 마음껏 뛰어놀고 오라는 이린의 배려였다. 덕분에 이랑은 오랜만에 만난 부하들도 데리고 팔모산까지 뛰어가 아버지를 만나고 돌아왔다.

이린이 영애들에게 변을 당할 뻔한 사건은 이랑에게 큰 충격이었다. 돌아왔을 때는 이미 끝난 일이었지만 놀라지 않을 수 없었다. 하지만 그것보다도 더 충격적인 건 그런 일이 일어날 줄 알면서도 이린이 일부러 저를 보냈다는 것이다. 그리고 저가 없었어도 대공이 이린을 훌륭히 지켰다는 것이 이랑을 심란하게 했다.

거기에 맞춘 듯 쇠약해진 아버지의 모습까지, 운명 같았다.

"그랬니? 잘 지내시니? 뭐라시던?"

대번에 염려스러워진 이린의 얼굴을 쳐다본 이랑은 잠시 더 망설였다. 이린이 여전히 저 때문에 형제들이 상했다며 마음에 담고 있는 줄은 알았지만 지금은 괜찮다는 말을 할 때가 아니었다. 아니, 해서는 안 되었다.

저쪽 옆에서 지켜보고 있는 대공의 옷자락에 이랑은 결심을 굳혔다.

「아버지가…… 아프세요.」

"뭐! 왜 미리 말하지 않았니?"

이랑은 이린이 놀라며 벌떡 일어나는 걸 말리듯 고개를 저었다.

「당장 어떻게 되는 건 아니에요! 그냥, 조금…….」

"어쩌니, 내가 뭐 도움이 될 게 없을까?"

「인간의 약으로 도울 수 있는 게 아니에요. 그리고 인간 황제라 해도 늙는 건 어쩔 수 없잖아요.」

"어떻게……!"

불과 몇 달 전 그 늠름하던 팔모산의 주인을 봤던지라 믿기 어려운 이야기였다. 그러나 이랑의 슬픈 눈이 사실임을 증명하고 있었다.

「아버지께선 팔모산을 지킬 새 주인이 필요하다고 하셨어요. 성체가 된 형제가 있으면 당연히 후계가 될 테지만……, 이제 저밖에 남지 않았어요.」

"설마……. 설마, 이랑아?"

「네, 그래서 제가 가야 해요. 죄송해요, 주인님.」

"아, 안 돼, 이랑아! 안 돼, 안 돼!"

울부짖으며 소리치는 그녀를 덥석 끌어안는 손길이 있었다. 갑작스러운 의신의 난입에도 이랑은 평소와 다르게 그에게 살짝 고개를 끄덕였다.

"이, 이랑아! 이랑아……!"

의신은 울먹이며 말을 잇지 못하는 이린을 연신 보듬어주었다. 이랑은 의신에게 매달린 채 눈물만 쏟아내는 그녀의 손에 볼을 갖다 대며 말했다.

「저도 어서어서 짝을 맞아 작은 주인님과 어울릴 새끼를 키울게요. 그때 제 새끼를 잘 돌봐주세요.」

“어흑, 이랑아!”

「작은 주인님이 태어나시면 보러 올 거예요. 그리고 자주는 못 되더라도 주인님을 보러 올게요. 저는 이랑이잖아요. 주인님이 사랑하는 이랑.」

독수리에게 채여 왔다던 작은 강아지가 성숙한 눈을 한 채 미소 짓고 있었다. 가장 어려운 시기에 만나, 이 낯선 세계에서 살아갈 힘을 준 첫 번째 가족이 되어준 그녀의 작은 강아지.

추수가 끝나가던 가을, 언제나 곁에 있을 줄 알았던 이랑이 떠났다.

그리고 다시 여름 초입, 적토의 오랜 피바람을 거둘 차기 대공, 용화가 탄생했다.

아이를 낳으며 기진했던 이린이 잠에서 깨어나자 곁에선 의신이 잠자는 아들의 얼굴을 보며 감격에 빠져 있었다. 그 순간 바로 그와 눈이 마주쳤다.

“깨어났소? 장하오, 고맙소!”

“이목구비가 벌써 전하를 닮은 것 같습니다.”

“우리 용화, 정말 잘생긴 것 같소. 그대를 닮아 더.”

아직 작고 붉은 기가 가시지 않은 갓난아이의 얼굴이건만 부부는 서로를 닮은 흔적을 찾는 것만으로도 행복했다.

“용화가 적토를 번성할 아이인 것이 맞는 것 같습니다.”

“그게 무슨 말이오? 꿈이라도 꾼 것이오?”

이린이 잠에서 깨자마자 하는 말이 꽤 의미심장했기에 의신도 진지하게 물었다.

"아닙니다. 꿈이 아니라…… 그냥 알게 되었습니다. 제가 전하께 얻은 힘이 무엇인지요."

"무엇이오?"

"저는 씨앗을 튼튼하게 할 수 있습니다. 제가 축복을 내린 씨앗은 어떤 척박한 땅에라도 뿌리를 내릴 힘을 얻게 될 것입니다."

"정말 대단하오! 대단하오, 이린!"

용화가 태어나는 순간, 이린은 팔모산 성녀로서의 진정한 능력을 깨달았다.

본래 팔모산의 신녀는 동물과 식물의 사랑을 받는다고 했었다. 동물이든 식물이든 신녀에게 복종하고 신녀의 손길에 번성한다는 것이다.

이린이 꿈에서 본 '그녀'는 그 부차적인 능력으로 바람과 땅을 움직이고 날씨를 다스릴 수도 있었다. 가히 반신과도 같다 할 수 있었다.

하나 오랜 세월 대공의 혈족에 내려오면서 이제야 '돌려받은' 힘은 그에 미칠 수 없었다. 의신이 더 강해진 것에 비해도 아무것도 아닌 듯 보일 수 있었다. 그렇다 해도 이린이 깨우친 힘은 '그녀'의 그 엄청나고 많은 능력 중에 가장 바라던 것이었다.

이 힘은 말하자면 종자 혁명이나 마찬가지였다. 그녀의 전생에선 엄청난 시간과 노력과 비용을 들여야 할 일이 이린의 손끝만 거치면 간단히 이루어지는 것이다. 그 가치에 대해 아는 것은 아직 그녀 혼자뿐일 테지만 시간이 흐르고 결과가 드러나면 이 힘이 얼마나 대단한지 알게 될 것이다.

아니 몰라도 상관없었다. 자신의 남자가 저를 믿어주고 있으니까.

이 땅에 살아 있는 것이, 그의 사랑을 받는 이 현실이 이린은 행복했다.

"전하, 전하를 은애합니다."

"……은애하오, 은애하오, 이린!"

두 사람의 입술이 포개졌다.

쳇!

창문 너머로 미약한 콧방귀 소리가 났지만 입맞춤에 몰입한 이린은 듣지 못했고, 의신은 무시했다.

잠시 후, 작은 주인을 보러 온 녀석의 방문은 이린을 더욱더 행복하게 해주었다.

그리고 그 후

"우읍!"

대공자의 첫 번째 돌을 맞은 경사스러운 날, 막 연회를 시작한 자리에서 대공비가 갑자기 입을 막으며 퇴장했다. 황제가 보낸 사신까지 참석한 자리에서 벌어진 일에 대공비의 작은 꼬투리라도 잡을 수 있지 않을까 기대했던 세족들은 잠시 후 기쁜 얼굴로 자리에 돌아온 대공의 말에 맥을 놓아야 했다.

"우리 용화가 동생을 본다는 소식이오!"

"감축드립니다, 전하!"

"전하, 진정 감축드립니다!"

태내관은 무릎을 꿇으며 소리쳤다.

[감축드립니다! 오, 진정 감축드립니다!]

여간해선 사람들 앞에선 필답하는 모습을 보이지 않는 백화 부인까지 흥분하며 기뻐했다.

"고맙소! 고맙습니다! 하하하, 하하하하!"

좀체 들을 수 없는 대공의 커다란 웃음소리에 사람들은 그 기쁨의 무게를 짐작하게 되었다.

이린이 둘째를 가질 거란 기대는 하고 있었지만 이렇게 빨리라고는 생각하지 못했던 의신은 더없이 기뻤다.

이랑이 떠났지만 이린을 사이에 두고 그가 애정을 경쟁하던 자리는 더 막강한 아들이 차지하고 말았다. 가끔 찾아올 때마다 그런 그에게 고소를 머금는 이랑을 볼 때면 녀석과의 관계는 평생 변하지 않을 것 같았다.

하지만 밤의 이린은 오롯이 그의 차지였다. 그의 노력을 하늘도 알아주신 것이리라. 둘째는 그렇게 온 것이다.

제일 먼저 축하 인사를 외친 이는 황제의 사신이었다. 이 소식은 곧바로 황제에게 전해질 것이고, 적토의 대공들에게 얽힌 피의 저주에 대한 비밀을 아는 황제라면 또 다른 축하가 더해질 것이다.

의신은 그것이 태중 혼약은 아니길 바랐다. 아직 먼 미래이고 아이의 성별도 모르지만 왠지 둘째는 딸일 것 같았다. 그는 사랑하는 자식을 멀리 보내는 건 하고 싶지 않았다. 정해지지도 않은 일에 벌써 괜한 걱정을 사서 하는 팔불출이라 해도 그는 이 순간, 가장 행복한 사람이었다.

"오늘 이 경사를 맞아 올해 세율을 본래의 반으로 줄인다! 황실에 보낼 세수가 모자라게 되면 내 사비로 따로 마련하리라. 또한 적토 안에 사형수를 뺀 모든 수인(囚人; 죄수) 중 남은 수감 기간 1년 이하인 자는 석방하고 그 이상인 자는 남은 기한의 삼 할을 경감한다."

가히 파격적인 조치였다. 특히나 적토 최대의 풍작으로 기록될 이번 작황을 보면 올해는 백성들이 궁핍하지 않게 겨울을 날 수 있을 정도였는데 그 이상을 축적할 수 있게 된 것이다. 또한 직영지에서 성공적으로 재배된 콩과 옥수수가 널리 퍼지기 시작했으니 내년엔 세율이 다시 올라가더라도 부지런하기만 하다면 삶의 질은 다시 낮아지진 않을 것이다.

이번 조치에 유경과 화연도 혜택을 받게 되었는데, 아슬아슬하게 1년 넘은 기한이 남아 바로 유배가 풀리진 못했지만 넉 달 이상 빨리 집으로 돌아갈 수 있게 되었다. 그러나 적토를 벗어난 보명은 해당 사항이 없었다.

다음 해 봄, 그들의 둘째, 여령이 태어나던 달 팔모산의 새 지배자도 첫 번째 새끼들을 얻었다. 바야흐로 적토의 진정한 봄이 시작되고 있었다.

모운은 용화가 태어나고 한 달 뒤 세상을 떠났다.

이린은 이랑의 형제들이 상하던 그때 어쩌면 모운도 다쳤던 것이 아닐까 싶어 더욱 죄책감을 지우지 못했지만, 세월의 흐름에 따라 점점 진중해지는 이랑이 모운의 모습을 그대로 닮아가면서 애달픔은 서서히 흐려지고 있었다. 그렇지만 의신과의 관계만은 여전한 걸 보면 이랑은 죽을 때까지 그녀의 강아지일 것이다.

모운이 죽은 다음 해, 공방 마을에서 마지막 생을 사르던 육자문이 세상을 떠났다.

육자문은 역도와 깊이 연루된 직전 제자를 둔 이유로 스스로 죄를 청했다. 하나 그 이상의 공을 세운 그를 벌을 주는 것은 말이 되지 않았다. 오히려 공과 대상이 된 육자문은 그것으로 죄를 상쇄하는 대신 스스로 공방 마을에 발을 묶었다. 죽을 때까지 대공과 백성을 위한 것들을 만들고 개발하면서 생을 마치고자 한 것이다. 그리고 그는 스스로 한 약속처럼 그렇게 세상을 떠났다.

육자문이 세상을 떠나던 날은 한겨울의 한파가 몰아치던 때였지만 그가 죽은 자리에선 꽃이 피어 있었다. 그가 지은 온실에서 피어난 꽃이었다.

적토의 큰 별이 떨어짐에 대공은 사흘간의 애도를 표했다.

5년 후.

의신은 여섯 살 생일을 맞은 용화에게 정식으로 밀실의 열쇠를 물려주었다. 그리고 아들이 하는 말로 꿈속에서 들었던 중얼거림이 사실이라는 걸 확인할 수 있었다.

"아버지, 얘가 제 머릿속에 말을 합니다."

"무어라 하느냐?"

"저보고 소질이 있다고요. 사실 저는 열쇠가 아니라 본래 손잡이라고 합니다. 하니 제게 검 쓰는 법을 가르쳐 주겠다고요."

"그랬느냐?"

맞다, 꿈속에서 인장은 아들의 손에서 칼이 되었었다. 한데 가만히 무언가를 듣는 아들의 표정이 묘해지고 있었다.

"응?"

"또 뭐라고 하는 게냐?"

"그게…… 제 말도 못 알아듣는 인간에게 일일이 일러바치지 않으면 재밌는 개구멍도 알려주겠다고……. 엇? 또 일러바쳤으니 국물도 없을 줄 알라고 합니다."

용화는 아버지가 열쇠가 말을 한다는 것에 대해 한 치의 의심도 없이 믿는다는 것을 당연하다는 듯이 대답했다.

물론 의신은 아들의 말을 의심하지 않았지만 신물, 옥새, 열쇠란 이름을 가진 자칭 검병은 좀 의심스러웠다. 검 쓰는 법은 그렇다 치지만 개구멍이라니, 어째 신묘함과는 거리가 좀 먼 것 같았다.

"그래? 그럼 이제 안 가르쳐 주겠다고 하느냐?"

"네……. 흥, 나도 너랑 안 놀면 그만이야, 곧 팔모산에서 내 부하가 올 거다! 하얗고 예쁜 강아지인데 걔도 나랑 말이 통해! 이랑 대장처럼!"

의신은 열쇠를 노려보며 불퉁거리는 아들이 참으로 귀엽기만 했지만 그보다 화내는 이유가 더 궁금했다.

"응? 왜 그러느냐?"

"아버지를 두고 말도 못 알아듣는 인간이라 하지 않습니까! 제가 가장 사랑하는 아버지께 무례한 녀석과는 저도 친구 하기 싫습니다!"

"그럼 내다 버릴 테냐?"

그러자 큰일 날 소리라도 들은 양 용화가 움찔하며 답했다.

"아닙니다! 아버지의 선물이지 않습니까? 방 안에 두긴 할 것입니다."

그러더니 열쇠, 아니 저가 검병이라 주장하는 그것을 끌어안는 용화의 표정이 다시 묘하게 변했다.

이마를 찌푸리다가 뾰로통하니 입술을 오므렸다가 턱을 당겨 고개를 끄덕이는 아들의 표정은 정말이지 질리지 않을 모습이었다.

이 순간 부자에게는 그것이 적토의 대공들에게 중요한 유산임은 그리 중요하지 않았다.

“……또 내게는 말하지 말라고 하느냐?”

“그건 아니고…….”

용화가 갑자기 열쇠를 탁자 위에 올려놓더니 다가와 그의 귓가에 작게 속삭였다.

“이 말까진 전하지 말라고 하는데…… 좀 봐달라고 합니다. 300년 만에 말이 통하는 인간을 만났는데 제가 저랑 안 놀아주면 누구랑 또 노느냐고요.”

“하하하! 그럼 봐주는 게 어떻느냐? 놀이 친구는 많은 게 좋은 것 아니겠느냐?”

의신도 아들을 무릎에 앉히곤 같이 속삭여 주었다.

“그래도 됩니까?”

“네가 하고 싶은 대로 하여라.”

허락을 받은 용화의 얼굴이 활짝 피었다.

당장 내팽개쳐 버릴 듯 말했지만 내심 어린아이에게 말하는 장난감이 얼마나 재미있었겠는가!

하지만 의신도 아마 꿈에서 본 것이 없었다면 말하는 신물을 아들에게 덥석 맡기지 못했을 것이다. 저 신물이 꿈속의 아들에게 검을 가르치고 친구가 될 것을 알기에 모르는 척 맡길 수 있었다.

하지만…… 첫마디에 개구멍을 안내하겠다는 신물을 정녕 믿어도 될는지.

“네, 아버지! 하면 융이와도 같이 놀아도 되겠습니까?”

“융이는 아직 어려서 힘들지 않겠느냐? 아직 말도 못 하는데.”

그의 두 번째 아들이면서 셋째인 융은 이제 겨우 걸음마를 뗀 아기였다. 천생 여자인 여동생 여령과는 별로 통하는 것이 없어서인지 용화는 남동생 융이 어서 자라 저랑 놀기만을 학수고대했다. 반대로 여령은 어머니께 저도 같이 놀 여동생을 낳아달라고 조르는 중이었다.

“융이도 자랄 것입니다. 운강이처럼요!”

이랑의 새끼 중 셋째인 운강은 다음 달부터 용화와 함께 살게 되었다. 아직 녀석은 이랑이 처음 이린을 만났을 때보다 더 작은 강아지였지만 올해부터 용화와 말이 통하게 되었다. 덕분에 내내 녀석이 크길 기다리던 용화의 곁에 올 수 있게 된 것이다.

팔모산의 영물인 백형의 자손들에게 주인을 가질 수 있다는 건 축복이었다. 실제로 주인이 있거나 성체가 된 백형의 자손들은 아닌 형제들보다 훨씬 오래 살았다.

그러나 말이 통하는 충성스러운 짐승 친구를 갖고 싶은 건 용화만이 아니었다. 올해 두 마리의 새끼를 더 얻은 이랑은 조심스럽게 새끼들의 미래를 그려야 했다.

적영이 한눈에 들어오는 탑의 꼭대기, 높이 달이 떠 있었지만 그곳에서 보이는 경치는 매우 아름다웠다. 곳곳에 반딧불이 깜빡이는 것처럼 어둠을 밝힌 적영의 야경은 이린이 가장 좋아하는 경치였다.

이 탑은 용화가 아홉 살이 되던 해 가장 골치가 되던 세 야만족 무리를 완전히 제압하고 전쟁이 사라졌음을 기념하며 세운 건물이었다. 하지만 그들만이 아는 실제 이유는 두 사람의 혼인 10주년을 기념하기 위해 세운 것이다. 정식 명칭이 공방 마을이 된 그곳에서 만든 승강기까지 설치한 이 탑은 적토의 명물이면서 적영을 대표하는 중요 구조물이 되었다. 적토에 오는 사신들은 반드시 초대되고 싶은 곳이며 황제의 행차까지 부른 이 탑은 이린이 가장 좋아하는 곳이기도 했다.

그때 갑자기 들리는 목소리에 이린이 놀라 벌떡 일어났다.

"부인."

"전하!"

"여기에 있을 줄 알았소."

"어떻게, 어떻게 이렇게……."

적토에서 벌어지는 각종 공사와 발전된 농경법을 배워간 북제가 그 성과를 보이고 보답하기 위해 후계인 장자의 혼사에 의신을 초대했었다. 해서 의신이 적영을 떠난 지 거의 두 달이 되어가고 있었다. 이린은 그가 보고 싶을 때마다 이곳에 올라 그가 오는 길을 바라보곤 했었다.

한데 이틀은 더 있어야 도착할 그가 연락도 없이 온 것이다.

「알기는요! 제가 이리로 모셔온 겁니다.」

"이랑아!"

의신의 뒤에서 슬쩍 모습을 드러낸 이랑의 등장에 이린의 목소리가 다시 높아졌다.

거의 1년 만에 만나는 이랑은 예의 짓궂은 눈을 하고서 어느

쪽을 더 반가워할 것인지 새침한 눈으로 그녀를 쳐다보고 있었다.

"먼저 반겨주시오. 이랑이 호령에 마중 나와서 날 여기까지 태워줬다오."

「혈리인지 뭔지, 늙어서인지 힘이 달려서 잘 못 달리더라고요.」

코를 으쓱이며 제 자랑에 여념이 없는 팔모산의 지배자는 어제 보고 오늘 만난 듯 한결같았다.

"고마워, 고마워, 이랑아! 그리고 정말 정말 반가워!"

이린은 오랜만에 이랑의 두툼한 목을 끌어안았다. 고운 부인의 손에 안긴 거대한 늑대의 눈이 초승달처럼 접혔다.

「주인님은 아직도 소녀같이 젊고 고우십니다.」

"호호, 소녀라니, 이제 얼마 안 있으면 나도 손자를 볼 텐데?"

말은 그렇게 하면서도 이린의 얼굴엔 함박웃음이 맺혀 있었다. 거대한 몸체 너머 님과 마주친 눈빛은 뜨겁게 타오르고 있었다.

「용화님은 어머니보다 더 고운 처자를 만나기 전엔 장가를 안 간다고 하지 않으십니까? 아직 멀었을 겁니다.」

"그거야 어릴 때나 하는 이야기지!"

「주인님은 아직 정말 고우십니다.」

빈말이 아니라 이린은 세월의 흐름을 빗겨난 듯한 젊음을 유지하고 있었다. 이린이 세 아이를 낳고 키우는 동안 숱한 영애들이 대공 부인의 자리를 노렸지만 아무도 성공하지 못한 건 그 이유 때문이라고 수군대는 이들도 있었다.

"너도 여전히 정말 멋있어!"

서로 금칠하는 영물과 인간을 바라보는 이의 숨결이 살짝 거칠어지기 시작했다.

「네, 네! 압니다, 알아요! 그래도 주인님의 짝을 이틀이나 빨리 모셔왔으니 제가 먼저였다고요! 저도 운강이랑 애들 보러 갑니다!」

이랑은 뭐라 말할 새도 없이 훌쩍 몸을 빼더니 탑 아래로 몸을 날렸다.

“앗, 이랑아!”

놀라는 이린은 뒤로 강하게 당겨졌다.

“이번엔 날 봐줄 차례요!”

“전하!”

“보고 싶었소, 보고 싶었소, 부인!”

“전하, 저도, 전하……!”

격렬하게 맞부딪친 입술 사이로 그리움이 삼켜졌다.

각자 팔모산 성녀의 힘을 조금씩 품은 아이들이 크는 모습도, 적토가 번창해 가는 모습도 모두 뿌듯하고 행복했지만 그보다 그들을 더 행복하게 하는 건 서로를 향해 점점 커지는 마음이었다.

오늘 밤만큼은 아무도 두 사람을 방해하지 못하리라.

그들이 서로의 뜨거운 숨을 삼키는 지붕 위에선 커다란 늑대가 달을 보며 길게 울었다.

〈完〉

작가 후기

이 글의 시대 배경은 발해 시대를 모티브로 했습니다.

농사가 가장 중요한 생계지만 농사 기술이 아직 덜 발달한 계급 사회입니다.

이린은 본래 의신이 사는 이곳에서 태어나야 했었지만 이 글의 중추가 되는 '그녀'의 원한이 깊어 대공 가와 어떤 인연도 닿지 않게 이 세계에서 쫓겨난 인물입니다. 그래서 우리가 사는 현실 세계에서 살았지만 이세계에 튕겨진 반칙적인 존재로서 고단한 삶을 살 수밖에 없었습니다.

그렇지만 이린이 돌아오자마자 제 인연이 속속 곁으로 오게 됩니다.

그 첫 번째로 찾은 이랑이, 귀여우셨나요?

처음 의도는 죽을 때까지 이린이 이랑과 함께 살게 하고 싶었지만 결국 이랑이 떠나게 하고야 말았네요. 그래도 주인 부부를 방해 아닌 방해를 하면서 달 보고 짖는 이랑이 끝까지 귀여우셨기를!

의신도 만만치 않게 고단한 삶을 사는 인물이었지만 운명의 여인을 찾으면서 가장 행복한 사내가 될 수 있었습니다.

그의 카리스마와 행운이 여러분의 '남주'분과 함께하시길 바랍니다!

이 지면을 빌어 연재 동안 댓글로 오타와 오류를 짚어주시고 힘을 북돋워 주신 독자님들께 다시 한 번 무한한 감사를 드립니다!

연재와 수정을 거치는 동안 지네에 물리고 천장 쥐들의 운동회와 싸우며 벌써 해가 지나 새해가 되었습니다.

이 책을 덮으며 흐뭇한 미소와 함께 기분이 좋으셨길 바라면서 여러분의 건강과 행복을 기원합니다.

모두 새해 복 많이 받으세요!

새해, 설날을 맞는 길목에서

2016년 전은정